BECKY ALBERTALLI
& ADAM SILVERA

WAS IST MIT UNS

ROMAN

Aus dem amerikanischen Englisch
von Hanna Christine Fliedner und Christel Kröning

ARCTIS

Die Originalausgabe erschien 2018 unter dem Titel
What If It's Us bei Balzer + Bray and HarperTeen, New York

MIX
Papier aus verantwortungsvollen Quellen
FSC® C014496

Deutsche Erstausgabe
1. Auflage 2019

Übersetzung: Hanna Christine Fliedner und Christel Kröning
Umschlagmotiv: Jeff Östberg
Satz: Greiner & Reichel, Köln
Druck und Bindung: GGP Media GmbH, Pößneck
Printed in Germany 2019
ISBN 978-3-03880-030-9

www.arctis-verlag.com
www.facebook.com/ArctisVerlag
https://www.instagram.com/arctis_verlag/

Für Brooks Sherman,

diesen einen Agenten des Universums,
der uns zusammengebracht hat.

Sowie für Andrew Eliopulos und Donna Bray,
die unser Universum erweitert haben.

Teil 1

WAS WÄRE WENN?

1. KAPITEL – ARTHUR

MONTAG, 9. JULI

Ich bin kein New Yorker und ich will nach Hause.

In New York gibt es so viele ungeschriebene Regeln: Niemals mitten auf dem Gehweg stehen bleiben zum Beispiel, niemals verträumt an einem Wolkenkratzer hochschauen und niemals in Ruhe ein Graffiti lesen. Straßenkarte, Bauchtasche, Blickkontakt – verboten. In der Öffentlichkeit vor sich hin singen, selbst wenn es was aus *Dear Evan Hansen* ist – verboten. Und unter gar keinen Umständen, selbst wenn dieser Hotdogstand vor den gelben Taxis ein fast schon unheimlich typisches New-York-Bild abgibt, darf man an einer Straßenecke Selfies schießen. Beiläufig wertschätzen – das ist erlaubt, aber dabei immer schön cool bleiben. Soweit ich es beurteilen kann, ist das sowieso am allerwichtigsten hier: Coolness.

Ich bin nicht cool.

Jetzt gerade, zum Beispiel. Jetzt gerade habe ich den Fehler gemacht, einen Blick in den Mittagshimmel zu werfen, und nun kann ich mich nicht mehr losreißen. Aus dieser Perspektive scheint die Welt nach innen zu kippen: schwindelerregende Hochhäuser, gleißende Feuerballsonne.

Wunderschön. Das muss ich New York zugutehalten. Es ist wunderschön, surreal und kein bisschen wie Georgia. Für ein schnelles Foto richte ich mein Handy nach oben. Ohne Hashtag, ohne Filter, ohne viel Aufhebens.

Nur ein einziges schnelles Foto.

Keine Millisekunde später trifft mich die geballte Wut

des Passantenstroms: *Oh Gott. Mach hin. AUS DEM WEG! Scheißtouristen.* Ernsthaft – zwei Sekunden Fotografieren und schon bin ich die Ausgeburt der Störung im Betriebsablauf. Ich bin jede Bahnverspätung, jede Straßensperre, ja ich bin sogar der bloße Gegenwind.

Scheißtouristen.

Dabei bin ich nicht mal Tourist. Sondern wohne quasi hier, zumindest einen Sommer lang. Und gebe mich also mitten im geschäftigen Montagstreiben auch nicht etwa müßigem Sightseeing hin. Ich arbeite. Na ja, ich wurde zu *Starbucks* geschickt, aber das zählt.

Und ja, vielleicht nehme ich den extralangen Weg. Vielleicht brauche ich noch ein paar Minuten, bevor ich in Moms Büro zurückkehre. Meist ist das Praktikum ja eher langweilig als schlimm, aber heute lief's einfach beschissen. Einer von diesen Tagen halt, an denen der Drucker neues Papier braucht und im Materialraum keins mehr ist, weswegen man welches aus dem Kopierer klauen will, dessen Schubfach aber nicht aufgeht und man dann den falschen Knopf drückt und das Ding wie wild zu piepen anfängt. Dann steht man da und denkt sich, dass, wer auch immer den Kopierer erfunden hat, eigentlich einen Arschtritt verdient. Verdient, getroffen zu werden von der rasenden Wut eines jüdischen Teenagers mit ADHS, der nicht weniger als einen Meter siebenundsechzig misst. Einer von *diesen* Tagen.

Schon seit ich losgegangen bin, will ich Ethan und Jessie mein Leid klagen, habe aber immer noch nicht den Dreh raus, wie ich Nachrichten schreiben soll, ohne stehen zu bleiben.

Deswegen steuere ich jetzt die Eingangstreppe eines Postamtes an und – wow. Postämter wie das hier gibt es in

Milton nicht. Schneeweiße Fassade, steinerne Säulen, Messingverzierungen. Bei all dieser Eleganz komme ich mir fast schon underdressed vor. Dabei trage ich heute sogar eine Krawatte.

Ich schicke Ethan und Jessie das Sonne-und-Hochhäuser-Bild. `Harter Tag im Büro!`

Jessie schreibt augenblicklich zurück. `Ich hasse dich und will du sein.`

Die Sache ist die: Jessie und Ethan sind meine besten Freunde, seit ich denken kann. Mit ihnen war ich immer Echter-Arthur. Einsamer-Verpeilo-Arthur statt Stylo-Instagram-Arthur. Doch aus irgendeinem Grund muss ich sie glauben machen, dass mein Leben hier in New York megacool ist. Warum, weiß ich auch nicht. Deswegen schicke ich ihnen seit Wochen Stylo-Instagram-Nachrichten. Allerdings bin ich nicht sicher, ob sie mir das Ganze auch abnehmen.

`Und du fehlst mir`, schreibt Jessie, gefolgt von einer ganzen Zeile Küsschen-Emojis. Sie ist wie meine Oma im Körper einer Sechzehnjährigen. Wenn sie könnte, würde sie mir die roten Schmatzer direkt auf die Wange texten. Dermaßen zuckerwattig ist unsere Freundschaft jedoch erst seit Kurzem. Erst seit letztem Abschlussball. Auf dem ich ihr und Ethan erzählt habe, dass ich schwul bin.

`Ich vermisse euch auch, Leute`, gebe ich zu.

`KOMM NACH HAUSE, ARTHUR.`

`Vier Wochen noch.` Nicht dass ich zählen würde.

Ethan klinkt sich endlich auch ein. Mit dem mehrdeutigsten Vertreter der Emoji-Familie: dem Grimassen-Smiley. Ich meine, komm schon. Der *Grimassen-Smiley*? Während Jessie seit dem Abschlussball wie meine Oma textet, textet Ethan seitdem wie ein Pantomime. In der Gruppe geht's ja meistens noch, aber was unseren Zweierchat angeht … Ich sage nur: Das Volumen eingehender Ethan-Nachrichten ging etwa fünf Sekunden nach meinem Coming-out *merklich* zurück. Und ich werde nicht lügen: Ein mieseres Gefühl ist mir nie untergekommen. Irgendwann stelle ich ihn zur Rede. Bald. Vielleicht schon heute. Vielleicht –

Schwungvoll wird die schwere Postamttür aufgestoßen und heraus treten – ohne Witz – zwei erwachsene Männer im Partnerlook-Jumpsuit. Zwillinge. Mit Zwirbelbart. Ethan würde vor Begeisterung *auf die Knie gehen*. Was mich ankotzt. So was passiert mir ständig mit ihm. Gerade noch wollte ich seinen mehrdeutigen Emoji-Arsch zum Mond schießen, jetzt will ich ihn einfach nur noch lachen hören. Emotionale Hundertachtzig-Grad-Wende in weniger als sechzig Sekunden.

Während die Zwillinge an mir vorbeischlendern, kann ich ihre identischen Männerdutts bewundern. Natürlich tragen sie Dutt. New York muss ein eigener Planet sein, denn – ich schwöre es – niemand sieht auch nur ein zweites Mal hin.

Außer.

Einem Jungen, der gerade mit einem Paket in den Händen auf den Eingang zusteuert. Buchstäblich wie angewurzelt bleibt er stehen, als die beiden an ihm vorbeilaufen. Er schaut so verdutzt drein, dass ich lachen muss.

Und da fällt sein Blick in meine Richtung.

Und er lächelt.

Und: heilige Scheiße.

Ich mein's ernst. Heilige Scheiße im Himmel. Süßester Typ aller Zeiten. Sind's die Haare, die Sommersprossen, die rosigen Wangen? Und das frage ich als jemand, dem noch nie zuvor die Wangen von jemandem aufgefallen sind.

Doch seine sind es wert, bemerkt zu werden. Alles an ihm ist es wert. Perfekt zerzauste hellbraune Haare. Abgewetzte Turnschuhe, Jeans, graues Shirt mit einer Aufschrift, die fast vom Paket verdeckt ist: *Dream & Bean Coffee*. Der Junge ist, nun ja, wie die meisten größer als ich.

Und er sieht mich immer noch an.

Jetzt aber mal zwanzig Punkte für Gryffindor, denn ich schaffe es, zurückzulächeln. »Die beiden haben ihr Tandem mit Sicherheit vorm Barber-Shop geparkt.«

Er lacht überrascht, was mich glatt schwindlig vor Entzücken werden lässt. »Barber-Shop Schrägstrich Kunstgalerie Schrägstrich Mikrobrauerei«, ergänzt er.

Eine Weile grinsen wir uns bloß schweigend an.

»Ähm, willst du auch rein?«, fragt er schließlich.

Ich schaue zum Eingang. »Ja«, sage ich und folge ihm. Ohne überhaupt darüber nachzudenken. Oder falls doch, dann hat mein Körper mir die Entscheidung abgenommen. Dieser Junge hat etwas in mir ausgelöst. Ein Ziehen in der Brust. Die Sache scheint besiegelt: Ich *muss* ihn einfach kennenlernen.

Okay, ich werde es jetzt beichten, selbst wenn ich damit allgemeines Augenrollen ernte. Wahrscheinlich wurden eh schon einige Augen gerollt. Trotzdem:

Ich glaube an die Liebe auf den ersten Blick. An das Schicksal, die Macht des Universums, an all das. Nicht, wie ihr jetzt denkt. Nicht à la: *Wir sind zwei Teile ein und derselben Seele, die auf ewig zusammengehören*. Ich denke bloß, dass in unserem Leben einige Begegnungen vorherbestimmt sind. Dass uns das Universum bestimmte Menschen vor die Füße schiebt.

Selbst an einem x-beliebigen Montag im Juli. Selbst vor einem x-beliebigen Postamt.

Wobei zwischen einem x-beliebigen Postamt und diesem Laden hier dann doch ein Unterschied besteht. Denn wir betreten einen Raum, auf dessen glänzendem Fußboden mit Leichtigkeit ein Ball stattfinden und der wegen der klassischen Skulpturen vor den durchnummerierten Postfächern auch ein Museum sein könnte. Der Paketjunge nimmt sich an der Theke einen Adressaufkleber, stellt das Paket zwischen seine Füße und beginnt mit dem Ausfüllen.

Ich dagegen schnappe mir einen Expressumschlag vom Stapel und schlendere damit zum Platz neben ihm. Gaaanz locker. Das hier muss nicht schräg werden. Ich muss nur die richtigen Worte finden, um das Gespräch am Laufen zu halten. Tatsächlich bin ich normalerweise richtig gut im Small Talk mit Fremden. Keine Ahnung, ob das ein Georgia- oder ein Arthur-Ding ist, aber ehe ich mich's versehe, vergleiche ich Pflaumensaftpreise für einen älteren Herrn im Supermarkt, und eine Schwangere im Flugzeug benennt noch vor der Landung ihr ungeborenes Kind nach mir. Das ist eines meiner Talente.

Oder war es, bis heute. Allem Anschein nach kann ich gerade nicht mal mehr Laute bilden. Meine Mundhöhle scheint in sich zusammenzufallen. Jetzt muss ich Kontakt zu meinem inneren New Yorker herstellen: cool sein, lässig. Ich taste mich mit einem Grinsen vor, hole tief Luft und zeige nach unten. »Ganz schön dickes Ding hast du da.«

Moment ... Scheiße.

Hastig stolpern die nächsten Worte hinterher: »Ich meine nicht *Ding*. Dein Paket ist dick. Der Karton! Dein Karton ist ... groß.« Ich zeige ihm mit beiden Händen die Größe des Kartons an. Weil ich ihm offensichtlich nur so klarmachen kann, dass es keine Anspielung sein soll. Indem ich ihm in Schwanz-mess-Manier meine Hände vor die Nase halte.

Der Paketjunge runzelt die Stirn.

»Tut mir leid, ich … ich schwöre, dass es sonst nicht meine Art ist, die Größe von Paketen anderer Leute zu kommentieren.«

Er sieht mir in die Augen und lächelt. Ein bisschen zumindest. »Schicke Krawatte«, sagt er.

Ich schaue an mir hinunter und werde rot. Logisch, dass ich mir heute Morgen keinen normalen Schlips umgebunden habe. Nein, es musste einer aus der Dad-Kollektion sein, quietschblau mit kleinen Hotdogs drauf. »Immerhin kein Jumpsuit?«

»Gutes Argument.« Er lächelt erneut, wobei mir zwangsläufig seine Lippen auffallen. Die eindeutig aussehen wie die von Emma Watson. Emma Watsons Lippen. In seinem Gesicht.

»Du bist nicht von hier, hm?«, sagt er.

Ich blicke überrascht zu ihm auf. »Woher weißt du das?«

»Weil du immer noch redest.« Jetzt wird er rot. »Das klang fies. Ich meine: Normalerweise fangen nur Touristen ein Gespräch an.«

»Oh.«

»Aber mich stört's nicht«, fügt er hinzu.

»Ich bin kein Tourist.«

»Ach so?«

»Na gut, streng genommen bin ich nicht von hier, aber momentan ist New York mein Zuhause. Zumindest den Sommer über. Ich bin aus Milton, Georgia.«

»Milton, Georgia.« Er lächelt.

Ein fremdartiger Ausnahmezustand hat mich übermannt. Meine Gelenke sind lose, mein Kopf voller Watte. Mit ziemlicher Sicherheit glüht er mittlerweile wie eine Achtzig-Watt-Birne. Ich will's gar nicht wissen. Einfach weiterreden. »Ja, oder? *Milton*. Klingt wie ein jüdischer Großonkel.«

»Ich wollte nicht – «

»Ich habe tatsächlich einen jüdischen Großonkel Milton. Wir leben gerade in seiner Wohnung.«

»Wer ist wir?«

»Mit wem ich in Großonkel Miltons Wohnung lebe?«

Er nickt und ich sehe ihn wortlos an. An wen denkt er bei der Frage? An meinen Freund? Meinen achtundzwanzigjährigen, chilischarfen Geliebten mit Tunnelohrringen, Zungenpiercing und einem Tattoo von meinem Namen auf dem linken Brustmuskel? Oder quer über *beide* Brustmuskeln?

»Mit meinen Eltern«, antworte ich schließlich hastig. »Meine Mom ist Anwältin und ihre Kanzlei hat hier eine Niederlassung, deswegen ist sie schon Ende April hergezogen für einen ihrer Fälle und ich wäre ja direkt mitgekommen, aber Mom hatte etwas dagegen. *Netter Versuch, Arthur, du hast noch einen Monat Schule vor dir*. Wie sich aber jetzt herausstellt, hätte ich mir damit eh nur ins Knie geschossen, denn irgendwie dachte ich, New York wäre soundso, dabei ist es ganz anders, als ich es mir vorgestellt habe. Und jetzt sitze ich hier fest und vermisse meine Freunde und mein Auto und mein *Waffle House*.«

»In der Reihenfolge?«

»Na ja, vor allem das Auto.« Ich grinse. »Das steht jetzt vorm Haus meiner Oma in New Haven. Sie wohnt ganz in der Nähe von Yale, meiner hoffentlich, *hoffentlich* künftigen Uni. Daumen drücken.« Ich kann einfach nicht aufhören zu reden. »Aber meine Lebensgeschichte interessiert dich bestimmt gar nicht.«

»Alles gut.« Er hebt sein Paket auf. »Wollen wir uns dann mal anstellen?«

Ich nicke und folge ihm. In der Schlange rückt er etwas zur Seite, damit er mich ansehen kann, wobei das Paket wie ein Turm zwischen uns aufragt. Noch hat er die Adresse nicht drangeklebt, sie liegt nur lose obendrauf. Ich versuche, sie unauffällig zu lesen, aber seine Handschrift ist eine Katastrophe und über Kopf kann ich's erst recht nicht entziffern.

Er erwischt mich beim Hinschielen. »Du bist echt neugierig, oder?«, fragt er und kneift die Augen zusammen.

»Oh.« Ich schlucke. »Irgendwie schon. Ja.«

Er muss lächeln. »Ist nichts Spannendes. Sind bloß Überbleibsel einer Trennung drin.«

»Überbleibsel?«

»Bücher, Geschenke, ein Harry-Potter-Zauberstab. So 'n Zeug halt, das ich nicht länger haben will.«

»Du willst keinen Harry-Potter-Zauberstab mehr haben?«

»Ich will überhaupt nichts mehr von meinem Ex-Freund haben.«

Ex-*Freund*.

Das bedeutet, der Paketjunge datet Typen.

Okay. Wow. So was passiert mir nicht. Nie. Aber vielleicht funktioniert das Universum in New York ja anders.

Er datet Typen.

ICH BIN EIN TYP.

»Wie cool«, sage ich. Und bleibe absolut lässig. Erst als er mich komisch ansieht, schlage ich mir die Hand vor den Mund. »Nein, natürlich nicht. Himmel. Trennungen sind nicht cool. Ich meinte nur ... Also: Mein Beileid für deinen Verlust.«

»Er ist nicht tot.«

»Nein, klar. Ach, ich ...« Ich atme aus und lasse meine Hand auf das rote Warteschlangenband sinken.

Der Paketjunge lächelt verächtlich. »Verstehe. Du bist einer von denen, die in Gegenwart von Schwulen komisch werden.«

»Was?«, japse ich. »Nein! Ganz im Gegenteil!«

»Genau.« Er verdreht die Augen und sieht an mir vorbei.

»Du verstehst das falsch. Hör zu, ich bin selbst schwul.«

Und die ganze Welt bleibt stehen. Meine Zunge fühlt sich plump und schwer an.

Wahrscheinlich, weil ich die Worte nicht allzu oft ausspreche. *Ich bin schwul.* Meine Eltern wissen es, Ethan und Jessie wissen es und mehr oder weniger beiläufig habe ich es auch den Sommeraushilfen in Moms Kanzlei gesagt. Allerdings bin ich eigentlich nicht der Typ Mensch, der das in Postämtern herumposaunt.

Wobei, allem Anschein nach irgendwie doch.

»Echt?«, fragt der Paketjunge.

»Echt«, stoße ich atemlos hervor. Schrägerweise würde ich es ihm am liebsten nachweisen. Mit einem Schwulenpass, den ich zücken könnte wie eine Polizeimarke oder so. Am liebsten aber auf andere Weise. Gott, wie gerne würde ich es ihm auf andere Weise zeigen.

Der Paketjunge lächelt und seine Schultern entspannen sich. »Cool.«

Und, heilige Scheiße, das passiert gerade wirklich. Ich kriege kaum noch Luft. Es ist, als hätte das Universum selbst diese Begegnung herbeigeführt.

Dröhnend erhebt sich eine Stimme hinter dem Schalter: »Stehste nun an, oder was?« Ein schwerer Lippenring hängt der Fragenden am missbilligend verzogenen Schmollmund. Die Magie des Augenblicks? Die geht dieser Staatsdienerin hier wohl mehrere Meter am Arsch vorbei. »Yo, Sommersprosse. Du bist dran.«

Der Paketjunge wirft mir einen kurzen Blick zu und tritt an den Schalter. Während hinter mir schon die Nächsten drängeln, belausche ich sein Gespräch. Na ja, eigentlich lausche ich nicht im *engeren* Sinne. Mein Hörvermögen wendet sich vielmehr ganz von selbst seiner Stimme zu.

»Per Express sechsundzwanzig fünfzig«, sagt die Frau mit dem Lippenring.

»Sechsundzwanzig fünfzig? Also sechsundzwanzig Dollar?«

»Nein, sechsundzwanzig Dollar fünfzig.«

Der Paketjunge schüttelt den Kopf. »Das ist viel.«

»Ich hab die Preise nicht gemacht. Ja oder nein?«

Einen Moment lang steht er nur schweigend da. Schließlich nimmt er das Paket wieder und drückt es an seine Brust. »Sorry.«

»Nächster«, bellt der Lippenring mich an, aber ich folge dem Paketjungen.

Er blinzelt. »Wie kann es sechsundzwanzig Dollar kosten, ein Paket zu verschicken?«

»Keine Ahnung. Echt kacke.«

»Offenbar will das Universum mir sagen, dass ich es behalten soll.«

Das *Universum*.

Heilige Scheiße.

Er ist ein Gläubiger. Er glaubt ans Universum. Und, ohne voreilige Schlüsse ziehen zu wollen: Dass der Paketjunge daran glaubt, ist ja wohl definitiv ein Zeichen. Des Universums.

»Mh-hm«, sage ich und mein Herz schlägt schneller. »Vielleicht will es dir aber auch sagen, dass du sein Zeug wegwerfen sollst.«

»So funktioniert das nicht.«

»Ach nein?«

»Denk doch mal nach. Das Paket loswerden ist Plan A, stimmt's? Das Universum würde doch Plan A nicht vereiteln, nur damit ich eine andere Version von Plan A umsetze. Das Universum verlangt eindeutig Plan B.«

»Und was ist Plan B?«

»Zu akzeptieren, dass das Universum ein Arsch ist.«

»Das Universum ist kein Arsch!«

»Oh doch. Glaub mir.«

»Woher willst du das wissen?«

»Weil ich weiß, dass das Universum irgendeinen Scheißplan für dieses Paket hat.«

»Aber darum geht's doch!«, rufe ich und halte seinem Blick stand. »Du kannst es gar nicht wissen. Du hast keine Ahnung, was das Universum genau vorhat. Vielleicht bist du hier, weil du mir begegnen solltest, damit ich dir raten kann, das Paket wegzuwerfen.«

Er grinst. »Das Universum wollte also, dass wir uns treffen?«

»Was? Nein! Ich meine, ich weiß nicht. Das ist der Punkt. Wir können es nicht wissen.«

»Warten wir mal ab.« Nachdem er den Adressaufkleber einen Moment angestarrt hat, reißt er ihn durch, zerknüllt ihn und wirft ihn in den nächsten Papierkorb. Zumindest zielt er darauf, trifft aber daneben. »Tja«, sagt er. »Ähm, hast du –«

»Achtung, Achtung«, verkündet jemand durch die Sprechanlage. »Darf ich um Ihre Aufmerksamkeit bitten?«

Ich werfe dem Paketjungen einen Seitenblick zu. »Was –«

Eingeleitet von einer schrillen Rückkopplung, erklingen jetzt die ersten Töne eines Klavierstücks.

Woraufhin eine ... Marching Band durch die Tür stolziert. Eine gottverdammte Marching Band.

Einer nach dem anderen strömen die Musikanten ins Postamt, mit Pauken und Flöten und Tubas und einer etwas schiefen Version von Bruno Mars' *Marry You*. Zeitgleich verfallen Dutzende Leute – Junge und Alte, von denen ich dachte, sie stünden bloß um Briefmarken an – in eine durchchoreografierte Tanznummer mit Beingewerfe, Hüftgeschwinge und einer Menge Jazzhänden. Fast jeder hier drin, der nicht selbst mittanzt, hat mittlerweile seine Handykamera gezückt, doch ich bin zu gebannt, um auch nur einen Finger zu rühren. Denn auch auf die Gefahr hin, dass ich es überinterpretiere: Kaum fünf Sekunden nachdem ich einen süßen Typen kennengelernt habe, stehe ich mitten in einem Flashmob-Heiratsantrag? Noch deutlicher kann das Universum nicht werden.

Die Menge macht Platz für einen tätowierten Skateboarder, der gekonnt vor Lippenrings Schalter zum Stehen kommt. In der Hand hält er eine Schmuckschatulle, doch statt sich hinzuknien, stützt er beide Ellbogen auf und strahlt Lippenring an.

»Kelsey, Babe. Willst du mich heiraten?«

Kelseys Wimperntusche ist bereits bis runter zu ihrem Lippenring verlaufen. »Ja!« Als sie das Gesicht des Skaters mit beiden Händen für einen tränennassen Kuss zu sich heranzieht, bricht die Menge in Jubel aus.

Mich trifft's mitten ins Herz. Genau dieses New-York-Gefühl besingen sie in all den Musicals – diese ungezügelte, bis zum Anschlag aufgedrehte Technicolor-Freude. Nachdem ich den ganzen Sommer lang Trübsal geblasen und Georgia vermisst habe, ist jetzt endlich das Licht in mir angegangen.

Ich frage mich, ob der Paketjunge es auch spürt. Mit einem Lächeln auf den Lippen und einer Hand über dem Herzen drehe ich mich zu ihm um –

Doch er ist weg.

Meine Hand fällt schlaff runter. Keine Spur von dem Jungen. Keine Spur vom Paket. Suchend schaue ich mich um, gehe jedes einzelne Gesicht im Raum durch. Vielleicht hat ihn der Flashmob zur Seite gedrängt. Oder vielleicht gehörte er dazu. Oder vielleicht musste er zu irgendeinem dringenden Termin. So dringend, dass er nicht mehr nach meiner Nummer fragen, dass er sich nicht mal mehr verabschieden konnte.

Ich kann nicht glauben, dass er sich nicht mal verabschiedet hat.

Ich dachte – schon klar, das ist dämlich –, aber ich dachte, da wäre etwas Besonderes zwischen uns. Schließlich hat das Universum uns mehr oder weniger eigenhändig zueinandergebracht, oder? Ich habe nicht die leiseste Ahnung, wie man das Ganze sonst erklären sollte.

Nur ist er jetzt verschwunden. Wie Aschenputtel um Mitternacht. Als hätte es ihn nie gegeben. Und ich werde nie seinen Namen erfahren, nie hören, wie er meinen ausspricht. Ich werde ihm nie zeigen können, dass das Universum kein Arsch ist.

Weg. Endgültig. Und die Enttäuschung trifft mich so hart in die Magengrube, dass ich fast zusammenklappe.

Bis mein Blick zum Papierkorb wandert.

Okay. Ich werde nicht etwa den Müll durchwühlen. Natürlich nicht. Ich bin zwar ein Häufchen Elend, aber *so* verzweifelt dann doch wieder nicht.

Vielleicht hat der Paketjunge ja recht. Vielleicht verlangt das Universum einen Plan B.

Frage: Wenn ein Stück Papier es gar nicht erst in den Papierkorb geschafft hat, kann man es dann überhaupt als Müll bezeichnen? Denn: Stellen wir uns mal vor, dass – rein hypothetisch – ein zerknüllter Adressaufkleber auf dem Boden liegt. Ist er dann Müll?

Oder wäre er dann nicht vielmehr so was wie ein gläserner Schuh?

2. KAPITEL – BEN

Na toll, jetzt kann ich von vorne anfangen.

Ich hatte *eine* Aufgabe. Die Trennungskiste wegschicken und ohne die Trennungskiste das Postamt verlassen. Zu meiner Verteidigung: Es war ganz schön was los da drin. Allem voran der coole, süße Typ, der ganz offensichtlich noch nicht vom Universum enttäuscht wurde, schließlich hat er tatsächlich geglaubt, dass unser Treffen vorherbestimmt war. Ausgerechnet, als ich gerade versucht habe, Hudson sein Zeug zurückzuschicken. Jetzt, nachdem die Marching Band uns auseinandergebracht hat, singt dieser Arthur bestimmt ein anderes Liedchen vom Universum.

Schnell steige ich in den nächsten Zug nach Alphabet City, wo ich mich mit Dylan treffe. Ich wohne auf der Avenue B, mein bester Freund auf der Avenue D. Kennengelernt haben wir uns aufgrund unserer Nachnamen: Alejo und Boggs. In der Dritten saß er dadurch hinter mir und tippte mir pausenlos auf die Schulter, um sich Stifte, Schmierpapier und auch sonst alles zu leihen. Das gleiche Spiel Jahre später, als er sich mein zwei Generationen altes iPhone lieh, um seiner Flamme der Woche weiter schreiben zu können, nachdem sein eigener Akku den Geist aufgegeben hatte. Wenn ich mir etwas von ihm »leihe«, dann nur ein paar Dollar für die Mittagspause. In Anführungsstrichen deshalb, weil ich ihm das Geld kaum je zurückzahlen kann, was ihm nichts ausmacht. Dylan ist ein guter Kerl. Ihm ist egal, dass ich auf Typen stehe und mir ist egal, dass er auf

Mädchen steht. Danke an meinen guten Freund, das Alphabet, für diese Bromance.

Auf dem Weg von der Bahnstation zu Dylan stoppe ich an mehreren Mülleimern und halte die Trennungskiste darüber, bringe jedoch nicht den Mumm auf, das verdammte Ding loszulassen.

Ich hatte nicht damit gerechnet, dass Schlussmachen auch dann scheiße ist, wenn man es selbst macht. Und eigentlich fühlt es sich sowieso eher danach an, als hätte Hudson durch seine Fremdknutscherei die Sache beendet. Schon seit der Scheidung seiner Eltern lief es nicht mehr rund zwischen uns, aber ich hatte Geduld mit ihm. Als er zum Beispiel meinen Geburtstag planen durfte und wir zu einem Konzert *seiner* Lieblingsband gingen. Das ließ ich ihm durchgehen, schließlich war es mein erstes richtiges Konzert und die *Killers* haben schwer was drauf. Anschließend hat er den großen Jahrestagsbrunch meiner Eltern geschwänzt. Auch das ließ ich ihm durchgehen. Klar, es musste ja schwer für ihn sein, nach der Scheidung seiner Eltern die Ehe von meinen zu feiern. Aber als er bei dieser romantischen Komödie über zwei Jungs die ganze Zeit nur darüber gelästert hat, dass keine Liebe je hollywoodwürdig wäre, auch unsere nicht, da bin ich aus dem Kinosaal gestürmt. Und ging fest davon aus, dass er mir nachlaufen oder meinen Namen rufen oder zumindest irgendetwas tun würde, was ein fester Freund in so einer Situation tun sollte.

Doch stattdessen: drei Tage Schweigen. Bis ich ihn schließlich anrief und fragte, ob wir je wieder miteinander reden würden. Kurze Zeit später stand er vor meiner Tür und beichtete mir, er sei davon ausgegangen, dass wir getrennt wären, und er habe deshalb irgendeinen Typen auf einer Party geküsst. Völlig aufgelöst stand er da, wollte unbedingt eine zweite Chance, aber nicht mit mir. Ich hab Schluss gemacht. Endgültig. Selbst wenn er angenommen hat, es wäre aus zwischen uns, hätte er doch wohl länger als ein paar Tage warten können, bevor er mit dem Nächsten rummacht, oder? Kaum möglich, sich nach so was nicht wertlos zu fühlen.

Als ich bei Dylan klingele, drückt er mir immerhin sofort die Tür auf. Rumwarterei ist das Letzte, was ich jetzt brauchen kann. Schließlich schleppe ich nicht nur eine Kiste mit dem Zeug meines Ex herum, sondern auch noch einen Rucksack voller Hausaufgaben für die Sommerschule. Dieser Tag kotzt mich an.

Im Aufzug gähne ich ausgiebig. Musste heute um sieben aufstehen, in den Ferien, nur wegen der dummen Schule. Ein Hoch auf das Leben. Die Welt dreht sich weiter ... mit ihren Schlagringen dreht sie sich zu mir um und schlägt zu. Aufs Herz. Aufs Ego.

Dylan hat die Wohnungstür für mich offen gelassen und ich gehe wie üblich rein, ohne zu klopfen. Sein Zimmer betrete ich allerdings nicht mehr ohne Ankündigung, seit ich vor ein paar Monaten reinkam und er's sich gerade selbst so richtig besorgt hat.

»Alles jugendfrei da drin?«, frage ich durch die Tür.

»Leider ja«, antwortet Dylan.

Ich gehe hinein. Dylan sitzt auf dem Bett und textet vor sich hin. Nach unserem gemeinsamen Abendessen gestern muss er sich den Bart frisch gestutzt haben. Außer ihm kenne ich keinen anderen Bartträger in meinem Alter. Zwar will bei mir nicht mal über der Oberlippe was wachsen, weswegen ich mich lange für einen Spätzünder hielt, doch in Wahrheit ist Dylan hier die Freakshow – eine gut aussehende Freakshow.

»Big Ben«, singt Dylan und legt sein Handy beiseite. »Licht meines Lebens. Er, dessen Arsch in der Schule festsitzt.« Was umso beschissener ist, weil Dylan, seit ich mit den schlechten Neuigkeiten aus dem Vertrauenslehrerbüro kam, ununterbrochen Witze über mich reißt. Dabei hat er nur Glück gehabt, dass keine von seinen Freundinnen ihn je vom Lernen abhalten wollte, im Glauben daran, dass sich passable Noten auf wundersame Weise von selbst einstellen würden.

»Hi«, sage ich schlicht. Kosenamen sind nicht so mein Ding.

Dylan zeigt auf meine Brust. »Das Shirt ist ein Hingucker, hab ich recht?«

Werbeshirts kleiner Coffeeshops aus allen Ecken der Stadt machen einen Großteil von Dylans Garderobe aus und wenn sein Kleiderschrank zu voll wird, profitiere ich davon. Dass mit Dream & Bean gestern Abend eins seiner Lieblingsteile bei mir gelandet ist, wundert mich zwar, aber gut, ich beschwere mich nicht.

»Hatte bloß nichts Sauberes zum Anziehn«, wiegele ich ab. »Besonders cool ist es nicht gerade.«

»Diesen Affront schiebe ich angesichts der Trennungskiste auf deinen allgemeinen Missmut. Warum hast du sie nicht wie geplant überreicht?«

»Hudson war nicht da.«

»Tag eins der Sommerschule zu schwänzen, klingt nach keinem besonders guten Start für ihn.«

»Mh-hm. Also habe ich Harriett gefragt, ob sie das Paket für ihn mitnimmt, aber sie hat Nein gesagt.« Ich seufze. »Dann wollte ich es mit der Post wegschicken, nur per Express ist zu teuer.«

»Warum per Express?«

»Weil ich die Kiste so schnell wie möglich loswerden will.«

»Dafür hätte auch Standard gereicht, du Genie.« Dylan zieht eine Braue hoch. »Du konntest es einfach nicht; stimmt's?«

Ich stelle die Kiste ab, die ich hätte wegschicken oder in den Müll schmeißen oder an einen Anker geknotet im Meer versenken sollen. »Hör auf, mich zu durchschauen. Das ist mein Scheiß.«

Dylan steht auf und umarmt mich. »Na-na-naa«, macht er und streichelt mir den Rücken.

»Deine Tröstestimme tröstet mich nicht.«

Er gibt mir einen Kuss auf die Wange. »Alles wird gut, mein Milky Way.«

Im Schneidersitz lasse ich mich auf Dylans Bett nieder. Kurz bin ich versucht, mein Handy auf eine Nachricht von Hudson oder ein neues Insta-Selfie zu durchforsten. Allerdings ahne ich, dass keine Nachricht da sein wird und auf Instagram und Co. folge ich ihm ja nicht mehr.

»Hoffentlich fliegt er jetzt nicht aus dem Kurs, nur weil er mich meiden will. Bei dreimal Fehlen war's das für ihn.«

»Sein Problem. Und wenn er ganz wegbleibt, musst du deinen Sommer nicht mit ihm verbringen. Weniger Stress für dich.«

Es ist noch nicht lange her, da hätte ich mir nichts Besseres vorstellen können, als den Sommer mit Hudson zu verbringen. Als Pärchen im Schwimmbad, im Park und in der sturmfreien Wohnung. Weniger dachte ich dabei an einen Sommer als Ex-Freunde, die ihre Zeit im Nachholkurs absitzen müssen, weil sie während ihrer Beziehung zu viel übereinander statt über Chemie gelernt haben.

»Hätte ich wenigstens dich als Waffenbruder«, sage ich. »Ihm gibt seine beste Freundin Rückendeckung, und mir?«

»Alter!«, mault Dylan. »Memo an mich: Nie ein krummes Ding mit dir drehen. Kriegen die dich dran, lieferst du mich ja sofort mit ans Messer.« Er checkt währenddessen sein Handy, als wäre ich gar nicht da. Eine Angewohnheit, die ich überhaupt nicht leiden kann, bei niemandem. »Säße ich in diesem Kurs«, spricht er weiter, »wäre das eh eine einzige Soap. Eingepfercht mit meiner Ex? Neee, danke, auf keinen Fall.«

»Tja, das beschreibt exakt meine Situation.«

»Aber bisher ist er doch gar nicht aufgetaucht, und wenn er es noch tut, dann denk einfach dran, dass du die Nase vorn hast. Schließlich bist du als Schlussmacher der Trennungssieger. Wenn er sich von dir getrennt hätte, wäre das Ganze zweifach beschissen. So ist es immerhin nur einfach beschissen.«

Wie gern würde ich mein trauriges Königreich gegen jedes Universum tauschen, in dem ein einfach beschissener Herzschmerz keinen Sieg bedeutet. Aber hier sitzen wir nun.

Die jüngsten Trennungen belegen deutlich, dass wir unsere Viererfreundschaft nie für gegenseitiges Daten aufs Spiel hätten setzen dürfen. Und ich will ja niemanden angucken, aber Dylan und Harriett haben angefangen. Zwischen uns vieren lief es so lange eins a, bis die beiden sich an Silvester geküsst haben. Ich stand da zwar schon ziemlich auf Hudson und war sogar einigermaßen sicher, er auch auf mich, dennoch haben wir es den beiden in jener Nacht nicht etwa nachgemacht, sondern uns nur kopfschüttelnd angesehen, weil ich meinen besten Freund kenne und er seine beste Freundin. Wir wussten: Das mit den beiden würde niemals gut gehen. Vielleicht hätten Hudson und ich uns auch gar nicht erst inspiriert gefühlt, uns ebenfalls eine Chance zu geben, wenn wir nicht auf einmal so oft zu zweit gewesen wären, weil Dylan und Harriett fortan ihre Wochenenden als Pärchen verbrachten.

Unsere Zeit als Clique fehlt mir.

Ich stelle die Wii an, denn ich kann jetzt gut etwas Rumgealber und Entertainment gebrauchen. Gleich darauf ertönt die heroische Auftaktmusik von *Super Smash Bros*. Dylans Lieblingscharakter ist Luigi, denn Mario wird seiner Meinung nach überbewertet. Ich nehme immer Zelda, weil sie teleportieren, Geschosse ablenken und ihre Feuerbälle aus großer Entfernung schießen kann, was allesamt optimale Moves für jemanden sind, der Nahkämpfe vermeiden will.

Das Spiel geht los.

»Auf der Traurigkeits-Skala – wie traurig bist du heute?«, fragt Dylan. »Intro-von-*Oben*-traurig? Oder Nemos-Mama-stirbt-traurig?«

»Whoa. Definitiv nicht Intro-von-*Oben*-traurig. Der Scheiß zerreißt einem das Herz. Eher so was dazwischen, so letzte-fünf-Minuten-von-*Toy-Story-3*-traurig. Ich brauche einfach Zeit, um wieder auf die Beine zu kommen.«

»Mh-hm. Okay, ich muss dir was sagen.«

»Machst du Schluss mit mir?«, frage ich. »Denn das wär echt nicht cool.«

»So ähnlich«, antwortet Dylan. Und macht eine dramatische Pause, während er auf den Controller einhämmert, damit Luigi weiter grüne Feuerbälle auf Zelda schießt. »Ich hab da so ein Mädchen im Coffeeshop getroffen.«

»Das ist der dylanste Satz, den ich je gehört habe.«

»Schon, oder?« Dylan lacht auf seine gewinnende Art

in sich hinein. »Jedenfalls bin ich gestern nach meinem Arzttermin noch nach Uptown gefahren, um diesen einen neuen Laden zu testen.«

»Weil du natürlich nach deiner Herzuntersuchung schnurstracks in den nächsten Coffeeshop läufst. Manchmal übertreibst du's mit deinem Image.«

»War doch bloß das alljährliche Ritual«, wiegelt Dylan ab. Er hat einen Herzfehler namens Mitralklappenprolaps, der gar nicht so schlimm ist, wie er klingt – zumindest nicht in Dylans Fall. Wenn die Ärzte ihm allerdings irgendwann den Kaffee verbieten, dann Gnade uns allen. »Auf dem Weg dahin laufe ich also an *Kool Koffee* vorbei, den ich ja bekanntermaßen ausdrücklich meide, weil ich diese pseudolustigen Schreibweisen einfach superunlustig finde, doch in dem Moment, in dem *sie* herauskommt und den Müll wegwirft, werfe ich ihr mein Herz zu Füßen.«

»Wie du das nun mal so machst.«

»Allerdings konnte ich ihr in meinem Dream & Bean-Shirt natürlich nicht nach drinnen folgen.«

»Warum nicht?«

»Hallo? Marschierst du etwa mit einem *Happy Meal* unterm Arm bei *Burger King* rein? Nein, denn so was ist unter aller Kanone. Schalt mal dein Hirn ein.«

»Mein Hirn sagt mir, dass ich schleunigst neue Freunde finden sollte.«

»Ich wollte einfach nicht respektlos sein.«

»Zu mir warst du das gerade.«

»Ich rede doch von ihr!«

»Natürlich. Warte mal, hast du mir etwa deswegen das T-Shirt geschenkt?«

»Ja, aus reiner Panik.«

»Du bist echt seltsam. Und wie ging's weiter?«

»Heute bin ich erneut dort aufgekreuzt, diesmal in passender Rüstung ...« Er zeigt auf sein einfarbig blaues Shirt. Schick und unauffällig. »... und da stand sie und summte Elliott Smith, während sie einen Espresso zubereitete. Ich war *hin und weg*. Und noch mal hin und wieder weg. Big Ben, in ihr verschmilzt unbegrenzte Kaffeeversorgung mit der Liebe meines Lebens! Diese Frau werde ich heiraten!«

Einerseits ist es gar nicht so leicht, sich für jemandes Verliebtheit zu freuen, wenn man selbst gerade einen herben Rückschlag hat einstecken müssen, andererseits ist das hier Dylan. »Ich kann's kaum erwarten, meine zukünftige Schwägerin kennenzulernen.«

»Erinnerst du dich an dieses BuzzFeed-Ding mit der Harry-Potter-Hochzeit? Samantha und ich heiraten im Coffeeshop-Style. Alle Gäste kriegen Barista-Schürzen umgehängt, angestoßen wird mit Kaffeebechern, und aus dem Espresso-macchiato-Schaum lächelt mein Gesicht heraus.«

»Du machst mich fertig.«

»Allerdings gibt es einen Haken.«

»Sie hat jetzt schon einen Haken?«

»Samantha ist ein Riesenfan von Kool Koffee, weil die was von ihrem Gewinn an soziale Einrichtungen spenden. Sie findet, dass aufrechte Kaffeetrinker die richtige Entscheidung treffen sollten. Aber ich ... ich bin einfach nicht bereit für ein monogames Leben mit diesem Laden.«

»Verlangt sie das denn überhaupt von dir?«

»Nicht mit Worten. Aber zwischen den Zeilen. Und wenn einem *die Richtige* begegnet, muss man eben Opfer bringen.«

»Nicht in tausend Jahren verzichtest du auf Dream & Bean-Kaffee.«

»Scheiße, nein. Ich verzichte nur darauf, ihn vor Samantha zu trinken. Was sie nicht weiß, macht sie nicht heiß.«

»Nur du kannst sogar Kaffeetrinken verwerflich klingen lassen.«

»Jedenfalls habe ich noch ein paar mehr Coffeeshop-Shirts in deine Schublade umgesiedelt, damit ich gar nicht erst in Versuchung gerate.«

Auf seine Worte hin gehe ich zum Schrank rüber und schaue direkt mal nach, denn vielleicht ist ja ein Hauptgewinn dabei. Und ja, Dylan und ich übernachten so oft beieinander, dass ich eine Schublade in seinem Zimmer habe und er eine in meinem. Wenn man bedenkt, dass ich mich vor allem in der ersten Zeit nach meinem Comingout in der Schulumkleide immer superunwohl gefühlt habe, weil die anderen ja glauben könnten, ich würde sie angaffen, habe ich echt ein Schweineglück, einen Bro wie Dylan zu haben, der sich völlig selbstverständlich vor mir umziehen kann und ich mich vor ihm. Hoffentlich ist jetzt nicht wieder eine Dylan-Flaute angesagt, wie all die letzten Male, als er *die Richtige* gefunden hatte.

»Warte mal, warum hast du mir nicht schon gestern Abend von Samantha erzählt?«, frage ich.

»Keine Ahnung«, sagt Dylan, als wäre das eine völlig befriedigende Antwort. Als würde ich jetzt ›Okay, cool‹ erwidern und dann übergangslos weiter seinen Luigi-Arsch vermöbeln.

»Du erzählst mir nie davon, wenn du dich verknallst.«

»Nenn mir nur ein Beispiel.«

»Bei Gabriella und Heather und Natalia und –«

»*Ein* Beispiel, hab ich gesagt.«

»– und Harriett. Das ist doch seltsam. Wir erzählen uns sonst alles.«

Dylan nickt. »Okay, also, ich wollte wohl kein Unglück heraufbeschwören, indem ich's zu früh jemandem erzähle. Du kennst doch die Geschichte von meinem Dad, die er immer erzählt. Dass er, als er meiner Mom zu Anfang des Studiums zum ersten Mal begegnet ist, schon direkt gewusst hat, dass er sie eines Tages heiraten würde? Genau so fühlt es sich mit Samantha an.«

Ich tue, als hätte ich das nicht schon häufiger gehört, vor einiger Zeit erst über Harriett, von der Dylan sich im März getrennt hat. Vielleicht klappt es ja diesmal. Während wir weiterspielen, lässt Dylan sich lang und breit darüber aus, nach welchem Heißgetränk Samantha und er ihr Erstgeborenes benennen könnten, woraufhin ich ihm klarmache, dass ich nicht den Onkel Ben für ein Kind namens Chai Latte spielen werde.

Aber mich packt auch ein wenig der Neid, weil Dylan in dieser ersten Phase von Verliebtheit steckt, in der alles möglich scheint. In der Samantha die Liebe seines Lebens sein könnte. So wie Hudson früher für mich. Und ich muss daran denken, wie gern ich neben ihm aufwachte und meinen Blick über sein Gesicht wandern ließ, von seinen Lippen über seine leichte Höckernase in seine wunderschönen verschlafenen Augen unter den verschmitzten schwarzen Brauen, die nicht recht zu seinem rostroten Haar passen wollen. Ich muss daran denken, wie er meine Weltsicht verändert hat, indem er sich zum Beispiel immer wieder diesen Idioten entgegenstellte, die wegen seiner »unmännlichen« Eigenheiten auf ihn losgingen. So habe ich überhaupt erst selbst einen Großteil meiner bescheuerten Vorstellungen über »echte Männer« ablegen können. Und ich muss daran denken, wie nervös ich war, weil ich nicht wusste, ob es gut oder schlecht werden würde, als wir im März zum ersten Mal miteinander schlafen wollten. Spoiler: Es war der Hammer.

Vielleicht kann ich diese Woche in der Schule ja dermaßen punkten, dass sie mir den Rest des Sommers freigeben, Hudson-frei.

Vielleicht aber auch nicht, denn ehrlich gesagt wäre ich ohne Hudson vermutlich in der gleichen Situation gelandet. Die Schule und ich sind nicht unbedingt dicke miteinander.

»Du wirst immer meine Nummer eins bleiben, Big Ben«, sagt Dylan. »Zumindest, bis Baby Chai auf der Welt ist.«

»Bros vor Babys«, fordere ich.

»Sagen wir, fifty-fifty?«

Ich zucke die Schultern. »Schön, fifty-fifty.«

»Du wirst eh nicht lange Single bleiben«, prophezeit Dylan, als wäre er eine fleischgewordene Kristallkugel. »Du bist groß, deine Frisur ist hollywoodreif und deinen lässigen Style macht dir keiner nach. Gäbe es nicht Mrs. Samantha Nachname-muss-ich-noch-rausfinden-damit-ich-ihn-vor-meinen-setzen-kann-Boggs, würde ich definitiv in weniger als einem Jahr das Ufer wechseln.«

»Sehr süß von dir. Dass jemand für mich schwul werden würde, wäre *natürlich* das Highlight meines Lebens.« Ich jage Heteros nicht explizit nach, aber falls einer neugierig ist: Willkommen im Hause Alejo!

Die erste Runde *Super Smash* gewinne ich, weil ich nun mal ich bin, und wir starten Runde zwei.

»Reden wir doch mal über den wahren Grund dafür, dass du die Trennungskiste nicht abgeschickt hast«, sagt Dylan, als würde er mir dieses Gespräch später in Rechnung stellen wollen.

»Nur wenn du die Therapeutenstimme weglässt«, gebe ich zurück.

»Vielleicht beginnen wir damit, warum mein Tonfall dir Unbehagen bereitet. Erinnere ich dich an eine bestimmte Autoritätsperson?«

Ich knocke Luigi aus und strecke Dylan den Mittelfinger hin. Erst dann setze ich zur Erklärung an: »Ich … ich hatte halt fest damit gerechnet, die Kiste persönlich zu übergeben. So als eine Art Abschluss. Und dann ist Hudson nicht da und plötzlich stehe ich in diesem Postamt und rede mit diesem Typen und auf einmal marschiert ein Flashmob rein und –«

»Moment. Spul das zurück.«

»Ja, ein Flashmob. Sie haben diesen Bruno-Mars-Song aufgeführt und –«

»Nein. Der Typ. Wie? Wer?« Dylan dreht sich zu mir und vernachlässigt dabei wie so oft die komplexe Magie der Pausentaste. »Du Arsch. Du bringst mich dazu, dass ich dich bemitleide und eigentlich schmeißt du dich schon an den Nächsten ran.«

»Was? Nein. Du spinnst dir da was zusammen. Niemand schmeißt sich an irgendwen ran.«

»Warum nicht? Wer ist er? Vor- und Zuname. Adresse. Sozialversicherungsnummer. Name auf Twitter, auf Instagram.«

»Arthur. Nachname weiß ich nicht. Adresse erst recht nicht. Dito für Twitter und Instagram. Aber da wir gerade beim Thema sind: Warum können die Leute nicht einfach einen Namen für alles haben?«

»Der Mensch ist kompliziert.« Dylan nickt weise. »Was weißt du sonst über ihn?«

»Er ist neu in der Stadt. Zu Besuch aus Georgia. Und er trug die albernste Krawatte der Welt.«

»Schwul?«

»Jap.« Ist immer super, wenn sich das gleich zu Anfang klärt. Das Rätsel selbst zu lösen, macht nämlich keinen Spaß und bringt in den meisten Fällen auch nichts.

»Uh, mich erreichen heiße Schwingungen«, sagt Dylan und fächelt sich Luft zu.

»Er ist schon ganz süß. Aber eigentlich zu klein, um mein Typ zu sein. Eins siebzig mit, etwas kleiner ohne Schuhe. Photoshopblaue Augen. Wie ein Außerirdischer.«

Dylan klatscht in die Hände. »Okay, du hast mich überzeugt. Der Plan war, die Überbleibsel deiner alten Beziehung *weg*zuschicken. Aber jetzt werden wir einfach dich zu Postamt-Arthur *hin*schicken!«

Kopfschüttelnd lege ich den Controller aus der Hand. »Bitte nicht. Ich bin momentan nicht gerade ein Hauptgewinn. Vorerst sollte man mich nirgendwohin schicken.«

»Du bist immer ein Gewinn, Big Ben.«

»Das ist süß von dir, Mann. Danke.«

»Ach, weißt du, irgendwann werden du und ich nach zu vielen Drinks mal ... so richtig kuscheln. Und ich verspreche, es am nächsten Morgen als gewinnbringend zu bezeichnen.«

»Du hast den Moment ruiniert.«

»Sorry. Zurück zum Thema«, sagt Dylan. »Du bist zu hart zu dir. Nur weil Hudson ein Idiot ist, der dich nicht zu schätzen wusste, heißt das nicht, dass der Nächste genauso sein wird. Und verdammt noch eins: Du triffst einen süßen Typen mit schlechtem Krawattengeschmack genau an dem Tag, an dem du deinen Ex hinter dir lassen willst. Das ist ein Zeichen.«

Mir fällt Arthurs Plädoyer für das Universum ein und auch er selbst erscheint wieder ganz deutlich vor meinem inneren Auge. Was ungewöhnlich ist, denn wenn mir sonst ein süßer Typ über den Weg läuft, male ich mir vielleicht eine hollywoodreife Liebesgeschichte mit ihm aus, habe ihn aber eine Stunde später schon wieder vergessen. Über Arthur hingegen weiß ich noch genau, dass seine Zähne schneeweiß sind und dass von seinem einen Eckzahn ein kleines Stück fehlt. Ich erinnere mich an seine wuscheligen braunen Haare. Und dass er für jemanden in unserem Alter ziemlich overdressed war. So würde sich wohl ein Außerirdischer anziehen, der aus einem anderen Sternensystem kommt und als Erwachsener durchgehen will, ohne sich seines Kindergesichts bewusst zu sein. Ich hätte nicht einfach abhauen sollen. Dylan hat vielleicht recht und ich habe ein Zeichen ignoriert.

»Ich muss dann mal los«, sage ich deprimiert. »Zeit für die Hausaufgaben.«

»An einem Montag in den Sommerferien. Läuft bei dir, was?« Dylan steht auf und drückt mich.

»Ich ruf später noch mal durch.«

»Wir hören uns. Falls ich nicht grad mit Samantha telefoniere.«

Wusst' ich's doch. Verliere ich jetzt in ein und demselben Sommer nicht nur meinen festen, sondern auch noch meinen besten Freund?

Ich bin schon fast aus der Tür, als Dylan mich zurückhält: »Hast du nicht was vergessen?« Er schaut demonstrativ zu meiner Trennungskiste. »Mit Absicht vielleicht? Ich kann mich um den Mistkerl *kümmern*, wenn du willst. Ich besorg mir eine Skimaske und schwarze Handschuhe und dann mach ich mit ihm einen nächtlichen Spaziergang. Niemand wird je davon erfahren.«

»Du brauchst Hilfe«, sage ich und nehme die Kiste an mich. »Ich kümmere mich schon selbst darum.«

Dabei bin ich noch nicht sicher, ob das nicht vielleicht gelogen ist.

Ich setze mich an meinen Schreibtisch und fahre den Laptop hoch. Was ein paar Minuten dauert, weil er nicht gerade das neueste Modell ist, beziehungsweise nicht mal ein neueres altes. Die Sims würden wesentlich beschwingter durchs Leben gehen, wenn ich endlich mehr Arbeitsspeicher hätte.

Die Hausaufgaben erledigen sich leider nicht von selbst, aber mich auf Chemie zu konzentrieren, war schon schwer genug, als neben mir noch kein Karton voller Erinnerungsstücke an eine Beziehung stand, die zu nichts wurde, obwohl sie alles hätte sein sollen. Um nicht ständig wieder wütend zu werden, denke ich manchmal gezielt nur an das Gute. Zum Beispiel daran, wie Hudson bei unseren Abschiedsumarmungen immer sein Gesicht an meine Schulter geschmiegt hat, fast als wollte er gar nicht nach Hause oder auch nur einen Meter von mir weggehen. Oder ich erinnere mich an das Gefühl, wirklich wahrgenommen zu werden. Denn ich wusste, dass er mich anschaute, auch wenn seine braunen Augen auf etwas anderes gerichtet waren. Oder ich denke daran, wie wir uns abwechselnd vorgelesen haben. Oder wie mein Handy bis spät in die Nacht an meiner Blitzsteckerleiste hing, damit ich weiter mit ihm facetimen konnte.

Doch dieser Hudson verschwand, als am ersten April, nach einer zwanzigjährigen Ehe, die Scheidung seiner Eltern offiziell wurde. Wobei er zunächst fest an einen dummen Aprilscherz seiner Mom glaubte und dass sie und sein Dad schon bald wieder zusammenkommen würden. Selbst nachdem beide ihren Freundes- und Bekanntenkreis über die Trennung informiert hatten und nachdem Hudsons Mom von Brooklyn nach Manhattan gezogen war, gab er die Hoffnung nicht auf. Wie eines von diesen Filmkindern, die dann irgendeinen pfiffigen Plan aushecken, um ihre Eltern wieder zusammenzubringen.

Dass er der als unerschütterlich geglaubten Liebe beim Scheitern zusehen musste, bekam uns nicht gut. Wir harmonierten nicht mehr, um es mal glimpflich auszudrücken. Manchmal wollte er mich und meinen Trost gar nicht erst um sich haben, dann wieder trafen wir uns zwar, doch er tat nichts anderes, als über die Liebe im Allgemeinen zu lästern. Und ich konnte eben nur eine gewisse Anzahl an Angriffen auf mein Herz verkraften. Irgendwann war das Maß voll, und ich musste auf Distanz gehen. Ich habe ihm eine Menge Chancen gegeben. *Uns*. Ich war nur einfach nicht gut genug, um ihn daran zu erinnern, dass Liebe etwas Schönes ist.

Mein Laptop ist endlich so weit. Weil ich vor den Hausaufgaben noch etwas Dampf ablassen will, öffne ich erst mal die Textdatei mit meinem selbst geschriebenen Fantasyroman. Seit Januar hält mich dieser Neujahrsvorsatz – übrigens der erste, den ich je in die Tat umgesetzt habe – in Bann. Wenngleich *Der Zorn der Zauberer* – oder kurz *DZDZ* – vorerst nur für meine Augen bestimmt ist, werde ich das vollendete Werk vielleicht eines Tages mit der Welt teilen. Oder zumindest mit Dylan, der endlich die Figur kennenlernen will, die ich nach seinem Vorbild erschaffen habe. Tatsächlich sind fast alle meine Helden im Buch dem wahren Leben entnommen.

Schnell scrolle ich zum aktuellen Kapitel. Dabei handelt es sich um eine Szene mit *DZDZ*-Hudson, die ganz harmlos losgeht. Ben-Jamin und Hudsonien schleichen sich aus der

Meditafestung für ein Stelldichein in den Dunklen Wald. Als Ben-Jamin jedoch mit seinen Windkräften den Nebel vertreibt, taucht – hoppla – eine Meute Lebenssauger aus dem Nichts auf, um Hudsonien einen richtig üblen Tod sterben zu lassen. So ein Pech aber auch. Mit Liebe zum Detail beschreibe ich die dafür vorgesehene Guillotine, weil es einfach nichts Schöneres für mich gibt, als mit Worten ein Bild zu entwerfen. Als aber die Lebenssauger das Fallbeil niederschnellen lassen wollen, bleiben meine Finger über der Tastatur in der Luft hängen.

Ich schaffe es nicht.

Ich bringe es nicht über mich, Hudson … Hudsonien zu töten.

Oder die Kiste wegzuwerfen.

Vielleicht können wir uns ja doch noch aussprechen. Vielleicht können wir mit der Sache abschließen. Und wieder Freunde sein.

Ich will wissen, wie es ihm geht.

Mein Herz klopft wie wild, als ich Hudsons Insta-Profil aufrufe: @HudsonWieDerFluss. Vor einer Stunde erst hat er ein Selfie gepostet und entgegen Harrietts Aussage, er sei krank, sieht er verdammt kerngesund aus. Er streckt zwei Finger zum Peace-Zeichen hoch und unter dem Foto steht #WeiterGehts. Es ist ziemlich offensichtlich, welchen Finger er eigentlich hätte hochhalten müssen.

Hudson hat sicher bemerkt, dass ich ihm nicht mehr folge. Wie ihm sicher auch klar ist, dass ich trotzdem weiter mitlese, weil sein Profil – im Gegensatz zu meinem – öffentlich ist. Und weil er mich kennt. Aber wenn er so optimistisch in die Zukunft schaut, warum kann er sich dann nicht in der Schule blicken lassen?

Ich frage mich, ob es für ihn tatsächlich einfach weitergeht. Zwar wohnt der Partyknutscher laut Hudson nicht in New York, aber womöglich probieren die beiden so ein Fernbeziehungsding. Manchmal dachte ich schon, Hudson könnte auf Mathekurs-Danny stehen, obwohl der angeblich keinesfalls sein Typ ist – zu muskelbepackt, zu autoverrückt. Oder vielleicht hat Hudson auch noch jemand ganz anderen am Start.

»WeiterGehts« hashtaggen kann ich auch. Nur dass es dadurch in der Realität noch lange nicht weitergeht. Hätte das Universum den Job zu Ende gebracht, würde ich jetzt mit Arthur texten, statt meinen Ex zu stalken. Vielen Dank auch, Dylan, für diese fixe Idee. Wasser auf die Mühlen des Romantikers in mir. Obwohl genau der die Probleme ja nur noch schlimmer gemacht hat. Hudson hat bei unserem Trennungsgespräch behauptet, ich hätte zu hohe Erwartungen und würde zu weit in die Zukunft träumen. Mir will nicht einleuchten, was daran schlecht sein soll. Warum soll ich mir nicht jemanden wünschen, bei dem ich mich wertgeschätzt fühle, jemanden, der auch auf lange Sicht mit mir zusammen sein möchte?

Ich habe keine Ahnung, wie man süße Typen in New York wiederfindet. Normalerweise fallen sie mir einmal kurz auf und das war's. Mit Arthur dagegen habe ich mich ja sogar unterhalten. Ich kenne seinen Namen. Ich tippe *Arthur* ins Suchfenster und, aha, das Universum ist sich natürlich zu fein dafür, meinen Arthur an die Spitze der Ergebnisse zu schubsen. Wer weiß, ob Arthur auf Instagram ist, aber wenn er den Leuten an meiner Schule auch nur ein bisschen ähnelt, dann postet er bestimmt sämtliche Details seines Lebens. Ich versuche es mit *Arthur Hotdog Krawatte*. Doch kein Glück. Bloß ein hotdogwettessender Arthur, der vor lauter Eifer seine halbe Krawatte gleich mitverspeist hat. Als Nächstes tippe ich *Arthur Georgia* ein und erhalte wieder nur Treffer ohne Zusammenhang. Eine Georgia zum Beispiel, die sich alle König-Arthur-Filme am Stück ansehen will. Nichts über Postamt-Arthur.

Verdammt.

Weil das hier New York ist, wird er kein zweites Mal in mein Leben treten. Na, wahrscheinlich ist es besser so. Das mit uns hätte ja doch nirgendwohin geführt.

Danke für nichts, Universum.

3. KAPITEL – ARTHUR
DIENSTAG, 10. JULI

`Hudson. Wie der Fluss.`

Haha, antwortet Jessie. `Du weißt aber schon, wie creepy die Sache mit dem Adressaufkleber wirkt, ja?`

Heul-Smiley. `Ich weiß, trotzdem bin ich kein Stalker, ich schwör's.`

Und selbst wenn ich einer wäre – was *nicht* der Fall ist –, dann wäre ich der schlechteste Stalker aller Zeiten. Denn wie sich herausgestellt hat, habe ich gestern nur den halben Aufkleber eingesteckt. Und diese Hälfte ist so angerissen und knitterig, dass ich nicht mal sagen kann, ob ich den Empfänger oder den Absender erwischt habe. Die Adresse fehlt zur Hälfte und der Nachname ganz. Trotzdem poste ich ein Foto davon in die Gruppe, kurz bevor die Linie 2 einfährt. Vollgestopft bis oben hin, wie immer. Ich quetsche mich zwischen einen Mann im *Cats*-Shirt und eine Frau mit Tattoo-Ärmeln.

`Jedenfalls steht da definitiv Hudson`, schreibt Jessie.

Ich lehne mich gegen die Haltestange. `Ja, oder? Aber ist Hudson mein Paketjunge oder sein Ex?`

Ich will mich immer weiter dafür ohrfeigen, dass ich ihn hab gehen lassen. Bisher dachte ich immer, das wäre nur eine Redensart. *Sich für etwas ohrfeigen*. Aber nein, hier stehe ich mit roter Wange, weil ich mir vorhin buchstäblich eine runtergehauen habe. Ich hätte nichts weiter tun müssen, als ihn nach seiner Nummer zu fragen. Mehr nicht. Ich hatte *eine* Aufgabe.

Warum bin ich nur so ein hoffnungsloser Volldepp, der nie was ans Laufen kriegt??

Wie bitte??, schreibt Jessie. Von wegen! Ich hätte im Leben nicht den Mut gehabt, einen süßen Fremden anzuquatschen. Du bist voll der Draufgänger.

Süß war er allerdings. Oh Mann, ihr glaubt gar nicht, wie süß er war.

Aber hallo, das macht deine Aktion gleich noch beeindruckender. Muskelarm-Emoji.

Aber hallo, echot Ethan. Süßen Typen angequatscht? – Respekt!

Jaaa, also, Jungsgeschichten mit Ethan zu besprechen, ist irgendwie verstörend. Und dass er dabei sogar noch das Richtige sagt, macht es umso schräger. Vor allem, weil ich nicht weiß, welcher Ethan der echte ist. Der Freund aus der Gruppe, der mich unterstützt? Oder der Fremde aus dem Zweierchat, der mir nicht antwortet? Schon klar, es sind nur Nachrichten und ich sollte da keine große Sache draus machen. Meine Mom meint, ich müsste einfach mal das Gespräch mit ihm suchen. Nur weiß ich gar nicht, was ich dann überhaupt sagen sollte. Und bestimmt würde er eh behaupten, dass zwischen uns doch alles in Ordnung ist.

Die Bahnfahrt dauert noch eine Weile. Ich schaue meine Fotos durch. Ein Teil von mir suhlt sich zu gerne in Trauer. Genau der Teil, der auch immer dann *Les Misérables* anstellt, wenn mir eh schon schwer ums Herz ist. Ich kann nichts dagegen tun. Wenn ich schon fühlen muss, dann will ich auch richtig fühlen.

Ich scrolle zu den älteren Fotos. Elfte Klasse. Jessie, die während des Roswell-Milton-Spiels ein Buch liest. Ethan, der ironisch, aber doch auch irgendwie ganz selbstsicher einen Herrenhut trägt. Wieder Jessie, die auf dem Beifahrersitz meines Autos eingenickt ist. Ich scrolle weiter. Zehnte Klasse. Ethan vor einem *King of Pops*-Stand. Schlittschuhlaufen vorm Avalon. Eine Portion Waffeln, ertränkt in Schokoladensoße (ich schmuggele nämlich immer meine eigene Flasche ins Waffle House).

Weiter zu den Videos: Tausendmal Ethan beim Singen. Ab und an schmettert er die Lieder regelrecht vor sich hin. Seinetwegen bin ich jahrelang davon ausgegangen, dass alle Heteros auf Musicals stehn.

Irgendwie hasse ich ihn.

Auf jeden Fall vermisse ich ihn.

Als ich vom Handy aufschaue, trifft mein Blick den einer alten Dame. Und statt jetzt wegzusehen, starrt sie mich einfach weiter an und streichelt mit großem Ernst ihre riesige Handtasche, die wie eine fette Katze auf ihrem Schoß sitzt. Ich sag's ja: New York ist verrückt.

Allerdings manchmal auf richtig gute Art. Wie gestern. Meine Gedanken wandern zurück zum Paketjungen. Hudson. Am deutlichsten erinnere ich mich an sein Lächeln. Vor allem, wie er lächelte, als ich sagte, dass ich schwul bin. Ich könnte schwören, dass er sich darüber gefreut hat. Mir ist klar, dass es bloß ein Solidaritätsding gewesen sein kann, so à la Sprechender Hut der Kinsey-Skala. »Tja, wenn du dir so sicher bist, dann wird es wohl ... AUSSCHLIESSLICH HOMOSEXUELL!!!!!!« *Jubelrufe und Regenbogenflaggengeschwenke von Hudson aus Haus Homosexuell*

Aber vielleicht war es auch mehr als das. Es fühlte sich nach mehr an. Nach Schicksal und hellhörigwerden, nach gestrafften Schultern und *Aber hallo*. Ich bin leider kein Experte, aber in meinen Augen war er eindeutig interessiert. Nur warum ist er dann einfach verschwunden?

Ich trete aus dem Zug in die glühende Hitze. Übrigens hatte ich nicht damit gerechnet, dass der Sommer hier glatt noch schlimmer ist als in Georgia, wo es zwar heißer ist, man das aber nicht so merkt. In New York merkt man's. Ob bei strömendem Regen oder dreißig Grad im Schatten: Der New Yorker geht zu Fuß. Zu Hause laufen wir im Sommer nicht mal von einem Parkplatz zum nächsten. Will man zu *Target*, so parkt man vor *Target*, steigt danach wieder schön in sein klimatisiertes Auto und – fährt – die hundert Meter weiter zu Starbucks. Hier aber schwitze ich vor neun Uhr früh schon mein Hemd durch. Ach, wie gern ich doch den Inbegriff des schwitzenden Praktikanten abgebe. Und das auch noch im gefühlt schicksten Büro der Stadt!

Alles glänzt, von oben bis unten. Dezente Lampen in minimalistischem Design? – Check. Verspiegelte Aufzüge? – Check. Hellgraue Ledersofas und dreieckige Beistelltische aus Edelstahl? – Check und check. Hier arbeitet sogar ein Portier, Morrie, der mich immer Doktor nennt. Weil ich mit Nachnamen Seuss heiße, wie Dr. Seuss, der Kinderbuchautor. Und bevor irgendwer fragen kann, meine Antwort lautet Nein. Nicht verwandt, nicht verschwägert. Und nein, ich habe noch nie im Leben Weihnachten gestohlen.

Jedenfalls arbeitet meine Mom in der zehnten Etage. Für die gleiche Kanzlei wie in Atlanta, nur dass das New Yorker Büro mindestens dreimal so groß ist. Wie in einem Ameisenhaufen wuseln hier Anwälte und Rechtsassistenten herum, die offenbar alle einander und auf jeden Fall alle meine Mom kennen. Die eine Art VIP ist, weil sie mit den Gründerinnen der Kanzlei auf der Uni war. Und genau deswegen bin ich auch hier, statt mit einer Meute Sechsjähriger im jüdischen Gemeindezentrum *Anatevka* einzuüben.

»Jo, Arthur«, begrüßt mich Namrata. »Du bist spät dran.«

Der riesige Stapel Akten auf ihrem Arm verheißt mir einen vergnüglichen Vormittag. Obwohl Namrata mich ein bisschen zu gerne herumkommandiert, ist sie im Grunde ein Schatz. Diesen Sommer wurden nur zwei Aushilfen eingestellt – sie und Juliet –, und beide stecken bis zum Hals in Arbeit. Aber so ist das wohl, wenn man Jura studiert. Ich hab gehört, hierfür haben sich nicht weniger als 563 Leute beworben. Wohingegen mein Einstellungsprozess sich auf die Bemerkung meiner Mom beschränkte: »Macht sich bestimmt gut im Lebenslauf.«

Ich folge Namrata in den Konferenzraum, wo Juliet bereits durch einen Haufen Papiere blättert. »Sind das die Shumaker-Akten?«, fragt Juliet, als sie zu uns aufsieht.

»Volltreffer.« Namrata lädt die Akten auf dem Tisch ab und lässt sich auf einen der Stühle fallen. Auf einen der superweichen Drehstühle, um genau zu sein, die hier drin den größten Arbeitsanreiz überhaupt darstellen, wenn man mich fragt.

Nachdem ich mich auch gesetzt habe, lasse ich mich mit einem Tritt gegen das Tischbein ein Stück nach hinten rollen. »Die ganzen Akten für nur einen Fall?«

»Jap«, antwortet Juliet.

»Muss ja ein großer Fall sein.«

»Geht so«, sagt Namrata.

Dabei blickt sie gar nicht erst auf. So sind die beiden manchmal: hyperkonzentriert und reizbar. Aber eigentlich sind sie echt cool. Und obwohl sie natürlich nicht Ethan und Jessie ersetzen können, bilden sie hier in New York doch mehr oder weniger meine Clique. Oder werden meine Clique bilden, sobald ich sie für mich gewonnen habe. Also los.

»Oh, Juuulieeeet«, singe ich, während ich an den Tisch zurückrolle und mein Handy zücke. »Ich hab hier was für dich.«

»Muss ich jetzt Angst kriegen?«, fragt sie, noch immer in ihre Akte vertieft.

»Nein, dich freuen.« Ich schiebe das Handy zu ihr rüber. »Deswegen.«

»Was ist das?«

»Ein Screenshot.«

Genauer gesagt, der Screenshot eines Twitter-Gesprächs, das gestern um 22:18 Uhr zwischen mir und Issa Rae stattfand, die laut einem bestimmten Instagram-Profil, das ich mir angeschaut – nicht gestalkt – habe, Juliets Lieblingsschauspielerin ist.

Sie guckt auf mein Handy. »Du hast Issa Rae geschrieben, ich hätte Geburtstag?«

Ich strahle sie an. »Jap.«

»Warum?«

»Damit sie dir Glückwünsche schickt.«

»Mein Geburtstag ist im März.«

»Ich weiß, ich wollte ja nur –«

»Du hast meine Göttin belogen?«

»Nein. Na ja. Vielleicht?« Ich kratze mich an der Stirn. »Egal. Soll ich euch mal von meinem neuesten Reinfall erzählen?«

»Hast du ja gerade schon«, sagt Namrata.

»Nein, was anderes. Was mit einem süßen Typen.«

Beide schauen auf. Endlich. Meinem Liebesleben können sie nicht widerstehen. Wobei »Liebesleben« natürlich schon zu viel gesagt ist. Jedenfalls hören sie gern zu, wenn ich von süßen Typen in der U-Bahn oder so erzähle. Ich finde es herrlich, so offen darüber sprechen zu können. Ohne dass mein Gegenüber groß was daran findet. Ohne dass ich mich deswegen komisch fühlen muss.

»Ich hab ihn beim Postamt getroffen«, fange ich an, »und jetzt ratet mal.«

»Ihr habt's hinterm Briefkasten getrieben«, schlägt Namrata vor.

»Ähm, nein.«

»*Im* Briefkasten«, rät Juliet weiter.

»Nein. Kein Getreibe, nirgendwo. Aber er hat einen Ex-Freund.«

»Also ist er schon mal schwul.«

»Genau, oder bi oder pan oder irgendwas in der Richtung. Und wenn er sich nicht von einer Beziehung in die nächste stürzt, ist er gerade Single. Stürzen sich New Yorker von einer Beziehung in die nächste?«

Namrata spult vor zur eigentlichen Frage: »Wie hast du's verkackt?«

»Ich hab seine Nummer nicht.«

»Tjaaa«, seufzt Namrata.

»Aber du findest ihn doch ganz bestimmt, wenn du einfach mal das Internet fragst«, sagt Juliet. »Damit kennst du dich ja scheinbar gut aus.«

»Leider weiß ich auch seinen Namen nicht.«

»Ach, Schätzchen.«

»Wobei, vielleicht doch. Mit fünfzigprozentiger Sicherheit heißt er Hudson.«

»Mit fünfzigprozentiger Sicherheit?« Juliets Mundwinkel zucken.

Ich könnte ihnen jetzt den Adressaufkleber zeigen. Bin aber nicht sicher, ob sie von meiner Müllsammelaktion im Postamt erfahren sollten. Selbst Jessie fand das creepy. Dieselbe Jessie, die einmal in Mathe verkündete, sie wäre mit

Beyoncé verwandt, und am nächsten Tag gephotoshoppte Bilder als Beweis mitbrachte.

»Dann kennst du also nur seinen Vornamen, der ... vielleicht gar nicht sein Vorname ist«, fasst Juliet zusammen.

Ich nicke. »Hoffnungslos, ich weiß.«

»Wahrscheinlich«, sagt Namrata. »Aber du könntest es trotzdem mal auf *Craigslist* posten.«

Ich schaue sie fragend an. »Craigslist? Ist das nicht diese gruselige Plattform, auf der Verrückte und Massenmörder einander alte Schallplatten und gebrauchte Bücher verkaufen? Warum sollte ich da posten?«

»Du weißt schon. Eine verpasste Gelegenheit: *Hab dich* Fifty Shades of Grey *lesend und Gelee-Eier futternd in der Linie F gesehen*. So in der Art.«

»Igitt, Gelee-Eier?«

Namrata runzelt die Stirn. »Entschuldige mal, Gelee-Eier sind ja wohl das Geilste.«

»Ähm ...«

»Du solltest das echt machen, Arthur«, sagt Juliet. »Beschreib einfach eure Begegnung: *Hi, wir haben uns beim Postamt getroffen und es im Briefkasten getrieben*, und so weiter und so fort.«

»Ich bin langsam verwirrt. Treiben die Leute es hier in Briefkästen? Bei uns in Georgia ist das eher unüblich.«

»Jules, am besten schreiben wir den Post für ihn.«

»Wie soll man da überhaupt reinpassen?«

»Konzentrier dich«, meint Namrata. »Und Laptop raus, Kleiner.«

Das nervt mich immer wieder: Wenn die beiden mich *Kleiner* nennen. Als wären sie so was von erwachsen und allwissend und ich nur irgendein halb fertiger Fötus. Natürlich klappe ich meinen Laptop aber trotzdem auf.

»Geh auf Craigslist.«

»Ich wiederhole: Wird man da nicht von Psychopathen abgestochen?«

»Nope«, sagt Namrata. »Abgestochen wird nur, wer nicht schnell genug auf Craigslist geht und meine Zeit verplempert.«

Also starre ich einen Moment später, unter Namratas strengem Blick und mit Juliet an meiner Seite, auf hunderte in schmalen Spalten angeordnete blaue Links. »Aha. Und jetzt?«

Namrata tippt hektisch auf den Bildschirm. »Da, unter *Community*.«

»Du kennst dich ja aus«, sage ich und ernte eine leichte Kopfnuss.

Tatsächlich genieße ich das hier in vollen Zügen. Also, dass Namrata und Juliet Interesse zeigen. Ich habe nämlich ein bisschen Angst, dass ich sie nerve. Für sie bloß irgendein Highschool-Baby bin, das beaufsichtigt werden muss, während sie eigentlich Wichtigeres zu tun hätten, zum Beispiel Shumaker-Akten sortieren.

Aber die beiden sind wie gesagt nun mal die einzige Clique, die ich in New York habe. Keine Ahnung, wie man Ferienfreundschaften schließt. Von den eineinhalb Millionen Menschen in Manhattan sieht keiner einem Fremden auch nur in die Augen. Und ich bin für alle ein Fremder, außer für die Leute in der Kanzlei.

Manchmal fehlen mir Ethan und Jessie so sehr, dass es richtig wehtut.

Inzwischen hat Juliet meinen Laptop zu sich rübergezogen. »Ach, guck mal, ein paar von denen sind echt süß.«

Sie dreht den Bildschirm wieder zu mir. Ich lese:

Starbucks auf der Bleecker Street/Nicht Ryan/ er sucht ihn/Greenwich Village

Du: Hemd, keine Krawatte. Ich: Poloshirt mit hochgeklapptem Kragen. Sie haben dir *Ryan* auf den Becher geschrieben und du hast gemurmelt: »Wer zur Hölle ist Ryan?« Dann hast du meinen Blick bemerkt und verlegen gelächelt, was unglaublich süß war. Hätte ich nur den Mut gehabt, nach deiner Nummer zu fragen.

Verdammt. »Autsch. Ich fühle mit ihm.«

Der nächste Eintrag:

Equinox auf der 85th/er sucht ihn/Upper East Side
Hab dich aufm Laufband gesehn, siehst heiß aus. Ruf an.

Juliet verzieht das Gesicht. »Wer kann da noch behaupten, Romantik sei passé.«

»Mir gefällt die konsequente Beliebigkeit«, sagt Namrata. »Nach dem Motto: *Du bist der Heiße, und wer ich bin, ist egal.*«

»Na ja«, lenkt Juliet ein, »zumindest versucht er's. Arthur, du willst es mit diesem Typen doch noch mal im Briefkasten treiben, oder?«

»Briefkastensex gibt es nicht. Niemand hat Briefkastensex.«

»Guck, er wird ja rot!«

»Okay, ich unterbrech das an dieser Stelle.« Frustriert schiebe ich den Laptop von mir und lasse den Kopf auf die Tischplatte sinken. »Gehen wir die Shumaker-Akten an.«

»Hurra!«, verkündet Namrata. »Arthur will arbeiten.«

4. KAPITEL – BEN
DIENSTAG, 10. JULI

»Sie muss gestorben sein«, sagt Dylan über FaceTime.

Auf dem Weg zur Schule seinen Anruf anzunehmen, war vielleicht nicht die beste Idee. Ich bin diese Woche auf einem Lorde-Trip und würde mir vor dem Unterricht gerne noch ein paar mehr Songs von ihr reinziehen, stattdessen gebe ich den Muster-Besten-Freund, weil Dylan durch die Samantha-Geschichte ein bisschen am Rad dreht. Gestern Abend hat er ihr YouTube-Links zu unterschätzten Elliott-Smith-Titeln geschickt und bis jetzt keine Antwort bekommen. Bei diesem Sänger geht Dylans Temperament manchmal mit ihm durch. Wie damals, als er eine ganze Woche lang sauer auf mich war, weil ich in einer *einzigen* Nachricht mal das zweite t von Elliott vergessen habe.

»Ich glaub nicht, dass sie tot ist. Im Gegenteil, vermutlich hat sie einfach ein Leben«, sage ich.

»In dem sie *was* tut?«

»Keine Ahnung, Vampire jagen?«

»Die Sonne scheint. Keine Vampir-Zeit. Lass dir was Besseres einfallen.«

»Im Ernst, es ist bestimmt alles okay. Ihr habt gestern zwei Stunden lang gequatscht.«

»Zwei Stunden und zwölf Minuten«, verbessert mich Dylan und füllt sich Kaffee nach. Viel geschlafen hat er vermutlich nicht. Als ich aufgewacht bin, hatte ich zwei verpasste Anrufe und zehntausend Nachrichten mit Samantha-Bezug. Alle kamen mitten in der Nacht.

»Sie hat übrigens einen Nachnamen«, fährt Dylan fort.

»Oho!«

»Samantha O'Malley.« Er erzählt mir haarklein, was er gestern alles über sie herausgefunden hat: Barista zu sein macht sie glücklich, im Gegensatz zu ihren Kollegen. Ihre Lieblingsfilme sind *Titanic* und *Herkules und die Sandlot-Kids*. Sie geht jede Woche mit ihrer kleinen Schwester Meeresfrüchte essen. Sie ist ein Videospiel-Ass. »Und ... ich dachte, sie mag mich.«

Seit der dritten Klasse habe ich so einige von Dylans »Beziehungen« hautnah miterlebt, aber noch nie war er am zweiten Tag, nachdem er ein Mädchen kennengelernt hat, schon derart unerträglich. Selbst bei Harriett hat es ungefähr einen Monat gedauert, bis er so richtig Herzchen in den Augen hatte. Dylans Schwärmerei für Samantha erinnert mich an Hudson und mich, als wir es nach der Schule kaum erwarten konnten, uns zu sehen. Und wir wissen ja, wie das ausging.

»Ich bin sicher, sie mag dich, Alter.«

»Mochte. Sie ist tot. Wir sehen uns beim nächsten Treffen der Anonymen Gebrochenen Herzen.«

Ich schlendere um die Ecke und aufs Schultor zu. Dylan und ich gehen nicht auf die Belleza High in Midtown, aber die nehmen da dieses Jahr 'ne ganze Menge Sommer-Loser von anderen staatlichen Schulen auf. Gerade will ich Dylan noch mal versichern, dass Samantha sich melden wird, da sehe ich Hudson und Harriett auf den Stufen vor dem Eingang sitzen.

Genau wie gestern auf dem Instagram-Bild wirkt Hudson kein bisschen krank. Gerade als er in sein Brötchen beißen will, entdeckt er mich. Sofort dreht er sich zu Harriett um und bricht in schallendes Gelächter aus. Und nichts gegen Harriett, sie ist super, aber die beste Witzeerzählerin ist sie definitiv nicht. Deshalb starrt selbst sie Hudson an, als wäre er völlig durchgedreht.

»Oh«, sage ich, »Dee, ich muss Schluss machen.«

»Wieso, was ist los?« Ich drehe das Handy um und jetzt guckt auch Dylan den beiden ins Gesicht.

»Oh! Hey, Leute!«

Harriett schüttelt den Kopf. »Danke, kein Bedarf.«

»Na dann, ciao«, sagt Dylan. »Hudson, Kumpel, du hast übrigens Ketchup im Gesicht. Sieht nicht schön aus.«

Jetzt schüttele *ich* den Kopf und beende FaceTime. Hudson wischt sich das Gesicht mit einer Serviette ab.

»Hey ... Hi«, sage ich.

»Hi«, antwortet Harriett. Heute umarmt sie mich nicht. Klar, Hudson ist ja dabei und sie kann ihm schlecht in den Rücken fallen. Trotzdem echt scheiße. Immerhin kannten wir uns schon, bevor Hudson zu uns auf die Schule kam. Ich hätte echt gerne unser altes Leben zurück. Die Gespräche mit Harriett über unsere Lieblingssuperheldenserien. Dylans und Hudsons Schachpartien. Ich wünschte, Hudson und ich würden es hinkriegen, wieder Freunde zu sein. Und Dylan und Harriett auch. Vielleicht sind wir ja eines Tages wieder ein Team.

»Hey«, sagt jetzt auch Hudson, aber er sieht mich dabei nicht an. Kein tapferes Instagram-Lächeln heute. Er will den nächsten Bissen von seinem Brötchen nehmen, überlegt es sich jedoch anders. Bestimmt um kein erneutes Ketchup-Debakel zu riskieren. Hudson kann einfach nicht essen. Da hab ich allerdings nie ein großes Ding draus gemacht, denn die Schulwege mit ihm inklusive billiger Sandwiches und endloser Gespräche über Gott und die Welt waren ein echtes Highlight. Ich weiß, es sollte mich nicht stören, dass er jetzt stattdessen einfach mit Harriett frühstückt, aber das tut es. Als fiele es ihm kinderleicht, mich aus seinem Leben zu streichen.

»Geht's dir besser?« Ich werde alles tun, damit dieser Sommer kein völliger Reinfall wird.

»Bin gesund und munter.« Hudson packt sein Sandwich weg. »Und auf dem Weg nach drinnen.« Er geht die Stufen hoch und durch die Tür.

»Na, der Tag fängt ja gut an«, bemerkt Harriett.

»Am besten frage ich ihn nie wieder, wie es ihm geht.«

»Gib ihm ein bisschen Zeit. Sein Ego ist ziemlich angekratzt.«

»Er ist derjenige, der mit einem anderen Typen rumgemacht hat.«

»Er dachte, ihr wärt getrennt.«

»*Zwei* Tage nach unserem Streit.«

Harriett hebt die Hand. »Die Sache ist ein kleines bisschen komplizierter und das weißt du eigentlich auch.«

»Das ist ungerecht! Er hat mir zuerst das Herz gebrochen. Ich kapier nicht, warum *er* die ganzen Mitleidspunkte kriegt, nur weil ich derjenige bin, der mit *ihm* Schluss gemacht hat. Ich hatte meine Gründe. Und du kennst sie alle.«

»Ich möchte lieber nicht noch weiter zwischen die Fronten geraten als eh schon. Tut mir leid, Ben.« Sie steht auf und folgt Hudson nach drinnen.

Ich hole tief Luft. Keine Ahnung, in welcher Welt Harriett zwischen den Fronten steht. Sie ist eindeutig auf Hudsons Seite. Nichts davon wäre passiert, wenn wir alle es einfach bei Freundschaft belassen hätten.

Ich schlurfe die Treppe hoch und habe null Bock auf Unterricht. Doch ich kehre nicht um. Wäre ja noch schöner, wenn ich die Elfte wiederholen müsste, weil ich Angst vor meinem Ex-Freund habe.

Unser Lehrer, Mr. Hayes, flirtet draußen vor dem Klassenraum mit der Algebra-Lehrerin. Er ist ziemlich jung, vielleicht so Mitte zwanzig. Normalerweise reist er wohl in den Sommerferien immer für soziale Projekte in irgendwelche fernen Länder, doch im Mai hat er sich beim *Spartan-Race*-Hindernislauf den Knöchel schwer verstaucht, weshalb er sich jetzt die Zeit damit vertreibt, uns in Chemie zu unterrichten. Er ist nicht ganz mein Fall – etwas zu durchtrainiert, Typ Unterwäschemodel –, aber nett anzusehen ist er definitiv.

Ich setze mich ganz nach hinten, so weit weg von Hudson und Harriett wie möglich, und schlage meinen Collegeblock auf.

In der Schule war ich noch nie gut. Dass Hudson der Meinung war, ich bräuchte trotzdem nicht viel zu lernen, hat die Sache natürlich nicht besser gemacht, aber Konzentrationsprobleme hatte ich schon immer. Meine Gedanken schweifen ständig ab. Vor jedem Test lerne ich ungefähr zwanzig Minuten und dann vertrödele ich doch wieder Zeit mit den Sims oder meinen Geschichten. Im ersten Halbjahr war Ma so verzweifelt, dass sie den Laptop konfisziert und so lange zurückgehalten hat, bis sich meine Noten wieder verbesserten. Das hat tatsächlich funktioniert, denn ich wollte unbedingt zurück in meine Fantasiewelten. Leider nicht gut genug, um auch in Chemie zu bestehen.

Doch selbst wenn ich mein Bestes gebe und mich im Unterricht so richtig konzentriere, habe ich immer das Gefühl, hinterherzuhinken. Wenn man eine Stunde verpasst hat, weil man krank war – oder vielleicht aus dem Fenster gestarrt und sich gefragt hat, wie sich wohl die wahre Liebe anfühlt –, unterbricht der Lehrer den Unterricht nicht, um einen auf den neuesten Stand zu bringen. Es geht einfach weiter. Ich vergesse ständig, wer alles am Zweiten Weltkrieg beteiligt war, kann nicht mehr als zehn US-Präsidenten aufzählen, habe keine Ahnung von Geografie und *Trivial Pursuit* ist mein absoluter Albtraum.

Ich würde die wirkliche Welt ja echt gerne besser kennenlernen. Aber anders als in der, die ich mir selbst in Gedanken oder bei *Die Sims* erschaffe, fühle ich mich darin gerade ziemlich unerwünscht und allein.

Mit einer Krücke unter dem Arm und einer Sporttasche in der freien Hand kommt Mr. Hayes ins Klassenzimmer, als wäre er auf dem Weg ins Fitnessstudio und nicht drauf und dran, uns die nächsten paar Stunden die Geheimnisse der Chemie näherzubringen.

»Guten Morgen zusammen«, ruft er. »Lasst uns direkt mit der Anwesenheitsliste loslegen.«

Hudson meldet sich. »Hallo, ich bin Hudson Robinson und habe gestern gefehlt.«

Mr. Hayes nickt. »Ja, das ist mir aufgefallen. Geht es dir denn heute besser?«

»Definitiv.«

»Super. Dann komm doch nach der Stunde zu mir und wir besprechen, was du nachholen musst. Okay, Pete ist da, Scarlett –«

»Warten Sie mal«, unterbricht Hudson. »Ich bleibe doch nicht länger. Schlimm genug, dass ich überhaupt in den Ferien zur Schule gehen muss. Danke, aber nein, danke.«

Harriett wirft ihm ihren typischen Alter-halt-jetzt-besser-die-Fresse-Blick zu.

»Ich bin nicht dafür verantwortlich, dass du schlechte Noten hast. Mein Job ist es, dafür zu sorgen, dass sie besser werden. Bleib einfach eine halbe Stunde nach dem Unterricht hier und du musst im nächsten Jahr nicht zusehen, wie alle deine Freunde ihren Abschluss feiern und sich aufs College vorbereiten, während du neue Freunde im Jahrgang unter dir suchst. Deal?« Krass, Mr. Hayes schafft es, jemandem das Messer auf die Brust zu setzen, ohne dabei wie ein völliges Arschloch zu klingen.

»Ich bin nicht dumm, ich muss nicht bei null anfangen«, erwidert Hudson. Wow, so redet er sonst nicht mit Lehrern. »Deshalb bin ich nicht hier. Ich war nur ...« Er sieht mich nicht an. »Ich hab nur den ersten Tag verpasst. Die Grundlagen hab ich drauf.«

»Cool. Dann erklär uns doch einmal kurz, wie Ionenbindungen entstehen, und du bist erlöst.«

Hudson schweigt.

»Und kannst du mir sagen, was eine Legierung ist?«

Nichts. Wie gesagt, die Schule macht für niemanden halt. Nicht einmal für bockige Ex-Freunde.

Hudson zuckt mit den Achseln und holt sein Handy raus. Alter Schwede, ich hoffe, er googelt die Antworten und fängt jetzt nicht an, irgendwem zu schreiben. Die peinliche Stille wirkt durch Hudsons knallrote Gesichtsfarbe noch peinlicher. So still war er nicht, seit Kim Epstein ihn mal Mädchen genannt hat, weil sein Verhalten manchmal ziemlich feminin ist. Harriett hat Kim damals in Grund und Boden gebrüllt.

Heute beende ich das peinliche Schweigen. »Legierungen bestehen aus zwei Metallen oder einem Metall und einem weiteren Element.« Das haben wir gestern wiederholt.

Hudson reißt den Kopf herum und starrt mich an. »Von dir brauche ich gar nichts, kapiert? Frag mich also nicht, wie's mir geht, und komm nicht auf die Idee, mir zu helfen.« Er ist mittlerweile so rot, es ist ein Wunder, dass er nicht platzt.

Liebend gern würde ich mich jetzt hinter meinem Collegeblock verstecken.

Keiner der anderen weiß von unserer Beziehung. Nur Harriett.

Wahrscheinlich denken sie, Hudson hat einfach einen an der Klatsche und ich bin der Sommerschulstreber. Eins ist klar: Das wird ein sehr langer Sommer.

5. KAPITEL – ARTHUR

Erst auf der U-Bahn-Fahrt nach Hause trifft es mich mit voller Wucht: Ich hab's ernsthaft, eindeutig und endgültig vermasselt. Da begegne ich dem atemberaubendsten Jungen der Welt mit den bezauberndsten Wangen, die je von der Sonne geküsst wurden. Der außerdem, zu meiner großen Verwunderung, auf mich zu stehen scheint, denn: dieses Lächeln. Dieses Lächeln hat mir nicht bloß Solidarität bekundet. Sondern eine Tür geöffnet. Eine Tür, die jetzt allerdings zugeschlagen, abgeschlossen und verriegelt ist. Ich werde Hudson nie wiedersehen. Ich werde ihn nie und nimmer auf seinen Emma-Watson-Mund küssen. Die Geschichte meines Lebens. Beziehungsstatus: auf ewig einsam.

Hätte ich nur den Mut gehabt, nach deiner Nummer zu fragen.

Jessie hatte vollkommen unrecht damit, mich als Draufgänger zu bezeichnen. In Wahrheit habe ich null Mut und null Komma nichts am Laufen. Ich hatte noch nie einen festen Freund, hatte noch nie Sex und habe noch nie geknutscht, nicht mal annähernd. Bisher hat mich das auch gar nicht so sehr gestört. Es war halt der Normalzustand. Und außerdem sitzen Ethan und Jessie ja im selben Boot. Mittlerweile fühlt es sich allerdings so an, als würde ich mich mit einem leeren Portfolio und ohne jede Ausbildung am Broadway bewerben. Unvorbereitet und unqualifiziert und grenzenlos überfordert.

Kreuzunglücklich nehme ich den Rest meines Heimweges in Angriff. Steige an der Seventy-Second Street aus und gerate mitten hinein in das Chaos aus Hetze und Taxen, Passanten und Krach. Drei Blocks liegen zwischen der Bahnstation und Onkel Miltons Wohnung. Im Gehen lese ich auf meinem Handy eine Verpasste-Gelegenheiten-Anzeige nach der anderen durch.

Sobald ich die Wohnung betrete: »Art, bist du das?«

Ich lege meine Laptoptasche auf unserem Esstisch ab, der gleichzeitig auch Wohnzimmer- und Küchentisch ist. Die Wohnung meines Großonkels hat zwei Schlafzimmer, für New Yorker Verhältnisse bestimmt schon viel. Trotzdem fühle ich mich wie eine Mumie im Sarkophag. Und ich kann absolut verstehen, dass Onkel Milton den Sommer in Martha's Vineyard verbringt.

Ich folge Dads Stimme und finde ihn vor einem Kaffee und seinem Laptop an meinem Schreibtisch.

»Warum hast du dich in mein Zimmer gesetzt?«

Er schüttelt den Kopf, als sei er darüber selber verdutzt. »Keine Ahnung. Tapetenwechsel?«

»Die Pferde machen dir Angst.«

»Ich mag Pferde. Mir ist nur nicht klar, warum dein Onkel zweiundzwanzig von ihnen an der Wand haben muss.«

»Ihre Blicke folgen einem, stimmt's? Oder bilde ich mir das ein?«

»Nope, das bildest du dir nicht ein.«

»Am liebsten würde ich ... ihnen Sonnenbrillen aufkleben oder so was.«

»Gute Idee. Mom wäre begeistert.«

Einen Augenblick lang grinsen wir uns schweigend an. Manchmal kommt es mir so vor, als wären Dad und ich die Lümmel aus der letzten Bank. Hin und wieder müssen wir

Mom Papierkügelchen in den Nacken werfen. Bildlich gesprochen.

Ich gucke auf Dads Bildschirm. »Ein Auftrag?«

»Nee, ich bastel bloß rum.« Dad ist ein Webentwickler. In Georgia war er noch ein Webentwickler, der Geld verdient hat. Bis er dann am Tag vor Weihnachten gefeuert wurde. Jetzt ist er ein Webentwickler, der rumbastelt.

In dieser Sarkophag-Wohnung lernt man unter anderem, was *hellhörig* bedeutet. Fast jede Nacht darf ich von der unteren Etage meines Stockbetts aus dabei zuhören, wie meine Mom meinem Dad fehlenden Ehrgeiz bei der Jobsuche vorwirft. Worauf er meist etwas nuschelt wie, eine Jobsuche in Georgia sei von New York aus nun mal nicht so einfach. Was *immer* dazu führt, dass sie ihn daran erinnert, er könne ja jederzeit nach Hause fahren.

Schwer zu beschreiben, wie wohlig mir dabei ums Herz wird.

»Sag mal, was hältst du von diesen verpassten Gelegenheiten auf Craigslist?«, frage ich plötzlich.

Warum tue ich das? Ich hatte absolut nicht vor, meinen Eltern von der Postamtgeschichte zu erzählen. Genauso wenig wie von meiner hoffnungslosen Verknalltheit in Cody Feinman aus der Hebräisch-Schule. Oder meiner noch hoffnungsloseren Schwärmerei für Jessies um einen Bruchteil jüngeren Bruder. Oder überhaupt von meiner Homosexualität. Nur rutschen mir solche Sachen manchmal einfach raus.

»Sind das Kontaktanzeigen?«

»Irgendwie schon. Aber nicht so wie: *Suche jemanden, der lange Strandspaziergänge und Katzen liebt*. Sondern eher wie ...« Ich überlege. »Wie Vermisstenanzeigen für entlaufene Hunde, außer dass es in diesem Fall um einen

Süßen geht, den man vorm Postamt getroffen hat. Einen süßen Menschen, meine ich.«

»Vielen Dank, schon kapiert«, sagt Dad. »Dann willst du also eine Vermisstenanzeige für diesen Postjungen aufgeben?«

»Nein! Keine Ahnung.« Ich schüttle den Kopf. »Juliet und Namrata haben mir das zwar geraten, andererseits sind die Erfolgsaussichten vermutlich gleich null. Ich kann mir nicht mal vorstellen, dass überhaupt irgendwer diese Anzeigen liest.«

Dad nickt bedächtig. »Kann sein.«

»Versteh schon. Blöde Idee. Ich – «

»Keine blöde Idee. Komm, wir schreiben da jetzt was.«

»Er wird es eh nie lesen.«

»Vielleicht doch. Den Versuch ist es wert, oder?« Dad macht ein neues Browserfenster auf.

»Ja, okay, aber nein. Nein, nein, nein. Craigslist ist keine Vater-Sohn-Aktivität.«

Doch Dad hat schon angefangen zu tippen und sein leicht vorgeschobenes Kinn macht mir klar, dass ihn so schnell nichts mehr aufhalten kann.

»Dad.«

Da hören wir, wie das Schloss aufgesperrt wird und hohe Absätze über die Dielen klackern. Im nächsten Moment steht Mom in der Tür.

Dad schaut nicht mal hoch. »Du bist ja früh zurück«, sagt er.

»Es ist halb sieben.«

Mit einem Mal herrscht Stille. Keine idyllische, sondern eine von der gefährlichen Sorte. Eine, die der nuklearen Druckwelle vorausgeht.

Todesmutig stürze ich mich mitten hinein: »Wir versuchen gerade, über Craigslist den süßen Posttypen wiederzufinden.«

»Craigslist?« Mom kneift die Augen zusammen. »Das lässt du schön bleiben, Arthur.«

»Warum? Ich meine, abgesehen davon, dass es sinnlos ist und er die Anzeige nie zu Gesicht bekommen wird, kann es doch nicht schaden.«

Dad fährt sich mit der Hand durch den Bart. »Warum bist du so überzeugt davon, dass er sie nicht lesen wird?«

»Weil Jungs wie er nicht auf so eine Seite gehen.«

»Jungs wie du auch nicht«, sagt Mom. »Ich lasse nicht zu, dass du Todesdrohungen von einem Axtmörder zugeschickt kriegst.«

Ich lache kurz auf. »Okay, das halte ich eher für unwahrscheinlich. Penisbilder, ja. Aber Todesdrohungen –«

»Aha! Also als deine Mom bin ich auch gegen die Penisbilder.«

»Ist ja nicht so, dass ich um welche bitten würde!«

»Mit einer Anzeige in diesem Portal tust du genau das.«

Dad wirft Mom einen Seitenblick zu. »Mara, glaubst du nicht, dass du hier etwas –«

»Was, Michael? Was?«

»Etwas überreagierst? Ein wenig?«

»Weil ich nicht will, dass unser sechzehnjähriger Sohn sich im Darknet rumtreibt?«

»Ich bin schon fast siebzehn!«

Dad schmunzelt. »Du hältst Craigslist für das Darknet?«

»Na, du musst es ja wissen«, blafft Mom.

Dad schaut verwirrt drein. »Was soll das denn bitte bedeuten? Meinst du, ich –«

»Okay, bitte hört auf«, gehe ich dazwischen. »Ich mach das doch eh nicht. Ich vergeude meine Zeit nicht mit der

Suche nach irgendeinem Typen, mit dem ich vielleicht fünf Sekunden gesprochen habe, okay? Können wir uns jetzt alle wieder beruhigen?«

Ich sehe von Mom zu Dad und wieder zurück zu Mom, doch sie scheinen mich gar nicht wahrzunehmen. Sie sind viel zu sehr damit beschäftigt, einander demonstrativ nicht anzusehen.

Dann verlasse ich die Szene. Abgang nach links.

Mein Herz schlägt so schnell, dass es fast aus dem Takt kommt. Ich hasse diese Streitereien. So waren Mom und Dad früher nie. Ich meine, klar haben sie sich hin und wieder angemeckert. Wir sind ja keine Roboter. Aber da kamen sie mit Witzeleien immer wieder raus. Neuerdings fühlen sich aber sogar die albernen Momente nur noch nach einem vorübergehenden Waffenstillstand an.

Ich lasse mich aufs Sofa fallen, schließe die Augen – und bin mir absolut sicher, dass ich beobachtet werde. Von Pferden. Insbesondere von dem riesigen Ölgemälde überm Tisch, das vermutlich Leonardo da Vinci höchstselbst vom jungen BoJack Horseman angefertigt hat.

Moms Stimme dringt aus meinem Zimmer: »... früh zurück? Entschuldige mal! Ich habe zwei Telefonkonferenzen verschoben, um –«

»Ja, dann hatte ich doch recht ...« Dads Stimme sackt kurz weg. »... früh.«

»Ach, hör doch auf. Hältst du mich für blöd? Als würde ich –«

»Du musst aber auch immer jedes Wort auf die –«

»Okay, weißt du, was du mal schön bleiben lässt, Michael? – Den ganzen Tag in Boxershorts Computer spielen und mich dann für ...«

Ich hole mir meinen Laptop vom Tisch. Klicke auf iTunes.

Spring Awakening, Original Soundtrack. Dann hacke ich so lange auf F12, bis der Lautstärkeregler oben anschlägt – »Mara, kannst du bitte …« –, und übertöne den Streit mit Jonathan Groff.

Denn dafür sind süße Jungs schließlich da.

6. KAPITEL – BEN

Ich wünschte, ich würde mich draußen in der Welt auch so puerto-ricanisch fühlen wie zu Hause.

In der Mittelstufe haben ein paar Freunde behauptet, ich wäre gar kein richtiger Puerto Ricaner, weil ich so hellhäutig bin und nur ein paar spanische Sätze sagen kann, so was wie *Te amo* und *¿Cómo estás?* Das habe ich Pa erzählt und ihn angefleht, Post-its mit spanischen Begriffen überall in der Wohnung aufzukleben, damit ich die Sprache lerne und nicht wieder fertiggemacht werde. Pa fand die Idee super, hat mir aber außerdem erklärt, dass man Puerto-ricanisch-Sein nicht an der Hautfarbe oder den Spanischkenntnissen festmachen kann, sondern an der Familie und der Herkunft. Das hat mir echt geholfen. Trotzdem muss ich immer dazusagen, dass ich Puerto Ricaner bin, weil die Leute nicht von alleine darauf kommen. Pa hat von uns allen noch den dunkelsten Teint, ungefähr wie ein sehr gebräunter Weißer, und so sollte ich eigentlich auch aussehen. Die Identität meines Vaters stellt nie jemand infrage.

Wenn sie mich doch bloß alle zu Hause erleben könnten: Zu entspannten Lana-Del-Rey-Klängen bereite ich *Sofrito* zu wie ein Pro, mische Koriander, Chili, Zwiebeln und Knoblauch mit dem frischen Oregano von Mas Arbeitskollegin. Mein Vater lädt zuerst Salat auf unsere Teller und häuft dann Reis und Straucherbsen obendrauf. Mir schustert er immer noch extra *Pegao* zu, weil ich die knusprige Reiskruste schon immer besonders gerne mochte. Vielleicht, weil es mich an einige meiner Lieblingssüßigkeiten erinnert. Meine Mutter stellt noch den Kokosflan in den Ofen, dann sind wir startklar.

Sie tippt mir auf die Schulter und sagt irgendwas, das ich durch die Musik nicht verstehe, also zieht sie mir einen Stöpsel aus dem Ohr. »Was ist los mit dir?« Die schulterlangen schwarzen Haare riechen nach dem Gurkenshampoo ihrer alltäglichen Feierabenddusche. Sie ist Buchhalterin bei *Blink Fitness*. Obwohl sie dort nur im Büro arbeitet, hängt der Schweißgeruch an ihr wie ein Fitnessstudio-Muskelprotz an einer Klimmzugstange. Deshalb springt sie immer so schnell wie möglich unter die Dusche, sobald sie zu Hause ist.

»Harter Tag«, antworte ich.

»Hudson?«, fragt Pa.

»Jackpot.«

Pa schüttelt den Kopf, die Hände voller Schaum. Er spült die Töpfe und Pfannen schon vor dem Essen, damit wir gleich mit gefüllten Bäuchen keinen so großen Geschirrberg mehr vor uns haben. Ein Trick, den *Abuelo* ihm beigebracht hat.

»Diego, beeil dich, ich bin am Verhungern.« Ma reicht mir Besteck. »Benito, deck doch schon mal den Tisch. Du kannst uns nach dem Beten alles erzählen.«

Ich lege Messer und Gabeln auf unsere jeweiligen Platzsets. Typische Spontankäufe im Laden an der Ecke, aus der Zeit, als unsere finanzielle Situation noch ein bisschen rosiger war als jetzt. Mas hat die Form einer Eule, ihres Lieblingstiers. Pas ist aus einem schwarz-weiß gewebten Stoff und er kratzt immer mit dem Finger darüber, während er wartet, bis wir auch aufgegessen haben. Meins zeigt einen T-Rex, der versucht, Wasser aus einem Trinkbrunnen zu schöpfen. Seit mit Hudson Schluss ist, hat mir das kein Lächeln mehr entlockt.

Wir hocken ziemlich nah beieinander. Meine Eltern sitzen nie an den Kopfenden des Tisches. Ma findet das viel zu steif. Als würden wir in einem riesigen Schloss dinieren statt in einer überschaubaren Dreizimmerwohnung.

Wir nehmen uns an den Händen und Ma spricht das Tischgebet. Meine Eltern sind ziemlich gläubig. Aber sie bezeichnen unsere Beziehung zu Gott gerne als gesund, denn wir sind keine Oldschool-Katholiken, die streng nach der Bibel leben und bequemerweise alle Verse ignorieren, die im Widerspruch zu dem Hass stehen, den sie predigen. Wir gehören nicht zu denen, die alle Nicht-Heteros in die Hölle schicken wollen. Das war auch schon vor meinem Comingout so. Meine Eltern beten regelmäßig und beim Essen mache auch ich mit. Heute Abend dankt Ma Gott für das Essen auf dem Tisch, für meine Tante, weil sie sich um *Abuelita* kümmert, nachdem die beim Aussteigen aus dem Auto gestürzt ist, für Pas kleine, aber willkommene Gehaltserhöhung bei *Duane Reade* und dafür, dass es allen gut geht.

»Okay.« Ma klatscht in die Hände. »Hudson. Was ist da los?«

Ich mag es, dass meine Eltern mir so auf die Pelle rücken. Und mir gleichzeitig Freiraum geben, wenn ich ihn wirklich brauche. »Ich wollte ihm im Unterricht helfen und er ist ein bisschen ausgerastet.«

Pa runzelt die Stirn. »Ich dachte, Handgreiflichkeiten sind nicht sein Ding.«

»Sind sie auch nicht, keine Sorge«, versichere ich, um ihn zu beruhigen. Vor zwei Jahren wurde ich mal vor einem Supermarkt ausgeraubt und meine Eltern haben mir danach aus Sorge Hausarrest verpasst, quasi eine Strafe, obwohl ich ja das Opfer war. Aber daran, dass Pa mir beigebracht hat, meine Fäuste zu gebrauchen oder wegzurennen – je nach Situation –, habe ich gemerkt, dass sie das natürlich nur aus Liebe getan haben. Trotzdem war es echt ein verlorener Sommer. Und die gibt es nun mal nicht wie Sand am Meer.

»Er hat mich nur vor allen anderen blöd angemacht. Ich hab dann lieber gar nichts mehr gesagt.«

»Gut«, sagt Ma.

»Auch gut, dass du es zur Not trotzdem mit ihm aufnehmen könntest.«

»Auf jeden Fall.« Einmal habe ich Hudson hochgehoben, gegen die Wand gedrückt und geküsst, weil wir das bei einem Hetero-Pärchen in einem Film gesehen hatten und wissen wollten, wie sich das anfühlt. Dann haben wir getauscht, und obwohl wir ungefähr gleich schwer sind, hatte er deutlich zu kämpfen.

»Alles klar, ihr Barbaren.« Ma schüttelt den Kopf. Sie hat überhaupt nichts für Gewalt übrig. Nicht mal Actionfilme mag sie, was Pa und ich aber gar nicht schlimm finden, weil sie während eines Films eh immer zehntausend Fragen stellt. Selbst wenn ihn noch keiner von uns vorher gesehen hat. »Ich hoffe einfach, ihr vertragt euch bald wieder.«

»Darauf kann ich vermutlich lange warten.«

Ich versuche, das Essen in die Länge zu ziehen, denn ich kann im Moment schlecht allein sein. Ma erzählt uns von dem neuesten Thriller-Podcast, den sie gerade hört. Offenbar wird die Spannung mit jeder Folge unerträglicher, sodass sie sich fast wünscht, er wäre schon vorbei. Und Pa berichtet, dass sich bei ihm im Laden ein Vater und sein Sohn zufällig beim Kondomekaufen getroffen haben.

»Wie geht's mit deiner Geschichte voran, Benito? Bin ich mal wieder aufgetaucht?«, fragt Ma.

Die einzigen Menschen, die von meinem Romanprojekt wissen, sind Dylan, Hudson, Harriett und meine Eltern. Dieses Jahr konnte ich mir kein Muttertagsgeschenk leisten, also habe ich Ma in die Geschichte geschrieben: als nie alternde Magierin, die Friedenszauber wirkt. Ich hatte es sogar schon ausgedruckt, aber dann wurde ich in letzter Sekunde doch wieder unsicher. Also habe ich ihr bloß von der Figur erzählt, statt sie selbst alles lesen zu lassen. Ich bin schon so weit mit dieser Geschichte, dass ich Angst habe, jede noch so kleine Kritik könnte mich alles hinschmeißen lassen.

»Nope. Isabel die Friedliebende bleibt besser in ihrem Turm. In einem Zaubererkrieg ist nicht viel Platz für Friedenszauber.«

»Vielleicht kommen ja alle zu einer Einigung, wenn sie miteinander reden.«

Ich muss lachen. »Gib's auf, Ma! Übrigens spinnt der Laptop seit 'ner Weile. Nach zwanzig Minuten läuft er heiß.«

»Wenn du die Sommerschule abgeschlossen hast, könnten wir dir vielleicht einen neuen besorgen.«

»Nein«, schaltet Pa sich ein, »seine Belohnung für die Sommerschule ist schon, nicht sitzen zu bleiben.«

»Besser, ich bin hier drin und schreibe, als draußen ausgeraubt zu werden, oder?«

»Das war jetzt ein Schlag unter die Gürtellinie«, erwidert Pa. »Aber geschickt ausgeführt. Der Hartnäckige Hector hat dich gut trainiert.« Der Romanauftritt des Hartnäckigen Hectors war sogar noch kürzer als der von Mas Figur.

»Wir könnten noch mal auf Craigslist einen suchen«, schlägt Ma vor.

Einen Laptop über Craigslist gekauft zu haben, ist vermutlich die Wurzel allen Übels. Aber ich werde mich jetzt nicht beschweren.

»Frankie hat seine neue Freundin über Craigslist gefunden«, erzählt Pa.

»Welcher Frankie? Dein Angestellter Frankie oder der Postbote?«, frage ich.

»Angestellten-Frankie. Rodriguez. Er hat mir von dieser Rubrik auf Craigslist erzählt, wo man Leute finden kann, die man getroffen oder fast getroffen hat. Passende Gelegenheiten oder so.« Pa schaut uns an, als wüssten wir, wovon er redet. Er zuckt mit den Schultern. »Also, Frankie hat Lola im Zug kennengelernt. Aber sie haben keine Nummern ausgetauscht. Ein Freund hat ihm empfohlen, auf Craigslist nachzusehen, und da gab es tatsächlich einen Post von Lola. Jetzt sind sie seit zwei Wochen zusammen.«

»Oh, wie schön«, sagt Ma.

»Fast zu schön, um wahr zu sein«, ergänze ich.

Als wäre Craigslist ein Helfer des Universums. Und vielleicht spricht das Universum gerade durch meinen Dad zu mir, um mich zu ermutigen, es auch auszuprobieren. Nachzuschauen, ob *meine* Lola – also Arthur – auch versucht, mich zu finden. Ich stehe auf.

»Ich muss mal was nachsehen«, sage ich.

»Aber es gibt doch noch Nachtisch«, wendet Ma ein.

Kurz zögere ich. Aber der Nachtisch wird gleich auch noch da sein und in meiner Brust macht sich dieses Ich-muss-das-sofort-wissen-sonst-platze-ich-Gefühl breit. Ich schließe meine Zimmertür hinter mir und setze mich aufs Bett, mitsamt dem angeschlagenen Laptop, der dieses ganze Craigslist-Gespräch überhaupt erst ins Rollen gebracht hat. In mir macht sich ein hoffnungsfrohes Kribbeln breit, voller Verheißung, wie damals, als Hudson und ich anfingen, uns zu schreiben, oder wie gestern Vormittag, als Arthur mich angesprochen hat und wir übers Universum geredet haben.

Ich gehe zu Craigslist, finde Verpasste Gelegenheiten – nicht Passende Gelegenheiten, Pa – und scrolle durch die Mann-sucht-Mann-Gesuche für Manhattan. Aber meine Hoffnung verwandelt sich irgendwann in Niedergeschlagenheit. All diese Leute mit ihren Was-wäre-wenn-Fantasien, die verpasste Gelegenheiten bereuen, ziehen einen nämlich echt runter.

Ich klappe den Laptop zu.

Das war's dann wohl mit diesem Arthur.

7. KAPITEL – ARTHUR

MITTWOCH, 11. JULI

»Arthur, Schuhe, na los. Wir kommen noch zu spät.« Mom sieht auf ihr Handy. »Oi. Ich ruf uns ein Lyft.«

Ich schaue vom Sofa hoch. »Ist doch erst acht.«

»Tja, da dein Vater den Kaffee aufgebraucht hat, ohne mir was zu sagen«, beginnt sie lautstark und wendet den Kopf Richtung Schlafzimmer, »müssen wir vor der Bray-Eliopulos-Entscheidung noch zu Starbucks. Hast du deine Tablette genommen?«

»Ja.« Gemächlich setze ich mich auf. »Warum fahre ich nicht einfach mit der U-Bahn?«

»Dafür müsstest du doch auch direkt los.«

»Nö. Erst um zwanzig nach.«

»Ach so?«, spöttelt Mom. »Tauchst du deswegen immer erst um Viertel nach neun im Büro auf?«

»Das war ein Mal!«

Sie wuschelt mir durch die Haare. »Komm schon. Unser Lyft ist gleich da.«

In dem Moment geht die Schlafzimmertür auf und Dad kommt gemächlich in seiner Karopyjamahose und dem T-Shirt von gestern herausgeschlurft. »Morgen«, sagt er gähnend und kratzt sich den Bart. »Hey, Art, wollen wir Bagels essen gehen?«

»Ja!«

»Michael, bitte … nicht.« Mom atmet hörbar aus. »Nicht jetzt.«

Sie schauen sich an und führen eine ihrer blitzschnellen lautlosen Diskussionen. Dad klopft mir auf die Schulter. »Verschieben wir die Bagels auf morgen.«

»Aber ich will nicht mit Mom auf Koffeinentzug in einem Lyft festsitzen«, flüstere ich ihm zu.

»Du wirst es überleben.«

Im Wagen rutsche ich neben Mom auf den Rücksitz. Sie streicht ihren Rock glatt, legt ihr Handy mit dem Display nach unten auf den Schoß und faltet die Hände. Da wir jetzt unterwegs sind, wirkt sie deutlich ruhiger, was aber vielleicht sogar noch schlimmer ist, denn ihr eindringlicher Blick lässt stark befürchten, dass jetzt ein Gespräch folgt.

Sie räuspert sich. »So, wer ist denn nun dieser Junge?«

»Welcher Junge?«

»Arthur!« Sie stupst mich in die Seite. »Der vom Postamt.«

Ich schiele zu ihr rüber. »Von dem hab ich doch schon erzählt.«

»Nur die Eckdaten der Geschichte. Ich will aber alles hören.«

»Okay. Tja. Ich darf ja nicht nach ihm suchen, von daher ... war das schon alles.«

»Liebling, du sollst das nur nicht auf Craigslist tun. Hast du nicht letztens auch diesen Artikel gelesen über – «

»Ich weiß, ich weiß. Axtmörder und Penisbilder.« Ich zucke die Schultern. »Ich mach's ja auch nicht. Ist eh egal.«

»Tut mir leid, Arthur. Ich merke ja, wie gern du ihn wiederfinden würdest.«

»Was soll's? Ist bloß irgendein Typ.«

»Na, aber ich frage mich – «, fängt Mom an, doch da vibriert ihr Telefon. Beim Blick aufs Display seufzt sie schwer. »Da muss ich kurz rangehen. Gleich geht's weiter.« Sie dreht mir den Rücken zu. »Was? ... Ja. Okay, ja. Sind unterwegs.

Zehn Minuten und noch kurz zu Starbucks ... was? Oh. Oh nein.« Sie beginnt, mit den Fingern auf ihrer Aktentasche herumzutrommeln. Dann schaut sie zu mir, verdreht die Augen und formt lautlos das Wort »Arbeit«.

Was bedeutet, dass sie ganz sicher nicht so bald wieder auflegen wird. Also sehe ich aus dem Fenster, auf die vorbeiziehenden Restaurant- und Ladenfronten. Nicht mal neun Uhr und die Bürgersteige quellen bereits über vor lauter Leuten. Erschöpft sehen sie aus und allgemein unbeeindruckt.

Unbeeindruckt! Von New York!

Ich weiß ja nicht. Manchmal kommt es mir so vor, als ob die New Yorker keine Ahnung hätten, wie man richtig newyorkt. Wo sind die ganzen U-Bahn-Poledancer, die Feuertreppensänger und die Times-Square-Küsser? Der Flashmob-Heiratsantrag war ja schon mal ein Anfang, aber wo bleibt die nächste Nummer? Ich hatte mir die Stadt als eine Mischung aus *West Side Story*, *In the Heights* und *Avenue Q* ausgemalt, aber wie sich herausstellt, besteht sie aus nichts als Baustellen, Verkehrsstaus, iPhones und Tropenhitze. Da kann man ja genauso gut Musicals über Milton in Georgia schreiben. Zum Auftakt singen wir die Ballade *Sonntags im Einkaufszentrum*, gefolgt von *Ich verlor mein Herz im Target*. Wenn Ethan jetzt hier wäre, hätte er bis zur Ankunft im Büro das komplette Stück fertig.

»Ach, das glaube ich nicht«, sagt Mom ins Telefon. »Dafür hätte Wingate doch eine Gegenaussage auftreiben müssen. Okay, wir sind fast da.« Sie hört kurz zu. »Nein, ja, ich schicke Arthur. Bis gleich.«

Und schon fischt sie einen Zwanziger aus ihrem Portemonnaie. »Großer fettarmer Latte, bitte.«

Hashtag Praktikantendasein.

Während ich in der Schlange warte, texte ich Ethan. `Konzept: ein Musical, das im Umland von Atlanta spielt. Titel: … Trommelwirbel … Ha-Milton.` Mikrofon-Emoji. Konfetti-Emoji. Bäm!

Doch er schreibt nicht zurück.

DONNNERSTAG, 12. JULI

Die Funkstille bricht Ethan erst heute Morgen mit einem Foto im – Überraschung! – Gruppenchat. Drauf zu sehen sind er und Jessie, die im Waffle House eine Flasche Schokoladensoße hochhalten. `Im Herzen bist du bei uns, Kumpel!`, schreibt er.

Ist doch scheiße. Wäre es ein Sommer wie sonst, würde ich jetzt genau da neben Jessie auf der Bank sitzen, Kartoffelrösti futtern und über Politik, Twitter oder Musicalverfilmungen lästern. Ich hätte den beiden längst die ungekürzte Version der Postamt-Geschichte erzählt und wir würden »Operation Hudson« in meiner Skizzen-App planen.

Stattdessen: Büro. Wo die Mädels heute bei jedem Wort, das auch nur annähernd nach *Hudson* klingt, die Ohren verschließen. So schlimm war es mit den beiden tatsächlich noch nie. Selbst als ein Paket für Namrata vorbeigebracht wird, sieht sie kaum auf. Als wäre es ihr unmöglich, die Tipperei zu unterbrechen. Einen Moment lang betrachte ich sie schweigend.

»Was ist das?«, frage ich schließlich.

»Keine Ahnung.«

»Vielleicht machst du's mal auf.«

»Später.«

Während sie etwas vom Bildschirm abliest, kommen ihre Finger auf den Tasten zur Ruhe. Kurz schaut sie zum Aktenstapel neben sich, dann zurück zum Bildschirm und tippt weiter.

»Wann denn?«

»Was?«

»Wann willst du's aufmachen?«

»Lass mich raten«, Namrata seufzt so heftig, dass die Shumaker-Akten aufrascheln. »Vorher lässt du mich nicht weiterarbeiten.«

»Könnte sein.«

»Ja dann.« Sie reißt den Karton auf und starrt gefühlte zehn Minuten lang wortlos hinein. Doch als sie dann wieder mich ansieht, lächelt sie breit. »Warum zur Hölle schenkst du mir zwei Kilo Gelee-Eier?«

»Genau genommen sind es achtzehnhundert Gramm.«

»Gelee-Eier.«

»Im Juli«, fügt Juliet hinzu.

»Arthur, du bist echt 'ne Nummer«, sagt Namrata. Übersetzung: Ich hab ins Schwarze getroffen.

Juliet wuschelt mir durch die Haare. »Magst du in der Pause mit uns essen gehn?« Übersetzung: Ich hab *volle Kanne* ins Schwarze getroffen.

Vor Glück könnte ich laut singen. Wenn die Mädels und ich jetzt Mittagspausenkumpels sind, sitzen wir vielleicht nächste Woche schon für geschmackvolle BFF-Tattoos unter der Nadel. Woraufhin sie mich reihenweise süßen Jurastudenten vorstellen, die alle hübscher sind als Hudson, und dann ziehe ich nie mehr nach Hause. Ich bleibe ganz einfach mit meiner genialen neuen Clique hier in New York. Bei meinen neuen besten Freunden. Ich meine, wer bitte schön braucht das Waffle House? Da gehe ich doch lieber zum Businesslunch in New-York-fucking-City, dem kulinarischen Zentrum der Welt. Ethan und Jessie können ja den Rest ihres Lebens Restaurantkettenessen spachteln. Ich für meinen Teil speise ab heute nur noch erntefrische Food-Truck-Köstlichkeiten oder setze mich in eins dieser kultigen Delis, wo auch die Filmstars immer hingehen.

»Ich wollte ja schon immer mal ins *Tavern on the Green*«, sage ich.

»Arthur, wir haben nur eine halbe Stunde.«

»*Sardi's*?«

»Um die Ecke ist ein *Panera*.«

Ich schnappe nach Luft. »Den Laden liebe ich.«

»Ja, das dachte ich mir«, sagt Namrata und wirft sich eine Handvoll Gelee-Eier in den Schlund.

Fünf Minuten später laufen Namrata, Juliet und ich durch die Straßen und ich komme partout nicht darüber hinweg, wie verwandelt die Mädels außerhalb des Büros sind. Wie *offen*. Bisher habe ich die strategischen Infos für meine Freundschaftsmission lediglich aus drei Quellen geschöpft: Mithören, Instagram und Mom. Inzwischen weiß ich bereits, dass Juliet tanzt, dass Namrata Vegetarierin ist und dass die beiden sich das ganze erste Studienjahr nicht ausstehen konnten, bevor sie dann beste Freundinnen wurden. Dass sie zusammen joggen gehen und Cupcakes essen und dass keine von ihnen je ein Tutorium versäumt hat. All das, noch bevor wir überhaupt im Panera angekommen sind.

»Angeekelt ist untertrieben«, sagt Namrata jetzt in der Schlange zu Juliet. »Ich also: Weißt du was, David? Lass sie machen, aber ich verbringe keine weitere Nacht in dieser Wohnung. Tut mir leid, bei Dinosaurier-Pornografie hört's echt auf.«

Juliet verzieht das Gesicht. »Igitt.«

»Momentchen, wer ist David? Und warum steht er auf Dinosaurier-Pornos?«

Ganz ehrlich? Ich hasse es, wenn Leute irgendeinen Namen fallen lassen und erwarten, dass ich auf magische Weise was damit anfangen kann.

»Nicht David steht drauf, sondern Davids Mitbewohner«, erklärt Juliet.

»Und was noch verstörender ist ...«, spricht Namrata weiter: »Sie zeichnen sogar einen eigenen ... *erotischen Dinosaurier-Webcomic*. Kein Scheiß. Und wenn's nur das wäre – bitte, jeder, wie er mag. Aber dann lassen sie ihre Entwürfe mitten im beschissenen Wohnzimmer liegen und ich muss dann sagen: David, kann dieser T-Rex sich bitte woanders einen runterholen?«

»Sind die Arme von so 'nem Vieh nicht ...« Juliet hält sich die Hände vor den Körper. »Wie macht er das überhaupt?«

»Ernsthaft, Leute, wer ist David?«

Namrata wirkt amüsiert. »Mein Freund.«

»Du hast einen Freund?«

»Seit sechs Jahren«, ergänzt Juliet.

»Krass.« Ich wende mich an Juliet. »Hast du auch einen Freund?«

»Ich habe eine Freundin.«

»Du bist lesbisch?«

»Der Nächste«, sagt der Typ hinterm Tresen.

Juliet tritt vor und bestellt eine Suppe im Brotlaib. Dann dreht sie sich wieder zu mir um und sagt: »Genau genommen bin ich biromantisch asexuell, das bedeutet –«

»Ich weiß, ich weiß. Aber das hast du ja nie erwähnt. Warum sagt ihr mir nie was?«

»Wir sagen dir ständig: Zurück an die Arbeit«, entgegnet Juliet lachend. »Pausenlos sagen wir dir das.«

»Aber nie was über euer Liebesleben. Ich sitze da und erzähle euch jedes noch so kleine Detail über Hudson. Dabei hab ich keine Ahnung davon, dass du eine Freundin hast. Und noch weniger davon, dass Namratas Freund erotische Dinosaurier-Comics zeichnet.«

»Davids *Mitbewohner* zeichnen die«, mischt Namrata sich ein, als sie ebenfalls vom Tresen zurücktritt. »Das ist ein entscheidender Unterschied. Arthur, du bist dran. Geh und bestell dein Erdnussbutter-Marmelade-Happy-Meal.«

»Tsss. Ich nehme ein gegrilles Käsesandwich. Ein reifes, erwachsenes gegrilltes Käsesandwich.«

Namrata tätschelt mir den Kopf. »Sehr niveauvoll.«

»Hudson«, wird über die Sprechanlage verkündet und ich erstarre. Namrata und Juliet ebenso. Die ganze Welt erstarrt. »Hudson, deine Bestellung ist fertig.«

»Arthur.« Juliet schlägt die Hand vor den Mund.

»Das ist er nicht.«

»Woher willst du das wissen?«

»Weil das nicht sein kann. Ich meine, wie unwahrscheinlich ist das denn?« Nachdrücklich schüttle ich den Kopf. »Das ist ein anderer Hudson.«

»Wir sind nicht weit weg vom Postamt«, sagt Juliet. »Bestimmt arbeitet oder wohnt er hier oder so. Hudson ist kein besonders verbreiteter Name.«

»Genau, wir gehen mal gucken«, beschließt Namrata.

»Auf keinen Fall. Das ist doch total aufdringlich!«

»Ist es nicht.« Sie gibt mir einen unsanften Schubs Richtung Abholfenster. Mit dem Rücken zu uns steht dort ein hellhäutiger Junge in Jeans und Poloshirt. Er ist größer als ich und ein umgedrehtes Basecap verdeckt seine Haare. »Ist er das?«

»Weiß ich nicht.«

»JO, HUDSON«, ruft Namrata.

Mir bleibt das Herz stehen.

Und der Typ, der sich zu uns umdreht, wirkt leicht beunruhigt. »Kenne ich dich?«, fragt er Namrata.

Er ist es nicht.

Es ist nicht Hudson. Also, offenbar doch, denn er reagiert ja auf den Namen, aber er ist nicht *mein* Hudson. Falls *mein* Hudson überhaupt Hudson heißt. Mir schwirrt der Kopf. Dieser Hudson hier sieht auch nicht verkehrt aus. Sehr schöne Wangenknochen, unglaubliche Augenbrauen. Er starrt uns stirnrunzelnd an und ich könnte mir in die Hose machen, so peinlich ist mir das Ganze.

»Hudson vom Orchester-Ferienlager?«, fragt Namrata lässig.

»Ich war nie im Orchester.«

»Ach, na dann. Muss ich dich wohl mit jemandem verwechselt haben.«

»Mit einem, der auch Hudson heißt?«

Namrata zuckt nicht mal mit der Wimper. »Jap, Hudson Panini.«

Hudson Panini. Hat Namrata sich gerade ernsthaft einen fiktionalen Ferienlagerfreund aus den Fingern gesaugt, nur um ihn dann Hudson Panini zu taufen?

»Oh, wow. Das klingt natürlich wesentlich besser als Hudson Robinson.«

»Seh ich auch so.« Namrata packt mich an der Hand. »Lass dir deine Suppe schmecken, Hudson Robinson.«

»Ich hab ein Panini bestellt«, hören wir ihn noch sagen.

Doch im nächsten Moment sind wir schon halb beim

Tisch, an dem Juliet auf uns wartet. Sofort fällt sie über uns her. »Wie lief's?«

»Ich werde Namrata umbringen«, verkünde ich.

Namrata schnaubt abfällig. »Na, hör mal!«

»HUDSON PANINI?«

»Mein Blick fiel auf ein Panini.«

»Brillant«, sagt Juliet.

Ich setze mich schwerfällig. »Das war *so* peinlich.«

»Pff. Du standst doch nur da, als hätt's dir die Sprache verschlagen«, sagt Namrata. »Kein Wort hast du mit ihm gesprochen.«

»Er war es ja nicht! Das war der Falsche!«

»Ja, offensichtlich. Er hat dich nicht mal ansatzweise wiedererkannt.«

Juliet lehnt sich zurück. »Schade, dann war es also einfach ein anderer Hudson.«

»Oder der Ex«, wirft Namrata beiläufig ein. »In dem Fall: Gern geschehen. Dank mir weißt du jetzt seinen Nachnamen.«

»Aber«, setze ich an.

Doch der Rest meiner Worte löst sich in nichts auf.

Denn was ist, wenn Namrata recht hat?

Vielleicht ist es Hudson Basecap-Augenbrauengott-Robinson ... Vielleicht ist er der Ex des Paketjungen. Bestimmt war er seit der Trennung zu deprimiert, um sich die Haare zu waschen, und hatte genau deswegen das Basecap auf. Heilige Scheiße.

Hudson Robinson. Ich bin kein Stalker oder so. Ich werde ihm nicht etwa hinterherschleichen. Wenn ich ihn hingegen übers Internet ausfindig mache, würde er's gar nicht mitkriegen.

Ich meine, dass ich den Jungen vom Postamt treffe, war

vielleicht tatsächlich vorherbestimmt. Vielleicht ist es genauso vorherbestimmt, dass ich ihn wiederfinde. Und vielleicht – ganz vielleicht – finde ich ihn auf den Spuren genau desjenigen wieder, wegen dem er überhaupt erst ins Postamt gegangen ist.

Hudson Robinson, schreibe ich in mein Handy. Und tippe auf »Suchen«.

8. KAPITEL – BEN

Dylans zukünftige Kurzzeit-Freundin zu treffen ist nach einem harten Schultag eigentlich das Letzte, was ich will. Trotzdem hetze ich nach Downtown, als könnte mir der räumliche Abstand von der Schule helfen, all die gemeinsamen Lacher von Hudson und Harriett vor und nach dem Unterricht zu vergessen, von denen ich ausgeschlossen war. Tat ziemlich weh. Als ich aus der Bahn steige, steht Dylan mit einem Dream & Bean-Thermobecher und einem Blumenstrauß vor einer Apotheke.

»Wow, du hast deine Massenmördermiene aufgesetzt«, sagt er. »Schuldiger Massenmörder. Vielleicht können wir das noch irgendwie abmildern, bevor wir Samantha treffen? Probier's doch mal mit dem Glücklicher-Bester-Freund-Look. Wie wär's?« Dylan zwinkert mir zu.

Glücklicher bester Freund. Schaff ich. Für Dylan. Auch wenn es langsam wirklich ein bisschen anstrengend wird, all seine Freundinnen kennenzulernen, nur um den Kontakt wieder zu verlieren, sobald sie sich trennen.

»Sollst du haben. Wozu die Rosen?«, frage ich.

»Sind Samanthas Lieblingsblumen. Das hat sie gestern erwähnt, als wir *Titanic* geguckt haben.« So stolz, wie Dylan klingt, könnte man meinen, es erfordere Superkräfte, sich an etwas zu erinnern, das jemand vor nicht einmal 24 Stunden gesagt hat.

»Habt ihr euch getroffen?«

»Na ja, über FaceTime, gestern Abend.«

»Habt ihr die ganze Zeit gefacetimt? Dauert der Film nicht über drei Stunden?«

Dylan nickt. »Wir haben sogar vier gebraucht, weil wir zwischendurch Pausen gemacht haben, um zu reden.«

»Respekt.« Und das meine ich ernst. Er hat ja schon in der Nacht davor so wenig geschlafen, weil von Samantha nicht sofort eine Antwort auf die Elliott-Smith-Nachrichten kam. Was natürlich nur daran lag, dass sie noch keine Zeit gehabt hatte, sich die Songs anzuhören. Aber danach war sie von allen begeistert. »Und?«

»Also, ich dachte ja, das Schiff würde viel früher sinken, wenn du verstehst, was ich meine.«

»Alles klar, du hast dich also gelangweilt, bis das Schiff endlich unterging?«

»Jap.«

Wir nähern uns dem Coffeeshop recht zügig, weil Dylan ungewohnt schwungvoll vorauseilt und entgegenkommende Menschenmassen gekonnt umkurvt. Ich kann kaum Schritt halten und höre nur gerade so, wie er sich beschwert, dass auf dieser schwimmenden Tür ja wohl Platz für Rose *und* Jack gewesen wäre und sie sich zumindest hätten abwechseln können. An der Ecke bleibt er abrupt stehen.

»Okay. Wie sehe ich aus?«

Er hat Ringe unter den Augen und trägt ein Kool Koffee-T-Shirt, was ich ziemlich übertrieben finde, aber sonst sieht er gut aus. Bis auf ... »Vielleicht lässt du den Dream & Bean-Becher noch verschwinden.«

Dylan wirft mir den Thermobecher zu, als wäre er eine Granate. Ich werfe ihn wieder zurück und so geht das hin und her, bis ich ihn schließlich in meinem Rucksack verstaue.

Kool Koffee riecht nach überheblichen Schriftstellern, die meinen Roman zerreißen würden.

Hinter dem Tresen steht Samantha in ihrer ganzen Pracht: Auf den dunklen Locken sitzt eine kakifarbene Mütze und mit blaugrünen Augen und blendend weißen Zähnen strahlt sie Dylan über die Schulter eines Kunden an. Boom! Ich bin echt hundertprozentig schwul. Aber wäre ich auch nur zu einem Prozent bi, dann würde ich Samantha rettungslos verfallen, weil sie krass hübsch ist und eine Wahnsinnsaura hat. Dylan sieht Samantha an, als würde sie leuchten. Ob ich für Hudson auch jemals so geleuchtet habe?

Oh Mist, nur noch ein freier Tisch. »Ich besorg uns schon mal Plätze«, sage ich.

Dylan hält mich zurück. »Du musst erst bestellen. Außerdem habe ich Angst, dass ich gleich etwas Dummes sage.«

»Du machst das schon.«

»Ich wäre gerade fast mit einem feindlichen Kaffeebecher hier reingelatscht.«

Dazu sage ich nichts.

Meine Glücklicher-Bester-Freund-Miene bleibt an Ort und Stelle. Auch als sich ein Junge in unserem Alter – Typ vielversprechender Romanautor – an den letzten freien Tisch setzt, um den nächsten *Harry Potter* zu schreiben. Immerhin ist er hübsch anzugucken: helle Augen, dunkelbrauner Teint, Caesar-Cut und ein T-Shirt mit der Menschlichen Fackel aus *Fantastic Four*. Wenn ich mehr Mumm hätte, so wie dieser Arthur oder wie Dylan bei Samantha, würde ich ihn ansprechen. Ich würde mich ihm gegenübersetzen, Hallo sagen, übers Schreiben quatschen, herausfinden, ob er auf Typen steht, ihm ein Kompliment machen, hoffen, dass er mir auch eins macht, seine Telefonnummer kriegen und mich verlieben. Aber ich habe nicht so viel Mumm, also passiert das alles nicht.

Wir sind an der Reihe. Samantha beugt sich über den Tresen und wirft dabei fast einen Aufsteller mit Keksen um. Sorte: Nimm mich doch noch spontan zum Kaffee dazu. »Sorry, ich bin ein Umarmungstyp.« Sie umarmt nicht einfach, sie umarmt verdammt gut. »Ich freu mich mega, dich kennenzulernen, Ben.«

»Gleichfalls, Samantha. Oder Sam? Sammy?«

»Nur meine Mom nennt mich Sammy. Wenn mich irgendwer anders so nennt, ist das immer superseltsam. Danke fürs Fragen.« Sie schaut zu Dylan. »Hi.«

»Hi«, sagt er, »wie geht's dir?«

»Gut. Viel zu tun.« Beim Anblick der Rosen lächelt sie. »Wie süß von dir. Es sei denn, die sind nicht für mich. Dann spucke ich dir in den Kaffee.«

»Sie sind ganz dein.«

Samantha nimmt einen Pappbecher, malt ein Herz um Dylans Namen und bereitet seinen extragroßen Kaffee ohne Spucke zu. »Ben, was darf's für dich sein?«

»Hm, ich weiß nicht, vielleicht eine Erdbeerlimo.« Yay, Zucker!

»Klein, mittel, groß?«

Nach einem Blick auf die Preisliste entscheide ich: »Auf jeden Fall klein.« Ach, du Scheiße, drei Dollar fünfzig für einen kleinen Becher, der zur Hälfte mit Eis gefüllt wird? Für das Geld könnte ich mit der U-Bahn zu einem Abenteuer aufbrechen und hätte noch 75 Cent übrig. Ich könnte fast vier Liter O-Saft kaufen, drei Packungen Skittles oder fünf Tüten Weingummis.

»Kommt sofort«, sagt Samantha. Unter meinen Namen

malt sie einen Smiley. »In ein paar Minuten kann ich Pause machen. Ich bediene nur noch eben die paar Kunden hier.«

Wir warten am Ende des Tresens. Verstohlen betrachte ich noch mal den Fantastic Four-Typen. Jetzt trägt er Kopfhörer und ich frage mich, was er wohl hört. Hudson mochte alte Klassiker, ich steh mehr auf aktuelle Musik. Dabei suche ich nicht bewusst nach neuen Songs, aber wenn sie mich packen, packen sie mich richtig. Es wär cool, mit jemandem zusammen zu sein, der den gleichen Musikgeschmack hat. Keine Diskussionen bei Roadtrips. Wir könnten an einem ruhigen Ort chillen, uns Kopfhörer teilen und uns ohne Worte verstehen.

In der Ecke steht ein Mädchen auf und wischt den Tisch mit ihrer Serviette ab. Bevor ich fragen kann, ob sie geht, schwärmen schon zwei Aasgeier aus – sorry, zwei Anzugtypen in der Mittagspause – und schnappen sich den Platz.

»Ich hätte uns eben den freien Tisch klarmachen sollen«, sage ich zu Dylan.

»Ist sie nicht toll?«, fragt er bloß.

»Jap«, sage ich automatisch.

Samantha kommt hinter dem Tresen hervor, zwitschert unsere Namen und stellt sich an den langen Stehtisch. »Danke fürs Vorbeischauen.«

»Na klar, Dylan hat darauf bestanden. Und ich wollte natürlich auch gerne mitkommen.«

»Besser als Hausaufgaben machen, was?«, sagt Dylan.

Ich nicke nur.

Mir ist es echt unangenehm, wenn Leute mitbekommen, dass ich zur Sommerschule muss. Schlimm genug, vor den Ferien nicht wie alle anderen mein Zeugnis zu kriegen, sondern zum Vertrauenslehrer geschickt zu werden. Klar wusste die ganze Klasse, dass mir da folgende Optionen präsentiert werden würden: Sommerschule – oder die Elfte an einer anderen Schule wiederholen. Vielleicht hätte ich besser die zweite Variante wählen sollen. Dann könnte ich meinen Hudson-freien Sommer genießen und müsste mich ab Herbst gar nicht mehr mit ihm rumschlagen.

Samantha nimmt einen Schluck von ihrem fettarmen Iced Mocha mit vierfachem Espresso, einem Spritzer Sirup und Sahne. Sie scheint zu merken, dass die Sommerschule ein sensibles Thema ist. Mein bester Freund könnte sich von dem Feingefühl mal eine Scheibe abschneiden. »Also, ich liebe die Arbeit hier«, sagt sie, »aber klar hätte ich natürlich gerne ein bisschen mehr Freizeit. Nur will ich eines Tages mein eigenes Unternehmen gründen und meine Mom sagt, es schadet nicht, wenn man mal auf jeder Ebene gearbeitet hat. So verwandelt man sich später nicht in irgendein Monster, das Unmenschliches von seinen Mitarbeitern verlangt, die vom Mindestlohn leben müssen.«

»Was für ein Unternehmen?«, frage ich.

»Ich würde supergerne meine eigenen Gaming-Apps entwickeln. Meine erste Idee ist so was wie *Frogger*, aber statt auf einer viel befahrenen Straße spielt man auf den Bürgersteigen in New York. Man stirbt, wenn man mit einem Einkaufswagen zusammenstößt, oder verliert Punkte, wenn man mitten in ein Touri-Foto läuft, oder so.«

»Das würde ich rauf und runter zocken. Du würdest mich bestimmt in der Highscore-Liste finden. Dylan hat auf dem Weg hierher quasi eine Liveversion davon gespielt.«

»Na ja, ich wollte einfach ihre Pause nicht verpassen«, sagt Dylan und wirkt ein bisschen … verlegen. Normalerweise kein Ausdruck, den ich mit ihm verbinden würde. Irgendwie süß, dass er jede Minute mit ihr nutzen möchte. Klassische Anfangsphase, in der man auf Einhörnern über

Regenbögen reitet und dabei Skittle-Shakes schlürft. Bis man irgendwann checkt, dass die Einhörner bloß verkleidete Pferde sind und man von dem ganzen Süßkram Karies gekriegt hat.

Samantha lächelt ihn an, als wollte sie ihm sagen, wie niedlich sie das findet. »Tja, also, Spieleentwicklerin. Das wär's echt. Falls du irgendwelche guten Ideen hast, die ich zu Geld machen soll, sag Bescheid.« Sie zwinkert mir zu. Das misslingt ein bisschen, trotzdem ist es sehr charmant.

»Kannst du eine Dating-App entwickeln? Mit der hundertprozentigen Erfolgschance, den Seelenverwandten zu finden?«

»Puh, ich hatte an etwas Simpleres gedacht, wie eine Gassi-geh-App mit Hindernissen, aber ich tu mein Bestes.«

Samantha ist megasympathisch. Wird nicht einfach, sie ziehen zu lassen. Vielleicht können wir hinter Dylans Rücken befreundet bleiben, wenn die beiden sich trennen. Eine Freundschaftsaffäre sozusagen.

»Wie geht's dir denn nach deiner Trennung?«, fragt Samantha. »Schon klar, du hast Schluss gemacht, aber …« Dass sie über Hudson und mich Bescheid weiß, überrascht mich ein bisschen. Vermutlich wollte Dylan Gesprächspausen nicht mit eigenen Ex-Geschichten füllen. Wenn man ihn fragt, hat es mit Harriett nicht funktioniert, weil sie eine Beziehung besser auf Instagram inszenieren als tatsächlich führen kann. Aber eigentlich war es Dylan, der einfach eines Tages aufgewacht ist und festgestellt hat, dass er nicht genug für sie empfindet. Eindeutig nichts, was man der potenziellen neuen Freundin direkt auf die Nase bindet.

»Erste Beziehung, erste Trennung«, antworte ich auf ihre Frage. »Und das erste Mal, dass mich jemand wirklich hasst. Ich wünschte, wir könnten einfach Freunde sein.«

»Tut mir leid.«

»Ach … es ist, wie es ist.« Ich exe meine Erdbeerlimo wie ein frustrierter Erwachsener einen Shot, und zerkaue die Eiswürfel. Die habe ich schließlich auch bezahlt.

»Ich hoffe, er kriegt sich wieder ein«, sagt Samantha.

»Sein Pech, wenn nicht.« Ich zucke mit den Schultern und setze meine Glücklicher-Bester-Freund-Miene wieder auf. »So … *Titanic* also?«

»Den mochte ich schon als Kind total. Aber als Nächstes will ich einen von Dylans Lieblingsfilmen sehen.«

»*Transformers*, auf jeden«, sagt Dylan.

Samantha verzieht das Gesicht. »Vielleicht gehen wir morgen doch lieber was essen. Ich könnte dir das Meeresfrüchte-Restaurant zeigen, von dem ich dir erzählt habe.«

»Morgen ist Freitag, der Dreizehnte«, werfe ich ein.

»Ah, stimmt. Aber ich bin nicht abergläubisch, keine Sorge«, sagt Samantha.

»Ich auch nicht«, beeilt sich Dylan zu sagen. »Ich laufe ständig unter Leitern durch.«

»Genau, wie damals mit acht, als du dir nur kurze Zeit später den Arm gebrochen hast«, ergänze ich. Ich war nicht dabei, aber vor lauter Schmerzen hatte er damals wohl eine heftige Panikattacke. Hat geschworen, er wäre fast gestorben. Weil ich ein guter bester Freund bin, plaudere ich das jetzt aber nicht aus. Ich bin echt froh, dass ich bei diesem Fahrradunfall nicht dabei war.

»Dummer Zufall.«

»Oder Unglück? Wer weiß. Jedenfalls haben wir diese Tradition. Freitag, der Dreizehnte heißt Horrorfilme im Hause Boggs.« Das machen wir jetzt seit der Achten so. »Ich hätte Lust auf *Chucky*.«

»Warum *Chucky*?«, fragt Samantha.

»Das ist wie ein völlig gestörtes *Toy Story*.«

»Klingt toll. Davon will ich euch auf keinen Fall abhalten.«

Dylan wirft mir einen Seitenblick zu.

Ich möchte ja echt kein Spielverderber sein, aber ich bin sentimental. Dylan kann mich doch nicht für ein Mädchen sitzen lassen, das er seit nicht mal einer Woche kennt, und wenn es noch so toll ist. Im April wollten Hudson und ich den neuen *X-Men* sehen. Das war etwas, für das er sich nach der Scheidung seiner Eltern noch richtig begeistern konnte, aber der Film kam am Freitag, den Dreizehnten raus. Also habe ich als gewissenhafter bester Freund gesagt, dass ich nicht kann, und Hudson ist mit Harriett ins Kino gegangen.

»Du solltest einfach mitgucken«, schlage ich vor. Und das sage ich nicht nur so. »Ich hab kein Problem damit, das fünfte Rad am Wagen zu sein.«

»Ich hab eher das Gefühl, *ich* wäre das fünfte Rad.«

»Ben, schnapp dir einen hübschen Burschen, dann machen wir ein Doppeldate draus.«

»Ja klar, ich such mir einfach hier jemanden aus.«

Aus Spaß drehe ich mich um und schaue direkt dem süßen Jungen mit dem Fantastic Four-T-Shirt in die Augen. Mit glühenden Wangen wende ich mich wieder zu Dylan und Samantha. Da ist es wieder – das Universum. Und vielleicht sollte ich mal was wagen. Was, wenn er die Lücke ausfüllen kann, die Hudson hinterlassen hat?

»Ich werde diesen Typen da ansprechen«, verkünde ich.

»Ooooh, welchen?«, fragt Samantha.

»Den mit dem Laptop.« Da fällt mir auf, dass insgesamt vier Jungs mit Laptop hier rumsitzen. »Den mit dem Fantastic Four-Shirt.«

»Worauf wartest du?«, fragt Dylan. »Ran da!«

Warum eigentlich nicht? Hudson ist nicht der Einzige, für den es weitergeht.

Ich zögere nicht lange, sondern stehe auf. Gehe einfach zu ihm, werde mich scherzhaft beschweren, dass er mir den Tisch geklaut hat, und –

Ein atemberaubendes dunkelhäutiges Mädchen kommt schnurstracks auf ihn zu und küsst ihn mitten auf den Mund.

Tja, dann geh ich mal wieder zu Samantha und Dylan.

»War ja klar, dass der hetero ist.«

»Vielleicht ist er auch bi«, sagt Dylan. »Und in einer offenen Beziehung.«

»Oder mein Leben ist einfach beschissen. Und Hudson war der Erste und Letzte, der mich wollte.«

»Dieser mysteriöse Fremde wollte dich«, fällt Dylan ein.

»Mysteriöser Fremder?«, wiederholt Samantha.

»Aber ich werde ihn nie wieder treffen«, entgegne ich.

»Mal im Ernst, irgendwie muss der doch zu finden sein.«

»Welcher Fremde?«, fragt Samantha noch einmal.

»Ich hab bei der Post einen Typen getroffen«, erkläre ich. »Er heißt Arthur. Aber ich weiß nicht, wie weiter. Und ich kann mich auch nicht daran erinnern, dass ich ihm meinen Namen gesagt hätte.«

»Oh Gott!« Samantha fasst mich am Arm. »Das ist eine richtige Detektivgeschichte! Ich liebe so was. Mein bester Freund, Patrick –«

»Dein bester Freund ist ein Typ?«, fragt Dylan.

»– nennt mich die Nancy Drew des Internets –«

»Ist Patrick schwul?«

»– weil ich ihm mal geholfen habe, online dieses Mädchen zu finden –«

»Bi?«

» – das er auf dem Abschlussball seines Bruders kennengelernt hat.«

Ich ignoriere Dylans irritierende Einwürfe und konzentriere mich auf Samantha. »Wie hast du sie gefunden?«

»Er hat mir alles von dem Ball erzählt, was man zur Recherche bei Twitter nutzen konnte – die hässlichen beigefarbenen Kleider, ein paar gute Zitate aus der Rede des Jahrgangsbesten ... Und dann habe ich sie über zig Umwege auf Instagram mit dem Abschlussball-Hashtag gefunden. Sie hatte einfach kein Twitter.«

»Wow.«

»Okay, können wir jetzt noch mal über Patrick reden?«, schaltet sich Dylan wieder ein.

Samantha legt ihm die Hand auf die Schulter. »Patrick ist wie ein Bruder für mich, du Freak. In Ordnung? Super. Ben, was weißt du alles über Arthur?«

»Ach, das bringt nichts. Ich hab Twitter schon durchforstet. *Nada*.«

»Bist du auch die Nancy Drew des Internets?«

Ich muss lächeln. Echt großzügig von ihr, dass sie mir ihre Hilfe anbietet. Vielleicht ist ihr auch einfach superlangweilig. Egal, ich erzähle ihr von allem, wonach ich auch schon gesucht habe.

»Ich brauche mehr als Hotdogkrawatten und Georgia. Ich bin gut, aber nicht *so* gut. Warum ist er den Sommer über hier in New York?«

»Oh, wegen seiner Mutter. Sie ist Anwältin und arbeitet hier an einem Fall.«

»Weißt du, für welche Kanzlei? Oder irgendwas über den Fall?«

Samantha zieht ihr Handy aus der Tasche und tippt

Notizen ein. Von wegen Spieleentwicklerin – sie sollte Detektivin werden.

»Zweimal nein. Aber die Kanzlei hat eine Niederlassung in Georgia. Milton, Georgia! Milton, wie sein großer Onkel«, fällt mir noch ein.

»Großer Onkel? Nicht eher sein Großonkel?«

»Ach so, ja, das ergibt vielleicht mehr Sinn.«

»Tja, es gibt wohl doch Gründe für die Sommerschule, was?«, witzelt Dylan.

Samantha gibt ihm einen Klaps auf den Arm. »Schon gut, das ist nicht entscheidend. Sonst noch was?«

Aber ich bin noch bei Dylans blödem Kommentar. Ich muss nicht ständig an die Sommerschule erinnert werden. Zurzeit wache ich eh schon jeden Morgen mit diesem Mein-Leben-ist-beschissen-Gefühl auf, weil ich mich mit meinem Ex-Freund *und* meiner ziemlich erschreckenden Zukunft auseinandersetzen muss. Nicht wie Arthur, der von Elite-Unis träumt …

»Yale!«

»Hä?«, fragt Dylan verdutzt.

»Arthur hat davon geredet, dass er sich den Yale-Campus anschauen will. Er sieht ziemlich jung aus, aber vielleicht fängt er diesen Herbst da an.«

»Bingo, das könnte doch helfen«, sagt Samantha. »Ich sollte gleich mal zurück hinter die Theke … gibt es sonst noch irgendetwas?«

Mir fällt nichts ein, was besonders hilfreich wäre. Nur, wie peinlich es ihm war, als er von meinem »dicken Ding« gesprochen hat. Oder seine Freude, als ihm klar wurde, dass ich auch schwul bin, obwohl ich ihm gerade von meiner Trennung erzählt hatte. Und seine Begeisterung für die Winke des Universums.

»Er bleibt nur diesen Sommer. Es hat keinen Sinn.«

»Zeitdruck spornt mich an.« Samantha grinst, als hätte sie Hoffnung im Überfluss, und ich wünschte, sie würde mir etwas davon abgeben. Keine Chance. Das gleiche unfaire Universum, das mich mit meinem Ex in der Sommerschule einsperrt, hilft mir doch jetzt nicht ausgerechnet mit diesem süßen Typen.

»So, ich muss dann mal.« Umarmung. Sie riecht nach Espresso und Scones. »Es war total schön, dich kennenzulernen. Ich hoffe, ich finde diesen mysteriösen Fremden für dich. Aber wenn nicht, bin ich mir sicher, dass dir jemand anderes Supertolles über den Weg läuft und sich bis über beide Ohren in dich verguckt.«

»Vielleicht jemand, der schon dein ganzes Leben lang an deiner Seite war.« Dylan legt seine Hand auf meine.

Samantha lacht. »War ja klar. Ich werde morgen so was von das fünfte Rad am Wagen sein.«

»Sorge dich nicht, meine Zukünftige. Solltest du dich morgen sehr fürchten, werde ich mich ganz dir widmen.« Er strahlt sie an.

Samantha strahlt nicht zurück, sondern fährt sich durch die Haare und starrt auf den Boden.

In Dylans Gesicht erkenne ich ganz deutlich, wie ihm aufgeht, dass er es mit dem Flirten übertrieben hat, dass Samantha keine ist, bei der man nach zwei Tagen schon mit dem Heiratsthema ankommt.

»Okay, bis dann, Jungs!« Und damit verschwindet sie hinter dem Tresen, setzt die Kappe auf und macht sich wieder an die Arbeit.

»Oh nein«, sagt Dylan.

»Halb so wild.«

»Das war nur ein Witz.«

»Lass sie das kurz verdauen. Sie muss arbeiten. Ihr könnt später drüber reden.«

Dylan geht zur Tür. »Ist es echt so schlimm?«

Er dreht sich noch ein paarmal um und guckt, ob sie ihm nachsieht. Vielleicht der letzte Blick, den er je auf sie erhaschen wird.

9. KAPITEL – ARTHUR

Okay. Scheiß auf Google.

Ernsthaft, *scheiß auf Google*. Und scheiß auf Kate Hudson und Chris Robinson. Weil sie geheiratet haben und sich haben scheiden lassen und überhaupt – scheiß auf sie. Denn was erhält man wohl, wenn man *Hudson Robinson* sucht? Spoiler: nicht den Jungen vom Panera.

Ich lasse mich rücklings aufs untere Stockbett fallen und starre vor mich hin. Ich bin gereizt, aufgekratzt und mein Zimmer fühlt sich noch kleiner an als sonst. Manchmal fühlt sich sogar komplett New York für mich an wie ein Ganzkörperkorsett.

Sekunden später fängt mein Handy an zu vibrieren. Ethan ruft an.

Gebannt starre ich auf sein Kontaktfoto. Sechs Wochen ignoriert er meine Nachrichten und jetzt sollen wir einfach so facetimen? Was ja eigentlich keine große Sache ist. Nur unerwartet.

Ich nehme den Anruf an.

»Arthur!«, ruft nicht Ethan, sondern Jessie. Die beiden fläzen sich auf seinem Kellersofa. Bilden quasi den Gruppenchat in Videoform. Aber gut. Ich meine, super. Ethan und Jessie sind super und ich liebe sie, und ihr Timing könnte tatsächlich nicht besser sein.

Ich lächele sie an. »Hi! Genau mit euch muss ich jetzt reden.«

So schnell, dass ich es kaum wahrnehmen kann, tauschen die beiden einen Blick aus. Doch dann sagt Jessie: »Ach, echt? Was ist los?«

»Ich habe Hudson gefunden.«

»Bitte WAAAS?«

»Aber er ist es nicht«, ergänze ich eilig. »Er ist nicht der Junge vom Postamt. Allerdings könnte er der Freund sein.«

»*Ex*-Freund.« Ethan zeigt mit dem Finger auf mich. »Der Freund bist du.«

»Pff, wenn's nur so wäre.«

»Der zukünftige Freund«, stellt Jessie klar. »Wow. Wie hast du ihn gefunden?«

Ich erzähle ihnen vom Panera, von dem Panini, dem Nachnamen und den Augenbrauen, doch als ich fertig bin, runzelt Jessie die Stirn. »Warte, woher willst du wissen, dass das nicht bloß irgendein Typ ist, der zufällig Hudson heißt?«

»Weil ...« Auf einmal fühle ich mich hohl. Und Juliets Argumentation von heute Mittag erscheint mir jetzt ziemlich dürftig. »Keine Ahnung. Ist der Name so verbreitet?«

»Das Kind von Devon Sawa heißt auch so.«

»So was weißt auch nur du«, sagt Ethan und stupst Jessie mit dem Ellbogen in die Seite.

»Jedenfalls«, fahre ich fort, »kriege ich weder auf Google noch auf Facebook, Instagram, Tumblr, Snapchat, Twitter oder buchstäblich irgendwo ein gescheites Ergebnis und das ist zum Kotzen.«

Jessies Miene wird wieder sanfter. »Du magst den Typen echt, hm?«

Ich stöhne. »Dabei kenne ich ihn nicht mal. Unser Gespräch hat vielleicht fünf Minuten gedauert. Warum muss ich immer noch an ihn denken?«

»Weil er heiß ist?«, schlägt Ethan vor.

»Ich verstehe das einfach nicht. Warum sollte mir das Universum diesen Jungen vor die Füße stellen, nur um ihn dann hopplahopp wieder wegzunehmen?«

»Vielleicht bringt das Universum ihn ja noch mal vorbei«, sagt Ethan.

Jessie schweigt eine Weile und kaut an ihrer Lippe.

»Vielleicht will das Universum aber auch, dass du dich für ihn ins Zeug legst«, sagt sie schließlich.

»Ich strenge mich ja an! Gerade erst habe ich eine Stunde damit verbracht, einen dahergelaufenen Typen zu googeln, der Panini mag und nie im Orchester war.«

»Hmmm«, macht Jessie. Und bewegt sich plötzlich aus dem Bild.

»Warte, wo gehst du hin?«

»Ich hab eine Idee.«

Mein Blick geht zu Ethan, doch der zuckt nur die Achseln. Das Geräusch von Jessies Schritten entfernt sich.

Jetzt bleiben nur noch er und ich und wir verfallen in Grabesstille. Er kann mich kaum ansehen.

»Also ...«

»Jap.« Er blinzelt.

»Alles okay?«

»Absolut.«

»Okay. Cool.«

»Jap.« Er presst die Lippen zusammen und starrt auf seinen Schoß. »Wie läuft's bei M&M?«

Auch bekannt als Michael und Mara Seuss. Die meiner starken Vermutung nach geradewegs auf eine Scheidung zusteuern.

»Toll!«, sage ich. »Alles super!«

Ich halt das nicht mehr lange aus – und weiterhin keine Spur von Jessie. Sie muss bitte sofort diese Folter hier beenden. Ethan starrt noch immer auf einen Punkt irgendwo über der Webcam. Würde er es merken, wenn ich ihr eine Nachricht schreibe? Nur ein schnelles SOS? Vielleicht inklusive winziger Drohung, dass ich ihr Leben ruiniere, wenn sie nicht sofort zurückkommt? Ich klaue einfach das Liebesgeständnis, das sie in der Achten für Ansel Elgort aufgenommen hat, und dann finde ich einen Weg in den Vorführraum unseres Lieblingskinos. Wenn sie glaubt, dass ich Skrupel hätte, die nächste Vorstellung von *Mission Impossible 6* damit zur legendärsten überhaupt zu küren, dann –

»Hi!«, sagt sie atemlos und lässt sich wieder neben Ethan aufs Sofa fallen. »Ich glaube, ich habe Hudson gefunden.«

»Warte ... was?«

»Mh-hmmmm. Oh mein Gott. Ich bin ... oh, Arthur, ich bin gerade dermaßen stolz auf mich, das glaubst du nicht. Das passiert gerade wirklich. Bist du bereit?«

Ich nicke wie hypnotisiert.

»Geht's dir gut? Du siehst nicht gut aus«, sagt sie lachend.

»Du auch nicht.« Ich schlucke. »Bist du sicher, dass er es ist?«

»Tja, wenn du dir das Foto angeschaut hast, kannst *du* es mir ja sagen.«

»Du hast ein Foto gefunden?« Mein Magen verknotet sich.

»Unterschätzt nie, wie gut ich im Onlineschnüffeln bin.«

»Würde mir im Leben nicht einfallen«, versichert Ethan.

»Klappe. Mich überkam jedenfalls bei der Geschichte mit Namrata ein Inspirationsanfall. Ich dachte mir: Suchste doch mal nach Hudson Panini.«

»Ähm – «

»Nein, lass mich ausreden. Ich gehe also auf Twitter, gebe wortwörtlich *Hudson Panini* ein, und zack: Der erste Treffer ist ein Typ namens @HudsonWieDerFluss. Ich hab sofort Gänsehaut gekriegt, weil du ja genau das über ihn gesagt hattest, weißt du noch? Hudson, wie der Fluss.« Sie tippt sich an die Nase und lächelt breit. »Dieser HudsonWieDerFluss hat heute um 11:14 Uhr gepostet: *Für ein Panini könnte ich jetzt wen umbringen, haha*.«

»Okay …«

»Arthur, das schrieb er, dreißig Minuten bevor der Typ ein Panini bestellte. Und er heißt *Hudson*!«

»Aber woher sollen wir wissen, dass er, *der* Hudson ist?«

Jessie lehnt sich grinsend vor. »Ich bin noch nicht fertig. Ich checke also seine Profilangaben – alles extrem vage, genau wie seine Tweets, die übrigens schlecht sind, ganz schlechte Tweets. Nicht mal witzig-schlecht. Und sein Profilfoto ist von *Bitmoji*. Ich dachte also: *Scheiße*. Aber dann fiel mir ein, mal auf Instagram zu gucken, weil schließlich viele da den gleichen Namen verwenden. Und siehe da: Bäm! @HudsonWieDerFluss. Öffentliches Profil, fünfzig Millionen Fotos, tolle Augenbrauen. Er wohnt in New York. Art, ich flipp aus!«

»Oh. Mein. Gott.«

»Guck das jetzt sofort nach«, befiehlt sie. »Und gib uns Bescheid, okay?«

Damit beendet sie das Gespräch und ich sitze einfach nur da. Völlig entgeistert. Ein Junge namens Hudson. Aus New York. Mit tollen Augenbrauen. Der heute öffentlich nach einem Panini gierte. Mit Sicherheit folgt der Paketjunge ihm auf Instagram, oder? Zumindest müsste er in seinen Fotos markiert sein. Wodurch sich mein Magen direkt noch mehr verknotet, aber das ist jetzt nicht wichtig.

Ich hole tief Luft. Gehe auf Instagram und tippe den Namen ein.

Hudson wie der Fluss. @HudsonWieDerFluss.

Und schon bin ich da.

Nachricht von Jessie: `Ist er es?`

Ich kann nicht mal antworten. Großer Gott. Er ist es. Hudson. *Clarendon*-gefiltert, mit umgedrehtem Basecap. Selfies über Selfies.

Aber ganz ruhig. Hudson Robinson der Panini-Junge muss ja nicht Adressaufkleber-Hudson sein. Noch lange nicht. Und der Paketjunge ist nirgends zu sehen. Im kompletten Feed nicht ein Foto von ihm.

Trotzdem klicke ich mich durch, angefangen beim neuesten, einem Foto von – kein Witz – seinem verdammten Panini. Das nächste ist ein Selfie mit einem süßen Mädel namens @HarryAteThePie und das dritte ein Peace-Zeichen-Selfie mit dem Hashtag WeiterGehts.

Weiter geht's.

Das hat er an dem Tag gepostet, an dem ich den Paketjungen getroffen habe – was auch wieder völlig bedeutungslos sein kann. Es kann auf alle möglichen Arten weitergehen. Hudson könnte einen neuen Job haben. Eine neue Frisur. Er könnte von Suppe im Brotlaib auf Panini umgestiegen sein.

Doch dann sehe ich die Kommentare. Und insbesondere einen ganz bestimmten:

@HarryAteThePie: Du wirst auch ohne ihn klarkommen, mein Hübscher. <3

Ohne *ihn*.

Hudson kommt ohne *ihn* klar.

Ich mache einen Screenshot und schicke ihn Jessie und Ethan. `Er ist es.`

`Heilige Scheiße`, schreibt Jessie.

`Whoa, gute Arbeit`, klinkt Ethan sich ein. Gefolgt von drei Detektiv-Emojis, zwei männlichen weißen und einem weiblichen braunen. Als hätte Ethan – der unfähigste Onlineschnüffler der Welt – auch nur den geringsten Anteil an diesem Durchbruch.

Aber ich bin zu aufgeregt, um das zu kommentieren. Meine Sinne sind bis zum Anschlag aufgedreht. Mit der Nase am Display wische und tippe ich mich weiter durch Hudsons Profil. Zeit für eine Bestandsaufnahme.

@HudsonWieDerFluss. 694 Beiträge. 315 Abonnenten. 241 abonniert. Seine persönlichen Angaben fallen recht mager aus. *Hudson ist in da house. NYC-Baby.*

Also scrolle ich weiter durch seine Fotos, durch alle 694 Stück. Immer noch kein Paketjunge, nicht mal auf einem Gruppenbild, und definitiv folgen sie einander auch nicht. Als Nächstes prüfe ich die Bilder anderer Leute, auf denen Hudson markiert ist. Weiterhin: kein Paketjunge.

Ich meine, vielleicht ist das Ganze ja bloß ein riesiger Zufall. Und er ein anderer Hudson. Ein anderer Hudson in New York, der Jungs datet und gerade eine Trennung hinter sich hat.

Allerdings fühlt es sich nicht an wie ein Zufall.

Außerdem könnten Hudson und der Paketjunge ja auch jedes gemeinsame Foto und die Markierungen auf den Freundefotos gelöscht haben. Und natürlich folgen sie einander nicht mehr, weil sie den Anblick des anderen nicht ertragen. *Genau deshalb wollte der Paketjunge sein Paket ja überhaupt wegschicken.*

`Schon Glück gehabt?`, schreibt Jessie.

`Noch nicht.` Trauriger Smiley.

Da Hudson und HarryAteThePie eng befreundet zu sein scheinen, gehe ich auf ihr Profil, denn auch wenn sie Hudsons #WeiterGehts voll unterstützt, wird sie wohl wissen, von wem oder was er jetzt wohin geht.

Und. Heilige Scheiße. Viertausend Posts. Fünfundsiebzigtausend Follower.

Okay, offenbar ist Hudsons Freundin – Harriett – eine verdammte Instagram-Berühmtheit und … tatsächlich ziemlich cool. Auch sie postet eine Menge Selfies, allerdings mit dramatisch konturierten Wangen und haarfein gezeichneter Eyeliner-Kunst, an der ich mich kaum sattsehen kann. Dabei steh ich nicht mal auf Make-up. Aber der theatralische Effekt ist der Hammer. Ich würde ihr sofort folgen, wenn das nicht irgendwie creepy hoch zehn wäre.

Egal, weiter geht's. Augen aufs Ziel, Arthur.

Ich scrolle weit nach unten zu ihren älteren Posts, wo sich weniger Selfies und mehr Fotos mit Freunden finden. Viele mit Hudson, viele mit irgendwelchen Mädels und eine ganze Reihe Bilder von einem Typen mit Bart und schimmerndem Einhorn-Make-up. Aber auch einige Gruppenbilder, die ich näher betrachte und auf denen ich jedes Gesicht einzeln prüfe. Zwischendurch jage ich mir immer wieder selbst einen Heidenschreck ein, wenn ich dieses oder jenes Foto aus Versehen fast mit einem Herzchen versehe. Nur weil meine Finger, diese sabotierenden kleinen Biester, auf Teufel komm raus ranzoomen wollen, wo nichts mehr ranzuzoomen ist.

Mittlerweile habe ich mich bis März durchgewühlt, wo ich auf die Fotoserie einer Schneeballschlacht stoße. Hauptsächlich Action und Bewegung – eine Schneeballschlacht eben –, aber im Hintergrund sehe ich Hudson, der lachend aus dem Bild guckt.

Ich wische zum nächsten. Gleiche Szene, leicht nach rechts verrutscht, sodass man jetzt sieht, dass Hudson einen Jungen anlacht, der allerdings nur ganz verschwommen zu sehen ist.

Ich wische weiter.

Und vergesse plötzlich, wie man Luft holt.

Denn er ist es. Er ist es tatsächlich. Mitten auf dem Display lächelt er verlegen und rosawangig in sich hinein, während Hudson sich vor Lachen den Bauch hält.

Heilige Scheiße.

Ich mache einen neuen Screenshot und schicke ihn schnell an Jessie und Ethan. Keine Bildunterschrift. Keine Emojis.

Wie immer reagiert Jessie als Erste. `OMG, Arthur, das ist er?` Sie wartet keine Antwort ab. `Der ist ja absolut hinreißend.`

`Hübscher Typ`, Zwinker-Smiley, fügt Ethan hinzu. Ethan, mein Total-toleranter-Hetero-Bro, der nicht mit mir allein sein kann. *Ich* würde es total tolerieren, wenn er seine Scheißfresse halten würde.

Als ich mich wieder Harrietts Feed widme, suche ich nach Querverweisen. Ein paar der Schneeballschlachtler sind markiert, der Paketjunge nicht. Genauso wenig wie Hudson. Vielleicht haben sie auch die Markierungen gelöscht. Ich scrolle weiter.

Stundenlang.

Ich klicke auf jedes Gruppenfoto. Auf jedes einzelne. Ich suche mich durch Harrietts Follower – durch fünfundsiebzigtausend Leute. Die Profile, denen sie folgt, gehe ich ebenfalls durch. Ich öffne die Seiten der im Schneebild Markierten und prüfe auch ihre Follower.

Nichts.

Kein weiteres Foto vom Paketjungen.

Und immer noch kein Name.

Vielleicht hatte der Paketjunge recht. Vielleicht ist das Universum tatsächlich ein Arsch.

Ich brauche jetzt Schokolade.

Und ich rede hier nicht von ein paar Tropfen *Hershey's Syrup* auf einer Waffel. Ich brauch das harte Zeug. *Jacques Torres*. Oder am liebsten einen von diesen gigantischen Double-Chocolate-Chip-Cookies aus der *Levain Bakery*. Klassisches Upper-West-Side-Dilemma – auch für einen Neu-New-Yorker: Dein Herz sagt *Levain*, aber dein fauler Hintern weiß zu gut, dass neben der Kaffeepackung die Süßigkeitenschale steht.

Mit dem emotionalen Äquivalent zu »dicke Eier haben« könnte man beschreiben, wie ich mich fühle. Als wäre ich allem, wonach ich mich immer gesehnt habe, schon zum Greifen nah gekommen, nur damit es mir dann doch ganz knapp entwischt. Und dagegen ist kein Kraut gewachsen. Ich kann nur noch als Mensch gewordenens Häufchen Elend Richtung Küche und Süßigkeitenschale kriechen.

Der Kaffee daneben ist wieder vorrätig. Offenbar ist Dad über seinen Schatten gesprungen und hat welchen besorgt. Und zwar den guten – kein Starbucks-Zeug. Sondern eine handverlesene Mischung von Dream & Bean ...

In meiner Brust erzittert eine Saite. Mein Herz erinnert sich als Erstes.

Dream & Bean! Sein T-Shirt. Wie konnte ich dieses T-Shirt vergessen? Wäre ich Polizist, würde mein Vorgesetzter mich jetzt in hohem Bogen rauswerfen. Der alles entscheidende Hinweis war direkt vor meiner Nase. Wer in aller Welt trägt schon ein Coffeeshop-Shirt?

Coffeshop-*Angestellte*, die machen das.

Ich hacke den Hinweis so schnell in die Suchleiste, dass ich fast »Dream & Ben« schreibe. Aber da erscheint es schon, zwei Blocks von Moms Büro entfernt. In der gleichen Richtung, in der auch das Postamt liegt.

Ich dreh durch.

Was ist ... was ist ... was ist, wenn –

Es ist so weit. Ich werde ihn finden. Mein Herz ballert auf Hochtouren, während meine Gedanken zu morgen früh vorspulen: Er, hinter der Kaffeetheke, fährt sich verträumt durch seine zerzausten Haare, als ich, im Kegel eines schmeichelnden Lichtstrahls, in Zeitlupe auf ihn zuschwebe. Natürlich sind auch unsere Zwirbelbartzwillinge wieder da, nur dass wir sie diesmal kaum bemerken. Denn wir haben nur noch Augen füreinander. Seine Emma-Watson-Lippen erbeben. *Arthur?*, haucht er. Und ich nicke nur, während es mir den Atem verschlägt. *Ich dachte, ich würde dich nie wiedersehen*, spricht er weiter. *Ich habe dich überall gesucht*. Und ich flüstere: *Du hast mich gefunden*. Woraufhin er –

Okay, wow. Ich brauche eine Strategie.

Denn vielleicht arbeitet er morgen gar nicht. Ich sollte das Foto mitbringen, um es seinen Kollegen zeigen zu können. Nur für den Fall. Oder wäre das unverzeihbar creepy?

Vielleicht sollte ich es lieber ans Schwarze Brett hängen. Wie eine analoge Verpasste Gelegenheit. Wie Craigslist, nur oldschool. Ich meine, in Coffeeshops gibt's doch immer ein Schwarzes Brett. Oder?

Eins jedenfalls weiß ich: Ich werde mir diese Chance nicht entgehen lassen.

Ich haste zurück in mein Zimmer, klappe den Laptop auf und fange an zu schreiben.

Bist du der Junge vom Postamt?

Es ist echt peinlich und ich kann kaum glauben, dass ich das tue, trotzdem:
Wir haben uns im Postamt auf der Lexington unterhalten. Ich war der Typ mit der Hotdogkrawatte. Du der Typ mit dem Paket an den Ex. Mir gefiel dein Lachen. Ich wünschte, ich hätte nach deiner Nummer gefragt. Liebes Universum, gibst du mir eine zweite Chance?

Arthur.Seuss@gmail.com

10. KAPITEL – BEN

»Kool Koffee ist echt das Letzte«, sagt Dylan, nachdem wir seinen Thermobecher mit frischem Kaffee von Dream & Bean aufgefüllt haben. Seit er Samantha seine Zukünftige genannt hat, ist er echt pissig. So bezeichnet er Mädchen normalerweise nur vor mir. Aber es der Auserwählten ins Gesicht sagen? Wenn man sich gerade erst ein paar Tage kennt? Das kann eigentlich nicht gut gehen. »Vielleicht ist es besser so. Schlechter Kaffee ist schlechter Kaffee und den verkauft Samantha nun mal. Hätten wir wirklich irgendwann geheiratet, hätte ich für immer und ewig ein Doppelleben führen müssen. Vielleicht hätte ich es ihr auf dem Sterbebett gebeichtet, um als ehrlicher Mann aus dem Leben zu scheiden.«

Ich schüttele lachend den Kopf. »Warum bist du bloß so ein Spinner?«

»Zu viel schlechter Kaffee, Big Ben.«

»Noch ist nicht alles verloren. Bestimmt hat sie gecheckt, dass du einfach nur zu sehr gedylant hast.«

»Dylanen ist ja auch nicht schlecht. Jemanden zu dylanen heißt, jemanden zu vergöttern. Selbst wenn diese Person den schlechtesten Kaffee der Welt kocht.«

Wir gehen durch den Washington Square Park. Auf einer der Bänke sitzt ein süßer Mexikaner mit Hipsterbrille und Kopfhörern. Er nickt zum Takt der Musik und isst ein Eis. Eis ist für Hudson übrigens ein Hauptnahrungsmittel, nicht bloß ein Nachtisch. Wir hatten da so ein Spiel. Ich musste meine Augen schließen und er hat mir einen Löffel mit irgendeinem Eis, das er so im Gefrierfach hatte, in den Mund gesteckt. Dann musste ich raten, welche Sorte ich aß. Anfang März war das, als sich so kleine alberne Aktionen noch anfühlten wie etwas ganz Besonderes. Etwas nur für uns.

Dylans Handy klingelt. »Big Ben, es ist Samantha! Ha, ich wusste, die Traumfrau kriegt nicht genug von Daddy Dee.«

»Alter, du laberst richtige Scheiße. Reiß dich zusammen, okay?«

Dylan zwinkert mir zu, aber ich kenne ihn zu gut. Innerlich zittert er gerade. Er geht ran. »Hey!« Sein Lächeln verschwindet. »Oh.« Ich fühle mit ihm. Er dreht sich zu mir. »Sie will mit dir sprechen.«

Okay, das war nicht die glückliche Wendung, mit der wir gerechnet hatten.

Ich halte mir das Handy ans Ohr. »Hallo?«

»Vielleicht habe ich deinen Typen gefunden«, sagt Samantha.

»Was?!«

»Leicht war's nicht. Ich hab ein bisschen recherchiert. Hab Kanzleien in Georgia mit Verbindung nach New York gesucht. Nichts. Und unter dem Hashtag Hotdogkrawatte gab's auf Insta das letzte Mal vor einem Jahr ein Foto. Ist also raus. Aber dann hab ich auf Facebook nach Gruppen für Yale-Erstis gesucht und es gibt tatsächlich ein Treffen für Studienanfänger in New York … heute um fünf.«

»Machst du Witze?«

»Ich schick dir mal einen Link zu der Gruppe.«

Sofort vibriert das Handy an meinem Ohr. Ich öffne die Nachricht, klicke auf den Link: `Abschlussklasse 2022. Kennenlerntreffen im Central Park.`

»Ist natürlich keine Garantie, dass er da sein wird«, sagt Samantha. »Unter den Leuten, die auf »Teilnehmen« geklickt haben, ist er jedenfalls nicht, aber viele machen das auch einfach nicht und gehen trotzdem hin – ich selbst zum Beispiel –, also habe ich Hoffnung.«

»Wow, du hast es echt drauf!«

»Davon abgesehen telefoniere ich gerade während der Arbeitszeit aus dem Lagerraum. Ich muss mal wieder nach vorne, viel Erfolg bei deiner Suche und richte Dylan liebe Grüße aus!«

»Danke«, sage ich noch, dann legt sie auf.

»Was war los? Hat sie über mich gesprochen?«, fragt Dylan.

»Dee, es tut mir so leid – sie wird mit Patrick in den Sonnenuntergang reiten.« Er grapscht nach dem Handy, aber ich lasse es nicht los. »Nur ein Witz. Aber sie könnte Arthur gefunden haben. Um fünf gibt es so ein Yale-Ersti-Ding. Ist schon fast zu einfach, oder?«

»Ja, sehr einfach für dich, meine Zukünftige die Drecksarbeit für dich erledigen zu lassen.«

»Du weißt, was ich meine. Es gibt tausend Dinge, die Arthur in dieser Stadt tun könnte. Die ganzen Erstis würde er doch eh früher oder später treffen. Höchstwahrscheinlich ist er gar nicht da.«

»Wir müssen ja nicht hingehen.« Dylan schnappt sich sein Handy und überfliegt den Veranstaltungstext. »Wow. Samantha vergeudet in diesem billigen Pseudo-Coffeeshop echt ihr Talent. Sie könnte die Hermine in unserem Dreiergespann sein. Und Harry bin ich! Erster!«

»Aber das heißt, ich bin Ron.«

»Pech für dich.«

»Ron kriegt Hermine.«

»Oookay … ich will trotzdem nicht Ron sein. Niemand will das. Wahrscheinlich wollte nicht mal Rupert Grint Ron sein. Wie wär's damit: Ich bin Han Solo, sie Prinzessin Leia. Und du kannst Luke sein.«

»Meinetwegen. Zurück zum Thema.«

»Na gut. Wir sollten auf jeden Fall zu dem Treffen gehen. Kann ja sein, dass Arthur nicht auftaucht. Aber was ist, wenn doch?«

Diese Chance reicht mir allemal. »Okay, machen wir's.«

»Möge die Macht mit dir sein, Ron Weasley.«

»Wir sollten uns falsche Namen ausdenken«, schlägt Dylan vor.

Wir laufen durch den Central Park auf Belvedere Castle zu, wo das Treffen stattfindet. Arthur an einem Schloss wiederzutreffen, wäre ziemlich märchenhaft. Nur rieche ich leider nach dem Aftershave meines Vaters und trage ein Poloshirt vom letzten Frühjahr, das mittlerweile ziemlich knapp sitzt. Angeblich ist das der Yale-Look. Ich wünschte, wir hätten uns nicht umgezogen. Lieber hätte ich jetzt Klamotten an, in denen ich mich wohlfühle.

»Falsche Namen machen das Ganze nur komplizierter.«

»Spannender, meinst du wohl. Ich denke, ich nenne mich Digby Whitaker. Du könntest Brooks Teague sein.«

»Nein.«

»Orson Bronwyn?«

»Nein.«

»Letztes Angebot: Ingram Yates.«

»Nein.« Wir sind am Fuß der Treppe angelangt, die zum Treffpunkt führt. »Okay, Dee, mal im Ernst. Mir geht gerade der Arsch auf Grundeis. Ich wünsch mir echt, dass Arthur da oben ist, aber ich will mir auch keine falschen

Hoffnungen machen. Ich brauche Wingman-Rat, Digby Wilson.«

»Whitaker«, korrigiert Dylan. Er klatscht in die Hände. »Nehmen wir an, Arthur ist hier und es funkt. Am Ende des Sommers verlässt er die Stadt wieder, oder? Du könntest ihn also einfach als süßes Trostpflaster betrachten.«

»Das möchte ich eigentlich niemandem antun. Auch mir selbst nicht.«

»Du hast recht, schlechter Rat, Big Brooks.«

»Ben.«

Dylan fasst mich an den Schultern und schaut mir tief in die Augen, wie ein Trainer vor einem wichtigen Spiel. »Vielleicht brauchst du eine Pause, bevor du richtig bereit für was Neues bist. Und ich kann es absolut verstehen, wenn du jetzt lieber wieder gehen willst. Aber ich weiß auch, dass du ein Träumer bist, Big Ben, und vielleicht bietet dir das Universum hier gerade eine zweite Chance.«

Hoffentlich. Ich hoffe wirklich sehr, das Universum zeigt mir, dass ich falschlag. Für uns beide.

»Vielleicht.«

»Wenn du es schon nicht für dich selbst tust, dann für all die Menschen, die auf dem Weg hierher in der vollen Bahn dein Aftershave ertragen mussten.«

»Arsch.«

Wir kommen oben an. Vor der Sonne, dem See und dem Rest des Parkidylls hebt sich die Gruppe von Yale-Neulingen ab. Ich drehe langsam eine Runde. Aber unter den ungefähr zwanzig anwesenden Jungs, deren Aftershave überwiegend viel besser riecht als das meines Dads, ist leider kein Arthur.

»Er ist nicht hier. Und wir sind die einzigen Deppen in Polohemden.«

»Es ist ja noch früh«, beschwichtigt Dylan. »Vielleicht kommt er ja gleich. Im Polohemd.«

Ich werfe ihm einen bösen Blick zu.

»Und wo wir schon mal hier sind, können wir uns doch auch genauso gut amüsieren«, fährt Dylan fort. »Wenn wir jetzt nach Hause gehen, werde ich eh nur aus dem Fenster starren und traurige Musik hören. Und jedes Mal zusammenzucken, wenn mein Handy vibriert. Um dann noch deprimierter zu werden, wenn ich sehe, dass nur du mir geschrieben hast und nicht Samantha.«

»Na, vielen Dank auch. Aber schön, lass uns erst mal bleiben.«

»Yay!« Dylan sieht sich um. »Yale hat ein paar echte Sahneschnitten zu bieten. Motiviert dich das nicht, superhart zu lernen und dich doch für ein Stipendium zu bewerben?«

»Keine Hotdogkrawatte in Sicht.«

»Ist das dein neuer Fetisch?«

»Quatsch, es ist bloß ... cool, jemanden zu treffen, der sich selbst nicht ganz so ernst nimmt.«

»Tja, aber jemand, der wirklich hier ist, checkt dich gerade aus. Elf Uhr morgens.«

»Morgens oder abends ist doch egal.«

»Ist es nicht. Er sendet diese Elf-Uhr-morgens-Brunchdate-Vibes aus. Nicht die Elf-Uhr-abends-lass-uns-auf-der-Toilette-unsere-Hintern-aneinanderreiben-Vibes.«

Ich frage nicht, ob Dylan irgendwelche Leute kennt, die Sex haben, indem sie ihre Hintern aneinanderreiben. Er hätte nämlich auf jeden Fall Antworten und ich hab meine Grenzen. Stattdessen schaue ich mir den Kandidaten mal an. Ziemlich süß und definitiv der Brunchdate-Typ: dunkle Haut, apricotfarbenes Jackett, weißes T-Shirt, hochgekrempelte marineblaue Chino und weiße Sneaker, die vermutlich mehr gekostet haben, als ich in einem Vierteljahr für Klamotten insgesamt ausgebe. Sein Outfit wirkt sehr lässig, aber wenn ich eins von unserem aufgehenden Instagram-Sternchen Harriett gelernt habe, dann, dass alles, was so lässig aussieht, in Wahrheit ziemlich viel Aufwand erfordert. Aber was tut man nicht alles für den Look und die Likes.

»Cooler Style«, sage ich zu Dylan. Jetzt fühle ich mich noch unwohler in meinem engen Poloshirt. »Aber irgendwie habe ich das Gefühl, ich wäre lieber *wie* er als mit ihm zusammen.«

»Sollten wir ihm nicht wenigstens eine Chance geben?«

»Wir wissen doch nicht mal, ob er auf Typen steht.«

»Dann wird's halt kurz peinlich. Aber du wirst ja sowieso nicht die nächsten vier Jahre mit ihm in Yale verbringen. Also was soll's!«

So viel ist mir auch klar. Nichts an meinen Zeugnissen der letzten Jahre lässt auch nur ansatzweise vermuten, ich könnte auf eine Ivy-League-Uni gehen. Ma will mich unbedingt aufs College schicken, damit es mir anders ergeht als ihr und man mich ernst nimmt. Aber wenn ich mich mit den Menschen aus diesem Kreis hier vergleiche, habe ich das Gefühl, mir steht Community-College-Ben auf der Stirn, auf keinen Fall Yale-Ben.

Und auch als mich jetzt auf einmal dieser süße Typ anguckt, denke ich automatisch, dass ich nicht gut genug für ihn bin. Bei Hudson hatte ich am Anfang das gleiche Gefühl. Das hat dann eine Weile funktioniert, bis ... es eben nicht mehr funktioniert hat.

Normalerweise bin ich kein Mensch, der einfach auf andere zugeht. Ich hätte auch Arthur niemals selbst angesprochen. Aber hier tut sich gerade eine Chance auf, also ziehe ich Dylan mit mir, um dem Typen Hallo zu sagen. Auch wenn er mitten im Gespräch mit einem Mädel in einem leuchtend gelben Hidschab ist.

»Hi, ich bin Ben.«

»Und ich bin Digby Whitaker.«

»Whoa, krasser Name«, sagt der süße Typ.

»Danke. Wie heißt du?«, fragt Dylan.

»Kent Michele.« Er gibt erst Dylan die Hand, dann mir.

Ich wende mich an das Mädchen. »Ben.«

»Alima«, erwidert sie. »Na, seid ihr aufgeregt?«

Dylan räuspert sich. »Oh ja, ich kann es kaum erwarten, meine Altgriechischkenntnisse zu vertiefen. Und die in modernem Griechisch auch, wenn wir schon dabei sind. Meinen Erstgeborenen werde ich übrigens Achilles nennen, denn von ihm können wir eine Menge übers Scheitern lernen.«

Das ...

Er ist einfach ...

Manchmal schafft Dylan es wirklich, sich selbst zu übertreffen.

»Klingt spannender als Politikwissenschaften, Wirtschaft und Ethik«, sagt Kent. »Wird bestimmt ein Riesenspaß. Nicht.« Oh, sehr gut, er ist selbstironisch und hält seine Hauptfächer nicht für das Nonplusultra. Das bringt ihm ein paar Coolnesspunkte. »Was willst du machen?«, fragt er.

Oha, die Frage bringt mich doch tatsächlich ins Schwitzen. Ich habe keine Ahnung, was man in Yale für Fächer wählen kann. Oder an irgendeinem anderen College. Mein letztes Schuljahr liegt noch vor mir und bisher habe ich mir noch gar keine Gedanken darüber gemacht. Ich beschließe, bei der Wahrheit zu bleiben. »Ich interessiere mich fürs Schreiben.«

»Ich auch!«, sagt Kent. »Na ja, zumindest früher. Lacht nicht, aber ich habe eine Menge Fanfiction geschrieben.«

»Oh, darüber wird Ben sich ganz sicher nicht lustig machen«, wirft Dylan ein.

»Hey, ich bin nicht die kleine Meerjungfrau, ich kann selbst sprechen.« Ich lache ein bisschen gezwungen, à la Ha-ha-ha-halt-die-Klappe, und drehe mich wieder zu Kent. »Zu welchem Fandom?«

»Pokémon«, antwortet Kent und verzieht das Gesicht, als hätte er Angst, ich würde mich gleich doch noch über ihn lustig machen. Verdammt, er hat Grübchen. »Superalbern, ich weiß, aber das war früher total mein Ding.«

»Oh nein, gar nicht albern«, findet Alima.

»Echt nicht. Ich habe meine Eltern angefleht, mich draußen nach einem Schiggy suchen zu lassen«, versichere ich ihm.

»Ich war Pikachu-Fan«, sagt Kent.

»Ja, Mann, Pikachu war der Beste«, stimmt Dylan zu.

Gerade ist mir nicht ganz klar, ob Dylan Wingman oder Konkurrenz ist. Ich werfe ihm einen Blick zu, der so viel heißt wie: Hey, vielleicht überlässt du mir mal das Feld? Unglaublich, aber wahr: Er versteht die Botschaft und wendet sich an Alima. »Und auf was stehst du so? Was macht dich high? Also, nicht high wie von Drogen, es sei denn, Drogen machen dich high, also, high wird man davon eh, aber ...«

Mein tiefstes Mitgefühl für Alima, aber zwischen mir und Kent scheint der Funke überzuspringen. Und mag ja sein, dass ich wegen jemandem hergekommen bin, der nicht aufgetaucht ist, aber vielleicht gehe ich stattdessen mit jemandem, der noch besser zu mir passen könnte.

»Wo finde ich diese Pikachu-Fanfiction?«, hake ich nach.

»Gar nicht. Ist komplett vernichtet. Ich habe alles in

einen Vulkan geworfen und den dann in einen noch größeren Vulkan.« Kents Grinsen ist so umwerfend, dass ich es kaum erwarten kann, ihn richtig lachen zu sehen.

»Wo bist du aufgewachsen?«, fragt er.

»Alphabet City.«

»Echt? Das ist nicht weit von mir. Ich wohne ganz in der Nähe vom Union Square.«

Okay, das fühlt sich jetzt eindeutig nach einem Wink des Universums an. Wir wohnen fünfzehn Minuten voneinander entfernt und haben uns nie getroffen, bis heute.

»Mein Dad ist stellvertretender Filialleiter im *Duane Reed* direkt gegenüber vom Union Square.« Ich bin stolz auf Pa, auch wenn ein paar Arschlöcher in der Schule mal meinten, die Jobs meiner Eltern seien nicht gut genug. Dylan hat sie damals zum Schweigen gebracht. Trotzdem rücke ich jetzt lieber direkt mit der Wahrheit raus, man weiß ja nie, vielleicht entpuppt sich Kent als riesiger Snob.

»Da geh ich ständig einkaufen, weil ich dienstags und donnerstags fürs Abendessen zuständig bin.«

»Aber der Biomarkt ist doch gleich die Straße runter?« Seine Klamotten sehen aus, als könnten seine Eltern sich die paar Extradollar leisten.

»Die Schlangen da sind endlos und alle Zutaten für ein solides lateinamerikanisches Essen finde ich auch bei *Duane Reed*«, sagt Kent.

»Oh, cool. Bist du zufällig Puerto Ricaner? Oder –«

»Ja, bin ich.« Er lächelt schon wieder. Ich habe zwar noch keinen Beweis, dass er auf Jungs steht, aber zumindest läuft es ganz gut.

»Ich auch! Obwohl mir das nie einer glaubt, weil ich so weiß bin. Ist echt beschissen. Nervt voll, das immer wieder erklären zu müssen.«

Kent nickt nachdenklich und beißt sich dabei auf die Lippe. »Na ja, wenigstens folgt dir im Supermarkt niemand, um aufzupassen, ob du was mitgehen lässt. Und ich wette, dich fragt auch keiner, ob du es über eine Diversitätsquote nach Yale geschafft hast. Das nervt nämlich *wirklich*.«

Ich muss wegsehen. Wow. Ich fühle mich, als hätte er mir eine Ohrfeige verpasst. »Oh Mann, tut mir leid, ich ...« Stille. Leuten ständig erklären zu müssen, dass ich Puerto Ricaner bin, ist gar nichts im Vergleich zu dem, womit er regelmäßig konfrontiert wird. Manchmal bin ich echt 'ne Katastrophe. »Ich sollte Alima wohl mal vor Dylan, äh, Digby retten.«

»Tja ... Wir sehen uns, Ben.«

Wohl eher nicht. Und das ist vermutlich ganz gut so.

Ich nehme Dylan am Arm. »Entschuldige uns einen Moment«, sage ich zu Alima und ziehe ihn weg. »Ich will los.«

»Machst du Witze? Ich hab mich getäuscht, was die Brunch-Vibes angeht. Kent ist total elf-Uhr-abends und will dich bestimmt auf die Toilette entführen, damit du seinen Pikachu fängst.«

»Keine Ahnung, was du damit meinst. Wir müssen uns, glaub ich, dringend mal darüber unterhalten, wie Sex zwischen Typen aussieht.« Ich schüttele den Kopf. »Ich gehör nicht hierher. Für mich gibt es keine Zukunft in Yale oder mit Typen wie Kent oder Arthur. Ich hab genug.«

»Du bist zu hart zu dir selbst.«

»Vielleicht. Aber wenigstens ehrlich.«

Ich haste die Treppe runter, zurück in den Park. Mann, was für eine Zeitverschwendung. Kaum zu glauben, dass wir das gemacht haben. Als ob Arthur echt da aufgetaucht wäre. Wie bescheuert von mir, zu glauben, das Universum hätte irgendeinen genialen Plan. Abgesehen davon mache ich mir jetzt auch noch Gedanken um meine planlose Zukunft und weiß nur, dass ich wieder am Anfang stehe, ohne zu wissen, wo es langgeht. Na toll.

FREITAG, 13. JULI

Ich kann mich nicht auf *Angry Birds* konzentrieren. Hudson und Harriett lachen zu laut, während sie versuchen, ein Selfie zu machen.

»Die Ringe unter meinen Augen sind so …« Hudson sucht nach Worten.

»… post-cage-fight beim Wrestling?«, schlägt Harriett vor. Sie wirft sich die Haare über die Schulter und streckt die Brust raus. »Vielleicht solltest du eine Grimasse schneiden, um davon abzulenken, wie fertig du aussiehst.«

»Autsch.«

»Ich bin bloß ehrlich. Du brauchst echt ein bisschen mehr Schönheitsschlaf.«

Und das sagt ausgerechnet Harriett, für die Schönheitsschlaf nun wirklich nicht wichtig sein kann – schließlich filtert sie ihre Bilder bis zum Gehtnichtmehr. Aber was Harriett auf Insta treibt, ist ihre Sache. Und eine lukrative noch dazu. Sie macht Werbung für angeblich supergesunde Säfte, die sie nicht mal mag, weil sie davon Bauchschmerzen kriegt. Aber das bringt ihr 200 Dollar pro Bild ein. Einmal hat Harriett einen #Boyfriend-Tag mit Dylan gepostet, für den sie ihn geschminkt hat – mit Lidschatten und Contouring für die Wangenknochen. Dylan hat alles bereitwillig mitgemacht und die ganze Aufmerksamkeit genossen. Harriett ist so stolz auf die Bilder, dass sie sie nicht mal löschen wollte, nachdem er mit ihr Schluss gemacht hat. Wenn ich von Harriett auf Fotos verlinkt wurde, hatte ich danach immer ein paar Dutzend neue Follower. So lange, bis sie mir klammheimlich wieder entfolgten, weil meine Bilder von coolen Graffitis auf öffentlichen Toiletten sie nicht interessierten. Oder meine Bilder mit Hudson.

»Das Foto ist ja noch schlimmer«, nörgelt Hudson nach einem weiteren Versuch. »Ich seh heute einfach scheiße aus. Vergessen wir's.«

Hudson ist immer ziemlich streng mit sich selbst.

»Na los, ein Versuch noch. Irgendwas Albernes.«

»Also gut, Chefin.«

Hudson stützt das Kinn auf die Faust und lässt den Blick in schönster Denkerpose in die Ferne schweifen, als wäre er drauf und dran, mit einer Erfindung die Welt zu verändern. Harriett wirft derweil eine Kusshand ins Nichts. Sie beäugen das Ergebnis.

»Perfekt«, sagt Harriett. »Jetzt noch ein Text.«

»Warte«, sagt Hudson.

»Was denn? Du siehst hot aus!«

»Das darf doch nicht wahr sein, zoom mal ran!«

Die beiden drehen sich um und starren mich an.

Ich muss ihr Selfie ruiniert haben. Das *eine* Gute. Und natürlich habe ich sie beobachtet, statt beiläufig auf mein Handy zu gucken. Hudson schüttelt den Kopf und dreht sich weg. Ich werde rot und versuche von Neuem vergeblich, mich auf *Angry Birds* zu konzentrieren.

Weghören ist aber noch schwieriger als Weggucken.

»Ich muss zugeben, er sieht auch ganz gut aus«, sagt Harriett.

»Nein, das musst du nicht zugeben«, zischt Hudson.

Noch einen Monat. Dann entkomme ich dieser Hölle.

Als ich Dream & Bean betrete, sitzt Dylan schon am Fensterplatz.

»Big Ben, willkommen in meinem Büro.« Er nimmt seinen Rucksack von dem zweiten Stuhl, sodass ich mich setzen kann.

»Dein Büro braucht einen größeren Schreibtisch.«

»Wer braucht Tische, wenn man dafür die schöne Aussicht genießen kann?« Er zeigt aufs Fenster.

»Ähm, da draußen stehen Müllsäcke.« Da ist ja die Aussicht aus Hudsons Zimmer besser, und der guckt auf eine Backsteinwand.

»Willst du was trinken? Dann kümmern sich meine Leute darum.«

»Du bist Stammgast, nicht der Besitzer.«

»Warum so schlecht gelaunt?«

»Die Kurzfassung: Ich sehe jeden beschissenen Tag meinen beschissenen Ex-Freund in der beschissenen Sommerschule. Gestern dachte ich, ich treffe eine süße Zufallsbekanntschaft wieder. Habe ich aber nicht. Mein Leben ist scheiße.«

Letzte Nacht konnte ich nicht einschlafen, weil ich über Hudson und Arthur nachgedacht habe. Über Hudson, weil ich wirklich keine Lust auf einen neuen Schultag mit ihm hatte, und über Arthur, weil mir klar geworden ist, dass ich Mist gebaut habe, als ich einfach abgehauen bin. Bis Samantha sich eingeschaltet hat, hätte ich nie gedacht, dass es eine realistische Chance gäbe, ihn wiederzutreffen. Ich meine, wir sind hier in New York und ich habe so gut wie keine Anhaltspunkte. Dann kam sie mit ihren Nancy-Drew-Skills daher und ich habe mir Hoffnungen gemacht. Dieses Yale-Ding war von der Idee her ja auch gar nicht schlecht, aber genützt hat es nichts. Mir ist bloß bewusst geworden, dass ich Arthur wirklich gerne wiedertreffen würde, um zu gucken, was sich zwischen uns entwickeln könnte.

»Mit dem Gesicht bleibst du nicht lange Single.« Dylan hebt vielsagend die Brauen.

Aber ich bin nicht in der Stimmung für dumme Sprüche.

»Es kommt mir vor, als würde ich dafür bestraft werden, dass ich glücklich sein will.« Oder als wäre vielleicht alles gut, wenn ich Hudson eine zweite Chance gegeben hätte.

»Oder du hast einfach den Freitag-der-Dreizehnte-Blues.«

»Wenigstens haben wir unseren Filmabend.«

Dylan schweigt einen Moment. Dann: »Unseren Samantha-losen Filmabend.«

»Sie meldet sich bestimmt noch.« Oder auch nicht. Sie hat ihm gestern Abend jedenfalls nicht mehr zurückgeschrieben.

Ein winziger gemeiner Teil von mir ist insgeheim ein bisschen erleichtert, dass es mit Samantha nicht ganz so gut läuft. Natürlich will ich, dass Dylan glücklich ist – er ist schließlich mein allerbester Freund –, aber er ist einfach kein besonders guter Freund, wenn er in einer Beziehung ist. Dann ist seine Freundin auf einmal das einzige Gesprächsthema und ich komme kaum dazu, irgendetwas von mir zu erzählen. Dass mich das stört, ist natürlich kein schöner Zug an mir, aber ich fühle mich immer ein bisschen … bedroht und wertloser, wenn er ein neues Mädchen kennenlernt. Pa hat mich schon mal gefragt, ob ich vielleicht heimlich mehr für Dylan empfinde. Das ist echt nicht der Fall. Dylan ist einfach bloß der Coolste. Für ihn würde ich Karatetritte austeilen. Und ich vermisse ihn, wenn er in den Pärchenmodus wechselt. Das Gefühl, nur wichtig für ihn zu sein, wenn er Single ist, ist einfach scheiße.

Ich habe Durst, also hole ich mir ein Wasser an der Selbstbedienungstheke. Während ich eingieße, betrachte ich die Pinnwand darüber: tonnenweise Flyer für Praktika, ein *Resist*-Poster, ein paar Telefonnummern, *Hundesitter gesucht*, irgendwelche Anzeigen und –

Mein Gesicht.

Mein Gesicht hängt hier am Schwarzen Brett.

Das Wasser läuft über den Becherrand und ich habe nicht die Geistesgegenwart, es sofort aufzuwischen, denn da hängt mein Gesicht. Am Schwarzen Brett.

Was habe ich gemacht? Warum werde ich gesucht? Moment mal. Nein. Das ist keine Phantomzeichnung, auch kein verzerrtes Bild einer Überwachungskamera. Mein Gesicht wurde aus dem Foto nach der Schneeballschlacht mit Hudson ausgeschnitten. Steckt er dahinter? Ich bin kurz davor, Dylan zu rufen, bringe aber kein Wort heraus. Da steht ein Text:

Bist du der Junge vom Postamt?

Es ist echt peinlich und ich kann kaum glauben, dass ich das tue, trotzdem:
Wir haben uns im Postamt auf der Lexington unterhalten. Ich war der Typ mit der Hotdogkrawatte. Du der Typ mit dem Paket an den Ex. Mir gefiel dein Lachen. Ich wünschte, ich hätte nach deiner Nummer gefragt. Liebes Universum, gibst du mir eine zweite Chance?

Arthur.Seuss@gmail.com

Uff.

Mein Herz rast. Das Universum erlaubt sich hier doch einen Scheißscherz.

Ich reiße den Flyer runter. Das ist auf jeden Fall mein Gesicht. Der Zettel ist für mich. Ich *sollte* das hier finden.

Ich *habe* es gerade gefunden.

Das ... so was passiert nicht. Doch. So was passiert.

Ich stürme zurück zu Dylan. »Ist das irgendein dummer Scherz von dir?«

»Meine Scherze sind nie dumm.«

»Jetzt tu doch nicht so.«

Dylan liest sich die Nachricht durch. »Krasse Scheiße.«

»Warst du das echt nicht?«

»Alter, Ben, nein, das war ich nicht.« Dylan schaut mich an. Er lacht nicht. »Woher hast du das?«

»Vom Schwarzen Brett, da über der Extra-Milch und so. Er hat es bestimmt hier aufgehängt, weil ich dein Dream & Bean-T-Shirt anhatte.«

»Gern geschehen, Mann. Samantha wird ganz schön angepisst sein, dass sie ihn nicht zuerst gefunden hat. Aber sich trotzdem für dich freuen, ganz sicher.« Plötzlich packt er mich an den Schultern. »Alter, ich fasse es nicht! Du meldest dich bei ihm, oder? Das ist der Wahnsinn! Hollywood wird einen Film über euch drehen! Und dann gibt es ein Netflix-Spin-off über eure schwulen Kinder!«

»Aber wie ...? Ich komm nicht drauf klar. Woher hat er dieses Foto? Ist doch gruselig, oder? Werde ich gestalkt? Ist das irgend'ne Art Falle?«

»Na ja, zur Sicherheit solltet ihr euch an einem öffentlichen Ort treffen. Und nimm einen Taser mit.«

»Ich bin nur ... So was passiert einfach nicht. Was ist –«

Dylan wedelt mit dem Zettel herum. »Big Ben, dein

Leben ist gerade um einiges einfacher geworden. Mach dir nicht so 'n Kopf. Niemand guckt sich einen Film an, in dem jemand nur abwartet. Egal, wie viele niedliche Sommersprossen der Typ hat oder wie süß er lächelt.«

Ich starre auf die E-Mail-Adresse am Ende der Nachricht.

Der Blues ist passé.

Ich bin der Typ vom Postamt.

Und Arthur sucht nach mir.

Noch sind wir nicht bereit für *Chucky*. Dylan und ich sitzen auf seinem Bett. Er hängt am Handy und quält sich, indem er Samanthas Facebook-Timeline durchscrollt. Ich selbst muss immer wieder den Zettel vom Schwarzen Brett anschauen, den ich natürlich eingesteckt habe. Niemand sonst braucht ein Foto von mir. Natürlich hab ich die E-Mail-Adresse schon ins Handy getippt, aber bisher ist die Nachricht dazu leer.

»Hey, Dee, jetzt sag mal. Was soll ich schreiben?«

»Hör auf deinen Schwanz, Big Ben.«

»Alter, wenn du mir nicht hilfst, eine anständige Mail an Arthur zu verfassen, sind wir die längste Zeit beste Freunde gewesen.«

»Schon gut, schon gut. Wenn du nicht auf deinen Schwanz hören willst, dann eben auf dein Herz. Kommt mir wie der nächste logische Schritt vor.«

»Den Schwanz sprechen zu lassen, war nie ein logischer Schritt.«

»Sagst du.«

Lässt man Dylan lange genug reden, sagt er irgendwann auch das, was normale Menschen sagen würden. Wie zum Beispiel, das Herz sprechen zu lassen.

Ich halte es kurz und schreibe einfach, was mir als Erstes in den Sinn kam, nachdem ich die Nachricht am Schwarzen Brett entdeckt hatte: *Ist das echt?*

11. KAPITEL – ARTHUR

»Entspann dich mal«, sagt Dad. »Leg es beiseite und guck in einer Stunde wieder drauf.«

»Aber wenn –«

»Wenn er dir mailt? Umso besser. Du willst doch eh nicht direkt antworten.«

»Nicht?«

»Nein, Himmel, nein. Du musst den Coolen spielen, Art. Nicht *zu* cool. Aber ein bisschen.« Sagt der Mann, auf dessen Küchenschürze der Spruch *Cookies akzeptieren* prangt.

Da vibriert mein Handy.

Dad will es sich schnappen, doch ich bin schneller und rufe meinen Posteingang auf.

Zwei weitere E-Mails. Ich fasse es nicht. Gerade mal elf Stunden hängt der Zettel und ich habe schon sechzehn Mails bekommen.

`Hab deinen Zettel gesehen, bin nicht der Gesuchte, wünsche dir aber viel Glück!`

`OMG, das ist so romantisch & der Junge auf dem Bild ist so heiß, wow.`

Alle natürlich nicht vom Paketjungen, aber mein Herz weiß das ja vorher nie. Sondern überschlägt sich jedes Mal aufs Neue.

Schnell lese ich den ersten neuen Betreff: `Wie alt bist du?` Der Mailtext: Leer. Der zweite Betreff: `Ist das echt?`

»Komm schon«, sagt Dad, »ich brauch dich hier. Diese Käsesandwiches grillen sich nicht von alleine.« Dabei hält er ein riesiges Küchenmesser hoch. »Handy weg. Sofort.«

»Und wenn nicht? Dann stichst du mich ab?«

»Was?« Er runzelt die Stirn. Erst als sein Blick auf das Messer fällt, kapiert er's. »Oh, haha, nein. Ich schneide nur die Rinde vom Brot. Leg das Handy trotzdem mal weg, Floh.«

»Floh?«

»Wie der Arthur in *Die Hexe und der Zauberer*. Nein?«

»Nein.« Ich klicke die zweite Mail an. Sie ist von jemandem namens Ben Hugo. Bestimmt wieder nichts. Bestimmt wieder nur irgendein Idiot. Andererseits ist da immer noch dieser Knoten in meinem Magen, den ich einfach nicht loswerde.

Denn: Was, wenn er es ist?

»Ich werde dich einfach so lange weiter Floh nennen, bis du das Handy weglegst«, ruft Dad mir hinterher, während ich in mein Zimmer gehe.

Okay, hier kommt Bens Nachricht. Und zwar …

Heilige Scheiße.

```
Hi, also, ich weiß ja nicht, ob das ein Witz oder ein
Streich sein soll, aber ich habe deine Postamt-An-
zeige gelesen. Ehrlich gesagt dreh ich deswegen grad
ein bisschen am Rad. Wenn auch auf gute Art. Weil ich
wahrscheinlich der Typ bin, nach dem du suchst. Also:
Hi noch mal. Ich bin Ben.
```

Ich starre auf den Text.

Ich bin sprachlos.

Meine Hände zittern. Ich muss mich … okay. Ich setze mich. Auf die Bettkante. Und halte das Handy mit beiden Händen fest. Die Buchstaben verschwimmen vor meinen Augen. Sodass ich kaum … Ben. Er hat einen Namen. Einen Namen, der perfekt ist. Arthur und Ben. Arthur und Benjamin.

Ich muss zurückschreiben. Heilige Scheiße. Das ist *echt*.

Außer.

Ich starre wieder auf den Text. Okay.

Okay.

Theoretisch könnte mich hier auch jemand verarschen. Bedeutet, ich darf mich noch nicht freuen. Es ist noch zu früh.

Ich muss ihn testen.

`Hi Ben,`

Falls das überhaupt dein echter Name ist.

`vielen Dank für deine Nachricht. Es freut mich sehr, dich kennenzulernen. Bitte denke gut nach, bevor du die folgende Frage beantwortest: Was für ein Piercing hatte die Postangestellte am Tag unserer Begegnung?`

Senden.

Eine Minute später: `Soll das ein Scherz sein?`

`Wie bitte?`

`Denke gut nach? Du klingst wie mein Lehrer.` Smiley.

Okay, das war unhöflich, oder?

Schnell tippe ich: `Nein. Das ist kein Scherz. Es gibt keinen Grund, dich über mich lustig zu machen.`

Senden.

Doch eine gefühlte Stunde lang antwortet Ben nicht.

»Floh? Lebst du noch?«

Dad. Den hab ich ganz vergessen.

»Komme! Nur noch –«

Mein Handy vibriert. `Du denkst, ich mache mich über dich lustig?`

`Nun. Ja.`

`Okay, wow. Tut mir leid. Das mache ich nicht, versprochen.`

Mein Magen schlägt einen Purzelbaum. `Okay.`

`Sag mal, wollen wir nicht einfach telefonieren? Das klappt vielleicht besser.`

Wir sollen telefonieren? So richtig mit Reden und allem? Ben. Benjamin. Der sich nicht über mich lustig macht. Natürlich nicht. *Ben* würde das nie tun.

Er schickt mir seine Nummer.

Ich wähle. Es klingelt. Es passiert. Es –

»Hi.«

Oh mein Gott.

»Arthur, bist du das?« Seine Stimme klingt gedämpft. »Warte kurz.«

Ich höre Geraschel und Schritte. Dann das Schließen einer Tür.

»Okay, entschuldige. Ich wollte nur … Mein Kumpel … Egal, hör zu. Ich wollte mich nicht über deine E-Mail lustig machen. Ich dachte nur … keine Ahnung. Es klang wie etwas, das ein Lehrer schreiben würde. Ich fand's süß.«

»Lehrer sind nicht süß.«

Das bringt ihn zum Lachen. Und sein Lachen mich zum Lächeln. Aber ich kann nicht heraushören, ob er es ist. Ob Ben mein Paketjunge ist. Ich war mir so sicher, dass ich seine Stimme wiedererkennen würde. Dass ich beim ersten Wort schon Bescheid wüsste.

»Du hast die Frage nicht beantwortet«, sage ich.

»Stimmt.«

»Ich will kein Arsch sein. Aber ich hab so viele Nachrichten von irgendwelchen komischen Leuten gekriegt, dass ich … sichergehen will, ob du es wirklich bist.«

Er schweigt ein paar Sekunden. »Leider erinnere ich mich nicht an das Piercing.«

»Oh.«

»Aber ich weiß noch, dass du diese Hotdogkrawatte getragen hast. Außerdem waren da die Flashmobber und die Jumpsuit-Zwillinge und ich habe dich, glaube ich, für einen Touri gehalten? Oh, und du hast mir von deinem jüdischen Onkel …«

»Milton.« Mein Herz klopft wie verrückt.

»Genau.« Er scheint zu stutzen. »Dann bist du es also wirklich.«

Einen Moment lang bekomme ich kein Wort heraus.

»Ich kann's irgendwie kaum fassen«, sage ich schließlich.

»Ich auch nicht. Ziemlich krass.«

Mehr als krass: überwältigend! Der New-York-Moment meiner Träume. Die Liebenden sind wieder vereint. Einsatz des Orchesters. Der Paketjunge ist echt.

Er ist echt. Und er heißt Ben. Und er hat mich gefunden.

»Siehst du? Ich hab dir doch gesagt, dass das Universum kein Arsch ist!«

»Zumindest hat es uns hiermit einen Gefallen getan.«

»Aber hallo!« Ich grinse ins Handy. »Und jetzt?«

Er zögert. »Was meinst du?«

Scheiße. Okay. Vielleicht will er gar nicht, dass wir uns treffen. Vielleicht war's das schon. Dieses Telefonat. Ende der Geschichte. Vielleicht *war* er interessiert, bis er mich am Hörer hatte. Weil ich zu schnell rede. Wie Ethan mal sagte: *Holst du überhaupt Luft zwischendrin?*

»Was meinst du mit *Was meine ich*?«, frage ich schließlich zurück.

»Ich meine ... Willst *du*, dass wir uns noch mal treffen?« So sagt er es. Mit der Betonung auf dem »du«. Als hätte ich das nicht längst glasklar gemacht. Komm schon, Alter! Ich habe eine Suchanzeige für dich aufgegeben. Da wirst du dir ja wohl zusammenreimen können, was ich will.

»Willst *du* –«, fange ich an, doch jetzt reden wir beide gleichzeitig. Mir wird heiß. »Du zuerst.«

»Ach, es ist nur ...« Ich *höre* fast, wie er sich auf die Lippe beißt. »Sorry, ich muss das fragen: Waren das deine echten Augen?«

»Was?«

»Du hattest Kontaktlinsen drin, oder?«

»Ich trage ... farblose Kontaktlinsen.«

»Dann sind deine Augen tatsächlich so blau.«

»Ich schätze schon?«

»Ha«, macht er. »Ziemlich cool.«

»Ähm. Danke?«

Er lacht. Und verfällt dann wieder in Schweigen.

»Also ...«, sage ich.

»Richtig.« Erneute Pause. »Wie gehen wir's an?«

»Arthur?«, ruft mein Dad.

Schnell husche ich vom Bett zur Tür, mache sie zu und schließe ab. »Wie gehen wir was an?«

»Ein Treffen. Sollen wir – «

»Ja«, sage ich vorschnell. Tief durchatmen. »Ich meine, wenn du möchtest.«

»Klar«, versichert er. »Lust auf 'nen Kaffee?«

Kaffee? Im Ernst? Ich meine, theoretisch würde ich gern auch einen Kaffee mit Ben trinken gehen. Ich würde auch mit ihm im Stau oder in der Schlange vom Straßenverkehrsamt stehen wollen. Aber das hier fühlt sich ganz klar nach mehr als nur nach Kaffee an. Nämlich nach Schicksal. Als wären wir dazu bestimmt gewesen, uns erst zu treffen, dann zu verlieren und dann wiederzutreffen. Sodass dieses Date etwas Besonderes sein müsste. Dieses Date verdient Kutschfahrten, Feuerwerk, eine Schnitzeljagd und ein Riesenrad.

Ach, wenn ich mir das vorstelle: wir zwei Händchen haltend auf einem Riesenrad ...

»Was ist mit Coney Island?«, platze ich heraus.

»Was soll damit sein?«

»Als Ort für unser erstes ... Treffen. Zum Abhängen.«

Eine Weile sagt keiner ein Wort.

»Coney Island?«, fragt er schließlich.

»Der süße alte Freizeitpark.«

»Ja, ich kenne Coney Island. Da willst du hin?«

»Nein, ich meine, muss nicht sein. Wenn du nicht willst.« Ich trommle mit den Fingern auf der Bettkante herum.

»Tja, also, wenn – «

»Nein, schon gut!« Ich atme einmal tief durch. »Warum suchst du nicht was aus?«

»Ich soll unser … Date planen?«

Date! Er hat es gesagt. Heilige Scheiße. Es ist ein Date. Wirklich und wahrhaftig. Er ist an mir interessiert und ich bin an ihm interessiert, was bedeutet, dass es jetzt tatsächlich und endlich so weit ist. Ein echtes Date mit einem echten Jungen. Das ist wahrscheinlich, nein, definitiv das Allerbeste, was mir je in meinem ganzen Leben passiert ist. Deswegen kann ich einfach nicht cool bleiben. Nicht mal ansatzweise.

Aber gut.

Durchatmen.

»Ja«, sage ich ruhig. GANZ COOL. GAAANZ COOL. Ich zucke die Schultern. »Wenn du möchtest.«

»Alles klar, dann machen wir's so. Okay. Also. Hast du morgen Abend Zeit, so gegen … acht?«

»Acht Uhr abends. Jap!«

Ich kann nicht aufhören zu grinsen. Ich muss einfach … *Himmel*. Ich habe ein Date.

»Okay, ich glaube, ich hab eine Idee«, sagt er langsam. »Aber es soll eine Überraschung sein. Wollen wir uns einfach vor der U-Bahn-Station Times Square treffen? Am Haupteingang?«

»Klingt gut.«

Und mit »gut« meine ich *großartig*. Absolut perfekt. Ich lebe ein Broadway-Musical. DAS HIER IST ECHTER BROADWAY-STOFF.

»Okay. Bis dann.«

Wir legen auf. Und eine geschlagene Minute lang starre ich reglos auf mein Handy.

Ich habe ein Date. Ein Date. Mit Ben. Ich date Ben. Und lieber Gott. Liebes Universum. Große geheiligte Scheiße.

Das darf ich nicht vermasseln.

Teil 2

WAS IST …

12. KAPITEL – BEN
SAMSTAG, 14. JULI

Gleich ist es so weit. Ich habe mein erstes Date. Also, mein erstes Date mit Arthur.

Es ist 19:27 Uhr und ich sollte dringend los. Ich ziehe mir ein schwarzes T-Shirt über. Ma hat darauf bestanden, es zu bügeln. Meine Eltern stehen beide schon an der Tür und Dylan begleitet mich aus dem Zimmer, wo er mir die letzte Stunde gut zugeredet hat. Dabei hat er mir nur ein Mal geraten, einfach auf meinen Schwanz zu hören. Eindeutige Verbesserung.

Dylan mustert mich und kratzt sich am Kinn. »Der Look ist abgesegnet.«

»Danke. Los geht's.«

»Wartet, ich mache noch ein Foto von euch beiden«, sagt Ma und verschwindet schnell in der Küche.

»Warum das denn?«, fragt Pa. »Dylan ist doch nicht seine Verabredung.«

Ma kommt mit ihrem Handy zurück. »Aber er ist Bens bester Freund, der extra vorbeigekommen ist.«

»Es sind nur fünf Blocks«, sagt Pa.

»Das ist Bens erstes Date. Ein Instragram-Moment.« Mas Instagram-Account ist typisch sie. Übertrieben gefilterte Selfies und Fotos von Mahlzeiten, garniert mit viel zu vielen Hashtags. #Ziemlich #nervig #komplette #Texte #wie #diese #zu #lesen. Dummerweise hat sie gemerkt, als ich ihr nicht mehr gefolgt bin.

»Von wegen erstes Date«, widerspreche ich. Man muss in

ihrem Profil nur sechs Monate zurückscrollen, dann findet man ein ähnliches Bild, aufgenommen vor meinem echten ersten Date. Mit Hudson. Wir waren bei einer Comedyshow, die sich als unangenehm schwulenfeindlich entpuppte. Als Hudson mich für unseren ersten Kuss zu sich heranzog, war das der perfekte Mittelfinger an diesen Comedian. Und auch sonst perfekt.

Ma schaut mich böse an. »Willst du mich wirklich weiter verbessern oder lieber jetzt dieses Foto machen, damit du gehen kannst?«

»Na schön.«

Dylan stellt sich neben mich und legt abschlussballmäßig meinen Arm um sich. Ich gebe nach und lächele.

»Wunderschön.« Ma knipst ihr Bild. »Danke, ihr zwei.« Sie gibt uns beiden einen Kuss auf die Wange und macht sich an die magische Bildunterschrift.

»Viel Spaß, ihr Spinner.« So verstohlen, als wäre es ein Tütchen Gras, steckt Pa mir ein bisschen Bargeld zu, dann gibt er mir einen Kuss auf die Stirn und umarmt Dylan. »Ben, du bist um halb elf zu Hause. Dylan, wann du nach Hause kommst, ist mir egal, du wohnst nicht hier.«

»*Noch* nicht.« Dylan zwinkert ihm auf dem Weg nach draußen zu.

Ich ziehe die Tür hinter uns ins Schloss.

Statt zur U-Bahn zu joggen, verfalle ich in ein schnelles Schlendern. Wäre ja nicht so optimal, das T-Shirt direkt durchzuschwitzen. Wir erreichen die Station, drängen uns bis zum Gleis, und von der gelben Bahnsteigkante aus halte ich Ausschau nach der L-Linie. Aber sie kommt nicht. Okay, ich werde nur zehn Minuten zu spät kommen, das geht noch. Allerhöchstens fünfzehn. Für meine Verhältnisse ziemlich gut. Bei Hudson waren es manchmal dreißig

Minuten. Das puerto-ricanische Zeitverständnis ist ein Klischee, aber auf unsere Familie trifft es voll zu. Daher musste ich leider auch schon oft wegen Zuspätkommens nachsitzen. An Thanksgiving lädt Títi Magda immer für zwei Uhr ein, weil sie genau weiß, dass dann bis um vier, wenn das Essen fertig ist, alle da sind. Dagegen ist eine Viertelstunde doch eigentlich in Ordnung.

Wir sind unterwegs nach Uptown. Dylan sieht sich gleich irgendeinen Horrorfilm an, während ich mit Arthur zu *Dave & Buster's* gehen werde, der Videospielhalle am Times Square. »Bist du sicher, dass ich euch nicht folgen und euer Date beobachten soll?«, fragt Dylan. »Der gute alte Digby Whitaker hat kein Problem damit, seinen Film ein andermal zu sehen.«

»Ich werde Digby Whitaker mit einem Streifen Spielmarken erwürgen, wenn er sich blicken lässt.«

»Krass.«

Die L-Linie kommt und wir fahren bis zum Union Square, wo wir sofort in die N-Linie umsteigen können.

»Also ... heute Abend geht's um die Wurst, was?«

»Das ist das Letzte, was ich vor einem Date hören möchte. Oder überhaupt irgendwann.«

»Ich mein ja nur. Das mit euch hat so episch angefangen ...«

»Ich weiß, aber ... ich versuche, das Ganze ein bisschen realistischer zu sehen.«

Schon seltsam. Seit ich Arthur vor fünf Tagen in diesem Postamt kennengelernt habe, ist so viel passiert und die Ereignisse haben sich irgendwie überschlagen. Nur geht das alles für meinen Geschmack fast ein bisschen zu schnell. Hudson und ich waren monatelang befreundet, bevor wir angefangen haben, uns zu daten.

Und Arthur? Den kenne ich kaum. Aber vermutlich ist das bei jeder neuen Beziehung so. Am Anfang ist da nichts, doch dann ist plötzlich alles drin.

13. KAPITEL – ARTHUR

Nur noch wenige Minuten, dann heißt es Showtime, weshalb ich mehr oder weniger den Verstand verliere.

Wie kriegen die Leute das hin? Ist ja nicht so, als wäre ich der erste Fast-Siebzehnjährige, der ein Date hat. Auch in Georgia wird gedatet. Aber da bedeutet es, dass dir jemand eine Runde frittiertes Hühnchen spendiert, nicht etwa einen Abend auf dem fucking Times Square plant.

»Du siehst super aus.« Dad fängt meinen Blick im Spiegel ein. »Aber hol das Hemd aus der Hose.«

»Das muss so.«

»Hmm. Kann ich mir nicht vorstellen.«

Ich prüfe mein Spiegelbild und weiß nicht recht, was ich davon halten soll. Ich trage ein blau kariertes Hemd, das ich genau wie so ein Male Model im *J. Crew*-Katalog vorne in den Hosenbund gesteckt habe. Genau wie ein sehr kurz geratenes Male Model. Dazu eine Jeans, die ich extra noch gebügelt habe, und einen Gürtel. Es ist gut möglich, dass ich noch nie so gut aussah. Oder noch nie so bescheuert. Beides etwa gleich wahrscheinlich.

Dad schnüffelt. »Hast du Parfüm drauf?«

»Rasierwasser.«

»Wow, Art. Elegant bis zum Umfallen.«

»Nein! Ich meine. Ich weiß nicht.« Ich versuche, meine Haare glatt zu streichen, doch sie springen sofort wieder in alle Richtungen. Die hab ich von meinen Eltern, diese in jüdischen Familien so häufige widerspenstige braune Matte.

Vielleicht sollte ich irgendwo Gel auftreiben. Und voll einen auf Draco Malfoy machen.

»Vielleicht schaltest du lieber einen Gang runter, meinst du nicht?«

»Dad. Das ist ein erstes Date.«

»Ich weiß. Genau deswegen.«

»Nein. Ja. Aber ich glaube, du ...« Der Rest des Satzes bleibt in der Luft hängen, weil mir auf einmal einfällt, dass ich vergessen habe, Pfefferminzbonbons zu kaufen. Und ich rede hier nicht von *Tic Tacs*. Das harte Zeug muss her. *Fisherman's Friend* ohne Zucker. Ich habe mir schon sechs Mal die Zähne geputzt, mit Mundwasser gegurgelt und im Internet den Selbsttest *Habe ich Alter-Mann-Atem?* gemacht. Ernsthaft – was ist, wenn er mich küsst und denkt, er würde Onkel Milton küssen? Was ist, wenn mein erster gleichzeitig auch MEIN LETZTER Kuss wird? Warum habe ich keine Ratgeberliteratur für so was parat? Wo steckt meine gute Fee?

»Und? Wohin führt er dich aus?«, fragt Dad.

»Ich habe keine Ahnung.«

Aber ich habe Theorien. Nicht dass ich groß darüber nachgedacht hätte. Nicht dass ich die ganze Nacht wachgelegen hätte, um es mir auszumalen. Aber, ja. Wir treffen uns am Times Square, *dem* New-York-Spot schlechthin, von daher peilt er todsicher was Großes an, was mit ordentlich Großstadtflair. Für eine Broadway-Show, selbst mit Restkartenrabatt, ist unsere Beziehung wohl noch zu jung, aber *Madame Tussauds* könnte drin sein. Wie herrlich! Wir würden haufenweise Fotos machen für den Fall, dass wir mal jemanden mit unseren berühmten Kumpels beeindrucken müssen. Unser erster Kuss würde neben meinem Geburtstagszwilling Barack Obama passieren ... Oder aber Ben entscheidet sich für den klassischen Liebesfilm-Move und fährt mit mir rauf aufs Empire State Building. Wäre auch okay für mich. Mehr als okay.

Ein Schlüssel wird herumgedreht und die Wohnungstür geht auf. »Jemand zu Hause?«

»In Arthurs Zimmer«, ruft Dad.

»Oh, wow«, sagt Mom, als sie im Türrahmen auftaucht. »Ordentlich rausgeputzt fürs große Date?«

»Ach.« Ich glaube, ich werde rot bis zum Haaransatz. »Ist ja bloß ...«

»Du siehst super aus, Liebling. Steck das Hemd in die Hose.«

»Oder trag es drüber«, sagt Dad.

»Er geht zu einem Date, nicht zu einem *Simpsons*-Marathon.«

»Schon klar, aber er trägt bereits ein Hemd und Rasierwasser.«

Mom guckt demonstrativ auf Dads Jogginghose. »Genau, Gott bewahre, dass er sich Mühe – «

»Tjaaah. Ich muss dann mal los«, schneide ich ihr das Wort ab und flüchte so schnell nach draußen, als bräche ich aus dem Gefängnis aus. Ich bin aufgekratzt und mir flattern die Nerven. Tatsächlich scheine ich auf dem ganzen Weg bis vor die Haustür nicht ein Mal Luft zu holen.

Ein Blick auf mein Handy. Keine Nachricht von Ben. Aber das ist ein gutes Zeichen. Das bedeutet, er hat nicht abgesagt.

Das bedeutet, ich mache mich auf den Weg zum Times Square.

Das bedeutet, es ist halb acht an einem Samstagabend und ich bin nur noch vier Haltestellen vom ersten Akt meiner Liebesgeschichte entfernt.

14. KAPITEL – BEN

Um 20:11 Uhr kommt die Bahn an. Dylan wünscht mir viel Erfolg mit meinem Zukünftigen und ich jogge jetzt doch noch den halben Block bis zum Haupteingang der Times-Square-Station. Es ist ein Samstagabend im Sommer, also wimmelt es nur so von Touristen und New Yorkern, die durch einige Fehlentscheidungen hier gelandet sein müssen. Ich sehe Polizisten und ein paar Leute in Avengers-Kostümen unter dem U-Bahn-Schild, das mit den Reklametafeln für die Broadway-Musicals oder *American Eagle Outfitters* um die Wette leuchtet. Und ich sehe Arthur. Halb so groß wie der als Captain America verkleidete Typ neben ihm. Sein Hemd steckt nur zum Teil in der Hose und er starrt auf sein Handy. Alle zwei Sekunden schaut er sich verstohlen um. Er sucht nach mir.

»Hey«, rufe ich.

Arthur lässt fast das Handy fallen. »Hey«, sagt er und wird rot. Ich will ihm die Hand geben, er mich umarmen.

»Oh, sorry.« Jetzt versuche ich es mit der Umarmung und er streckt die Hand aus. Fast streift er dabei mein bestes Stück. Bevor er seinen Arm wieder zurückziehen kann, packe ich ihn und schüttele ihm die Hand. Fängt ja toll an. Wenigstens riecht er gut. Aftershave. Ich hab nicht mal Shampoo benutzt.

»Ich dachte schon, du versetzt mich«, sagt er.

»Oh Mann, sorry. Ich bin meistens entweder auf die Minute pünktlich oder mega zu spät. Heute dachte ich eigentlich, ich wäre gut in der Zeit.« Zehn Minuten sind ja auch gar nichts im Vergleich zu sonst.

»Ich hab schon befürchtet, ich müsste noch ein Plakat aufhängen«, sagt er und verzieht das Gesicht. Ich muss lächeln. »Wohin gehen wir?«, fragt er. Er redet viel und ist ziemlich direkt, womit ich kein Problem habe, aber Augenkontakt scheint nicht seine Stärke zu sein, was echt schade ist, weil ich ihm in diese wahnsinnig blauen Augen schauen will. Sollte ich sie jemals mit dem Himmel oder dem Ozean vergleichen, habe ich Prügel verdient. Sie sind viel cooler als beides.

»Nicht weit«, antworte ich. An der Ecke verkauft ein Straßenhändler Wasser, Süßigkeiten und Zeitungen. Ich hole mir schnell ein paar Skittles, als kleinen Snack und Atemerfrischer. »Ich bin immer noch sauer, dass sie Grüner Apfel durch Limette ersetzt haben.«

»Sie war ganz schön sexy.«

»Wie bitte?«

»Na, das grüne Skittle-Mädchen. Ich meine, ich hab absolut schwule DNA, aber ich hab trotzdem Augen im Kopf. Sie ist durch diese Werbespots stolziert und hat den ganzen roten und gelben Skittles den Kopf verdreht.«

»Du meinst M&Ms.«

»Oh.« Arthur wird schon wieder rot.

»Das grüne M&M hat dir den Kopf verdreht?«

»Nein, nicht mir. Sie war nur auf diese Cartoon-Art wirklich sexy. So wie man einfach weiß, dass Bugs Bunny oder der gestiefelte Kater wahrscheinlich ganz gut im Bett sind.«

»Ähm, ich hab noch nie darüber nachgedacht, wie Bugs Bunny oder der gestiefelte Kater Sex haben ... und jetzt habe ich Bilder im Kopf, von den beiden ... *miteinander*.«

Arthur beißt sich auf die Lippe. »Sorry, dass ich in den

ersten fünf Minuten unseres Dates schon über sexy Cartoonfiguren spreche«, sagt er. »Man merkt, dass ich damit noch keine Erfahrung habe, oder?«

»Mit Cartoonfiguren?«

»Mit Dates.« Er wird noch röter, so als hätte er vor, einen Weltrekord aufzustellen.

Bis eben hatte ich echt nicht damit gerechnet, dass Arthur noch unerfahrener sein könnte als ich. Entspannt die Sache nicht gerade. »Du musst dich nicht schlecht fühlen, weil du sexy Cartoons erwähnt hast. Mein bester Freund Dylan hat mir mal einen Link zu Harry-Potter-Pornos geschickt. Glaub mir, wenn du Harry, Ron und Hermine mal in einem Zaubertränkelabor ›Penis erectus‹ hast rufen hören, ist dein Leseerlebnis nie mehr dasselbe.«

Arthurs Lachen ist ganz anders als Hudsons. Das war ein bisschen schriller und klang immer irgendwie übertrieben. Arthurs ist heller und lauter. Und obwohl ich ihn nicht kenne, habe ich keinen Zweifel daran, dass es echt ist. Das gefällt mir.

Wir laufen an *Madame Tussauds* vorbei, dieser Touri-Falle mit Wachsmodellen berühmter Leute. Kein echter New Yorker lässt sich davon beeindrucken. Arthur wirkt ziemlich aufgeregt, bis wir daran vorbei sind. Als Nächstes kommt *Ripley's Believe It Or Not!*, das Kuriositätenkabinett, dann stehen wir auch schon vor Dave & Buster's. »Da wären wir.«

»Die Videospielhalle?«

Ich nicke. »Der feuchte Traum eines jeden Typen.«
»Warst du schon mal drin?«

»Ein paar Mal, zu Hause.«

»Cool. Ich könnte einen würdigen Gegner gebrauchen.«

Ich gehe voran in den Aufzug. Oben kaufe ich mir eine Karte mit Spieleguthaben, er holt sich seine selbst. Es ist wahrscheinlich besser, die Geldgeschichte anfangs erst mal klar zu trennen. Bei Hetero-Pärchen ist relativ klar, von wem erwartet wird, der Gentleman zu sein: vom Gentleman. Wenn es davon zwei gibt, wird das Ganze ein bisschen komplizierter. Die einzige Person außerhalb meiner Familie, von der ich mich manchmal einladen lasse, ist Dylan. Aber auch nur, weil ich weiß, dass er für immer in meinem Leben sein wird und ich es ihm zurückzahle, sobald ich irgendwann die Möglichkeit dazu habe. Bei Hudson war das nicht garantiert. Und bei Arthur ist es das genauso wenig.

Am Eingang werden wir von einer Menge blinkender Lichter begrüßt. Da ist der Fotoautomat, in dem Hudson und ich rumgeknutscht und superalberne Bilder gemacht haben. Die Bar, an der wir mal ganz locker Cocktails bestellt haben, in der Hoffnung, dass man uns nicht nach dem Ausweis fragen würde. Vielleicht hätte ich Arthur doch nicht ausgerechnet hierher bringen sollen. Aber irgendwie verbinde ich eh alle Orte, an denen man Spaß haben kann, mit Hudson. Wenn es mit Arthur gut läuft, können wir uns ja überall neue Erinnerungen schaffen.

Es ist ziemlich voll, aber ein paar Spiele sind frei.

»Wohin willst du als Erstes?«

Arthur sieht sich um. »Zum Greifautomaten?«

»Anfängerfehler, Arthur. Wenn du jetzt schon was gewinnst, dann musst du es den ganzen Abend mit dir rumschleppen. Lass uns lieber ein Motorradrennen fahren.«

Gesagt, getan. Auf dem Motorrad wirkt Arthur noch kleiner. Wenn er die Füße von den Pedalen nimmt, berühren sie nicht mal den Boden. Wir wählen die gleiche Strecke und geben Gas. Ich hänge mich voll rein, denn ich spiele immer, um zu gewinnen.

»Voll blöd, zu Hause habe ich letztens erst den Führerschein gemacht und jetzt brauche ich ihn überhaupt nicht, weil man hier nur mit Bus und Bahn fährt. Oder mit *Citi-Bikes*. Vielleicht miete ich mir mal ein Motorrad.«

Arthur liegt gerade ganz hinten und ist gerade als Geisterfahrer unterwegs. Er sollte sich lieber kein echtes Motorrad mieten.

Ich würde ihn gerne über Georgia ausfragen, allerdings bin ich gerade Dritter und muss nur noch ein bisschen aufholen ...

Das Spiel ist zu Ende.

»Hey, du bist Zweiter. Herzlichen Glückwunsch!«, sagt Arthur.

»Der zweite Platz ist scheiße.«

»Oh, so einer bist du also. Als Zweiter ist man der erste Verlierer, hm?«

»Jap. Vor ein paar Jahren hat meine Mutter mal fast im Lotto gewonnen. Sie hat nur zwei Zahlen falsch getippt.« Ich steige ab. Ich erzähle ihm nicht, wie gut dieser Jackpot für meine Familie gewesen wäre. »Wir waren die ersten Verlierer.«

»Was hättet ihr mit dem ganzen Geld gemacht?«

Wir wären in eine größere Wohnung gezogen, hätten uns ein Auto gekauft ... Klar, Busse und Bahnen sind super, aber mit einem eigenen Auto kann man auch mal spontan und unkompliziert aus der Stadt rausfahren. Vielleicht hätten wir uns auch endlich richtig gute Matratzen besorgt.

»Ich hätte mir vermutlich jede Videospielkonsole auf dem Markt geholt«, sage ich. Zuzugeben, dass man existenziellere Bedürfnisse hat, ist nichts fürs erste Date. »Und vielleicht hätte ich mich zum ersten Mal in ein Flugzeug getraut, um nach Florida in diesen Harry-Potter-Park zu kommen.«

»Da war ich auch noch nie! Vielleicht können wir mal zusammen hin!« Arthur strahlt, als wäre der nächste Schritt nach dem ersten Date automatisch ein Pärchen-Trip in die Universal Studios. Ein bisschen voreilig, der Gute. »Du brauchst doch eh einen neuen Zauberstab«, fügt er hinzu.

»Was?«

»Na ja, war deiner nicht in dem Paket an deinen Ex-Freund?«

In dem Paket, das immer noch in meinem Zimmer steht. »Jaa, stimmt.« Ich schlendere zu einem Basketballkorb. »Hast du hier eigentlich schon viele Leute kennengelernt?«

»Na ja, die Mädels vom Praktikum, Namrata und Juliet«, sagt Arthur. »Sie haben mitgefiebert, ob ich dich finde. Und Craigslist vorgeschlagen, aber meine Mutter war strikt dagegen.«

Ich halte inne. »Meinst du ›Verpasste Gelegenheiten‹?

»Genau! Kennst du das?« Arthur berührt mich flüchtig am Arm. »Warte, hast du da etwa eine Anzeige für mich gepostet?«

»Oh, ähm, nein.« Ich hätte besser Ja gesagt, dann bliebe uns dieses ganze Rotwerden erspart. »Aber mein Dad hat es erwähnt und ich habe nachgeschaut, ob du dort vielleicht was geschrieben hast.«

Arthur lächelt. »Ich wusste nicht, dass du auch nach mir gesucht hast.«

»Tja ... doch, habe ich.« Ich fahre mir durch die Haare und drehe mich zu den Körben um. »Also ... Motorräder waren nicht so dein Ding, aber was ist mit Basketball? Es geht darum, möglichst viele Körbe innerhalb einer Minute zu werfen.«

Er nickt, aber ich bin nicht sicher, ob er mir wirklich zugehört hat. Ist nicht schwer zu erraten, was er gerade denkt. Wir wollten uns beide wiederfinden. Er ist zwar einen Schritt weiter gegangen, aber zu hören, dass ich auch nach ihm gesucht habe, ist vermutlich ein schönes Kompliment. Und wer würde sich nicht darüber freuen?

Wir spielen gleichzeitig gegeneinander und gegen einen kleinen Jungen, dessen Vater ihn anfeuert. Zwei Memos an mich selbst: 1) Nicht übertrieben schadenfroh sein, wenn Arthur und ich den Kleinen schlagen. 2) Nicht übertrieben aufregen, falls Arthur oder der Junge gewinnen.

Die Uhr tickt und es läuft ganz gut für mich. Sechs Treffer in zehn Sekunden. Aber der Kleine hält mit. Arthur landet seinen ersten Korb nach zwanzig Sekunden.

»YES!« Er dreht sich zu mir. »Ich bin der König der Welt!«

»Du verlierst Zeit«, rufe ich. Er hat eigentlich keine Chance mehr, aber er könnte versuchen, den Abstand zu verringern. Oder zumindest aufhören, mich abzulenken. Ich. Spiele. Um. Zu. Gewinnen!

Arthur versucht es weiter, bis sein Basketball aus dem Feld springt und er ihm nachjagt wie ein Cowboy einem ausgebüxten Kalb.

Die Zeit ist um.

23 zu 1 zu 25.

Der kleine Junge lacht mich aus, also gratuliere ich ihm nicht. »Ach, sch…« Vielleicht war eine Spielhalle doch nicht der richtige Ort für ein erstes Date. Meine Schlechter-Verlierer-Seite ist eher was fürs dritte Date oder fürs vierte, wenn überhaupt.

Arthur kommt mit dem Ball zurück, zielt und – daneben.

Hudson war ein besserer Gegner. Er hätte den Kleinen in die Tasche gesteckt.

Ich werfe ein paar Skittles ein.

»Hast du Lust auf Air Hockey?«, fragt Arthur. »Ich verspreche auch, du gewinnst.«

Oder ich lande im Krankenhaus, weil mich ein Querschläger von Arthur trifft.

»Lass uns lieber doch zum Greifautomaten gehen. Aber wir machen das Ganze interessanter.«

Er folgt mir zu den Glaskästen. Wir spielen hier nicht um irgendein Plüschpokémon oder so einen Müll.

»Interessanter? Auf eine Strip-Poker-Art? Hoffentlich trage ich dafür die richtige Unterwäsche.«

»Hast du denn *falsche* Unterwäsche?«

»Haben wir nicht alle unsere Waschtag-Höschen?«, entgegnet Arthur.

»Auch wieder wahr. Aber keine Sorge, bei dieser Version ziehen wir nichts aus, sondern *an*.« Es gibt einen Automaten mit Schmuck – ein paar ganz hübsche Ketten, hässliche Armbänder, Ringe mit falschen Klunkern und so weiter. »Wenn einer was gewinnt, muss der andere es den ganzen restlichen Abend tragen. Abgemacht?«

»Abgemacht!«

»Ich fang an«, sage ich. Vielleicht hilft es ihm, wenn man ihm ein Spiel vormacht. »Die Kette mit den großen Steinen da in der Ecke passt bestimmt super zu deinen Augen.« Ich steuere den Greifarm mit dem Hebel und lasse den Halsschmuck dabei nicht aus den Augen. Läuft gut. Ich drücke den Knopf, die Kralle fährt nach unten, trifft die Schatulle mit der Kette ... und wirft sie um. Ohne Beute kehrt sie in ihre Ausgangsposition zurück. »Nicht mein Tag.«

»Würde ich so nicht sagen. Die Chancen stehen gut, dass du in ein paar Minuten stolzer Besitzer eines todschicken neuen Accessoires bist.«

»Ach ja?«

Arthur zeigt auf eine andere Kette, an der ein strassbesetztes Peacezeichen in der Größe meines iPhones hängt. Er startet und legt sich richtig ins Zeug – stellt sich auf die Zehenspitzen, geht in die Hocke, zieht den Hebel nach links, nach rechts, wiederholt das Ganze, bringt den Greifarm in Position, drückt den Knopf. Die Kralle greift zu, fährt mit der Kette nach oben und legt sie in die Ausgabe.

Arthur holt sie raus und grinst. »Du hast soeben dieses Schmuckstück hier gewonnen!«

»Hast du mich gerade eiskalt abgezockt?«

Er lacht, der durchtriebene Abzocker aus Georgia. »Du hast das Spiel ausgesucht!«

»Umso krasser! Fast schon brillant, der Move. Ich meine, hey, du kriegst einen Basketball nicht in einen riesigen Korb, aber erwischst eine winzige Kette mit einer mechanischen Kralle?«

»Was ich habe, sind einige ganz besondere Fähigkeiten«, zitiert Arthur *96 Hours* und verdient sich damit noch ein Dutzend Coolnesspunkte. »Ich bin quasi ein Greifer-Gott.« Er tritt vor mich, sieht zu mir auf und hält seine Beute hoch. »Okay, Zeit für ein bisschen Frieden.«

Er kommt mir sehr nah und ich muss daran denken, wie seltsam es wäre, ihn zu küssen. Damit meine ich nicht jetzt im Moment, wobei das so früh auf jeden Fall seltsam wäre. Nein, ich meine, wegen des Größenunterschieds. Hudson ist etwa so groß wie ich, Arthur ist es längst nicht. Das klingt blöd und ich fühle mich scheiße, weil ich über so was nachdenke, aber das tue ich nun mal. Ich kann schließlich nichts dafür, dass mir Größe wichtig ist. Es gibt ja auch Leute, die sich keinen Partner vorstellen können, der in einer Band spielt oder so nerdig ist, dass er alle hundertfünfzig Originalpokémons aufzählen kann.

Arthur legt mir die Kette um und streift dabei meinen Hals. Er sieht echt aus, als wollte er mich küssen, aber ich glaube eigentlich nicht, dass er jetzt den ersten Schritt macht. Nicht wie in der Postfiliale.

»Na, wie sehe ich aus?«, frage ich.

»Wie jemand, der sich ziemlich schwulen Frieden auf Erden wünscht. Und dessen Atem nach den falschen grünen Skittles riecht.«

»Den sexy Skittles?«

»Den sexy Skittles.« Arthur strafft die Schultern, reckt den Hals ...

»Lass uns was trinken«, sage ich hastig.

Wir gehen an die Bar. Ich bestelle Wasser, Arthur eine Cola. Zwar hab ich ein bisschen Hunger, aber ich will nicht, dass hieraus ein Essensdate wird. Ich sehe andere Leute beim Essen nicht gerne an. Familie und Freunde ausgenommen. Dylan kann ich beunruhigend lange dabei zuschauen, wie er sich genüsslich den Mund vollspachtelt. Aber mit Hudson habe ich immer nur an Orten gegessen, wo man sich nicht gegenübersitzt – an der Theke im Pizzaladen oder in unseren Zimmern, während wir Filme geschaut haben. Da ist diese würgende Angst in mir, dass man sich anstarrt und sich auf einmal nichts mehr zu sagen hat. Und ich dadurch dann hautnah den Moment mitbekomme, in dem sich jemand entliebt, weil ich nicht genug Konversationsstoff biete. Wer möchte schon einen Sommerschüler als Gesprächspartner?

Unsere Getränke kommen. »Ich mach das«, sagt Arthur und zückt sein Portemonnaie. »Ich habe ein bisschen Geld über – zahlt sich aus, in dieser superwichtigen Kanzlei zu sein, sogar als Praktikant.«

»Danke dir.«

Wir gehen zum Fenster. Arthur starrt runter auf den Times Square, als wäre er jetzt gerne dort, um eine überteuerte Karikatur von sich zeichnen zu lassen, einen Magneten mit seinem Namen oder ein Last-Minute-Ticket für ein Musical zu ergattern, einen Promi zu treffen oder so lange mitten auf dem Bürgersteig zu stehen, bis er sich selbst auf einem der riesigen Bildschirme entdeckt.

Arthur bemerkt, dass ich ihn mustere. »Oh Mann, ich benehme mich wie ein echter New-York-Neuling.«

»Jap. Aber das ist irgendwie niedlich. Du hast noch dieses Touri-Strahlen. Ich kann mich nicht erinnern, wie es ist, von irgendwas in New York so begeistert zu sein.«

»Was?! Lass mich dir mal eben deine Stadt erklären.« Arthur verschüttet vor Aufregung ein bisschen Cola, verreibt den Fleck mit dem Schuh und fängt sich wieder. »Du kannst zu jeder Tages- und Nachtzeit irgendwo Essen kaufen oder bestellen. Sogar um zwei Uhr nachts sind die Straßen hier noch voller Menschen. In Georgia werden ständig Filme gedreht, aber Georgia spielt darin nie eine Rolle. In New York dreht man Filme *über* New York! Ich könnte die Liste endlos fortführen.«

»Das glaube ich sofort. Vermisst du Georgia?«

Er zuckt mit den Achseln. »Schon. Mir fehlen meine besten Freunde, Jessie und Ethan. Und unser Haus. Allein unsere Abstellkammer ist größer als ein Raum in Onkel Miltons Wohnung.«

»Tja, herzlich willkommen in New York.« Irgendwie traurig, dass Ma, Pa und ich vielleicht in einem großen Haus leben könnten, wenn wir unsere Siebensachen packen und Verwandte, Freunde, und 24-Stunden-Lieferservices hinter uns lassen würden. »Also freust du dich schon wieder auf zu Hause?«

»Darüber denke ich gar nicht nach. Fürs Erste genieße ich den Zauber New Yorks.« Er zeigt auf mich, auf sich, und wieder auf mich. »Diese Stadt hat das hier möglich gemacht.«

Ich nicke. »Gutes Argument.« Als Nächstes sehe ich mich nach neuen Spielen um. Man kann Roulette um die Spielmarken zocken. Dafür habe ich mal sehr viel ausgegeben, nur damit jemand direkt nach mir dann fünfhundert Marken gewinnen konnte. Es gibt *Just Dance*, da punktet Dylan meistens. Würde mich nicht überraschen, wenn Arthur auch ein paar gute Moves draufhätte. *Mario Kart* ist eigentlich immer eine gute Wahl, oder ... »Hm, bist du ein Horrorfilmfan?«

»Tja, ich hasse sie nicht ...«

»Das werte ich als ein Ja.«

»Wenn du das sagst.«

»Super.«

Wir gehen rüber zu *Dark Escape 4D*. In dieses Spiel wird man so richtig reingezogen. Es spielt mit typischen Ängsten, die Sitze vibrieren, man kriegt Luftströme ins Gesicht, und der Surround-Sound gibt einem das Gefühl, dass sich der Wahnsinnige mit dem Messer wirklich von hinten an einen anschleicht. Durch einen Panik-Sensor, der den Puls misst, kann man am Ende sehen, wer am meisten Angst hatte.

»Und wie geht das?«, fragt Arthur. »Muss man den anderen überleben?«

»Es ist ein Team-Spiel, wir müssen zusammen überleben.« Wir setzen die 3-D-Brillen auf und gucken uns die verschiedenen Szenarien an. Da wären: ein zombieverseuchtes Gefängnis für Leute mit Angst vor Toten, ein langer alter Tunnel für die mit Angst vor Dunkelheit, eine winzige Kammer für diejenigen mit Platzangst, und ein Labor, das mit der Angst vor Viren oder Schädlingen spielt.

»Es gibt nicht zufällig auch ein Szenario, in dem wir Schmetterlingen über eine grüne Wiese folgen können?«, fragt Arthur.

»Vielleicht in der nächsten Edition. Wobei die Schmetterlinge eher Fledermäuse sein werden. Und die Wiese eine Höhle.«

»Also keine Schmetterlinge. Verstanden.« Arthur rückt die 3-D-Brille zurecht und umklammert den Plastikblaster. »Also los, lass uns ein paar flüchtige Zombie-Verbrecher jagen.«

Das Spiel fängt echt gruselig an. Das Gefängnis wird nur von ein paar schwachen Glühbirnen spärlich beleuchtet, während unsere Charaktere durchs Zwielicht schlurfen. Eine Zellentür öffnet sich quietschend, aber das ist vermutlich nur der Wind. Nein, fuck, nicht der Wind, ein alter Mann mit halbem Gesicht.

»Warum ist er im Gefängnis?«, schreit Arthur.

»Keine Ahnung«, brülle ich zurück.

»Vollstreck sein Todesurteil, na los!«

Wir erschießen den Zombie-Opa – wecken damit aber leider alle möglichen wandelnden Toten in dem Gefängnis auf. Einer von ihnen stürzt sich auf uns und versucht mich zu erwürgen. Arthur knallt ihn ab. Ich rücke dichter an ihn heran, so wie ich es auch immer bei Hudson gemacht habe. Unsere Beine berühren sich. Auch Arthur ist näher gekommen. Die Vibrationen jedes einzelnen Schritts, den die Zombies auf uns zu machen, treiben meinen Puls in die Höhe.

»Alles – ah, Scheiße, er frisst meinen Arm – klar bei dir?«, erkundige ich mich.

»Könnte schlimmer sein.«

»Was wäre das Schrecklichste, was auf dem Bildschirm auftauchen könnte? Der Mistkerl da in der Ecke?«

Ich meine den Zombie, der gerade den abgetrennten Kopf eines Wärters verspeist wie ein halbes Hähnchen. »Der auch. Und ... keine Ahnung, meine Eltern, die sich scheiden lassen?«

»Oh ... ist das ... tun sie das?«

»Ich denke schon. Weiß nicht genau, sie sind so ... Achtung, Zombie von rechts!«

Ich lege den Blaster weg und schiebe mir die Brille auf die Stirn. Die Zombies machen sich genüsslich über meine Spielfigur her. »Willst du darüber reden?« Seltsam, die Vorstellung, dass etwas in Arthurs Leben schiefläuft. Er ist den Sommer über in New York, als Praktikant in dieser »superwichtigen« Kanzlei, mit sechzehn! Und scheint ziemlich klug zu sein. Tja, schätze, niemand hat das perfekte Leben. Auch die nicht, bei denen es so aussieht.

Arthur holt Luft. »Okay, ich entscheide mich um. Noch schrecklicher wäre Ethan, der versucht, den höchsten Ton in *Musik der Nacht* aus *Phantom der Oper* zu singen.«

Das werte ich als ein Nein. Er will wohl nicht über seine Eltern reden. »Ethan ist dein bester Freund, oder?«

»Ja, schon ...« Arthur dreht sich zu mir, hat aber die 3-D-Brille noch auf. Ich kann seine Augen nicht sehen. »Nur hat sich seit meinem Coming-out alles verändert. Ich hab mir schon gedacht, dass das passieren würde, aber ... keine Ahnung. Ich hätte nicht damit gerechnet, dass sich beste Freunde so zurückziehen.«

»Jessie auch?«

»Oh, nein, sie hat supercool reagiert. Sie ist toll. Wir hatten schon immer eine besondere Verbindung, haben über fast alles geredet. Und seitdem halt auch über Jungs – also, meine Jungs.« Jetzt setzt er die Brille ab. »Kann ich dich fragen, wie geoutet du so bist?«

»Supergeoutet. Im ersten Highschooljahr hab ich mal bei Dylan übernachtet und wir haben *Avengers* geguckt. Er hat geschwärmt, wie viele Verbrechen er begehen würde, wenn das hieße, von *Black Widow* verfolgt zu werden. Dann habe ich gesagt, dass mich ja mehr Thors Hammer interessieren würde, und er hat das respektiert. Das war's.« Jetzt, wo ich höre, dass sich Ethan so scheiße verhält, bin ich noch mal extra dankbar für Dylan. »Und so ähnlich lief's auch mit meinen Eltern. Ich hab's ihnen beim Essen erzählt, als Dylan da war. Zuerst hat mein Dad angenommen, wir wären zusammen. Irgendwie hätte ich gedacht, meine Eltern würden mehr Wind um die Sache machen. Als da dann gar nichts kam, war ich fast ein bisschen enttäuscht. Keine Ahnung, was ich erwartet hatte. Ballons, Konfetti ... irgendwas.«

»Aber eigentlich ist es doch gut so, oder?«

»Ja, im Nachhinein bin ich froh, dass es kein großes Ding war. Ich wollte, dass es normal ist. Und das war es auch.«

»Weil es normal *ist*. Du meintest, du bist supergeoutet. Heißt, alle wissen es?«

»Ja. Ich hab vor ein paar Jahren auf Instagram gepostet, wie dankbar ich für alle Menschen in meinem Leben bin, die mich so lieben, wie ich bin. Und dass mir alle anderen getrost die Freundschaft kündigen könnten, online und im richtigen Leben. Ich hab danach sogar die Zahl meiner Follower überprüft.«

»Und? Massenexodus? Moderater Exodus?«

»Gar keiner.« War echt überraschend. Ich hätte nicht gedacht, dass es überhaupt niemanden stört.

»Darf ich ehrlich sein?«, fragt Arthur.

»Oha ... du stehst also doch auf Cartoon-Pornos, hab ich recht?«

»Ähm, auch, aber ... ich stehe nicht so auf Videospielhallen. Tut mir echt leid.«

»Das erklärt einiges«, sage ich.

»Wir sind trotzdem ein gutes Team!«

»Sind wir nicht. Wir haben gerade verloren, weil wir einfach mittendrin aufgehört haben.«

»Aaach, ein unwesentliches Detail.«

Wir verstauen die Brillen und verlassen *Dark Escape 4D*.

»Also hast du keine Lust mehr auf Spiele?« Ich hab immer noch Guthaben und man kriegt hier kein Geld zurück, nur weil die Begleitung kein Spielhallen-Fan ist. Kein Spielhallen-Fan! Er ist echt ein mysteriöser Fremder. »Was machen wir dann?«

»Ich hab eine Idee.« Arthur zieht mich mit zum Fotoautomaten, wirft fünf Dollar rein und setzt sich. »Na los.«

Ich hab nicht mal die Zeit, zu entscheiden, ob ich das will – dieses Foto, diesen Moment mit Arthur festhalten –, aber ich folge ihm trotzdem in den Kasten. Es nicht zu tun, wäre bloß peinlich und eine totale Geldverschwendung. Ich setze mich und kann plötzlich nur an all die Grimassen denken, die Hudson und ich hier vor ein paar Monaten geschnitten haben. Aber Arthur ist nicht Hudson. Und ich darf nicht zulassen, dass mein Ex mir jede Chance auf neue Erinnerungen an alten Orten verdirbt. Das gilt nicht nur hier, bei Dave & Buster's, sondern überall in der Stadt. In der Schule, den Parks, egal wo. Arthur ist ein Mensch. Kein Spielzeug. Keine Ablenkung. Ich muss das hier richtig angehen.

»Was sollen wir machen? Wir haben nur drei Versuche.«

»Keine Sorge, *I am not throwing away my shot*«, sagt Arthur und sieht mich erwartungsvoll an. »*Hamilton?*«

»Oh, ach so.« Die Leute drehen völlig durch, wenn es um dieses Musical geht, aber ich habe noch keinen einzigen Song gehört. Das erwähne ich jetzt lieber nicht.

»Du musst noch viel lernen, Ben.«

Ein Timer zählt von drei runter. Beim ersten Foto improvisieren wir. Arthur lehnt sich leicht an mich und wir grinsen bloß. Auf dem zweiten streckt er die Zunge raus und macht »Aaaaah«, wie beim Arzt, während ich übertrieben in die Kamera zwinkere. Für das dritte Bild wendet Arthur mir das Gesicht zu. Mein Puls schießt in die Höhe, weil es aussieht, als würde er mich küssen wollen. Aber ich bin noch nicht bereit. Klar, dass ich tatsächlich den Jungen von der Post wiedertreffe, ist superromantisch, aber egal wie niedlich er ist, ich kann mich nicht dazu durchringen, ihn zu küssen, bevor ich so weit bin. Bevor ich es auch wirklich will. Wir schauen einander einfach in die Augen und lächeln, als es blitzt.

Jeder von uns kriegt einen Fotostreifen. Wir sehen echt süß zusammen aus.

»Das letzte Foto ist cool«, sagt Arthur. »Aber ich … ach, egal.«

»Na, sag schon.«

Arthur starrt auf seine Sneaker. »Ich wirke viel glücklicher als du. Ist schon okay, wenn du das hier beenden willst. Ich kann verstehen, wenn du immer noch an deinem Ex hängst. Also, verstehen eigentlich nicht, aber ich kann es mir vorstellen.«

»Nein, Quatsch, ich … ich hatte echt Spaß, nur … ich war irgendwie nicht ganz da.« Oh Mann, das hätte ich ahnen müssen. Ich musste ihn ja auch ausgerechnet hierhin mitnehmen. Und zu allem Übel bin ich tatsächlich irgendwie nicht ganz sicher, wie viel ich in das hier investieren sollte. Immerhin bleibt Arthur ja nur bis zum Ende des Sommers.

Wir schweigen. Ich würde Arthur wirklich gerne so sehen, wie er mich zu sehen scheint. Aber das braucht Zeit und die Zeit ist gerade nicht auf unserer Seite.

Arthur seufzt und starrt noch immer seine Schuhe an. »Ich habe mein erstes Date verkackt. Yay, Arthur.«

»Nein … ich bin derjenige, der es verkackt hat. Ich habe ziemliches Talent dafür, allem Guten, das mir das Universum schickt, den Mittelfinger zu zeigen. Schließlich bin ich überzeugt, dass das Universum mich hasst. Aber vielleicht will es auch nur, dass ich etwas geduldiger bin. Weil vielleicht alles, was schlecht läuft, nur passiert, damit am Ende alles gut wird. Ich weiß auch nicht …«

»Also lief das Date jetzt gut? Oder schlecht?«

»Es lief nicht schlecht, ich glaube nur, wenn das Universum uns schon zusammenbringt, dann verdienen wir ein bedeutsameres erstes Date. Ich würde dich echt gerne noch mal wiedersehen«, sage ich schnell. »Vielleicht sollten wir uns einfach auf ein zweites erstes Date treffen.«

»Ein zweites erstes Date? So was wie ein Neustart?«

»Genau, ein Neustart-Date. Diesmal darfst du planen. Was immer du willst.«

»Ich nehme die Herausforderung an.«

Wir lächeln beide und geben uns darauf die Hand.

15. KAPITEL – ARTHUR
SONNTAG, 15. JULI

Ein Neustart-Date. Und ich soll es planen.

Ich wusste nicht mal, dass es so was gibt. Ich dachte, das heißt einfach zweites Date.

Stattdessen: Neustart.

Aber immerhin sehen wir uns wieder. Was ganz gut passt, da ich eh an nichts anderes denken kann als an ihn. Ich schaffe es nicht mal aus dem Bett. Bin zu beschäftigt damit, unsere Automatenfotos anzustarren. Zwar sehen wir ein bisschen so aus wie der euphorische Ernie und der etwas bedröppelte Bert, dennoch wirken wir ziemlich eindeutig wie ein Paar. Den Eindruck einer platonischen Beziehung vermitteln diese Bilder jedenfalls nicht. Trotzdem finde ich die Vorstellung, Teil eines Paares zu sein, dermaßen surreal, dass sie mir beim besten Willen nicht richtig in den Kopf gehen will.

Als es mich dann gegen zehn Uhr vormittags mit Jogginghose und Brille doch mal ins Wohnzimmer verschlägt, sitzt Dad Kaffee trinkend vor den auf stumm geschalteten Nachrichten. »Na, was erzählt der Karottenkaiser denn da schon wieder?«, frage ich und lasse mich neben ihn aufs Sofa sinken.

Dad schaltet den Fernseher aus und dreht sich zu mir. »Guten Morgen, Romeo.«

»Wow. Bitte lass das.«

Seine Stirn legt sich in Falten. »Was denn?«

»Sei bitte nicht peinlich.«

»Oh, nein. Nichts da. Wir sind hier nicht bei *Willkommen im Leben*.«

»Die Anspielung sagt mir nichts, Dad.«

»Hör auf mit *Vielleicht lieber morgen*. Ich hab uns nicht bei *The Breakfast Club* angemeldet.«

»Was soll das denn alles bedeuten?«

»Dass du dein Teenager-Getue mal schön im Schrank lässt. Gestern war dein erstes Date und ich will wissen, wie es war.«

»Findest du es nicht peinlich, darüber zu reden?«

»Warum? Weil ich dein Vater bin?«

»Ja. Ganz offensichtlich deswegen.«

Er starrt mich mit offenem Mund an, als müsste er das erst begreifen.

Ich seufze. »Es war okay, Dad. Das Date war ganz schön. Morgen haben wir noch eins. Und ich soll es planen.«

»Wow. Na, sieh mal einer an. Zweites Date.«

»Na ja, es ist kein zweites Date. Sondern ein zweites *erstes* Date. Ein Neustart-Date.«

Dad streicht sich über den Bart. »Aha?«

»Ich weiß.«

»Aber er scheint dich zu mögen.«

Ich setze mich auf. »Glaubst du?«

»Klar, er will noch ein Date.«

»Ja. Himmel. Ich habe keine Ahnung, wie ich das anstellen soll.«

»Ein Neustart-Date planen?«

»Ich weiß ja nicht mal, wie man ein normales Date plant.«

Ehrlich, woher soll ich das auch wissen? Mit welcher Location kann ich Ben so beeindrucken, dass es ihn aus den Socken haut? Also, nicht wörtlich. Wobei …

Ich werfe Dad einen Seitenblick zu. »Wenn morgen unser erstes Date ist, wie sollen wir dann über gestern reden? So tun, als wäre das nie passiert? Oder nennen wir's Date Zero?« Ich kratze mich an der Stirn. »Sollen wir das gleiche Date noch einmal haben? Nur besser diesmal?«

»Warum solltet ihr ein schlechtes erstes Date wiederholen?«, fragt Dad. »Entspann dich. Das wird super. Greif auf Altbewährtes zurück. Geh mit ihm in einen Diner. Halt es einfach.«

Einfach.

Ich nicke. »Okay.«

MONTAG, 16. JULI

Okay, nein.

Ich halte es nicht einfach. Tut mir leid, aber hier geht es nicht um irgendwen. Hier geht es um *Ben*. Daher hocke ich jetzt gequetscht wie eine Ölsardine am kleinsten Ecktisch des *Café Arvin* am Union Square. Es ist eins von diesen Restaurants, in denen sich die Speisekarte jeden Tag ändert und die aussehen, als hätte man einen Nachtklub in ein extra lieblos beleuchtetes Lagerhaus verfrachtet. Andererseits wurde es von Yelp zum besten Date-Restaurant der Stadt gekürt und wird Ben daher hoffentlich gefallen. Wenn er denn auftaucht. Schließlich wollten wir uns schon vor einer Viertelstunde hier treffen und ich hab immer noch keine Nachricht vom ihm.

Genau wie letztes Mal.

Sollte ich langsam nachfragen? *Bist du auf dem Weg? Bist du am Leben? Bist du –*

Aber dann klinge ich wie meine Mom. Vielleicht nicht ganz der richtige Tonfall für ein Date.

Mir war nie klar, wie viele kleine Entscheidungen dazu gehören. Wie lange soll ich Geduld haben? Wann soll ich ihm schreiben? Was soll ich beim Warten mit meinen Händen machen? Soll ich ihn anstrahlen, wenn er auf mich zukommt, oder besser völlig cool in mein Handy vertieft sein? Ich brauche ein Drehbuch. Oder vielleicht sollte ich einfach damit aufhören, alles kaputt zu denken.

Doch als er dann endlich auftaucht, denke ich sowieso überhaupt nichts mehr, weil er – wow – auf unerklärliche Weise noch hinreißender geworden ist. Wobei mir vielleicht auch einfach immer mehr hinreißende Details an ihm auffallen, zum Beispiel der Schwung seines Kiefers oder diese ganz leicht hochgezogenen Schultern. Er trägt ein graues Shirt mit V-Ausschnitt über einer Jeans und lässt seinen Blick durch den Raum wandern, während er mit der Dame am Empfangspult redet. Als er mich ausfindig macht, leuchtet sein Gesicht auf.

Im nächsten Moment sitzt er mir gegenüber.

»Sieht ja schick aus hier«, sagt er.

»Na ja, du weißt schon. Nur das Beste für unser ERSTES Date.«

»Genau. Erstes Date. Bin noch nie zuvor mit dir ausgegangen.« Er lächelt.

Ich lächle zurück. »Noch nie.« Und dann ist mein Hirn plötzlich leer.

Unvorhergesehene Komplikation: Offenbar weiß ich nicht, wie man sich in schicken Restaurants unterhält. Umgeben von so viel Coolness und Eleganz, erscheint mir ein normales Gesprächsthema auf einmal zu banal. Wir müssten über irgendwas Tiefgründiges reden, über irgendwas

Kluges und Stilvolles wie die politische Weltlage oder den Tod. Aber ich weiß ja nicht mal, ob Ben sich überhaupt für die politische Weltlage oder den Tod interessiert. Tatsächlich weiß ich fast nichts über ihn. »Dann erzähl doch mal, was treibst du so?«

»Was meinst du damit?«

»Machst du auch ein Praktikum? Womit verbringst du deine Zeit?«

»Ach, ich ...« Er lässt den Satz in der Luft hängen und wird auf einmal ganz blass, nachdem er auf seine Speisekarte geschaut hat.

»Alles okay?«

»Alles gut, ich kann nur ...« Er kratzt sich an der Wange. »Ich kann mir das nicht leisten.«

»Ach«, winke ich schnell ab, »das macht überhaupt nichts. Geht auf mich.«

»Auf keinen Fall.«

»Aber ich will es so.« Verschwörerisch beuge ich mich über den Tisch. »Mein Bar-Mitzwa-Geld verstopft noch immer meine Spardose, von daher alles in Ordnung.«

»Ich kann das trotzdem nicht. Tut mir leid.« Er hält die Speisekarte hoch. »Ich kann keinen Dreißig-Dollar-Burger essen. Dazu bin ich buchstäblich nicht in der Lage.«

»Oh.« Ich fühle mich plötzlich ganz leer. »Okay ...«

Er schüttelt den Kopf. »Mit dreißig Dollar könnte meine Mom uns drei komplette Abendessen kochen.«

»Ja, schon klar. Ich wollte nur – « Beim Aufschauen bleibt mein Blick an einem Typen neben uns hängen. »Heilige Scheiße.«

Ben lehnt sich vor. »Was?«

»Das ist ... ist das Ansel Elgort?«

»Wer?«

»Der Schauspieler. Oh mein Gott.«

»Echt?« Ben dreht den Kopf.

»Starr ihn nicht an! Wir müssen ganz cool bleiben.« Ich taste nach meinem Handy. »Das muss ich Jessie schreiben. Sie wird *ausflippen*. Ob ich ihn ansprechen kann?«

»Ich dachte, wir sollen ganz cool bleiben.«

Ich nicke. »Ein Selfie muss schon sein, oder? Für Jessie?«

»Wo genau hat er noch mal mitgespielt?«, fragt Ben.

»*Baby Driver*. Und in *Das Schicksal ist ein mieser Verräter*.« Ich schiebe meinen Stuhl zurück und stehe auf. Tief Luft holen.

Ich überwinde den Meter zum Nachbartisch und Ansel schenkt mir ein höfliches Lächeln. »Hi.«

»Hi! Hi.«

»Kann ich helfen?«

»Hi! Tut mir leid, ich wollte nur.« Ich atme aus. »Wow. Okay. Ich bin Arthur und Jessie ist total verliebt in dich. Also, *so richtig*.«

»Ah.« Ansel wirkt überrascht.

»Ja, genau.«

»Okay, das ...«

»Krieg ich ein Selfie mit dir?«, frage ich.

»Ähm. Klar.«

»Hammer. Oh Mann. Du bist der Hammer. Okay.« Ich beuge mich zu ihm hinunter und schieße ein paar schnelle Fotos. »Wow. Danke, tausend Dank.«

Das ist gerade echt passiert. Ich meine – ich bin ... gerade echt zu einem Filmstar hinmarschiert. Zu einem richtig berühmten Filmstar. Jessie wird mir das im Leben nicht glauben.

»Du meinst also«, sagt Ben, als ich mich wieder hinsetze, »das da wäre der Typ aus *Baby Driver*?«

Ich nicke überglücklich. »Kaum zu fassen.«

»Hmm. Ich glaube, da hast du dich vertan.«

»Was?«

»Ach, und ich habe Trüffelfritten bestellt. Ist das okay? Die kosten zwölf Mäuse, eigentlich eine Frechheit, aber ich bezahle auf jeden Fall die Hälfte –«

»Nein«, fahre ich ungewollt scharf dazwischen. Ich atme aus. »Ich meine, ja. Ja zu den Fritten. Super Idee. Aber mit Ansel habe ich mich nicht vertan, oder doch?«

»Ähm, hm.«

Auf einmal erscheint der Kellner an unserem Tisch und stellt einen rosafarbenen Cocktail vor Bens Nase. Ben sieht ihn verdutzt an. »Den habe ich nicht bestellt.«

»Der ist von dem Gentleman im blauen Hemd.«

Ich schnappe nach Luft. »Was?«

»Cool«, sagt Ben. Er nimmt einen Schluck und dreht sich dann lächelnd zu Ansel um.

Ich starre Ben entsetzt an. »Willst du das etwa trinken?«

»Warum denn nicht?«

»Darum.« Ich schüttle den Kopf. »Warum kauft Ansel Elgort dir einen Cocktail?«

»Das ist nicht –«

Ich schneide ihm das Wort ab. »Scheiße – okay. Jetzt kommt er rüber.«

»Hi«, sagt Ansel, stützt die Hände auf unseren Tisch und wendet sich an Ben: »Jessie, richtig?«

Oh.

Oh.

Ich lache auf. »Oh, wow, tut mir leid. Okay, Jessie ist –«

»Jap, ich bin Jessie! Danke für den Drink.«

Sprachlos sehe ich Ben an, der mir verstohlen zulächelt.

»Gern geschehen. Hey. Gib mir doch deine Nummer.«

Ansel Elgort. Fragt Ben nach seiner Nummer. Während unseres Dates. Was zur verfluchten Hölle geht hier ab?

»Entschuldigung, hast du gerade meinem minderjährigen Date ein alkoholisches Getränk ausgegeben und ihn dann nach seiner Nummer gefragt?«, erkundige ich mich lautstark bei Ansel.

Woraufhin dessen Augenbrauen in die Höhe schnellen. »Minderjährig?«

»Ja, Ansel, er ist siebzehn.«

»Ansel? Alter, ich heiße Jake.«

Einen Moment lang starren wir uns wortlos an.

»Du bist nicht ...« Mein Gesicht fängt Feuer. »Ich ... ich halt jetzt die Klappe.«

»Gute Idee«, sagt Jake und ist gleich darauf zurück an seinem Tisch.

Während ich auf meinem Stuhl immer tiefer nach unten rutsche, kippt Ben sich seinen Cocktail in den Schlund. »Das lief doch super«, urteilt er grinsend. Süßester Mistkerl der Welt.

Ich verstecke mein Gesicht hinter beiden Händen. »Das war sooo – «

»Sir, darf ich bitte Ihren Ausweis sehen?«

Ich linse zwischen meinen Fingern hindurch. Da redet ein älterer Herr im Anzug. Mit Ben. Und mein Herz macht einen Satz vor Schreck.

»Oh. Ähm.« Auch Ben schaut erschrocken. »Ich glaube, den hab ich – «

»Er ist siebzehn«, unterbreche ich.

Ben wirft mir einen bösen Blick zu.

»Bitte rufen Sie nicht die Polizei«, flehe ich mit brüchiger Stimme. »Bitte. Oh mein Gott. Ich kann nicht ins Gefängnis gehen. Meine Mom ist Anwältin. Bitte.« Ich werfe schnell einen Zwanziger auf den Tisch und greife nach Bens Hand. »Wir gehen auch sofort. Es tut mir so leid, Sir. Es tut mir so unglaublich leid.«

»Tschüss, Ansel«, ruft Ben noch, bevor ich ihn aus der Tür zerre.

»Ich kann einfach nicht fassen, wie schnell du mich verpetzt hast«, sagt Ben. »Wow.«

»Und ich kann nicht fassen, dass du dir auf Kosten dieses dahergelaufenen Jake einen Drink reingezogen hast!«

»Das habe ich allerdings.« Ben lächelt stolz.

»Du hast uns fast ins Gefängnis gebracht.«

»Ach was. Vielmehr habe ich uns vor diesen Dreißig-Dollar-Burgern gerettet«, sagt er. »Und jetzt sieh uns an. Zwei-Dollar-Hotdogs. Der Hammer.«

Selbst ich muss zugeben: Straßenhändler-Hotdogs geben ein vorzügliches Abendessen ab. Und Ben gibt eine wahnsinnig süße Esstechnik zum Besten. Er schließt das Brötchen so fest um die Wurst, als würde er sie in eine Decke wickeln, nimmt dann einen winzigen Bissen, zieht die Decke wieder zurecht, nächster Bissen und so weiter.

»Wie bekommst du das ohne Ketchup überhaupt runter?«

Ben lächelt. »Daran ist Dylan schuld. Er hat es mir verboten. Erst recht bei einem Date.«

»Kapier ich nicht.«

»Ich auch nicht.« Er zuckt die Schultern. »Aber Dylan hat gesagt, und ich zitiere: ›Ketchup-Atem ist beim Kennenlernen ein K.-o.-Kriterium und ein absoluter Beziehungskiller.‹«

Ich will etwas sagen, bekomme jedoch kein Wort heraus. Nicht eins.

Denn wenn Ben sich Gedanken über Ketchup-Atem macht, dann ziemlich sicher, weil er sich Gedanken übers Küssen macht.

Gedanken darüber, *mich* zu küssen, um genau zu sein.

Ich betrachte ihn von der Seite, während auch ihm dieser Rückschluss klar wird. Mit rotem Hals und roten Wangen redet er schnell weiter: »Dann behalten wir das eben fürs nächste Mal im Kopf, was? Aller guten Neustarts sind drei. Nächstes Mal nichts zu Teures, okay?«

»Ja. Und keine Knoblauchfritten.«

»Das waren Trüffelfritten.«

»Ach, stimmt.«

Er lächelt. Dann legt er mir einen Arm um die Schultern und ich bin so glücklich, dass ich kaum atmen kann. Obwohl ja nichts weiter passiert. Die anderen Leute halten uns sicher einfach nur für Kumpel. Einfach nur zwei Kumpel, die Arm in Arm Hotdogs essen.

»Okay, also Trüffel«, fängt Ben an. »Seit wann haben Trüffel nichts mit Schokolade zu tun?« Er nimmt den Arm von meinen Schultern und holt sein Handy raus. »Das guck ich mal nach.«

»Was guckst du nach?«

»Was ... sind ... Trüffel?«, spricht er beim Tippen mit.

»Irgendwelche Samen, oder nicht?«

»Nope. Pilze.« Er hält mir das Handy hin. »Siehst du?«

»Was? Kann nicht sein.« Ich rücke näher. Streife seinen Arm mit meinem. »Ich dachte echt, das wären so Samen.«

»Du denkst an die Truffula-Samen aus diesem Animationsfilm *Der Lorax*, oder, Arthur *Seuss*?«

Als ich lauthals loslachen muss, legt sich ein Ausdruck auf Bens Gesicht. Überrascht, verlegen und ein bisschen stolz. Wahrscheinlich weiß er gar nicht, wie witzig er ist.

Wahrscheinlich hat sein blöder Ex nie über seine Späße gelacht.

»Woher kennst du meinen Nachnamen?«

»Na, von deiner Mailadresse.« Er zieht mich ein Stück zur Seite, um eine Frau und ihr Kind durchzulassen. Schon angenehm, von einem New Yorker durch den Menschenstrom geschleust zu werden.

»Bist du mit Dr. Seuss verwandt oder so? Nein, warte, das ist eh nur sein Pseudonym, oder?«

»Seins ja. Meins nicht.« Ich lächle. »Und du heißt Ben Hugo?«

»Ben Alejo. Hugo ist mein zweiter Vorname. Der wird nicht so schnell falsch geschrieben wie Alejo.«

»Ben Hugo gefällt mir. Klingt wie der Name eines Dichters.«

»Nope. Keine Dichterverwandtschaft weit und breit. Ganz zu schweigen von einem Bilderbuchimperium.«

»Hey, du hast mir immer noch nicht gesagt, was du so machst.«

»Stimmt.« Er presst die Lippen aufeinander. »Ich besuche einen Kurs.«

»Als Gasthörer an der New York University? Darüber hatte ich auch schon nachgedacht. Wie gefällt's dir?«

»Ähm. Richtig gut.«

»Sehr cool, Ben Alejo.«

»Dann reden wir uns jetzt also mit Vor- und Nachnamen an.«

»Ich muss mir das einprägen, damit ich dich nachher googeln kann.«

Er lacht. »So interessant bin ich nicht.«

»Doch, bist du.«

»Du auch, Dr. Seuss.«

16. KAPITEL – BEN
DIENSTAG, 17. JULI

`@ArtSeussical folgt dir jetzt.`

Okay, scheiß auf Hausaufgaben.

Ich setze mich im Bett auf. Sich gegenseitig zu folgen, fühlt sich an wie ein großer Schritt. Darauf hab ich mich schon echt gefreut. Sobald ich ihm nämlich zurückfolge, kann ich auch endlich sein Profil sehen, das er auf privat gestellt hat. »Yo, Arthur ist mir gerade gefolgt.«

»Na endlich«, sagt Dylan und dreht sich weg von meinem Schreibtisch, wo er *Die Sims* spielt. Gerade habe ich meinen Sim-Avatar davor bewahrt, auch Hausaufgaben machen zu müssen, während Dylans Sim rumhängt und Spiele auf dem Laptop spielt. Das Ganze ist irgendwie zu meta für mein reales Ich.

»Soll ich ihm jetzt direkt zurückfolgen? Cool zu tun und abzuwarten ist irgendwie kontraproduktiv, wenn er schon Ende des Sommers wieder weg ist, oder? Reine Zeitverschwendung?«

»Es ist eh sinnlos, bei jemandem einen auf cool zu machen, der ein Plakat mit deinem Gesicht aufgehängt hat«, stimmt mir Dylan zu.

»Gutes Argument.«

Also folge ich Arthur auch und auf einmal können wir gegenseitig unsere Profile sehen. Als hätten wir einander die Schlüssel zu unseren Leben gegeben. Insta-Accounts von Leuten wie Harriett sind makellos, aber ich weiß auch, wie viel Arbeit sie in jedes einzelne Bild steckt. Arthurs Feed wirkt echter.

Ein Foto von ihm, wie er sein erstes Stück New Yorker Pizza isst.

Tickets für *Aladdin* und *Wicked*.

Ein Spiegelselfie in irgendeiner Lobby. Es muss von dem Tag sein, an dem wir uns kennengelernt haben – gleiches Outfit inklusive Hotdogkrawatte.

Ein Abschlussballfoto von Arthur, Ethan und Jessie.

Ein Laptopaufkleber mit den Worten: *WWBOD: What would Barack Obama Do*?

Arthur auf einem Barhocker, in einer schicken Umgebung. Zuerst denke ich an ein Restaurant, aber dann entdecke ich im Hintergrund Bilder von ihm an der Wand. Okay, sein Haus in Georgia ist viel beeindruckender, als ich gedacht habe. Was er wohl von unserer Wohnung halten würde? Eine ziemlich einschüchternde Vorstellung.

Ein Bild von Arthur im Schneidersitz vor einem Spiegel, vermutlich in seinem Zimmer, lässt mich innehalten. Selbst Dylan muss auf Arthurs Gesicht ranzoomen.

»Heilige krass blaue Augen, Batman«, sagt Dylan.

»Heilige krass blaue Augen«, wiederhole ich. Zwar habe ich sie schon in echt gesehen, aber …

Dann kommt ein Foto von Arthur mit Brille: wow. Bei den nächsten zehn Bildern schaue ich auf Arthurs Lippen statt in seine Augen. »Ist Donnerstag zu früh für den ersten Kuss?«

»Ach, Quatsch. Ran da!«, sagt Dylan. Sein Handy vibriert und er geht zum Schreibtisch, um nachzusehen. »Ihr habt schließlich nicht alle Zeit der Welt, Big Be…« Er starrt das Display an. »Oh Gott, eine Nachricht von *ihr*.«

»Samantha?!«

»Nein, Beyoncé«, entgegnet Dylan. »Natürlich Samantha. Was soll ich tun?«

»Nachricht öffnen, lesen. Dann antworten, mit Wörtern. Aber am besten ohne das Wort ›Zukünftige‹.«

Er liest, dann reicht er mir das Handy. »Okay. Gute Neuigkeiten. Glaube ich. Hilf mir, das nicht zu versauen.«

Ich sehe mir den Text an:

Hey, Dylan! Tut mir leid, dass ich mich nicht früher gemeldet habe. Jedes Mal, wenn ich eine Nachricht angefangen habe, dachte ich, du bist wahrscheinlich eh nicht mehr interessiert, kam mir dumm vor und habs dann sein lassen. Aber diese Angst hatte ich auch mal während eines Streits mit Patrick und er war hinterher froh, dass ich doch geschrieben habe. Ich hoffe, du bist es jetzt auch. Also … ich hab Panik gekriegt, als du mich "deine Zukünftige" genannt hast. Meine letzte Beziehung war ein bisschen … ungesund. Sie hatte obsessive Züge und ich mochte nicht, wer ich währenddessen war oder wie mich gefühlt habe. Falls du wirklich längst kein Interesse mehr hast, sorry für die Nachricht. Aber ich glaube, du bist ein toller, lustiger Mensch, und ich würde dich gerne wiedersehen, wenn wir es locker angehen lassen können.

»Wow«, sage ich. »Du musst schnell antworten. Lass sie nicht zappeln.«

»Was soll ich schreiben?«

Im Kopf gehe ich alles durch, was ich über Samantha weiß.

»Schlag ihr vor, mit ihr und ihrer Schwester Meeresfrüchte essen zu gehen? Damit es weniger romantisch wirkt?«

»Damit lande ich in der Friend-Zone.«

»Alter, sie will dich wiedersehen. Sie musste sich bestimmt echt überwinden, dir zu schreiben. Aber sie hat es trotzdem gemacht. Jetzt geh's langsam an.«

»Alles klar. War ja nicht ernst gemeint, als ich sie meine Zukünftige genannt habe. Also, na ja, halb ernst.« Er nimmt das Handy zurück und liest die Nachricht noch einmal.

»Lass mich dir lieber dabei helfen«, sage ich.

Dylan schüttelt den Kopf. »Ich krieg das hin.« Er holt tief Luft, dann fängt er an zu tippen und liest laut vor: »Liebe Zukünftige ...«

Ich schnappe mir sein Handy.

DONNERSTAG, 19. JULI

Unser drittes erstes Date ist ziemlich unaufgeregt. Keine Videospielhallen, in denen Arthur nicht mithalten, und kein Essen, das ich nicht bezahlen kann. Die Planung dafür war nicht leicht. Arthur hat eine von diesen Kopfhörerpartys vorgeschlagen, wo jeder seine eigene Musik auswählen und dazu tanzen kann. Mein Vorschlag war *Nintendo World*, was irgendjemandem – hust, hust – wohl zu sehr nach Videospielen klang. Sein nächster Vorschlag war ein Malkurs, ich habe Klettern ins Spiel gebracht. Schließlich haben wir uns auf einen Spaziergang im Central Park geeinigt. Und ich weiß auch schon, wo ich ihn küssen kann.

Um kurz nach sechs sind wir auf dem gleichen Weg, den Dylan und ich neulich gegangen sind. Die Hausaufgaben für morgen habe ich in Windeseile erledigt und ich hab sogar schon für den Test morgen gelernt, damit ich bis neun wegbleiben darf. Arthur und ich teilen uns eine Brezel, während wir über sein liebstes GIF sprechen: das, bei dem ein Weißkopfseeadler fast Trumps Hand abbeißt. Ich möchte gern alles Mögliche über Arthur herausfinden. Aber ich frage mich auch, was ich mir davon verspreche, da er doch eh bald wieder weg ist.

»Was willst du unbedingt noch machen, bevor du zurück nach Georgia musst?«

»*Hamilton*-Tickets gewinnen. Und an meinem Geburtstag würde ich gerne noch ein anderes Musical sehen. Ich glaube, ich möchte auch einen Abstecher zur Freiheitsstatue machen. Und aufs Empire State Building hochzufahren, könnte auch spannend sein.«

»Da hochzukommen ist die Hölle, aber die Aussicht und der Instagram-Schnappschuss sind es natürlich wert. Apropos, dein Foto mit der Hotdogkrawatte mochte ich sehr«, sage ich. »Und viele andere auch. Ich wollte nur nicht der Typ sein, der alle deine alten Bilder likt. Das wäre superstrange. Ich hoffe, du findest den Ort, an den wir jetzt gehen, auch insta-würdig.«

Die einzigen Bilder, die wir von uns gemeinsam haben, sind die aus dem Fotoautomaten. Bin ich schon bereit, Fotos von einem Neuen auf Instagram hochzuladen? Das kommt mir vor wie ein ziemlich großer Schritt. Trotzdem wäre es schön, dort eine Erinnerung an diesen Sommer zu haben.

Auf den Steinstufen hoch zu Belvedere Castle wünschte ich fast, wir wären erst in ein paar Stunden hergekommen, zum Sonnenuntergang und für ein bisschen Großstadtlichter-Feeling. Ich liebe diesen Anblick der Tausenden erleuchteten Fenster, die wie Sterne am Himmel auftauchen, sobald es dunkel wird. Aber die Aussicht bei Tageslicht ist auch nicht schlecht.

»So, da wären wir. Was sagt du?«

»Eindeutig insta-würdig.«

Als wir über die Balustrade nach unten sehen, gestehe ich: »Das letzte Mal, als ich hier war, war ich auf der Suche nach dir.«

»Wie bitte?«

»Dieses Mädel, für das Dylan sich interessiert, Samantha – sie hat versucht, mir zu helfen, dich zu finden. Ich habe ihr alles erzählt, was ich noch von dir wusste, weil sie quasi eine Internet-Detektivin ist, und sie hat dieses Yale-Ersti-Treffen hier entdeckt. Also waren wir hier, Dylan und ich. Um zu gucken, ob du da bist. Warst du aber nicht.« Ich stelle mich näher zu ihm, und unsere Ellbogen berühren sich. »Ich mag dich irgendwie.«

Arthur nickt und lächelt, aber das Lächeln verschwindet wieder. Ich spüre keine Kuss-Vibes.

»Alles okay bei dir?«, frage ich.

»Alles gut. Echt lieb von dir«, sagt er. »Ich habe nur … Auf Insta hab ich dieses Bild von dir und Hudson bei Dave & Buster's gesehen. Warst du mit ihm auch hier?«

Hudson, der Mistkerl. Mann, wir sind nicht mal mehr befreundet und er schafft es trotzdem, mein Leben zu ruinieren. »Nein, Hudson und ich waren nie zusammen hier oben.« Ich rücke ein kleines Stück weg, wir berühren uns nicht mehr. »Zu Dave & Buster's wollte ich mit dir, weil ich nervös war und mich da wohlfühle. Bist du deshalb schlecht drauf?«

»Ich bin gar nicht schlecht drauf«, sagt Arthur. Aber etwas beschäftigt ihn.

»Wenn du irgendwas wissen willst, frag mich ruhig. In Ordnung?« Ich lege ihm die Hand auf die Schulter und hoffe, dass das die Stimmung auflockert. »Überleg mal, Arthur, wenn ich nie mit Hudson zusammen gewesen wäre, hätte ich auch nicht mit ihm Schluss machen können. Dann wäre ich nicht zur Post gegangen und hätte dich nie getroffen.«

Also, mich würde das aufmuntern. Aber Arthur wirkt nicht besser gelaunt.

17. KAPITEL – ARTHUR

Sei. Still. Arthur.

Es ist, als würden mein Hirn und mein Mund sich nicht kennen. Als wären sie nicht mal Teil der gleichen Realität. Mein Mund ist der naive Typ im Horrorfilm, der vor lauter Todessehnsucht diese eine bestimmte Tür aufmachen will. Und mein Hirn sitzt wohl wissend auf dem Sofa und schreit: »MACH DAS NICHT!«

Die Hudson-Tür. Ich kann meinen Mund einfach nicht davon abhalten, sie zu öffnen.

Dabei sollte doch heute Abend alles gut werden. Die ganzen letzten Tage habe ich damit verbracht, einen unfehlbaren Plan zu schmieden. Ich würde witzig und cool sein und er absolut hingerissen von mir. Nicht nur hingerissen. Ganz und gar verzaubert. Irgendwann würden wir aneinandergeschmiegt auf einer Bank sitzen, auf einer Bank im Central Park. Während wir uns die vorbeilaufenden Touris ansähen, würde er sich für geflüsterte Kommentare zu mir herüberlehnen. Dann würde er mir auf den Arm klopfen, um mir einen Witz zu erzählen oder mich auf etwas hinzuweisen, wobei seine Hand etwas länger als nötig dort liegen bliebe. Ich würde bemerken, wie er ganz versunken mein Gesicht betrachtet.

Und schließlich würden wir uns natürlich küssen. Mein erster Kuss. Gefolgt vom Verlust meiner Jungfräulichkeit auf einer lauschigen Wiese unter den Sternen.

Aber nein. Das alles passiert nicht mal annähernd. Stattdessen dünste ich meine diversen Neurosen aus und giere nach Antworten auf Fragen, die ich nicht stellen sollte. Trotzdem kann ich mich nicht davon abhalten. Leute wie ich sollten mit Stummschalttaste geliefert werden.

»Ich meine, ist ja verständlich, dass du Fotos von ihm hast. Aber müssen es gleich sechsundfünfzig sein?«

»Warum zählst du meine Fotos?«, fragt er.

Als ich einen Schritt von ihm weg mache und plötzlich mitten in einem Passantenstrom stehe, zieht er mich schnell wieder an der Hand zur Seite. Im nächsten Moment sitzen wir daher dann tatsächlich auf einer Bank im Central Park. Und dass er immer noch meine Hand hält, ist schon ziemlich himmlisch.

»Richtig gezählt habe ich sie nicht.«

»Die Sechsundfünfzig hast du einfach mal geschätzt.«

»Okay, ich habe gezählt.«

Er schmunzelt.

»Es ist nur ... dein Profil wirkt fast wie ein Schrein, ein Schrein für einen anderen.«

»Dann schau dir diese Fotos doch einfach nicht an.«

Ich ziehe meine Hand aus seiner. »Darum geht es nicht.«

»Hudson und ich waren auch befreundet«, sagt er. »Du hast haufenweise Bilder von Ethan und Jessie online.«

»Ja, aber Ethan und Jessie sind Ethan und Jessie!«

Ben seufzt. »Und Hudson ist Hudson.«

Schweigend sehe ich dabei zu, wie er an seinem Schnürsenkel rumfummelt.

»Okay«, sage ich schließlich, »ich frage das jetzt.« Meine Stimme wird ganz leise, fast unhörbar. »Warum habt ihr Schluss gemacht?«

Er sieht mich an, doch ich kann seine Miene nicht deuten. »Willst du das ehrlich wissen?«

»Ja!«

»Wirst du mir nachher Vorwürfe machen?«

»Hast du denn was Schlimmes getan?«

»Nein!« Ben schließt kurz die Augen. »Es war nur ... unschön. Er hat mir das Herz gebrochen. Hab ich dir nicht erzählt, dass er mich betrogen hat?«

Ich setze mich ruckartig gerade hin. »Dich *betrogen*?«

Ben schiebt das Kinn vor und starrt an mir vorbei. »Schon irgendwie. Ich meine, er hat einen anderen geküsst, also von daher ...«

»Ähm, das ist nicht *irgendwie* betrügen. Das ist *definitiv* betrügen.«

»Aber er dachte wohl, wir wären getrennt.«

»Wart ihr?«

»Nicht in meiner Welt.« Ben klingt verbittert. »Wir hatten einen Streit und ich wollte ihn in dem Moment auch nicht mehr sehen, aber ich habe natürlich nicht gesagt: ›Hey, warum schnappst du dir nicht auf irgendeiner Party den nächstbesten Typen, dessen Namen du nicht mal kennst, und – ‹«

Ich atme scharf ein. »Er wusste nicht mal, wie der Kerl hieß?«

»Er kannte seinen Zockernamen.« Ben zuckt die Schultern. »GailN8.«

»Geile Nacht?«

»G-A-I-L. Und dann ein N und die Zahl Acht.«

»Oh mein Gott.« Ich schüttele langsam den Kopf. »Hudson hat dich für einen Typen namens GailN8 abserviert?«

Ben zögert. »Können wir bitte über was anderes reden?« Als ich etwas erwidern will, kommt er mir zuvor. »Und nur fürs Protokoll: Ich habe Hudson abserviert.«

»Okay.«

»Und er fand GailN8 wohl nicht mal heißer als mich. Der Typ war halt einfach da.«

»Ja, ich versteh schon.«

»Und …«

»Du wolltest doch nicht mehr darüber reden«, sage ich.

Er atmet hörbar aus. »Will ich auch nicht.«

»Dann …«

»Gut«, sagt er. »Erledigt und abgehakt. Schwamm drüber. Alles paletti.«

Als ich vorsichtig zu ihm hinüberschaue, sehe ich allerdings, wie er die Fäuste ballt.

FREITAG, 20. JULI

`Es war übel`, schreibe ich.

`Ach was`, schreibt Jessie.

`Ernsthaft. Ich hab's voll verbockt.` Mit der Schuhspitze fahre ich eine der Fliesen nach. Seit nicht mal einer Stunde bin ich bei der Arbeit und schicke jetzt schon panische Nachrichten aus der Klokabine an Jessie und Ethan. Gestern Abend wollte ich am liebsten mit niemandem über dieses Desaster reden oder überhaupt mit jemandem sprechen und jetzt wünschte ich, ich könnte mich so richtig bei meinen Freunden ausheulen. Nicht nur am Handy.

`Woher willst du wissen, dass du's verbockt hast?`, fragt Ethan, wobei da statt *verbockt* ein Ziegen-Emoji steht.

`Na, zuallererst hat er mich nicht nach einem nächsten Date gefragt.`

Und so schwarz auf weiß geschrieben, wird dieser Umstand auf einmal sehr real. So real, dass sich mir der Magen umdreht. Ich bin weit über den Punkt hinausgeschossen, an dem ein Neustart noch helfen könnte. Und ich kann Ben nicht mal einen Vorwurf machen. Warum sollte er mich wiedersehen wollen? Um sich noch ein paar Stunden über Hudson ausquetschen zu lassen?

Na und? Dann frag du ihn doch nach einem nächsten Date, sagt Jessie.

Das kann ich nicht.

Warum nicht? Seine Nummer hast du doch. Nachdenk-Smiley.

Weil er Nein sagen wird. Ich beiße mir auf die Lippe. Ihr versteht das nicht.

Hast du beim Küssen gesabbert?, fragt Ethan.

Klappe, Ethan. Ignorier ihn, Arthur.

Wir haben uns nicht geküsst. Ich war viel zu beschäftigt damit, ihn über Hudson auszufragen, schreibe ich.

ARTHUR!!!

Ja, ich weiß.

Ich muss Jessie nicht sehen, um zu wissen, wie streng sie jetzt guckt und mit fliegenden Fingern die nächste Nachricht tippt. Du kannst ihn doch beim ersten Date nicht über seinen Ex ausquetschen.

Ich runzle die Stirn. Es war unser drittes 'erstes' Date.

Plötzlich kommt ein FaceTime-Anruf von Jessie. »Jess, ich bin bei der Arbeit«, zische ich.

»Und versteckst dich ganz offenbar auf dem Klo«, sagt sie. »Hör zu, ich werde nicht … Okay. Folgendes. Ich weiß, dass ich nicht gerade, Anführungszeichen unten, *erfahren bin*, Anführungszeichen oben, und daher also auch nur was vom Pferd erzählen kann«, ich muss lächeln, »aber: Du magst diesen Jungen doch?«

Ich zucke die Schultern.

»Arthur, tu nicht so. Du hast eine Suchanzeige für ihn aufgehängt. Ihn durch ganz New York gestalkt, ohne – «

»Ich habe ihn *nicht* gestalkt.«

»Das war doch süß! Und, ja, dein Verhör war scheiße, aber jetzt komm. Schon vergessen, was für ein Wunder es war, dass ihr euch wirklich gefunden habt?«

»Natürlich nicht, aber – «

»Arthur, das ist Schicksal! Wehe, du gibst jetzt einfach auf.«

Die gesamte U-Bahn-Fahrt nach Hause habe ich damit verbracht, eine Nachricht an Ben in meiner Notizen-App zu entwerfen. Wodurch sie natürlich umso monumentaler wirkt. Es ist nicht leicht, in einem Text lässig zu klingen, der drei Lektoratsdurchgänge erfahren hat. Vielleicht sollte ich diese finale Version jetzt in Schönschrift abmalen. Oder in Stein meißeln. Oder mir auf den Arsch tätowieren.

Hi. Ich weiß, gestern war schräg, und hoffentlich ist es okay, dass ich dir schreibe. Wenn du willst, kannst du das hier natürlich sofort löschen, aber lieber wäre mir, du würdest weiterlesen. Es tut mir so leid, Ben. Ich hätte dich nicht nach Hudson fragen dürfen. Die Sache geht mich nichts an, aber du hattest recht, ich war eifersüchtig. Ich bin es nicht gewohnt, mit jemandem auszugehen, den ich wirklich sehr mag. Oder mit überhaupt jemandem, wenn wir schon dabei sind. Und ich könnte es total nachvollziehen, wenn du das zwischen uns lieber beenden würdest. (Ich würde auch nicht noch mal mit mir ausgehen, lol.) Aber solltest du der Sache noch eine Chance geben wollen, dann wäre ich absolut, total, zu eintausend Prozent dabei. Vielleicht kriegen wir ja noch einen Neustart hin?

Bevor mich der Mut verlassen kann, kopiere ich das Ganze ins Nachrichtenfeld und drücke auf »Senden«. Gleich darauf erstarre ich für ein paar Sekunden. Ich habe das gerade tatsächlich getan. Ich habe ihm gesagt, dass ich ihn echt gernhabe. Vielleicht hat er das wegen meiner stadtweiten Suchaktion nach ihm auch schon ein bisschen geahnt. Aber das war was anderes. Das war fast wie ein Spiel mit dem Universum. Diesmal ist es ernst, diesmal geht es um den Ben, den ich schon kenne.

Entschlossen schiebe ich das Handy in meine Hosentasche, damit ich nicht den ganzen Weg von meiner Bahnstation bis zur Haustür draufschaue, doch dann vibriert es schon vor der nächsten Straßenecke. Bestimmt Jessie. Oder Dad. Nicht nachschauen, keine Hoffnungen machen. Ich gucke erst, wenn ich zu Hause bin.

Als ob. Der Vorsatz hält etwa zwei Sekunden, dann zerre ich das Handy hervor und rufe mit flatternden Nerven meine Nachrichten auf. Zwei neue.

Die erste: Nein, alles gut, ich versteh das. War bestimmt viel auf einmal für dich. Aber keine Sorge, ich wäre auch absolut, total für einen Neustart. Vielleicht halten wir es diesmal ganz ungezwungen und schauen mal, wie das klappt?

Und die zweite: Apropos: Ich weiß ja nicht, was du heute Abend machst, aber ich wollte mit Dylan und seiner Vielleicht-Freundin abhängen. Meld dich einfach, wenn du mich davor bewahren möchtest, das fünfte Rad am Wagen zu sein. Offenbar gehen wir `zum Karaoke, von daher warne ich dich schon mal vor einem Desaster.`

Ich wirbele auf dem Absatz herum und steuere im Sauseschritt wieder auf die Bahnstation zu. Dabei grinse ich so breit, dass mir der Kiefer wehtut. Vorm Eingang mache ich allerdings kurz halt, um Ben zurückzuschreiben. Drei Worte.

`Ich mag Desaster.`

18. KAPITEL – BEN

Das wird so was von absolut ein Desaster.

Dylan, Samantha und ich steigen ein paar Minuten zu spät aus der Bahn. Die beiden sind so high vom Flirten, dass ich befürchte, Dylan könnte den Abend für mich ruinieren.

»Dee, wie lauten die Regeln für heute Abend?«

»Du weißt, dass ich kein Fan von Quizfragen bin.«

Ich bleibe vor ihm stehen. »Hey, ich mein's ernst.«

»Also gut. Ich verspreche, ich werde nicht über deine und Hudsons heiße Sommerschulaffäre reden und –« Mein vernichtender Blick lässt ihn verstummen, er dreht sich kurz zu Samantha, dann wieder zu mir. »Okay. Ben, ich werde dir die Tour nicht vermasseln. Ich werde nur Gutes über dich erzählen. Angefangen damit, dass du ein wahnsinnig toller Freund bist. Und ein noch besserer Liebhaber.«

Samantha schüttelt den Kopf. »Echt keine Ahnung, ob ihr zwei wirklich mal was miteinander hattet oder ob das einfach ein Dauerwitz ist, an den ich mich gewöhnen muss.«

»Was in Bens Zimmer passiert, bleibt in Bens Zimmer«, sagt Dylan.

Ich ignoriere ihn und hole tief Luft. »Hudson ist ein Name, den wir alle aus unserem Gedächtnis löschen müssen. Wenn Arthur schon die alten Fotos auf Instagram so beschäftigen, dann flippt er wahrscheinlich völlig aus, wenn er erfährt, dass ich meinen Ex jeden Tag in der Sommerschule sehe.«

»Das wirst du ihm aber hoffentlich noch erzählen?«, fragt Samantha.

»Schon. Ich muss nur den richtigen Moment finden.« Wir gehen weiter. Als wir am Karaoke-Center ankommen, ist Arthur schon da. Er trägt ein kurzärmeliges sonnengelbes Karohemd und sieht verdammt süß darin aus. »Hey«, sage ich, »sorry, dass wir ein bisschen spät dran sind.«

»Schon okay«, erwidert Arthur. »Hi!«

Ich umarme ihn. Übers Händeschütteln sind wir, glaub ich, mittlerweile hinaus. Er scheint an mir zu schnuppern, aber vielleicht bilde ich mir das ein. Arthur zu umarmen ist anders, als Hudson zu umarmen. Hudsons Kinn war auf Schulterhöhe, während Arthurs meine Brust berührt. Ungefähr so muss es sein, mit ihm auf dem Sofa zu liegen und fernzusehen.

»Das sind Dylan und Samantha. Leute, das ist – «

»Arnold!«, ruft Dylan und umarmt Arthur. »Wie schön, dich endlich kennenzulernen. Ben hat in den höchsten Tönen von dir gesprochen.«

»Hi, *Arthur*«, sagt Samantha. »Dylan versucht, witzig zu sein. Leider geht das meistens schief.«

»Eigentlich bin ich ziemlich witzig.«

»Nope«, sagen Samantha und ich gleichzeitig.

Arthur starrt uns an, als fiele ihm jetzt erst auf, dass er dieser Gruppe in der Unterzahl gegenübersteht. »Also ...« Er stupst mich mit dem Ellenbogen an. »Also, viertes erstes Date und erstes Doppeldate, was?«

»Viertes erstes Date?«, fragt Samantha.

»Wir wollen, dass unser erstes Date der Wahnsinn wird, so wie das Kennenlernen«, erkläre ich. »Also wiederholen wir es, sobald irgendetwas nicht ganz nach Plan läuft.«

»Unser Kennenlernen war auch der Wahnsinn«, sagt

Dylan. »Bloß war *ich* schlau genug, mir Samanthas Nummer geben zu lassen.«

Kurz möchte ich ihn daran erinnern, dass er diese Wahnsinnsbeziehung beinahe verkackt hätte, aber das wäre in der Runde unangebracht, also spare ich es mir für ein Gespräch unter vier Augen auf.

Samantha nimmt Dylans Hand und schaut ihm tief in die Augen. »Es war der Wahnsinn und furchtbar romantisch, wie du so zu mir auf die Arbeit kamst, dich in die Schlange gestellt und mich angesprochen hast. Alle Welt sollte deinem Beispiel folgen.« Sie legt ihm den Arm um die Hüfte und wendet sich wieder an Arthur. »Dass du ein Plakat für Ben aufgehängt hast, klingt übrigens hollywoodreif. Ein Akt wahrer romantischer Größe.«

Arthur wird rot. »Ein bisschen Glück war auch dabei.«

Die Frau hinter dem Tresen ruft Arthurs Namen auf. Offenbar hat er uns schon angemeldet. Man bringt uns in einen kleinen Raum mit einer L-förmigen Couch, einem Fernseher und zwei Mikrofonen. In der Mitte steht ein Tisch und darauf liegt mein schlimmster Feind: der Ordner mit Liedern, aus denen wir heute Abend wählen können. Die wir voreinander singen werden. Zum ersten Mal. Selbst Dylan und ich waren noch nie zusammen Karaoke singen. Wir haben zwar schon zusammen gesungen – falls man das so nennen kann –, hatten dabei aber weder Mikros noch waren wir nüchtern.

»Dylan! Setz mal deinen Bart ein und hol uns ein paar Drinks.«

»Oh, kein Alkohol für mich heute – ich hab einen ganz schön flauen Magen nach den ganzen Meeresfrüchten.«

»Lass bloß die armen Meeresfrüchte da raus«, wirft Samantha ein.

»Na schön. Dann hol wenigstens dem Rest von uns was Spannendes.«

»Ich trinke nicht«, sagt Samantha.

»Ich auch nicht«, fügt Arthur hinzu. »Das verträgt sich nicht so gut mit meinen ADHS-Medikamenten.«

»Na schön, dann trinke ich halt für euch alle mit.« Jetzt klinge ich wie ein Alkoholiker. Aber nüchtern überlebe ich die nächsten paar Stunden auf keinen Fall.

Dylan rauscht raus, während Arthur und Samantha sich dem Ordner widmen.

»Gibt es hier was aus *Hamilton* oder *Dear Evan Hansen*? Bei uns zu Hause haben sie das noch nicht«, sagt Arthur.

Sie blättert durch. »Das wäre mega, aber es sieht schlecht aus. Sonst ist die Musical-Auswahl aber ganz okay. Es gibt ziemlich viel von Disney.«

»Ich kann alles aus *Herkules*, *Arielle*, *Aladdin*, *Die Schöne und das Biest*, *Tarzan*, *Toy Story* und dem *Dschungelbuch*.«

»Mehr etwa nicht?«

»Doch, stimmt, noch ein paar Lieder aus *101 Dalmatiner*«, fügt er stolz hinzu.

Dylan kommt mit vier Getränken zurück. Na endlich. Er verteilt die Becher und ich nehme sofort einen Schluck. Eigentlich erwarte ich, dass es spríttig schmeckt, aber es ist pappsüß und irgendwie eklig.

»Ist das Cola? Ohne Alkohol *und* ohne Kohlensäure?«

»Sie hat sich nicht nur nicht von dem Bart täuschen lassen, sondern sich außerdem über mich lustig gemacht.« Dylan schüttelt den Kopf und ext seine Cola wie einen Kurzen. »Es war grausam.«

Samantha überredet Dylan, mit ihr ein Duett zu singen. Das macht mich supernervös, denn dann wird Arthur das gleich bestimmt auch wollen, oder? Ich habe dem Karaokeabend nur zugestimmt, weil Dylan mir versichert hat, wir würden alle Songs zusammen ins Mikro trällern. Aber mit Arthur sieht die ganze Sache jetzt natürlich anders aus. Vorher waren wir eine Dreiergruppe, jetzt sind wir ein Doppeldate. Die Regeln sind futsch, Duette sind offenbar erlaubt und es kann eigentlich nur furchtbar schiefgehen.

Mit *Telephone* von Lady Gaga und Beyoncé nimmt das Drama seinen Lauf. Samantha holt ihr Handy raus, um für die Nachwelt festzuhalten, wie sie Lady Gaga mimt, während Dylan neben ihr nicht mal auf den Bildschirm gucken muss, um Beyoncés Parts zu schmettern. Man muss ihn einfach lieben. Er nimmt Samanthas Handy in die Hand und singt direkt in die Kamera, als wäre das hier ein Oldschool-Punkrock-Musikvideo und kein Lied von zwei Pop-Diven.

Arthur sitzt neben mir, zappelt und singt mit. Unsere Knie berühren sich.

Als die Performance vorbei ist, schlägt Dylan vor: »Und jetzt *Bad Romance*!«

»Nicht die allerromantischste Wahl.« Samantha tippt ihm mit dem Mikro gegen die Stirn. »Neuer Versuch, Dummerchen.« Sie dreht sich zu mir um. Ich fühle mich wie in der Schule, wenn die Lehrer einen an die Tafel rufen. »Willst du als Nächstes?«

»Macht ihr ruhig noch mal. Ich guck ganz gern zu.«

Arthur zieht den Ordner zu sich heran. »Möchtest du was zusammen singen? Ich kann gern den größten Part übernehmen. Mein Dad ist auch nicht so der Sänger, aber auf unserem Roadtrip nach Yale habe ich alles mitgesungen, was im Radio so lief, und er ist immer beim Refrain eingestiegen.«

»Ich brauch noch ein paar Minuten, um warm zu werden«, sage ich und nehme einen großen Schluck aus meinem Glas, nur um dann wieder festzustellen, dass die Plörre alles andere als Mut machend ist.

»Wir beide können zusammen ein Duett singen«, sagt Samantha zu Arthur.

»Meine Heldin.«

»Mein Tipp an Ben, dich bei diesem Yale-Treffen zu suchen, war ja nicht so hilfreich. So kann ich das vielleicht wiedergutmachen.«

»Ich wusste einfach nichts davon«, sagt Arthur. »Das ist noch nicht mein Jahrgang, aber ich wäre trotzdem hingegangen, allein schon um ein paar Ratschläge für die Bewerbung zu kriegen.« Er legt seine Hand auf meine. »Krass, wie toll das Leben gerade ist, oder? Also, weil irgendwie alles zusammenkommt. Wir haben so viele Möglichkeiten! Jetzt gerade sind wir alle hier, aber wer weiß, wo es uns nächstes Jahr hinverschlägt. Theoretisch hätte ich gegen keine der Elite-Unis aus der Ivy-League was einzuwenden, obwohl Yale und Brown schon ganz weit oben stehen. Ich setze vielleicht noch ein paar Colleges mit geisteswissenschaftlichem Schwerpunkt auf die Liste, um sicherzugehen.«

Ich starre in meinen Schoß und nicke, als wären Arthurs und meine Zukunftsaussichten in etwa die gleichen. Aber mittlerweile kennt er mich wohl schon gut genug, um zu merken, dass etwas nicht stimmt.

»Es gibt natürlich Zuschüsse und Stipendien.«

Ich schüttele den Kopf. »Ich werde kein Stipendium kriegen.«

Mein Herz rast. Ich fühle mich wie der letzte Loser. Wie jemand, der immer wieder Kämpfe austragen muss, um sich im Leben zu behaupten. Erscheint einem fast sinnlos, wenn man kein gut betuchter Jahrgangsbester ist. Man sollte meinen, das Universum würde sich besser um diejenigen kümmern, die weniger haben. Nehmen wir mal an, ich würde finanzielle Hilfe kriegen. Meine Chancen auf die guten Noten, die es bräuchte, um die Förderung zu behalten, will ich mir gar nicht erst ausrechnen. Und warum sollte dann jemand wie Arthur mit mir zusammen sein wollen? Mit einem, der es schon in der Highschool nicht bringt und sich das College nicht leisten kann?

»Sorry, dass ich das Thema angeschnitten habe«, sagt Arthur.

»Schon okay.« Ich kann ihm kaum in die Augen gucken. Ich wünschte echt, Dylan würde irgendeinen seiner bescheuerten Sprüche bringen, um das peinliche Schweigen zu beenden. Arthur Arnold nennen, Witze über Sex machen, egal was. Aber gerade ist das hier der leiseste Karaokeraum der Welt.

Arthur zieht langsam seine Hand weg.

»Ähm, komm doch mal kurz mit«, sage ich und gehe raus auf den Flur.

Arthur steht auf und sieht zu Samantha und Dylan. Vermutlich weiß er gerade nicht, ob er sich verabschieden sollte. Ich schätze mal, das liegt bei ihm.

Durch den Flur wabern Musikfetzen aus den anderen Räumen. Eine Gruppe massakriert offenbar einen *Journey*-Song. Genau so hatte ich mir Karaoke vorgestellt: peinliches Gesinge. Womit ich nicht gerechnet habe, sind peinliche Gespräche.

»Ich bin ein Idiot, Ben. Ich weiß nicht ganz genau, was los ist, aber es tut mir leid.«

»Nein, *mir* tut es leid. Ich sollte daran denken, dass du mich noch nicht gut genug kennst. Dass du nicht weißt, wie schlecht ich in der Schule bin. Ivy-League-Unis sind für mich einfach nicht drin. Und ich kenne dich nicht gut genug, um zu wissen, ob dir das was ausmacht.«

Er schüttelt den Kopf. »Nein, überhaupt nicht! Entschuldigung! Ich bin nur so superaufgeregt.«

»Du hast auch allen Grund dazu. Deine Pläne klingen doch toll. Ich hoffe, du schaffst es nach Yale oder Harvard oder Hogwarts. Wohin du auch willst. Ausbildung ist für mich nur gerade ein schlechtes Thema, weil ...« Eigentlich wollte ich ihm das nicht heute Abend erzählen, aber jetzt sind wir schon mal dabei. »Ich gehe gerade zur Sommerschule. Das ist dieser ›Kurs‹, den ich mache.«

Er sieht zu mir hoch. »Okay. Das ist doch kein großes Ding.«

»Du hältst mich jetzt bestimmt für dumm.«

»Ist das dein Ernst?«

Die Sache ist die: ja. Hudson, Harriett und ich hatten die gleichen Lehrer wie alle anderen, aber nur wir müssen unseren Sommer in der Schule absitzen. Und die Noten der beiden waren im Gegensatz zu meinen absolut in Ordnung, bevor wir so viel zusammen rumhingen. Ich bin der Einzige, der da wirklich hingehört.

»Warum sollte ich so was denken?«, fragt Arthur.

»Ähm, weil du dich in Yale bewirbst und ich in der Sommerschule hänge?«

»Na und?« Er kommt näher, nimmt meine Hand. »Das heißt doch nichts. Ich war auch mal ganz knapp davor.«

»Ja, klar.«

»Nein, ernsthaft. In der Fünften. Bevor ich die Medikamente gegen mein ADHS bekam.« Er drückt mir die Hand. »Ich hatte echt Konzentrationsprobleme – richtige Probleme. Und ich musste nur deshalb nicht in die Sommerschule, weil meine Mom sechs Nachhilfelehrer angeheuert hat. Sechs. Kein Scherz.«

»Das ist echt ’ne ganze Menge.«

»Hör zu, Yale und das alles … Es gibt Wichtigeres. Und es ist mir egal, dass du zur Sommerschule gehst.«

»Danke«, sage ich. »Und es tut mir leid, dass ich mich nicht für dich freuen kann, ohne das direkt auf mich zu beziehen.«

»Wir entschuldigen uns gerade ganz schön oft«, bemerkt Arthur.

»Kommt vor, wenn Leute wollen, dass etwas richtig funktioniert. Willst du wieder mit rein?«

»Ja, supergerne.«

Bevor ich die Tür aufmache, halte ich kurz inne, dann klopfe ich. »WIR HABEN SEX!«, ruft Dylan von drinnen.

Als wir trotzdem eintreten, blättert er gerade mit Samantha durch die Songauswahl. »Hetero-Sex ist echt komisch«, sage ich.

Wir setzen uns wieder. Arthur holt noch eine Runde Getränke, und als er zurückkommt, greift er nach der Fernbedienung. »Ich weiß, du bist nicht für ein Duett zu haben, aber kann ich ein Solo singen?«

»Tu dir keinen Zwang an!«

Dylan kuschelt sich an mich und Samantha protestiert nicht. Falls sie mit ihm zusammenbleibt, sieht so schließlich ihr neues Leben aus.

Arthur wählt ein Lied aus und räuspert sich, bevor es losgeht. »Dieser Song heißt ›Ben‹ und ich widme ihn … Samantha und Dylan. Kleiner Scherz, Karaoke-Humor. Ben, der hier ist für dich.«

Arthur verzieht vor lauter Kitsch selbst schon das Gesicht. Er wirkt nervös, aber nicht so nervös wie ich, als die erste

Zeile auf dem Bildschirm auftaucht. »Ben«, von Michael Jackson. Halb bete ich für einen Ohnmachtsanfall, halb muss ich schmunzeln, denn das hier werde ich bestimmt so schnell nicht vergessen.

»*Ben, the two of us need look no more* …« Arthur hat vielleicht kein Broadway-Potenzial, aber eine schöne Stimme, und ich fühle eine Mischung aus Fremdscham und Begeisterung – eine Kombi, die ich bisher nicht für möglich gehalten hätte. Als der Song endet, holt er tief Luft.

Samantha jubelt und klatscht als Erste. »Yay, Arthur, voll gut!«

Dylan unterdrückt krampfhaft ein Lachen.

»Ich weiß, ich weiß, ich war beim Tonartwechsel zu tief«, beeilt sich Arthur zu sagen. »Meine Kopfstimme ist ein bisschen eingerostet. Sorry …«

»Du hast eine tolle Stimme!«, versichere ich ihm und gebe Dylan einen Klaps auf den Arm. »Was ist so lustig?«

Dylan verschluckt sich fast vor Lachen. »Das Lied … es handelt von einer Ratte.«

»Was?«, fragen Arthur und ich gleichzeitig.

»Jap, von einer Hausratte. Stammt aus dem gleichnamigen Horrorfilm. Darin geht es um einen Jungen, der sich mit einer Ratte anfreundet.« Jetzt lacht auch Samantha. »Denn Ratten … werden einfach … völlig unterschätzt.«

»Ich … ich hatte keine Ahnung!«, sagt Arthur.

Dylan schüttelt sich vor Lachen und zeigt auf mich: »Du Ratte!«

Ich stehe auf und fasse Arthur am Arm. »Danke für das Lied.« Dann muss ich auch lachen, aber zum Glück stimmt er mit ein. »Den nächsten Song suche ich aus«, sage ich.

»Du singst?«, fragt Arthur.

»Wir *alle* singen.«

Wir gehen zusammen die Liste durch. John Legend. Elton John. Aerosmith. Yeah Yeah Yeahs. The Proclaimers. Destiny's Child. Nicky Minaj. Eigentlich würde ich wirklich gerne *You'll Be in My Heart* von Phil Collins singen, weil ich als Kind von *Tarzan* nicht genug kriegen konnte. Aber das wäre jetzt wirklich too much.

Wir einigen uns auf Rihannas *Umbrella*, worin es ganz eindeutig nicht um Ratten geht, und irgendwann nach der Hälfte des Songs traue ich mich, mir mit Arthur das Mikro zu teilen. Und auch wenn unsere Stimmen nicht zu einer verschmelzen, mag ich sehr, wie sie zusammen klingen.

Wie zwei Menschen, die unbedingt wollen, dass etwas funktioniert.

19. KAPITEL – ARTHUR

»Es war *so* schön, dich kennenzulernen«, sagt Samantha, sobald wir draußen stehen. Dabei legt sie mir die Hände auf die Schultern und schaut mir tief in die Augen. Ich wette, dieses Mädchen wird eines Tages Motivationscoach, oder Burn-out-Therapeutin, oder eine zierliche weiße Oprah.

Von der Seite schleicht sich jetzt auch Dylan heran und schlingt die Arme um uns beide. »Leute, ich liebe diesen Typen«, sagt er und unterstreicht seine Worte, indem er mich noch fester drückt. »Hört ihr mich? Ich *liebe* ihn. Seussical, du bist ein Volltreffer. Kapiert?«

»Kapiert.«

»Top.« Er strahlt. »Viel Spaß, Kinder. Tut nichts, was Jack und Rose hinter den beschlagenen Scheiben eines Oldtimers nicht auch tun würden.« Verschmitzt schielt er zu Samantha hinüber. »Das ist aus –«

»Wissen wir«, sagt Ben.

»Okay, dann sind wir mal weg.« Dylan löst sich aus dem Arthur-Sam-wich, um Ben zu umarmen. Ich sehe, wie Dylan Ben etwas ins Ohr flüstert, der daraufhin zischt: *Klappe*. Ich fühle mich seltsam bei ihrem Anblick. Sie sind so *innig* miteinander. Bei Ethan und mir läuft das völlig anders. Ein Teil von mir will Ben danach fragen, aber ...

Nope. Nein. Den Holzweg nehme ich nicht noch mal. Eifersucht auf Hudson hat mich exakt nirgendwohin gebracht. Und irgendetwas sagt mir, dass Dylan sogar ein noch größeres No-Go ist.

Dann sind Dylan und Sam jedenfalls weg, womit nur noch Ben und ich übrig bleiben. Ben schaut so unentspannt drein, wie ich mich fühle. Schon komisch, ich hatte immer gedacht, dass Dates ziemlich vorhersehbar und logisch verlaufen würden, sobald erst mal klar wäre, dass man sich mag. Aber das stimmt nicht. Stattdessen eröffnet sich mir eine ganz neue Welt voller Undurchsichtigkeiten. In welchen Abständen sollten Dates zum Beispiel stattfinden? Oder wie kriegt man heraus, ob er eine Beziehung will? Und dann natürlich Momente wie diese, in denen man nicht weiß, ob man eine gute Nacht wünschen und zur U-Bahn gehen soll oder ...

»Tja, willst du noch ein bisschen spazieren gehen oder so?«, frage ich und versuche, das nervöse Flattern in meiner Brust zu ignorieren.

»Klar.« Er berührt mich am Arm. Eher mit den Knöcheln als mit den Fingern und nur eine Sekunde lang, trotzdem geraten meine Nerven in hellen Aufruhr. Wir spazieren los.

»Du singst also gerne«, sagt Ben.

»Och.«

»Bestimmt warst du in allen Schul-Musicals dabei.«

»Das nicht, aber ich hab im Chor gesungen.« Ich muss lächeln. »Und Ethan und ich haben mal ein eigenes Musical geschrieben und Jessie dazu gezwungen, es mit uns aufzuführen. Da waren wir zwölf.«

»Ihr habt mit zwölf ein Musical geschrieben?«

»Ja, wenn auch das schlechteste aller Zeiten«, sage ich und er lacht leise auf. »Es waren Sommerferien. Wir hatten Langeweile. Keine Ahnung. Echt bescheuert eigentlich.«

»Ich find's cool«, meint er. »Worum ging's?«

»Willst du das wissen?«

»Definitiv.«

Wir erreichen das Ende des Bürgersteigs, doch Ben hält nicht an. Ganz selbstverständlich tritt er auf die Straße und schlängelt sich zwischen Autos und Taxen einfach hindurch. Sobald ich ihm folge, werde ich angehupt.

Erschocken zucke ich zusammen und laufe schneller, um zu Ben zu kommen. »Gut, also, unser Musical handelte von zwei Rittern namens Beauregard und Belvedere.«

Ben grinst. »Warst du Beauregard oder Belvedere?«

»Beauregard. Der Schlaue. Belvedere war der Starke. Ethan war früher schon gut fünf Zentimeter größer als ich.«

»Und Jessie war die Prinzessin?«, fragt Ben.

»Sie war der Drache. Namens Käse. Eine lange Geschichte, würde jetzt zu weit führen.« Ich habe das kribbelig-hibbelige Gefühl, dass ich zu viel rede. »Wollen wir uns irgendwo hinsetzen?«

»Klar.«

Irgendwie sind wir bei *Macy's* gelandet – was voll reinhaut, weil das hier nicht irgendein Kaufhaus ist. Sondern *das* Macy's. Einfach aus meinem Fernseher in die Wirklichkeit gehüpft. Als würde ich einem Promi begegnen. Wir schnappen uns einen der kleinen runden Tische vor den Schaufenstern. Ben holt sein Handy raus, lächelt, verdreht die Augen und schiebt es, ohne zurückzuschreiben, wieder in die Tasche.

»Dylan?«, frage ich.

»Jap.«

»Ich mag ihn sehr. Samantha auch. Deine Freunde sind toll.«

»Ja, sie sind cool. Und mögen dich auch, also … sehr.«

Ich nicke. Schweigend. Weil ich nur so die Millionen Fragen aufhalten kann, die ich ums Verrecken gerne stellen würde. Was genau mögen sie zum Beispiel an mir, würdest du das genauer erklären, und war das ein Test, habe ich bestanden? Und magst du mich auch sehr?

»Erzähl doch mal mehr von Ethan und Jessie.« Ben stützt die Ellbogen auf. »Die klingen auch cool.«

»Sie sind ...« Ich lasse den Satz in der Luft hängen. »Na, wir sind in derselben Spielstraße aufgewachsen. Waren so was wie die Nerd-Gang.« Ich öffne ein Fotoalbum auf meinem Smartphone. »Hier, ich zeig dir exklusives, wenn auch nicht mehr ganz neues Bildmaterial von ihnen.«

»Lass sehen.« Er rückt seinen Stuhl näher an meinen und auf einmal wird mir alles *so* bewusst. Mein Herzschlag, meine Atemgeräusche, die juckende Stelle an meinem Ellbogen. Schnell wische ich durch die Bilder. »Also, das bin ich und das ist Jess und das ist mein Auto.«

Ben sagt nicht sofort etwas. »Jessie ist hübsch.«

Und das ist sie wirklich, obwohl ich nie darüber nachgedacht habe. Sie ist halt einfach Jessie. Klein und rundlich, süßer Kussmund. Ihre Mom kommt aus Jordanien und hat einen eher hellen Teint. Ihr Dad ist schwarz. Sie selbst liegt irgendwo dazwischen. Auf dem Foto lächelt sie. Ich stehe neben ihr mit meiner Sonnenbrille und wuscheligen, fast schon wuchernden Haaren. In der Zehnten hatte ich eine friseurfaule Phase. War kein schöner Anblick.

Als das erste Bild von Ethan erscheint, ist es natürlich eins von denen ohne Shirt. Das am Beckenrand, wo er die Beine ins Wasser baumeln lässt, die Hände aufstützt und mit den Lippen ein O in die Kamera haucht. So sah eine Zeit lang sein Fotogesicht aus.

»Und der war mal ein kleiner Nerd?«, fragt Ben.

»Ich schwöre, früher ja!« Ich muss kurz lachen. »Jetzt halte ich als letzter kleiner Nerd die Stellung.«

»Sieht ganz so aus.« Ben lächelt. Dann nimmt er unter

dem Tisch meine Hand. »Das ist nichts Schlechtes. Ich mag kleine Nerds.«

»Ach ja?«

Er verschränkt seine Finger mit meinen und zuckt die Schultern. Anscheinend bin ich gestorben. Ich bin tot. Was sollte sonst passiert sein? Ich sitze nirgendwo anders als am verdammten Herald Square, halte Händchen mit dem süßesten Jungen, der mir je begegnet ist, und bin bestimmt tot. Bin der toteste Zombiegeistvampir, der jemals gestorben ist. Deswegen funktioniert mein Mund auch nicht. Mir hat es buchstäblich die Sprache verschlagen. Das ist noch nie passiert. Ich muss einfach –

Mit einem Ruck hole ich mich zurück ins Diesseits. »Also, genau, das ist Ethan. Immer noch ein Nerd, aber nicht mehr klein. Er hat sich ordentlich zurechtpubertiert.«

»Offensichtlich.« Ben lacht. »Habt ihr zwei irgendwann mal ...?«

»Nein«, antworte ich schnell. »Neineineineinein. Er ist hetero. Und Dauersingle. Wir alle sind Dauersingles. Wir sind quasi drei platonische Stiefgeschwister.«

»Im Gegensatz zu Stiefgeschwistern, die Sex miteinander haben?« Bens Lächeln lässt mich von Kopf bis Fuß überschnappen. Ich bin mir ziemlich sicher, dass in meinem Bauch gerade ein ganzes Olympiateam von Miniaturbodenturnern Flickflack übt.

»Ich krieg nicht raus, ob du mich magst«, platzt es aus mir hervor.

Er lacht. »Was?«

»Keine Ahnung.« Ich lache auch, aber mein Herz klopft wie wild. »Es ist nur ... Beim Karaoke warst du so ... zurückhaltend. Oder? Als würdest du gar nicht dabei sein wollen.«

»Karaoke ist nicht so mein Ding.«

»Okay, aber ich überlege die ganze Zeit, ob es nicht vielleicht dein Ding *wäre*, wenn du mich wirklich mögen würdest. Nicht Karaoke an sich, das ist mir egal. Aber mir würde vermutlich alles Spaß machen, solange ich es mit dir mache. Sogar schräge Videospiele, bei denen ich mich nicht mal nach dir umgucken kann, ohne dass ein Zombie mir den Arm abkaut.«

»Der Zombie kann halt nicht anders«, sagt Ben.

»Ich weiß.«

»Aber ich verstehe, was du sagen willst.« Er runzelt die Stirn. »Ich bin ein Scheißdatingpartner.«

»Bist du nicht!«

Er steht auf und zieht mich mit sich. »Lass uns weitergehen. Ich kann hier nicht sitzen bleiben.«

»Warum nicht?«

»Weil ich, nachdem du ehrlich warst, auch ehrlich sein will, aber das kann ich nicht, wenn ich dich dabei ansehe.«

»Oh.« Mir dreht sich der Magen um. »Sollte ich mir Sorgen machen?«

»Sorgen?«

»Es kommt mir vor, als würde ich gleich abserviert werden. Nicht dass wir eine Beziehung hätten. Oi. Tut mir leid. Ich bin so …« Ich atme schwer aus. »Warum bin ich so grottenschlecht darin?«

»Wo drin?«

»Hier drin.« Ich hebe unsere miteinander verschränkten Hände hoch. »Darin, Zeit mit dir zu verbringen und währenddessen ein normaler Mensch zu sein, ein normaler Mensch mit, na, einem Mindestmaß an Konversationsfähigkeit. Was ist bloß kaputt bei mir?«

»Gar nichts.«

»Für mich ist das alles so neu, und du, du hast schon Erfahrung im Küssen, wahrscheinlich auch mit Sex, und du hast sogar eine ganze Beziehung geführt. Diesem Druck bin ich nicht gewachsen, glaube ich.«

Wir biegen in eine Seitenstraße und von da in eine Gasse, sodass immer weniger und schließlich gar keine Leute mehr um uns sind, wodurch Ben gleich zehnmal entspannter wird. Ich merke es daran, wie er meine Hand hält.

»Ich sehe das anders«, sagt er schließlich.

»Wie denn?«

»Na, zum einen bin ich derjenige, der hier unter Druck steht.«

»Als ob.«

Er lächelt. »Nein, ehrlich. Ich finde ... also, weil du noch nie jemanden gedatet, noch nie jemanden geküsst hast ... keine Ahnung. Was, wenn ich dir das ruiniere? Ich will nicht derjenige sein, der deinen ersten Kuss versaut.«

»Das würdest du nicht.«

»Daher der Druck, verstehst du? Ich will es perfekt machen.«

»Bei dir zu sein, ist schon perfekt.«

Er schnaubt abwehrend.

»Ich meine, außer dann, wenn du meine Greifautomatenexpertise katastrophal unterschätzt oder von Ansel Elgorts Doppelgänger angegraben wirst oder sechsundfünfzig Fotos von deinem Ex hast oder –«

Er küsst mich.

Einfach so.

Seine Hände liegen auf meinen Wangen und er küsst mich.

Heilige Scheiße.

Ich meine, ich habe mir nie bewusst gemacht, wie nah einem so ein Gesicht kommt, wenn man geküsst wird. Sein

Kopf ist direkt vor mir. Er hat sich heruntergebeugt. Seine Augen sind geschlossen und seine Lippen bewegen sich auf meinen, und WOW, womöglich ist es unangemessen, in so einer Situation einen Ständer zu kriegen, aber – oh.

Ich sollte ihn zurückküssen.

Also versuche ich, meine Lippen so zu bewegen, wie er das macht. Als wollte ich ohne Zähne seinen Mund essen. Allerdings mache ich es offensichtlich falsch, denn er zieht den Kopf etwas weg und grinst zu mir herunter.

Ich grinse zurück. »Was?«

Er lacht. »Ich weiß nicht.«

»Das … war ein Kuss«, sage ich langsam.

»Zweifellos. So, dann ist der Druck jetzt weg, oder? Keiner muss sich mehr Sorgen machen, ob der erste Kuss perfekt wird.«

»Er war perfekt«, sage ich.

»Bist du sicher, dass du keinen Neustart willst?«, fragt er und sein ganzes Gesicht ist ein Lächeln. »Keinen zweiten ersten Kuss?«

»Also, wenn du so fragst …«

Er lacht und lässt seine Hände auf meine Hüfte rutschen. Dann küssen wir uns erneut und es entsteht die gleiche überraschende Nähe.

Ich schließe die Augen.

Und die ganze Welt schrumpft zusammen. Ich weiß nicht, wie ich es sonst beschreiben soll. Ich bin nicht länger in einer Seitengasse und nicht in New York und es ist nicht Juli, denn all das ist egal. Es existieren nur noch Bens Hände auf meinem Rücken, seine Lippen auf meinen, sein Gesicht unter meinen Fingern und mein dröhnender Herzschlag.

Ich hätte nie gedacht, dass Küssen einem Rhythmus folgt. In meiner Vorstellung bin ich nie über das Aneinanderdrücken von Mündern hinausgekommen. Aber jetzt fühle ich es, wie eine Bassline, zur selben Zeit gleichmäßig und drängend. Ben zieht mich noch näher an sich, sodass nicht die kleinste Lücke zwischen uns bleibt, und diesmal mache ich mir keine Gedanken mehr über ein Ständerverbot, denn wenn es das geben sollte, dann verstößt er *so was* von auch dagegen.

Ich küsse ihn noch heftiger.

»Oh«, haucht er. Und ich bekomme auf einmal das Gefühl, als könnte ich einfach alles erreichen. Die Zeit anhalten oder ein Auto hochheben oder meine Zunge ins Spiel bringen.

»Du bist nicht schlecht darin«, sagt er beim Luftholen.

»Nicht?«

»Also, wir sollten auf jeden Fall weiterüben. Man kann immer noch was verbessern.« Ich spüre sein Lächeln auf meinen Lippen.

Ich lächle zurück. »Unendliche Neustarts.«

»Das gefällt mir«, sagt er. »Klingt nach uns.«

20. KAPITEL – BEN

Schon seit ein paar Stunden bin ich von meinem vierten ersten Date mit Arthur zurück, aber ich segele immer noch auf meinem Stimmungshoch. Es ähnelt der Glückseligkeit, die mich überkommt, wenn ich eine neue Szene in DZDZ gekonnt vollendet habe. Dieses Gefühl eben, dass alles haargenau so ist, wie es sein sollte. Und mein Arthur-Glück ist sogar real, alle können es sehen. Wie ich vor dem Karaoke-Center Arthurs Hand gehalten habe. Oder wie wir unseren ersten Kuss hatten. Oder unseren zweiten ersten Kuss.

Ich kann mich nicht mehr konzentrieren, also klappe ich den Laptop zu. In meinem Kopf ist nur noch Platz für Gedanken an Arthur. Wie gern wäre ich jetzt noch mit ihm draußen auf den Straßen. Oder hier. Oder egal wo.

Ich muss einfach mit ihm reden. Per Nachricht versuche ich es gar nicht erst, sondern rufe direkt an.

»Hallo?«, fragt Arthur.

»Hey.«

»Du bist es wirklich. Kein versehentlicher Anruf, weil du dich aufs Telefon gesetzt und mit dem Hintern gewählt hast. Die kriege ich immer. Von jedem, ich schwöre. Nur weil ich mit ›A‹ anfange. Und das wird so weitergehen, es sei denn, ich ändere meinen Namen. Eine Geheimidentität erscheint mir eh ratsam, jetzt, wo ich für dich einen Song an eine Ratte gesungen habe.«

Bisher habe ich erst ein Wort gesagt – und dabei habe ich angerufen –, aber ich könnte mir noch stundenlang Arthurs

Geplapper anhören. Das ist besser als meine Lieblingslieder von Lorde oder Lana Del Rey.

»Du kannst es einfach beim nächsten Mal mit einem anderen Song wiedergutmachen«, sage ich. Ich freue mich, dass es ein nächstes Mal gibt, dass wir uns von ein paar Fehlschlägen nicht haben entmutigen lassen. »Übrigens war ich während der Karaoke-Sache zu nervös, um es zuzugeben, aber …«

»Bitte sag mir, dass du nicht tatsächlich eine Ratte bist, die sich als süßer Junge verkleidet hat.«

»Schlimmer.« Ich hole tief und melodramatisch Luft. »Ich habe *Hamilton* noch nicht gehört.«

Stille. Und dann ist die Verbindung weg.

Arthur schreibt mir: `Sorry fürs Auflegen, ich bin einfach sprachlos. WIE KANN DAS SEIN? HAMILTON LÄUFT SCHON EWIG!!!`

Ich muss lachen, weil er so maßlos übertreibt. `Oha, drei Ausrufezeichen`, schreibe ich.

`!!!!!!!!!!!!!!!!!!!!!`, kommt zurück.

`Ich bin wirklich erleichtert, dass wir diesen Konflikt schriftlich austragen.`

`BEN HUGO ALEJO!!!!`

`Ah, wir holen also den kompletten Dichternamen hervor?`

`Ah, du hast also noch nichts vom größten Phänomen des Jahrtausends gehört?`

`Doch, klar. Aber ich hab mich bisher einfach noch nicht näher damit beschäftigt. Ist wie mit den` *`Terminator`*`-Filmen. Ich weiß ja, dass ich sie gucken sollte, aber ich bin bisher einfach nicht dazu gekommen.`

`Du hast gerade nicht ernsthaft die Geschichte un-`

seres großartigen Landes mit den *Terminator*-Filmen verglichen?

Haha

BEN. Es gibt das komplette Album auf YouTube. Diese 142 Minuten und 13 Sekunden werden dein Leben verändern.

Bitte sag mir, dass du die exakte Soundtracklänge googeln musstest.

Du hast ja keine Ahnung, womit du es zu tun hast.

Ok, wenn ich dir verspreche, es mir anzuhören, darf ich dich dann wieder anrufen?

GIB ES MIR SCHRIFTLICH.

Hast du eigentlich einen Zweitnamen?

Arthur JAMES Seuss ist nicht an deinem Versuch interessiert, das Thema zu wechseln.

Ich verspreche hoch und heilig, mir für Mega-Fanboy Arthur James Seuss *Hamilton* anzuhören.

Ich lächele und schüttele den Kopf. Arthur ruft mich zurück. »Tut mir leid, dass ich aufgelegt habe. Aber Hamilton ist echt 'ne große Sache für mich.«

»So viel hab ich mitbekommen.« Ich starre an die Decke und wünschte, er wäre bei mir.

»Gut. Ich will nämlich nicht noch mal auflegen müssen. War nicht meine Sternstunde.«

»Falls du's doch tust, lasse ich dich in meinem Roman einen qualvollen Tod sterben.«

»Du schreibst ein Buch?«

»Es wird kein echtes Buch. Ist nur eine Geschichte, die ich für mich selbst schreibe.«

»Handelt sie von uns?«

»Du bist echt superungeduldig.«

»Jap. Also, worum geht's?«

Ich zögere. Als könnte ich gleich nicht mehr cool genug für ihn sein. Dabei ist Coolness mein *eines* Talent. Ich bin vielleicht nicht superschlau und hab nicht so viel Kohle, aber Coolness ist definitiv mein Pluspunkt.

»Du machst dich bestimmt über mich lustig.«

»*Ich* hab dir ein Lied an eine Ratte gewidmet.«

»Gutes Argument.« Falls Arthur meine andere, nerdige Seite nicht akzeptiert, ist das mit uns eh zum Scheitern verurteilt. Auf gemeinsame Interessen lege ich diesmal besonderen Wert. In der alten Clique war ich der Supernerd und hätte mir von den anderen oft ein bisschen mehr Begeisterung gewünscht. Zum Beispiel hat Hudson eine Woche gebraucht, um *Harry Potter und das verwunschene Kind* zu lesen, während ich nach sechs Stunden durch war. Und auch meine Vorschläge für Gruppenkostüme – als *Super Smash*-Charaktere oder Hogwarts-Schüler – wurden ständig abgeschmettert.

»Es ist ein Fantasyroman. *Der Zorn der Zauberer*. Mein Alter Ego, Ben-Jamin, ist der Auserwählte in einem Krieg zwischen Zauberern.«

»Ich will ihn lesen«, sagt Arthur. »Am liebsten sofort.«

»Wirklich?«

»Du in einer Welt voller Magie? Natürlich muss ich das lesen!«

»Es ist meganerdig.«

»Ich mag Nerds, wie du weißt, und ich mag dich. Wer hat es sonst schon gelesen?«

»Noch niemand.«

»Her damit.«

»Was, wenn es dir nicht gefällt? Was, wenn du es so schlecht findest, dass *ich* dir nicht mehr gefalle?« Jetzt, wo es sich zwischen uns richtig gut entwickelt, will ich ungern deswegen abserviert werden.

»Das ist unmöglich. Vertrau mir.«

Seltsam, dass es mir leichter fällt, Arthur zu vertrauen, als Leuten, die ich schon viel länger kenne. Wie Dylan, Hudson oder Harriett. Oder meinen Eltern. Und dabei ist es nicht mal so, dass das Risiko hier geringer wäre, nur weil ich sowieso nicht weiß, wie lange Arthur in meinem Leben bleiben wird. Vielmehr hoffe ich inzwischen darauf, dass das möglichst lang sein wird, und will deswegen, dass er so schnell wie möglich den echten Ben kennenlernt.

»Okay. Du darfst es haben. Aber ich warne dich: Hudson kommt auch darin vor. Ich könnte verstehen, wenn du es dann doch nicht lesen willst.«

Arthur schweigt. Das ist der Moment, in dem er die Bremse ziehen wird. Über jemanden zu schreiben, ist etwas sehr Persönliches, selbst in einer Welt voller Feuer speiender Kinder und fliegender Mietdrachen. Ganz viel von allem, was zwischen Hudson und mir gut lief, steckt in dieser Geschichte. Ich weiß nicht, ob das für Arthur zu schwer wird.

»Wenn du über Hudson geschrieben hast, bekomme ich ja vielleicht eines Tages auch einen Auftritt in der Geschichte, oder?«

»Je nachdem, wie dein Urteil so ausfällt.«

»Oh, ich werde der wohlwollendste aller Kritiker sein.«

»Und der einzige.«

»Jap, das bin ich. Der einzig Wahre.« Arthur hält kurz inne. »Du, ich hab eine Idee.«

»Die da wäre?«

»Während ich *Der Zorn der Zauberer* lese, hörst du dir *Hamilton* an.«

»Abgemacht.«

Wir legen auf.

Noch kann ich es kaum glauben, dass ich das Dokument an eine E-Mail anhänge, die ich nicht an mich selbst schicke. Ich hoffe echt, dass es Arthur gefällt. Wenn er danach nur sagt, wie heiß er Ben-Jamin findet oder wie cool meine Kapitelüberschriften sind, weiß ich, dass er es nicht mag. Ich klicke auf »Senden« und drücke fest die Daumen.

Als Nächstes suche ich *Hamilton* auf YouTube und starte die Aufnahme. Im Grunde habe ich keine Ahnung, wer dieser Alexander Hamilton war. Klar hab ich ihn gegoogelt, weil ich nämlich dachte, er wäre mal Präsident der Vereinigten Staaten gewesen. Ma hat mich da korrigiert, was mir peinlich war, obwohl es nur Pa mitgekriegt hat. Aber ich habe immer noch nicht so richtig verstanden, wofür er eigentlich bekannt ist. Infos über Personen zu behalten, fällt mir schwer, es sei denn, es handelt sich um Superhelden, Zauberer oder süße Typen mit Hotdogkrawatte und strahlend blauen Augen. Aber während ich bequem auf der Seite liege und die Songtexte von *Hamilton* mitlese, werde ich sofort in die Geschichte gesogen.

Und Arthur taucht gleichzeitig in meine Geschichte ein. Nachdem er gelesen hat, wie Ben-Jamin während eines Schneesturms seine Zauberkräfte erhält, schreibt er mir, dass er sich jetzt schon wünscht, dass DZDZ verfilmt wird, damit er Fan-T-Shirts und Funko-Pop-Figuren von Ben-Jamin kaufen kann. Er ist ein bisschen *zu* wohlwollend, aber ich finde es trotzdem toll, wenn er mir seine Lieblingsstellen schickt. Das sind oft Szenen, die ich selbst ziemlich cool fand, bei denen ich mir aber nicht sicher war, ob andere sie auch mögen würden. Ich liebe es, jetzt zu erfahren, an welchen Stellen Arthur lachen muss oder welche seinen Puls in die Höhe treiben. Der beste Ego-Boost aller Zeiten. Vielleicht habe ich doch ein bisschen Talent dafür, andere zu unterhalten.

In den nächsten paar Stunden schicken wir uns Nachrichten hin und her. Hamilton will seinen Schuss nicht vergeuden, Ben-Jamin leugnet sein Schicksal. Während König Georg III. ein bis an die Zähne bewaffnetes Bataillon schickt, um den Kolonialisten seine Liebe zu beweisen, sagt Eva die Enthüllerin einer zusammengewürfelten Magiertruppe, tragische Ereignisse voraus. Hamilton gelingt der gesellschaftliche Aufstieg, als Ben-Jamin auf einem einflügeligen Drachen in die Schlacht reitet. Die Schuyler-Schwestern lassen mich hilflos zurück und Arthur lacht sich schlapp, als Ben-Jamin und Duke Dill sich zusammen die Kante geben.

Arthur nähert sich dem Ende von allem, was ich bisher geschrieben habe – Ben-Jamin kämpft in einer gläsernen Stadt gegen Monster –, und er will darüber reden. Aber ich kann mich nicht losreißen von dem Knistern zwischen Alexander Hamilton und Angelica Schuyler, von seinem Betrug oder Elizas eindringlichem Solo, von Ereignissen, die vor Jahrhunderten stattgefunden haben und mich trotzdem völlig in ihren Bann ziehen. Dann läuft *It's Quiet Uptown* und – wow, ich bin kurz davor, Tränen zu vergießen. Als der Song vorbei ist, stelle ich auf »Pause« und rufe Arthur an.

»Du bist noch nicht durch.« Natürlich weiß er genau, an welcher Stelle ich bin.

»Ich glaub, ich muss aufhören. Es wird zu traurig.«

»Oh ja, *It's Quiet Uptown* nimmt einen ganz schön mit. Aber du musst bis zum Ende durchhalten.«

»Na gut. Bleibst du am Telefon? Ich will dich anschreien können, falls es noch trauriger wird.«

»Aber mit Vergnügen.«

Ich warte, bis Arthur die richtige Stelle gefunden hat, und dann drücken wir in der gleichen Sekunde auf Start. Während der letzten zwanzig Minuten lausche ich mit geschlossenen Augen und es fühlt sich fast an, als wäre Arthur direkt neben mir.

»Warte, warte ... *stirbt* Hamilton?«

»Burr wird – «

»Kein Spoiler!«

»Das ist Geschichte.«

»Geschichte, von der ich keine Ahnung habe.«

Und der Schuss löst sich.

»Burr ist ein Bastard«, sage ich.

»Hamilton selbst war manchmal auch nicht gerade der Tollste.«

»Kein Kommentar.«

Als mein Laptop den letzten Song abspielt, läuft mir doch noch eine Träne die Wange hinunter – diese Sehnsucht in Elizas Stimme, während sie singt, wie gerne sie Hamilton wiedersehen will! Wow, ich habe jede Sekunde genossen.

»Wie auch immer man *Hamilton*-Fans nennt, ich bin ab jetzt einer von euch.«

»Und das sagst du auch nicht bloß so? Du musst es ja nicht mögen ... obwohl das natürlich von schlechtem Geschmack zeugen würde.«

»Nein, ich bin ein totaler Hamilhead.«

»Wir nennen uns einfach Hamilfans.«

Ich erzähle ihm, dass ich Lust hätte, Hamilton- und Harry Potter-Crossover-Fanfiction zu schreiben, also quasi den ultimativen Bildungsfantasyroman. Die Duelle würde ich im Duellierklub stattfinden lassen und ich weiß auch schon, in welche Häuser ich die Figuren stecken würde. Ich hole tief Luft. »Geschichte sollte immer von Lin-Manuel Miranda unterrichtet werden.«

»Und *Der Zorn der Zauberer* wird vielleicht der nächste Broadway-Hit!«

Arthur zählt auf, was er alles an DZDZ liebt, und ich muss dauernd daran denken, wie gerne ich ihn jetzt tatsächlich neben mir hätte, sodass ich sein Lachen sehen und ihn küssen könnte. Und weil er mir einfach das Gefühl gibt, klüger zu sein, als ich in Wirklichkeit bin.

»... als Ben-Jamin den Zauberstab der Enthüllerin zerbrochen hat, habe ich so laut geschrien, dass mein Vater ins Zimmer kam und gefragt hat, was los ist. Danach musste ich ein bisschen aufpassen, dass ich meine Eltern nicht mehr wecke.«

Es ist schon fast zwei, aber ich könnte ihm so lange zuhören, bis mein Körper das Herunterfahren erzwingt, wie ein überhitzter Laptop.

»Arthur?«

»Ben?«

»Danke fürs Lesen. Und für *Hamilton*.«

»Danke fürs Anhören. Und für *Der Zorn der Zauberer*.«

»Ich würde dich morgen gerne sehen.«

»Date?«

»Warum nicht?«

»Ist das dann unser fünftes erstes Date?«

»Zweites Date, Arthur.«

»Wow, zweites Date. Wir haben es endlich geschafft.«

»*How lucky we are to be alive right now*, was?«

»Oh Gott, du sprichst *Hamilton* – ich bin so hin und weg, *I'm helpless*.«

Ich bin auch hin und weg.

SAMSTAG, 21. JULI

Dylan ruft mich über FaceTime an, während ich mich für mein Date mit Arthur fertig mache und mich nicht entscheiden kann, welches T-Shirt ich anziehen soll.

»Hey«, sage ich.

»Morgendlicher Striptease?«, fragt er, »Dylan gefällt das.«

Ich halte ein schlichtes weißes und ein schlichtes grünes T-Shirt hoch.

»Was meinst du?«

»Grün. Was geht bei dir? Lass uns was machen. Mir ist langweilig. Samantha muss noch bis sechs arbeiten.«

Ich ziehe das grüne Oberteil an. »Ich treffe mich mit Arthur.«

»Cool, dann chillen wir zu dritt.«

»Ähm, ich glaube, ich brauch ein bisschen Zeit mit ihm allein.«

»Whoa, ramm mir doch gleich ein Messer ins Herz, Big Ben.«

»Ach, komm schon.« Die Nummer zieht bei mir nicht.

»Du hättest doch auch mit Samantha und mir was unternehmen dürfen, bevor Arthur dazukam«, wendet Dylan ein.

»Ja, aber ihr zwei brauchtet mich auch, nach diesem Zukünftige-Drama. Hat die Situation entschärft.«

»Alter, ich liebe dich, aber Samantha und ich hätten dich nicht *gebraucht*. Ich hab vielleicht was Dummes gesagt, aber sie und ich wären auch ohne dich klargekommen.«

»Okay. Aber du willst mich gerade nur sehen, weil Samantha keine Zeit hat und dir langweilig ist.« So war das damals mit Harriett auch.

»Ich versteh nicht, was daran falsch sein soll. Du bist mein bester Freund.«

Keine Ahnung, wie ein Streit zwischen Dylan und mir aussähe – Streiten war irgendwie nie unser Ding. Aber es fällt mir schwer, das hier mit Humor zu nehmen. »Klar, aber Arthur wird gerade mehr für mich als nur ein Typ, den ich ganz süß finde. Ich möchte mich da gerne ein bisschen doller reinhängen. Natürlich hab ich immer Lust, was mit dir zu machen, aber das mit ihm ist so neu … und der Sommer ist so kurz. Ich muss einfach sehen, was das mit uns ist!«

Dylan nickt. »Und was ist das bestmögliche Szenario hier, Big Ben? Fernbeziehung? Insta-Freunde, die gegenseitig ihre Bilder liken?«

Ich zucke mit den Schultern. »Ich werde einfach das Hier und Jetzt genießen. Ist die einzige Art, es herauszufinden.«

»Ich werde dich das Hier und Jetzt genießen lassen, weil es so erwachsen und nach Zen-Spirit klingt«, sagt Dylan. »Aber sei vorsichtig, ja? Ich mag Arthur und will ihm nicht in den Arsch treten müssen, falls er dir das Herz bricht.«

»Keine Arschtritte nötig«, erwidere ich und hoffe dabei selbst sehr, dass sich Arthur nicht als Hudson 2.0 entpuppt.

Arthur und ich kommen Händchen haltend von der High Line.

Nach diesem Gespräch mit Dylan tut mir Arthur, der wieder pausenlos vor sich hin plappert, echt gut. Er meint, dass Ms. Angelica-»Looking for a mind at work«-Schuyler auf jeden Fall eine Ravenclaw ist und dass die Zaubererwelt am Arsch wäre, wenn Hamilton nicht nur Todesser, sondern auch noch Voldemorts rechte Hand wäre. Wenn wir an einer Ampel warten müssen, bevor wir eine Straße überqueren, stoppt Arthur seinen Redefluss, um mich zu küssen, und wenn wir durch die Menschenmengen getrennt werden, finden unsere Hände wie von selbst wieder zueinander. Aber trotz all dem Guten werde ich noch immer von dem Gedanken verfolgt, dass das hier viel zu schnell vorbei sein wird.

Vielleicht funktioniert es nicht und dann ist uns das eh egal. Doch wir erreichen gar kein Ziel und kommen nicht von A nach B, wenn wir nicht zuerst versuchen, auch A und B zu sein. Arthur und Ben. Hier und jetzt. Nur ist es schwierig, sich aufs Hier und Jetzt zu konzentrieren, wenn jemand neben einem über Zeitreisen redet. »Wenn du zeitreisen könntest«, fragt Arthur, »würdest du dann in die Vergangenheit oder in die Zukunft reisen?«

»Wahrscheinlich muss ich mich für eins entscheiden, oder?«

Arthur nickt und wir überqueren den Union Square, auf dem Weg zu *Strand Books*. Er war bisher noch nicht da. Die Gegend um den Union Square ist *der* Ort für Bücherliebhaber. Hier gibt es ein *Barnes & Noble* mit vier Stockwerken, wo ich bei einer Mitternachtsparty zur Neuerscheinung von *Harry Potter und das verwunschene Kind* war, und ein paar Blocks weiter ist ein *Books of Wonder*, in dem ich ein paar Autoren getroffen und Unterschriften für Graphic Novels ergattert habe.

Es wäre natürlich ziemlich praktisch, in die Zukunft reisen zu können, um zu sehen, wie sich alles mit Arthur entwickelt. Aber ich glaube, das würde ich nicht mal hypothetisch wollen. Aus irgendeinem Grund möchte ich lieber darauf vertrauen, dass alles kommt, wie es kommen soll. Vielleicht soll mir die Begegnung mit Arthur ja einfach beibringen, in Zukunft offen auf Jungs zuzugehen, die ich irgendwo draußen in der Welt treffe. Und mutig genug zu sein, um nach ihrer Nummer zu fragen.

»Wenn ich in die Vergangenheit reise, kann ich dann Dinge verändern?«

»Klar.«

Ein Teil von mir wünscht sich, Hudson und ich wären nie zusammengekommen. Wir waren bessere Freunde als Partner. Wir hatten ziemlich gute Momente, aber sie waren es nicht wert, einen Freund zu verlieren. »Ich würde in die Vergangenheit reisen, ein paar Jahre zurück, mit den richtigen Lottozahlen für meine Mom. Und meinen Eltern damit das Leben leichter machen.«

»Du bist nobler als ich.«

»Was würdest du denn tun?«

»Ich bin Team Zukunft.«

»Wegen der Uni?«

»Und anderer Sachen.« Er drückt meine Hand. »Ist vermutlich die sicherere Variante. In der Vergangenheit würde ich bloß *Hamilton* schreiben, bevor Lin-Manuel Miranda dazu käme.«

»Du würdest ihm seinen Erfolg klauen?«

»Na schön. Dann wäre ich eben sein Co-Autor.«

Neben dem *Best Buy*, gegenüber vom Park, steht ein Foodtruck, wo sie Churros verkaufen. »Hast du schon mal Churros gegessen?«

»Ich bin nicht ganz sicher, ob ich weiß, was das ist.«

»Im Grunde frittierter Teig. Los, ich spendiere uns eine Runde.«

Wir gehen zum Wagen. Der Typ fragt mich auf Spanisch, was ich haben will, und ich antworte auf Englisch. Ich nehme jeweils einmal Zimt, Zucker, Schoko und Himbeer. Zum Essen setzen wir uns in den Park, damit wir nicht die Bücher bei Strand Books einsauen.

»Sprichst du Spanisch?«, fragt Arthur.

»Nicht so richtig. Ich schnappe viel auf, wenn ich meine Eltern mit meinen Tanten und Onkeln reden höre, aber ich verstehe mehr, als ich selbst sagen kann.« Viertklässler-Ben war ziemlich genervt davon, nicht zu wissen, was die anderen kleinen Puerto Ricaner hinter seinem Rücken so getuschelt haben. Ich nehme einen Bissen von dem noch warmen, frisch gebackenen Zimt-Churro. »Welchen willst du zuerst probieren?«

Arthur greift nach dem Schoko-Churro. »Die sind mega!« Er nimmt direkt einen zweiten Bissen. »Warum hab ich die nicht vorher entdeckt? Ist das nur so ein New-York-Ding?«

»Ich glaub nicht. Manchmal gibt's die in mexikanischen Restaurants zum Nachtisch.«

»Eigentlich stehen ja Cookies ganz oben auf meiner Süßgebäck-Liste, aber vielleicht müssen sie sich den ersten Platz jetzt mit Churros teilen.« Er beißt noch mal rein. »Da tut sich eine ganz neue Welt auf. Weil du mit deiner hellen Haut gar nicht aussiehst wie ein Latino und ganz normal redest, vergesse ich ständig, dass du Puerto Ricaner bist. Nur dein Nachname erinnert mich daran.«

Ich erstarre mitten in meinem Bissen. Arthur knabbert seelenruhig weiter an seinem Schoko-Churro, ohne zu ahnen, dass er gerade meinen wundesten Punkt berührt hat. Wir haben 2018. Wie können Leute – selbst tolle Leute – heutzutage immer noch so was sagen? Ich meine, ich bin auch manchmal ein ganz schöner Trampel, das habe ich bei diesem Yale-Treffen mit Kent gemerkt. Ich schlucke, so gut es geht, und lege den Rest zurück auf den Pappteller.

Es ist echt nicht meine Aufgabe, anderen Leuten Taktgefühl beizubringen. Sie umzuprogrammieren, sodass sie dummes Zeug nicht nur nicht von sich geben, sondern es nicht mal denken. Aber ich will, dass Arthur ein besserer

Mensch ist als irgendwelche anderen Leute. Dass er es wert ist, sich mit ihm zu beschäftigen. Und dass er auch meinen Wert erkennt und schätzt.

Ich betrachte all die anderen Menschen um uns herum – Pärchen, Familien, Freunde, Fremde – und ich frage mich, wie viele ihrer Tage verdorben werden, weil irgendjemand Unsinn redet. Ich starre zu Boden. Arthur kann ich gerade nicht in die Augen sehen.

»Früher habe ich mir gewünscht, mein Nachname wäre Allan oder so«, sage ich. »Alejo war zu schwierig für die meisten. Allan würden die Lehrer nicht ständig falsch aussprechen. Meine Klassenlehrerin in der Zweiten hat ständig ›Ahledscho‹ gesagt, bis meine Mutter sie mal korrigiert hat.« Ich kann es nicht erklären, aber ohne Arthur anzusehen, spüre ich die Anspannung in der Luft, als wäre ihm aufgefallen, was er da gesagt hat. »Nicht wie der stereotype Puerto Ricaner auszusehen, hat mich früher ziemlich fertig gemacht. Ich weiß, ich hab dadurch einige Vorteile, aber Puerto Ricaner sehen eben nicht alle gleich aus.«

»Tut mir – «

»Und nicht alle Puerto Ricaner essen ständig Churros und sprechen bloß Spanisch oder gebrochenes Englisch. Ich weiß, du hast dir gerade nichts Böses dabei gedacht, aber ich mag dich und ich fände es schön, wenn du mich auch magst. So, wie ich wirklich bin. Dass du mich richtig kennenlernen willst und nicht denkst, du wüsstest schon alles über mich, nur weil es so dumme Vorurteile gibt.«

Arthur rutscht näher und sieht mich ernst an. »Wenn ich zeitreisen könnte, würde ich fünf Minuten zurückreisen und das eben ungeschehen machen. Schon klar, ist irgendwie eine hohle Geste, weil total unrealistisch, aber ich würde es wirklich tun. Ich würde dafür sogar die Gelegenheit sausen lassen, gemeinsam mit Lin-Manuel an *Hamilton* zu arbeiten. Das hätte ich, wenn wir ehrlich sind, eh nicht drauf. Aber ich finde es schrecklich, dich verletzt zu haben. Das ist jetzt schon ein paar Mal passiert.«

»Ist schon okay.«

»Nein, ist es nicht. Echt nicht. Tut mir wirklich leid, Ben.«

»Ich weiß ja, dass du's nicht böse gemeint hast. Ich wollte es nur mal angesprochen haben. Ich find's toll, Puerto Ricaner zu sein, und ich will mich mit dir genauso puertoricanisch fühlen wie zu Hause. Weil ich genau das bin.«

»Also gibst du mir nicht den Laufpass?«

»Nope. Ich nehme deine Zeitreisen-Antwort ernst. Nur doof, dass du dann nicht mit Lin-Manuel abhängen kannst. Tja, du musst wohl mit einem anderen Puerto Ricaner vorliebnehmen.«

»Das trifft sich gut. Ich muss nämlich noch eine Menge über dich herausfinden.«

»Und vermutlich weißt du über Lin-Manuel sowieso schon alles, oder?«

»Ich weiß kaum etwas über Lin-Manuel Miranda, der am sechzehnten Januar geboren wurde, auf die Wesleyan University ging und seinen Sohn nach der Krabbe aus *Arielle* benannt hat.«

»Oookay, du Freak! Ich glaub, ich muss weg.« Ich nehme den Pappteller an mich. »Und diese Churros muss ich leider mitnehmen.«

Arthur hebt seine Tasche von Strand Books hoch – prall gefüllt mit Magneten, Postkarten und einem Strand Books-T-Shirt – und wir steigen in die U-Bahn Richtung Uptown, zum Apartment seines Onkels auf der Upper West Side.

Die Gegend kenne ich gut. Hudson und ich sind oft zum Skate-Park dort gefahren. Außerdem hat er ein Faible für den Hudson River. Manchmal tat er so, als hätte man den Fluss nach ihm benannt. Arthur will nur mit mir zusammen dasitzen und die Aussicht aufs Wasser genießen. Also werde ich Hudson einfach nicht erwähnen. Was soll ich tun? Nirgendwo mehr hingehen, wo ich schon mal mit ihm war? Ziemlich unrealistisch.

Noch dazu sind Arthurs und meine Auswahlmöglichkeiten ein bisschen begrenzt. Ich kann ihn nicht mit nach Hause nehmen, ohne ein zu großes Ding daraus zu machen. Ist vielleicht auch noch ein bisschen früh, um unsere Eltern kennenzulernen. Grundsätzlich hab ich nichts dagegen, aber so was lässt sich nicht erzwingen. Das habe ich mit Hudsons Mom versucht. Ist nicht so gut gelaufen.

Wir sind beide müde. Wahrscheinlich wäre es besser, ich würde einfach nach Hause fahren und ins Bett gehen, aber ich will mich noch nicht von ihm trennen. »Schade, dass wir uns nicht aufladen können wie Handys«, sage ich.

»Können wir«, erwidert Arthur. »Man nennt das ›schlafen‹. Nur brauchen Smartphones keine acht Stunden dafür.«

»Ich mag Schlaf. Sehr sogar. Die Sommerschule raubt mir schon genug davon. Und jetzt auch noch du – Skandal!«

Weil Samstag ist, hält die Bahn an allen Stationen, was bedeutet, dass wir mindestens eine halbe Stunde hier drin sitzen. Vierzig, fünfzig Minuten, falls jemand die Nahverkehrsgötter verärgert hat.

»Ich leg mal einen Powernap ein«, sage ich.

»Bin dabei. Darf ich mich anlehnen?«

Ich lege ihm den Arm um die Schultern und er kuschelt

sich an mich. Der Waggon ist relativ leer, also strecke ich sogar die Beine ein bisschen aus. »Ich kann ohne Hintergrundgeräusche nicht einschlafen. Ist es okay, wenn ich einen Kopfhörer reinmache?«

»Was hörst du?«

»Einfach meine Songs, Zufallswiedergabe.«

Arthur zückt sein Handy, und bäm: der *Hamilton*-Soundtrack. Wir teilen uns meine Kopfhörer und schließen die Augen, Arm in Arm. Genau, wie ich es mir gestern Nacht vorgestellt habe, als ich alleine im Bett lag und Arthur nur am Telefon dabei war. Jetzt sind wir wirklich zusammen. Dieses Gefühl der Freiheit macht mir gerade doch Lust auf College und Wohnheim, wo ich dann jederzeit rumhängen kann, mit wem ich will.

Ich döse nur, bin halb wach, sodass ich aufspringen und Arthur mit aus der Bahn ziehen kann, sobald unsere Haltestelle kommt. Plötzlich tritt jemand gegen meinen Fuß und ich öffne die Augen, um mich zu entschuldigen, dass ich mich so breit mache. Denn bestimmt bekomme ich gleich eine Predigt. Da guckt dieser Typ auf uns herab. An der Hand hat er einen kleinen Jungen.

»Sorry«, sage ich.

»Kein Mensch will das sehen«, sagt der Mann, während er mit seiner Zeitung auf Arthur und mich zielt. Ein paar Mitfahrer werden aufmerksam.

»Was sehen?«, frage ich und setze mich aufrecht hin. Arthur schlägt die Augen auf. Wahrscheinlich hat er auch nicht richtig geschlafen.

»Macht das hinter verschlossenen Türen, okay? Es sind Kinder anwesend.«

»Macht *was* hinter verschlossenen Türen?«

»Du weißt ganz genau, was ich meine.« Der Mann wird

knallrot, aber mir ist nicht klar, ob vor Wut oder Scham, weil ich mir sein blödes Geschwätz nicht gefallen lasse.

»Also, ich sitze hier mit einem Jungen, den ich mag.« Ich stehe auf. Mein Herz rast. Keine Ahnung, ob der Typ gleich etwas Dummes macht. Irgendjemand filmt. Wenn das hier also richtig hässlich wird, habe ich zumindest die Hoffnung, dass das Video viral geht und man es der Polizei zeigen kann, sodass der Kerl niemand anderen mehr belästigt.

»Ich will nicht, dass mein Sohn auf dem Heimweg so was Ekliges mit ansehen muss.«

Sein Problem ist kein richtiges Problem. Aber ich habe nicht den Mut, ihm das zu sagen. Obwohl ich hier so breitschultrig stehe, zittern mir die Knie. Der Typ wird mich jeden Moment zerlegen. Arthur steht auch auf, aber ich stelle mich schützend vor ihn.

»Ist schon in Ordnung, wir machen ja gar nichts mehr«, sagt Arthur.

»Scheiß auf den Typen«, blaffe ich und wünschte, Dylan wäre hier, um uns Rückendeckung zu geben.

Der Sohn fängt an zu weinen, als wäre ich hier die Bedrohung. Als wäre ich derjenige, der einen Jungen anpöbelt, nur weil der Arm in Arm mit einem anderen Jungen in der Öffentlichkeit sitzt. Der Kleine tut mir richtig leid. Kann mir schon vorstellen, was passiert, wenn er mal jemanden mag, der zufällig kein Hetero-Mädchen ist.

Der Mann nimmt den Jungen auf den Arm. »Du hast Glück, dass ich dir hier vor meinem Sohn keine verpassen will.«

Arthur versucht, mich wegzuziehen, und ich gebe nur nach, weil er mich darum bittet und mein Name als erstickter Schluchzer aus seinem Mund kommt. Wahrscheinlich hat er mehr Angst als der kleine Junge. Ein Mann mit einer

Sporttasche stellt sich vor den Kerl mit seinem Kind und bedeutet ihm, weiterzugehen. Dass er genug gesagt hätte und die Sache gegessen sei.

Nur ist sie nicht gegessen. Nicht für Arthur und mich. Wir müssen damit leben.

An der nächsten Haltestelle verlassen wir den Zug und Arthur bricht in Tränen aus. Ich lege ihm die Hände auf die Schultern, wie ich es bei Dylan tue, wenn er eine Panikattacke hat, aber Arthur schüttelt mich ab und schaut sich auf dem Bahnsteig um.

»Ich dachte, New Yorker hätten kein Problem mit ...« Er holt tief Luft und wischt sich die Tränen von der Wange. »Mit Schwulenkneipen, Christopher-Street-Day-Umzügen, gleichgeschlechtlichen Paaren, die Händchen halten ... Verdammt noch mal, ich dachte, die New Yorker wären vernünftig.«

»Die meisten ja, glaube ich. Aber in jeder Stadt gibt es Arschlöcher.« Ich will ihn umarmen, doch er möchte gerade nicht angefasst werden. Als wäre jeder Ausdruck von Zuneigung eine Zielscheibe auf seinem Rücken. Als verdienten wir Bestrafung, weil unsere Herzen anders ticken. »Geht es dir besser?«

»Nein. Ich wurde noch nie so bedroht. Und ich hatte wirklich Angst um dich. Warum warst du nicht einfach still?«

Wäre vielleicht besser gewesen. Ich hab Arthur einen Riesenschrecken eingejagt, nur weil ich ein Zeichen setzen wollte, für alle, die so sind wie wir.

»Tut mir leid. Ich hatte auch Angst.«

Wir bleiben einfach eine Weile stehen. Als die nächste Bahn kommt, will Arthur nicht einsteigen. In die übernächste auch nicht. Bis zur dritten Bahn hat er sich einigermaßen gefangen, willigt aber nur ein, sie zu betreten, weil sie voller Menschen ist, sodass uns im Zweifel mehr Leute beistehen könnten.

Ich mag den Gedanken nicht, dass dasselbe Universum, das uns zusammengebracht hat, ihm solche Angst macht.

»Ich bleibe bei dir, bis du zu Hause bist«, verspreche ich.

Arthur lässt den Blick durch den Waggon schweifen, dann sieht er aus müden blauen Augen zu mir hoch und schiebt seine Hand in meine. Er lässt sie die ganze Fahrt über nicht mehr los.

21. KAPITEL – ARTHUR

»Haben sie auf deine Nachricht geantwortet?«, fragt Ben, als ich im Fahrstuhl auf die Drei drücke. »Ich will deine Eltern nicht beim Sex erwischen.«

»Iiih. So was machen sie nicht.«

»Mindestens ein Mal müssen sie's getan haben.«

»Nie. Niemals.« Ich würge.

»Du bist witzig.« Er nimmt meine Hand und lächelt. »Ist schön hier.«

»Im Namen von Onkel Milton: vielen Dank.« Ich trete aus dem Aufzug. Einen Flur gibt es nicht so richtig. Bloß eine Nische mit drei Türen zu den Wohnungen A, B und C.

»A wie Arthur«, sagt Ben, als hätte ihn noch kein Zufall im Leben zufriedener gestimmt.

»War alles so geplant.«

»Logo«, sagt er lässig, doch als ich mich zu ihm umdrehe, kaut er gerade an der Unterlippe.

»Bist du nervös?«

»Ja.«

Ich drücke seine Hand. »Das ist wahnsinnig süß.«

Und – wow. Ich mache das echt. Ich stelle diesen Jungen meinen Eltern vor. Obwohl ich mir ziemlich sicher bin, dass das kein typischer Zweites-Date-Move ist. Aber vielleicht sind Ben und ich eben nicht typisch.

Meine Eltern.

Keine Ahnung, warum ich das vorgeschlagen habe. Bin

wohl immer noch sehr durch den Wind wegen vorhin. Obwohl ich diesen Zusammenstoß eigentlich lieber vergessen würde, muss ich die ganze Zeit daran denken, an den U-Bahn-Typen, sein weinendes Kind, Bens Gesichtsausdruck und dass ich mich gefühlt habe, als würde die ganze Welt mich anstarren. In diesem Moment wollte ich einfach nur allein sein. So sehr wie in meinem ganzen Leben noch nicht.

Aber Ben ist geblieben. Er war bei mir. Und jetzt will ich nicht mehr, dass er geht. Ich bin noch nicht bereit dafür, dass wir uns verabschieden.

Während ich ungeschickt aufschließe, werfe ich ihm noch mal einen Blick über die Schulter zu.

Keine Panik. Ich werde nicht in Panik ausbrechen. Alles wird gut. Großartig sogar. Ein kurzer Besuch. Ganz ungezwungen. Was soll's, dass meine Eltern ein bisschen zu viel über Ben wissen. Was soll's, dass sie sich schon gegenüber normalen Freunden kaum zurückhalten können und ein fester Freund sie vermutlich komplett ausflippen lässt. Nicht dass Ben mein fester Freund wäre. Ich kann mir nur einfach ganz genau ausmalen, was hier los wäre, wenn ich ihn als solchen vorstellen würde.

Ich: Das hier ist Ben, mein fester Freund!

Eltern: *jubelnd Kondome auf uns werfend* HALLO, FESTER FREUND BEN!!!

Ben: *mit rudernden Armen das Weite suchend*

Aber ... hm. Wenn er nicht mein fester Freund ist, wie stelle ich ihn dann vor? Als meinen Kumpel? Meine Flamme? Als den Menschen, mit dem ich mir während neunundneunzig Prozent meiner wachen Minuten Sex zu haben vorstelle? Und, ja, ich meine das doppeldeutig. Ich denke neunundneunzig Prozent meiner wachen Minuten daran, wie gerne ich neunundneunzig Prozent meiner wachen Minuten Sex mit Ben hätte.

Das müssen meine Eltern allerdings nicht wissen.

Okay, tief durchatmen, ich mache jetzt ganz einfach diese Tür auf und –

»Du musst Ben sein! Wie schön, dich endlich kennenzulernen!« Meine Mom strahlt ihm vom Sofa entgegen. Auf dem sie sitzt. Neben Dad.

Hilflos starre ich die beiden an.

Mom stellt den Fernseher auf »Pause«, steht auf und kommt mit ausgestreckter Hand auf Ben zu.

»Wir haben schon so viel von dir gehört«, verkündet Dad glücklich nickend vom Sofa und erst da fällt mir auf, dass beide Pyjamas und Brillen tragen. Entschuldigung, in welches Paralleluniversum bin ich denn hier geraten? Welches fantastische Tierwesen hat meine Eltern gebissen und sie in ein turtelndes Samstagabend-auf-dem-Sofa-Pärchen verwandelt?

»Kommt, setzt euch zu uns«, ruft Dad, während Mom uns was zu trinken holt.

Bens Blick huscht durch die Wohnung, von Gemälde zu Gemälde.

»Onkel Milton steht auf Pferde.«

»Hab ich mir schon fast gedacht«, sagt Ben.

Er und ich setzen uns auf die Chaiselongue.

»Also, Ben, erzähl doch mal.« Mom hockt sich wieder aufs Sofa und lehnt sich so weit vor, dass sie den unangenehmen Blickkontakt mit Ben auf die Spitze treiben kann. »Wie laufen die Ferien so?«

»Ähm. Toll.«

»Bestimmt bist du viel unterwegs«, sagt Mom. »Ich bin heilfroh, dass Arthur dank dir endlich mehr nach draußen geht. Was habe ich mir den Mund fusselig geredet! Genieß es gefälligst, dass du einen ganzen Sommer in New York verbringen darfst, und verplemper nicht deine kostbare Zeit hier mit YouTube-Videos von –«

»Ben ist übrigens hier aufgewachsen«, unterbreche ich. »Er ist ein waschechter New Yorker.«

»Echt cool«, sagt Dad.

»Sind Sie beide gebürtig aus Georgia?«, fragt Ben.

Dad schüttelt den Kopf. »Ich bin in Westchester aufgewachsen und Mara stammt aus New Haven.«

»Yankees«, sage ich. Ben wirft mir einen amüsierten Seitenblick zu.

Mom ergreift beiläufig wieder das Wort. »Und? Jobbst du auch in den Ferien?«

»Ähm.« Ben sieht aus, als würde er am liebsten im Polster versinken. »Ich mache einen Kurs.«

»Ach, wie schön. Als Vorbereitung fürs College?« Mom strahlt ihn erwartungsvoll an.

»Mach da kein Verhör draus, Mom.«

»Ach was. Ich bin doch nur neugierig. Eben erst haben dein Dad und ich uns darüber unterhalten, wie junge Leute mittlerweile ihre Ferien verbringen. Als ich so alt war wie ihr, waren alle Betreuer im Ferienlager oder Aushilfen im *Ben & Jerry's*. Ihr dagegen habt schicke Praktika oder Collegevorbereitungskurse. Ich meine, so muss man das wohl auch machen heutzutage, schließlich –«

»Mom, hör auf.«

»Womit?«

Ich sehe Ben an, der peinlich berührt auf seine Knie starrt.

»Hör einfach auf … zu reden.« Ich glaube nicht, dass ich mich schon mal *so* unwohl gefühlt habe. Klar, Mom ist bisher nur Überflieger gewohnt. Die Ethans und Jessies dieser Welt mit ihren blendenden Noten, Debattierklub-Trophäen und Begabtenstipendien.

»Ich gehe zur Sommerschule«, sagt Ben.

Mom reißt die Augen auf. »Oh!«

Ben scheint sich in Grund und Boden zu schämen, wodurch es mir direkt genauso schlecht geht. Wegen meiner Eltern und ihrem blöden Karrieredenken. Könnte ich doch Telepathie. Dann würde ich Ben jetzt klarmachen: *Ich bin nicht wie sie, okay? Mir ist das nicht wichtig.*

Wobei ein winziger Teil von mir sich ganz vielleicht fragt, wie es wohl wäre zu verkünden: *Ben ist der jüngste Chirurg aller Zeiten.* Oder: *Ben arbeitet im Bürgermeisterbüro.* Statt: *Ben wird echt seltsam und defensiv, wenn man ihn auf die Sommerschule anspricht.*

Aber nein. Das spielt keine Rolle. Für mich zählt nicht, ob Ben zur Sommerschule geht oder einen schicken Job hat und sich irgendwann in Yale bewirbt. Für mich zählt, wie er diesem Arsch in der U-Bahn entgegengetreten ist und was ich fühle, wenn mir sein Name vom Handydisplay entgegenleuchtet. Für mich zählt, wie wichtig es ihm war, dass mein erster Kuss perfekt wird.

»Ben ist außerdem Schriftsteller«, sage ich. »Ein absolut großartiger Schriftsteller, um genau zu sein.«

»Ach, das stimmt nicht.« Ben schüttelt den Kopf, lächelt aber.

»Oh doch. Ich kenne sein Werk.«

»Das ist ja wundervoll«, sagt Mom. »Was schreibst du denn?«

Ben zögert. »Einen Roman, schätze ich?«

»Ooh.« Dad setzt sich auf. »Ich wollte auch immer mal einen Roman schreiben!«

»Ach ja?«, macht Mom.

»Erst gestern habe ich – «

»Bitte sag jetzt nicht, dass du den nächsten großen Bestseller schreibst, statt dich um eine neue Stelle zu kümmern. Bitte nicht.«

»Mara, lass uns das – «

»Wow, so spät schon.« Mit hochrotem Gesicht stehe ich auf. »Dann zeige ich Ben jetzt besser mal den Weg zurück zum Fahrstuhl.«

Ben schaut unsicher hoch. »Den musst du mir nicht zeigen, ich kann einfach – «

»Ich bestehe darauf«, sage ich und werfe meinen Eltern einen Mörderblick zu, woraufhin Dad sich durch den Bart fährt und Mom verlegen ihre Hände knetet.

»Also gut, Ben«, sagt sie schließlich. »Es war sehr schön, dass du vorbeigeschaut hast. Komm doch bald mal zum Essen.«

»Mom!«, fahre ich sie an und will eigentlich noch weiterpoltern, doch da sehe ich Bens Gesichtsausdruck. Der eher positiv überrascht als entsetzt wirkt.

»Es tut mir so leid«, sage ich, sobald ich die Wohnungstür hinter uns zugemacht habe.

»Wieso? Sie sind doch echt nett.«

»Für fünf Sekunden vielleicht, bis sie dann anfangen, einander den Kopf abzureißen. Ich kann einfach nicht fassen, dass sie sich nicht mal vor dir beherrschen konnten.«

»Meinst du die Sache mit dem nächsten Bestseller?«

»Ja.« Ich reibe mir die Schläfen. »Sie sind so arschig zueinander.«

»Ach komm, deine Mom wollte ihn doch nur triezen.«

»Nope, das war schon ernst gemeint. Das macht sie ständig. Sie geht auf ihn los, weil er keinen Job hat, er wehrt sich, und immer das gleiche Spiel am laufenden Band, sodass ich jeden Morgen aufs Neue mit dem unvermeidlichen Gespräch rechne: *Dein Vater und ich lieben dich beide sehr, Arthur, und es ist nicht deine Schuld*, und blabla. Ich glaube, das ist nur noch eine Frage der Zeit. Denn wenn du mich fragst, setzt das Universum keinen müden Cent mehr auf Team Seuss.«

»Oh nein«, Ben sieht mich an, »Arthur.«

»Oh nein, Arthur und ... was?«

»Das tut mir einfach so leid. Echt scheiße, Mann. Ich hatte ja keine Ahnung.«

Er zieht mich an sich und küsst mich so sanft auf die Stirn, dass es sich anfühlt, als würde ein Schmetterling dort landen. Weshalb ich ungelogen wortwörtlich dahinschmelze. Verträumt blicke ich zu ihm hoch. »Schon gut. Mir geht's gut.«

»Das musst du nicht sagen.«

»*Mir* tut leid, dass du mitkriegen musstest, wie schräg und peinlich meine Eltern sind.«

»Meine sind auch schräg und peinlich. Wart's nur ab.«

Und mit einem Mal ist all das betretene Unwohlsein verflogen, denn WOW. Ben Alejo will ... dass ich seine Mom und seinen Dad kennenlerne. Das Eltern-Date! Während ich noch strahlend versuche, auf die perfekte Art und Weise – flirty-aber-nicht-zu-flirty – etwas zu erwidern, redet Ben weiter: »Außerdem will ich dir was sagen.«

»Okay.«

Doch dann atmet er nur. Und wirkt auf einmal sehr besorgt.

»Du musst auch nicht«, sage ich schnell. »Ich meine, wenn du nicht willst.«

»Ich will aber.«

Mein Magen schlägt Purzelbäume. Wird er das sagen ... was ich denke? Erscheint mir früh. Aber New Yorker machen wohl kein großes Trara draus. Ich sollte mich schon mal auf meine Erwiderung vorbereiten. Sage ich es zurück? Wäre es sonst seltsam? Was überlege ich überhaupt? Echt mal, zur Hölle, ich mach's!

»Es geht um die Sommerschule«, sagt er.

Wortlos starre ich ihn an. Okay. Mein Gesicht wird so heiß, dass es sicher mit Leichtigkeit die ganze Stadt in Brand setzen könnte. Bin ich ein verzweifelter Vollidiot oder buchstäblich der vollverzweifelste Idiotenvollidiot des Planeten? Gott steh mir bei, wenn Ben je rausfinden sollte, dass ich gedacht habe ... *ernsthaft* gedacht habe, er würde –

Na egal. Sommerschule.

»Was ist damit?«, frage ich.

»Ich ...« Er hält inne. »Okay, also, als Erstes will ich sagen, dass das mit Hudson und mir absolut aus und vorbei ist. Wir sind nicht mal mehr Freunde. Das weißt du ja, oder?«

»Das weiß ich.« Ich nehme seine Hände in meine. »Lass mich raten. Hudson war scheiße zu dir wegen der Sommerschule.«

Ben schaut mich komisch an. »Warte –«

»So ein Arsch. Tut mir leid, Ben. Mir ist klar, dass er ein Teil deiner Vergangenheit ist und alles, aber scheiß auf ihn. Die Sommerschule ist nichts, wofür man sich schämen muss, verstanden?«

»Okay, klar. Also –«

»Nichts ist okay. Wie kann er es wagen, dich deswegen fertigzumachen? Soll er doch überall Bestnoten oder ein Rhodes-Stipendium in der Tasche haben. Er verdient dich trotzdem nicht. Er hat dich nie verdient.«

Ben starrt auf den Teppichboden. »Also, ich werd dann mal«, sagt er und drückt den Fahrstuhlknopf.

»Okay, versprich mir nur, dass du dich von Hudson nicht länger runterziehen lässt. Er hat keine Ahnung. Ich weiß, wie verdammt klug du bist, und wünschte, du könntest das auch sehen.«

Die Fahrstuhltüren gehen auf und Ben steigt ein.

»Das ist echt süß von dir.«

»Ich meine es ernst.«

»Weiß ich.« Der Fahrstuhl will sich schließen, doch Ben stellt einen Fuß dazwischen.

Ich ziehe die Nase kraus. »Ich will nicht, dass du fährst.«

»Ich auch nicht.« Er zieht mich zu sich.

Also küsse ich ihn, küsse ihn immer weiter und ignoriere die ungeduldigen Schubser der Fahrstuhltür.

Als ich mich rücklings aufs Bett fallen lasse, summe ich noch immer von Kopf bis Fuß. Mein Herz, mein Bauch, meine Fingerspitzen, alles. Und mein Hirn will nicht aufhören, im Kreis zu tanzen. Als wäre mein ganzes Dasein ein einziges Liebeslied.

Ben küssen. Bens Hand halten. In Bens braune Augen sehen, um die sich diese süßen Fältchen bilden, wenn er lacht.

Ich sollte ihm schreiben.

Doch auf meinem Handy erwarten mich erst mal zwei Nachrichten von Jessie.

Die erste: `Hi!`

Die zweite: `Können E, du und ich kurz reden?`

`Klar, worum geht's?`, schreibe ich zurück.

Sie antwortet sofort. `Zu kompliziert fürs Texten. Ich ruf dich auf FaceTime an, okay?`

Ich gehe ran, während ich noch auf dem Rücken liege. Und noch immer debil vor mich hin grinse.

»Whoa. Da hatte aber jemand 'nen schönen Abend«, spöttelt Ethan mir aus Jessies Zimmer entgegen. Einträchtig sitzen die beiden vorm Bett auf dem Fußboden. Und von der Vertrautheit dieser Szene wird mir ganz schwer ums Herz. Ihre Gesichter, ihre Stimmen, Jessies Blumentagesdecke.

Ich lächle ihnen zu. »Ihr seid ja noch spät auf.«

»Du auch«, sagt Jessie.

»Also, worum geht's? Was für eine komplizierte Sache?«

»Na ja.« Sie tauschen einen Blick aus.

»Das klingt wie kursiv gedruckt, oder?« Ich lache. *»Die komplizierte Sache.«*

Niemand lacht mit.

»Moment mal«, ich setze mich auf, »ist das ... eine Intervention?«

Jessie wirkt überrascht. »Was?«

»Wegen Ben? Weil ich wie besessen von ihm bin?« Ich schlage mir die Hand vor den Mund.

Sie tauschen einen weiteren Blick aus.

»Du redest schon viel über ihn«, sagt Ethan.

»Es tut mir so leid, Leute.«

Ich bin der schlechteste Freund auf der Welt. Womöglich bin ich so einer, der bei Verknalltheit den absoluten Tunnelblick kriegt. Oder bin ich grundsätzlich egozentrisch?

»Schon gut.«

»Nichts ist gut. Ich habe nicht mal gefragt, wie es euch geht.«

Der dritte verstohlene Blickwechsel. Jessie beißt sich auf die Lippe.

»Na«, macht Ethan. »Jedenfalls ...«

Doch da ploppt eine Nachricht von Ben auf und verdeckt die Hälfte von meinem Display. `Also … nachdem ich meinen Eltern erzählt habe, dass deine Eltern mich zum Essen eingeladen haben, hat meine Mom beschlossen, dass du samt deinen Eltern morgen bei` *`uns`* `eingeladen bist. Ich weiß, das ist verrückt, aber flipp nicht aus deswegen. Sie wollen nur so dringend meinen tollen neuen Freund kennenlernen.`

Mir springt das Herz aus der Brust. Ethan redet immer noch – glaube ich –, aber ich höre seine Stimme kaum.

»Meinen Freund«, flüstere ich.

Ethan verstummt. »Was?«, fragt er dann.

»Ben hat mich gerade seinen neuen Freund genannt.«

»Wann?«

»Gerade eben. Per Nachricht.«

Jessie fällt die Kinnlade runter. »Whoa, Arthur, dein Ernst?«

Ich nicke wortlos.

»Verdammt«, sagt Ethan. »Das ging schnell.«

»Allerdings«, sagt Jessie. »Wow. Bist du …«

Doch eine zweite Nachricht drängt Jessies Stimme in den Hintergrund. `Oh. Mist. Ich wollte dich gerade nicht als meinen Freund bezeichnen. Es sei denn, du willst das. Wir müssen kein Etikett draufkleben. Wow. Tut mir leid. Ich hoffe, du flippst jetzt nicht erst recht aus.`

»… das Gespräch?«, beendet Jessie ihren letzten Satz.

»Tut mir leid, was?« Ich zwinkere. Dann schüttle ich hastig den Kopf. »Argh. Ich mache es schon wieder.«

»Nein, schon gut«, meint Jessie. »Das ist eine große Sache. Dein Freund. Wow.«

»Ja.« Ich zwinkere erneut. »Ja.«

»Na los, antworte ihm!«

»Nachdem ich mit euch gesprochen habe.«

»Arthur. Erlös jetzt gefälligst deinen Freund von seinem Elend.«

Ich schwebe einen Meter über dem Boden. Oder auch einen Kilometer. »*Mein Freund*. Ich bin gerade –«

»Arthur, los jetzt!« Jessie lacht. »Wir reden später, okay? Ich leg jetzt auf.«

Als ich auch aufgelegt habe, lese ich ein zweites Mal Bens Nachrichten. Und ein drittes und ein viertes Mal, bis ich glaube, platzen zu müssen.

`Niemand flippt aus`, schreibe ich. `Bis morgen, Freund.`

Danach grinse ich geschlagene fünf Minuten auf mein Handydisplay. Das längste Dauergrinsen meines Lebens.

22. KAPITEL – BEN
SONNTAG, 22. JULI

Mein *Freund* und seine Eltern werden also bei uns essen. Darauf komm ich schon den ganzen Tag nicht so richtig klar. Ich hab die Bücherregale und den Fernseher abgestaubt, gesaugt, Müll weggebracht und sogar Wäsche gewaschen, damit wir frische Gästehandtücher im Bad haben. Außerdem habe ich vier Duftkerzen angezündet. Kirsche. Sie harmonieren überraschend gut mit den Gerüchen aus der Küche, wo meine Eltern unser Festessen vorbereiten.

Als ich den Tisch decke, klingelt es.

Ich sehe auf die Uhr. Wenn das Arthur und seine Eltern sind, sind sie zu früh. Na ja, oder eher ziemlich pünktlich. Ich hätte es wissen müssen. Schließlich reden wir hier von Arthur. Mist.

»Ich geh schon«, rufe ich.

Hoffentlich sind es noch nicht die Seusses, hoffentlich …

»Hey!« Arthur hat eine Schachtel mit Keksen in der Hand und strahlt übers ganze Gesicht. Hinter ihm stehen seine Eltern und haben Wein dabei.

Es würde sich noch sehr seltsam anfühlen, Arthur vor seinen Eltern zu küssen, deshalb gebe ich ihnen die Hand und umarme ihn.

»Wie geht's dir?«, fragt Mr. Seuss.

»Ich bin am Verhungern«, antworte ich.

»Es duftet himmlisch«, sagt Mrs. Seuss.

Keine Ahnung, ob sie die Kerzen oder das Essen meint, aber an der Art, wie sie es sagt, merke ich, dass es so oder so ein guter Start ist. Ich bitte sie herein. Die Diele ist fast zu eng für vier Personen, das fällt mir zum ersten Mal so richtig auf. Kein Putzen und Schrubben kann darüber hinwegtäuschen, dass diese Wohnung viel kleiner ist als alles, was die Seusses gewohnt sind, oder dass am Esstisch, an dem wir uns gleich Ellbogen an Ellbogen zusammendrängen werden, zwei von den Nachbarn geliehene Stühle stehen.

»Ma, Pa, das sind Mr. und Mrs. Seuss. Und Arthur.«

Meine Eltern hüten sich natürlich davor, Witze über den Nachnamen zu machen. Dafür haben sie sich zu häufig anhören müssen, wie unser eigener verhunzt wird. Besonders meine Mom. Ihr Mädchenname ist Almodóvar und die Leute haben sich quasi darin überboten, ihn bis zur Unkenntlichkeit zu entstellen.

»Wie schön, dass Sie gekommen sind«, sagt Ma. »Ich bin Isabel, das ist Diego.«

»Mara«, sagt Mrs. Seuss und sie schütteln sich die Hände. »Sie haben eine wirklich schöne Wohnung. Vielen Dank für die Einladung.«

»Sehr gerne. Und du bist also Arthur«, sagt Ma, mustert ihn und lächelt. »Von dir habe ich schon viel gehört.«

Er strahlt wieder mich an, dann sie.

»Es freut mich sehr, Sie kennenzulernen, Mrs. Alejo.« Oh Mann, ich liebe es, wie viel Mühe er sich gibt, unseren Namen auszusprechen. Noch ist es nicht ganz perfekt, aber es wird mit der Zeit, das habe ich im Gefühl.

Arthur überreicht Ma die Kekse aus der Levain Bakery, einem winzigen Laden auf der Upper West Side, bekannt für seine riesigen Cookies und endlos langen Warteschlangen. Dass sie sich extra für unseren Nachtisch da angestellt haben, will schon was heißen.

Das Essen ist fast fertig. Vorher spiele ich aber den unnötigsten Touri-Guide der Welt und führe Familie Seuss durchs Wohnzimmer. Während Arthur jedes einzelne Bild an der Wand betrachtet, mache ich mir bewusst, dass es bei einem Zuhause nicht darum geht, wie groß es ist, sondern womit man es füllt. Da wären zum Beispiel: die puerto-ricanische Flagge über dem Fernseher, die Abuelita mitgebracht hat, als sie mit Ma aus ihrer Heimatstadt Rincón nach New York gezogen ist. Einschulungsfotos von Pa und mir, nebeneinander, auf denen wir fast wie eineiige Zwillinge aussehen, abgesehen von Mas Sommersprossen in meinem Gesicht. Das Ölgemälde, das meine Eltern bei ihrem ersten Date gemalt haben, weil Pa Ma mit etwas Originellerem als einem Essen beeindrucken wollte. Der aufschiebbare Couchtisch, den wir am Bordsteinrand gefunden haben und in dem jetzt unsere Karten- und Gesellschaftsspiele stecken. Ich fühle mich zwar immer noch ein bisschen wie auf dem Präsentierteller, mache mir aber plötzlich nicht mehr ganz so viele Sorgen darüber, wie das Urteil ausfallen wird.

»Wo ist dein Zimmer?«

»Das kann doch bis nach dem Essen warten«, sagt Mr. Seuss.

Pa kommt rüber und es gibt Coquito für alle. Im Prinzip Eierpunsch mit Kokosmilch. Arthur und ich kriegen die alkoholfreie Variante. Eigentlich darf ich den normalen mittrinken, aber Arthurs Eltern sollen keinen schlechten Eindruck von uns bekommen. Team Seuss scheint den Coquito zu mögen. Mrs. Seuss fragt schon nach dem Rezept und gemeinsam mit Mr. Seuss folgt sie meinen Eltern in die Küche.

»Läuft ganz gut bisher, oder?« Arthur reagiert nicht. Er guckt sich um, als wäre er in Hogwarts oder so. »Arthur?«

»Oh, sorry, was?

»Nichts. Wo bist du mit deinen Gedanken?«

»Ich kann immer noch nicht glauben, dass ich wirklich hier bin. Bei meinem *Freund* im Wohnzimmer. Ich habe einen Freund. *Du* bist mein Freund. Das ist *dein* Wohnzimmer.«

»Gefällt's dir?«

»Ja, total.«

»Mein Zimmer zeig ich dir später. Lass uns warten, bis sie angeheitert sind.«

Wir gehen rüber zu unseren Eltern und Ma bittet alle zu Tisch. Weil sie die Familien ein bisschen mischen will, sitzt sie neben Mrs. Seuss, Pa neben Mr. Seuss und ich gegenüber von Arthur. Wir sechs sitzen so nah beieinander, als würden wir uns an einem kalten Winterabend um ein Lagerfeuer drängen. Auf dem Tisch stehen Pernil – der typisch puerto-ricanische Schweinebraten –, gebackener Schinken mit Ananassoße, gelber Reis, Bohnen und Salat. Arthurs Familie sollte häufiger zu Besuch kommen, dann würden wir öfter schlemmen wie die Könige. Ich hoffe bloß, sie mögen es. Kurz hab ich überlegt, frittiertes Hühnchen, Kartoffelbrei und Maiskolben aufzutischen. Dadurch hätte Arthur aber nichts über mich herausgefunden. Es sind die kleinen Dinge, die zusammen das große Ganze ergeben.

»Stört es Sie, wenn wir beten?«, fragt Ma.

»Ma, nicht, sie sind jüdisch.«

»Oh, das macht uns überhaupt nichts aus, nur zu«, sagt Mrs. Seuss.

Aber Ma wendet sich mit einem zu Tode erschrockenen Gesichtsausdruck an Arthurs Eltern. »Oh nein! Das hat Benito nicht erwähnt! Ich habe Schweinefleisch gemacht. Es tut mir so leid! Ich kann vielleicht noch schnell –«

Mrs. Seuss beugt sich vor. »Keine Sorge, wirklich nicht, wir leben nicht koscher.«

»Absolut kein Problem«, fügt Mr. Seuss hinzu. »Wir lieben Schweinefleisch. Es sieht übrigens hervorragend aus. Was ist das für ein Gericht?«

»Pernil«, antwortet Pa.

Ich nehme Mrs. Seuss und Pa an die Hand und unter dem Tisch berühre ich Arthurs Fuß, während Ma das Gebet spricht. Sie dankt Gott für das Essen und dafür, dass er mich und Arthur zusammengebracht hat, sodass wir heute mit neuen Freunden dieses Mahl teilen können. Ich linse rüber zu Arthur. Er hat die Augen geschlossen, grinst aber so breit, dass er seine schönen Zähne zeigt. Als würde für ihn gerade ein Herzenswunsch in Erfüllung gehen.

Mrs. Seuss nimmt einen Bissen von dem Schinken. »Köstlich!«

Ma berührt sie am Ellbogen und legt sich die andere Hand aufs Herz. »Danke schön. Meine Mutter hat mir das Rezept beigebracht, als ich sieben war. Sie hat ganztags in einem Hort gearbeitet, deshalb musste ich schon früh für mich selbst sorgen. Nach der Schule habe ich mir meistens einen kleinen Snack zubereitet und mit den Vorbereitungen fürs Abendessen angefangen, bevor ich meine Hausaufgaben erledigt habe. Kochen ist meine Leidenschaft.«

»Kochen Sie auch beruflich?«, fragt Mrs. Seuss.

»Nein, nein. Ich arbeite als Bürokauffrau in einem Fitnessstudio. Ehrlich gesagt hätte ich Angst, meine Liebe fürs Kochen zu verlieren, wenn man mich dafür bezahlen würde. Dann wäre es Arbeit und ich würde mich nicht mehr darauf freuen, nach Hause zu kommen und mit meiner Familie das Essen zuzubereiten.«

Oh Mann, ich liebe meine Mutter. Sie versprüht so viel

Wärme und ist die Art Mensch, die jedem das Gefühl gibt, willkommen zu sein, selbst wenn sie mit jemandem nicht ganz so gut klarkommt, wie es bei Hudson der Fall war. Aber ich merke ihr an, dass sie sich super mit Mrs. Seuss versteht. Ich kann mir sogar direkt vorstellen, wie die beiden gemeinsam was unternehmen. Nur dass Mrs. Seuss am Ende des Sommers abreist und meinen Freund mit zurück nach Georgia nimmt.

»Und Sie sind Anwältin, richtig?«, fragt Ma.

»Genau. Bei *Smilowitz & Bernbaum*. Eine großartige Kanzlei. In der man keine große Sache daraus macht, dass ein Praktikant Ihrem Sohn in ein Postamt folgt, statt rechtzeitig mit der Kaffeebestellung zurückzukommen.«

Alle lachen. Mir war bis jetzt gar nicht klar, dass Arthur nur wegen mir zur Post gegangen ist.

»Was machen Sie, Diego?«, fragt Mr. Seuss.

»Ich bin stellvertretender Filialleiter bei Duane Reade. Nicht besonders glamourös, aber auch nicht schlecht. Ich habe ein tolles Team – zum allergrößten Teil zumindest. Wir können unsere Rechnungen bezahlen, haben Essen auf dem Tisch. Ben kriegt sein Taschengeld. Mehr brauchen wir gar nicht.«

Aber schön wäre es trotzdem. Ferien auf diesen tropischen Inseln, die man in Filmen sieht, teure Sneaker, die ich nicht im Schrank stehen lasse aus Angst, sie draußen kaputt oder dreckig zu machen. Ein Auto, um uns am Wochenende mal aus der Stadt rauszubringen. Aktuelle Smartphones und Laptops. College ohne Stipendium, das ich eh nicht bekommen werde. Über diese Dinge müssen sich Arthur und seine Familie wohl nicht so viele Gedanken machen.

»Und Sie?«, gibt Pa die Frage an Mr. Seuss zurück.

»Webentwickler. Ich habe allerdings gerade eine Auftragsflaute, durch den vorübergehenden Umzug«, antwortet Mr. Seuss. Sofort dreht er sich zu Mrs. Seuss um. »Daran hat natürlich niemand Schuld. Ich hatte es mir schlicht einfacher vorgestellt, einen interessanten Job zu finden, der in unseren Zeitplan passt, bevor wir zurückfliegen.«

»Vermissen Sie die Arbeit?«, fragt Ma.

»Sehr. In der ersten Woche habe ich ziemlich viele Serien geguckt. Was natürlich Spaß macht. Aber es erfüllt einen nicht. Ich hatte Dutzende Gespräche, ohne Erfolg, und es verlangt mir einiges ab – uns.« Er zeigt auf seine Frau und Arthur. »Aber wir müssen uns einfach in Geduld üben.«

»Der Coquito wird Ihre Laune heben«, sagt Pa. »Vielleicht muntert es Sie auch ein bisschen auf, wenn wir die Jungs in Verlegenheit bringen?«

»Nein!«, rufen Arthur und ich gleichzeitig.

Aber natürlich fangen unsere Eltern an, sich Anekdoten aus unserer Kindheit zu erzählen. Seit Arthur weiß, dass ich zur Sommerschule gehe, dachte ich, es gäbe nichts Peinliches mehr zu verbergen. Ich war nicht darauf vorbereitet, dass er erfahren würde, wie Dylan und ich mit zehn so getan haben, als wären wir Teil einer Reality Show mit dem Titel *Große Böse Jungs*, ohne zu ahnen, wie anzüglich das klang. Und Arthur schrumpft auf seinem Stuhl zusammen, als wir alle – ich eingeschlossen – in Gelächter ausbrechen, weil er früher ständig Selfies mit Schaufensterpuppen gemacht hat, wenn er mit seinem Dad Klamotten kaufen war.

»Oh, da fällt mir noch was ein«, sagt Mrs. Seuss.

»Nein, tut es nicht«, widerspricht Arthur. »Du hast gerade wundersamerweise alle Geschichten vergessen.«

»Vor ein paar Monaten, nachdem wir Arthur erzählt hatten, dass wir den Sommer in New York verbringen, kamen

Michael und ich früher als geplant von einer Geburtstagsfeier nach Hause und Arthur –«

»Mom!«, versucht Arthur sie zu stoppen.

» – hat im Wohnzimmer YouTube-Videos von *Dear Evan Hansen* angeschaut ... und lauthals mitgesungen und *getanzt*!«

»Es war herrlich!«, ergänzt Mr. Seuss.

Diesmal lache ich nicht mit, weil es Arthur wirklich unangenehm zu sein scheint.

Stattdessen stehe ich auf. »Arthur, komm mit, ich zeig dir mein Zimmer. Und vielleicht den Coverentwurf für mein Buch.«

Arthur beeilt sich so sehr, dass er fast seinen Dad über den Haufen rennt. »Ja, bitte.«

»Aber wir sind doch noch beim Essen«, wendet Ma ein.

»Das läuft uns ja nicht weg«, entgegne ich und nehme Arthur an die Hand. »Bis gleich.«

»Lasst die Tür offen«, ruft Mr. Seuss uns hinterher.

Arthur wird knallrot im Gesicht und ich bestimmt auch. Als würden wir hier drin wild rummachen, während die vier da draußen sitzen.

Doch kaum sind wir in meinem Zimmer, führe ich Arthur tatsächlich in eine Ecke und küsse ihn, denn ich kann mich einfach nicht zurückhalten. Mit jedem Tag will ich mehr und mehr Zeit mit ihm verbringen.

»Alles klar bei dir?«, frage ich.

»Jetzt wieder. Ich mag es nicht, wenn man mich wegen der Musicals aufzieht. An schlechten Tagen halten mich diese Videos aufrecht. Letzten Monat habe ich mir zwei Shows angesehen. Nur leider nicht meine Lieblingsmusicals.« Er macht große Augen. »Oh, das klang total undankbar. Es ist natürlich super, dass ich überhaupt welche gesehen habe! Aber ich nehme immer wieder an den Verlosungen zu *Hamilton* oder *Dear Evan Hansen* teil und habe einfach kein Glück.«

»Du hast ja noch etwas Zeit«, sage ich. »Und das Essen hätte auch schlimmer laufen können.«

»Stimmt.«

Arthur sieht sich um und geht langsam zu meinem Schreibtisch. »Hier entsteht also der zukünftige Bestseller, das internationale Phänomen *Der Zorn der Zauberer*. Wo ist dieses Buchcover?«

Ich greife in eine Schublade und ziehe den lilafarbenen Ordner raus, in dem ich unter anderem Zeichnungen von einigen der Monster abgeheftet habe. Und das Cover. Es ist ziemlich Harry-Potter-mäßig, nur dass sich in der Mitte ein Ben-ähnlicher Magier hinter einer halb zerstörten Mauer vor bösen Zauberern versteckt, die nach ihm suchen. Aber qualitativ ist es natürlich echt grottig. Selbst Arthur muss lachen.

Er mustert den Rest des Zimmers. Die Trennungskiste mit Hudsons Kram habe ich vor ein paar Stunden in den Kleiderschrank meiner Eltern verfrachtet. Ich sollte sie ganz dringend loswerden, denn ich mag es nicht, Arthur etwas zu verheimlichen. Aber es geht mir damit wie mit den Instagram-Posts, die ich nicht löschen kann. Als hätte Hudson dann nie existiert. Als müsste ich mich seinetwegen schämen. Die guten Erinnerungen wegzuwerfen wäre, als würde ich unsere Geschichte leugnen wollen. Mit der Zukunft hat es nichts zu tun.

»Ich mag dein Zimmer total«, sagt Arthur. »Eure ganze Wohnung. Ich hoffe, das kommt jetzt nicht falsch rüber, aber … sie fühlt sich fast mehr wie ein Zuhause an als unser Haus in Georgia. Hier hat alles eine Bedeutung. Wenn etwas kaputt- oder verlorenginge, würdet ihr es sofort merken. Bei uns wirken viele Dinge so austauschbar.«

»Vielleicht kennst du ihre Bedeutung einfach nicht?«

»Kann sein. Ich sollte meine Eltern mal ausfragen.« Arthur setzt sich aufs Bett.

Ich setze mich neben ihn und muss an Sex denken. Das passiert nun mal, wenn man mit seinem wunderschönen Freund auf einem Bett sitzt. Falls wir miteinander schlafen sollten, wird das sein erstes Mal. Das ist eine krasse Verantwortung. Und ich will natürlich, dass es gut wird, sodass er nie zurückblickt und unsere Entscheidung bereut, egal was zwischen uns geschieht. Genau wie ich es nicht bereue, dass Hudson und ich zusammen unsere Unschuld verloren haben. Ich hoffe, er tut das auch nicht. Menschen verändern sich, das gilt ebenso für Hudson und mich, aber wer wir waren, als wir zum ersten Mal Sex hatten, fühlt sich immer noch richtig an. Ich wünsche mir, dass ich mich für Arthur auch immer richtig anfühlen werde.

Gerade beuge ich mich rüber, um ihn erneut zu küssen, da ruft meine Mom.

»Wir sind durch mit den peinlichen Geschichten! Na los, kommt wieder an den Tisch.«

Ich drücke Arthurs Hand und wir gehen zusammen zurück.

Der Rest des Abends verläuft völlig locker. Wir lachen zusammen, nicht übereinander. Der Einzige, der den Abend noch ein klitzekleines bisschen perfekter hätte machen können, wäre Dylan. Und vielleicht auch Samantha. Dann müsste ich später nicht versuchen, ihnen alles haargenau zu erzählen. An alle witzigen Bemerkungen erinnere ich mich dann eh nicht mehr. Und überhaupt, mein Bericht kann dem Ganzen gar nicht gerecht werden. Aber ich schätze, so ist das einfach, wenn man eine Beziehung hat – man verbringt weniger Zeit mit den Freunden und es eröffnen sich ganz neue Welten, zu denen sie nicht immer Zugang haben.

Arthur und ich helfen beim Tischabräumen und mein Dad holt die mitgebrachten Cookies hervor. Sie sind so riesig, als wäre beim Backen ein halbes Blech voller Kekse zu einem einzigen verschmolzen. Es gibt zwei Double-Chocolate-Chip-Cookies, zwei mit Rosinen und Haferflocken und zwei mit Schoko und Walnüssen.

»Vielen Dank für die süßen Mitbringsel.« Pa hält Arthur die Schachtel hin.

»Als Gastgeber dürfen Sie natürlich zuerst aussuchen«, sagt Arthur.

»Du willst dich doch bloß einschleimen«, zieht ihn Mr. Seuss mit einem Grinsen auf.

Pa nimmt sich einen der Double-Chocolate-Chip-Cookies, und Arthur kriegt einen Gesichtsausdruck, als hätte mein Dad ihm gerade das Auto zu Schrott gefahren. Ma greift nach dem zweiten, weil sie weder Nüsse noch Rosinen besonders mag, und jetzt schaut Arthur sie an, als hätte sie ihm das letzte verfügbare Ticket für *Hamilton* weggeschnappt.

Spätestens jetzt weiß ich, welches seine Lieblingssorte ist.

»Oh, die sind wirklich gut«, sagt Ma.

Arthur nimmt sich einen der Schokokekse mit Walnüssen, pult aber klammheimlich die Walnüsse raus, bevor er kostet.

Mr. Seuss nimmt einen Bissen von dem Hafer-Rosinen-Keks. »Ich werde wahrscheinlich kein zweites Mal zwanzig Minuten für Kekse anstehen, aber ich bin froh, dass wir es ausprobiert haben.«

Wir unterhalten uns noch ein bisschen, bis es für Team Seuss Zeit wird zu gehen. Als Arthur meine Eltern zum Abschied drückt, kann ich immer noch nicht richtig glauben, dass das hier kein Traum ist. Wenn Hudson zum Essen vorbeikam, hat er meinen Eltern immer nur die Hand gegeben, als wären sie seine Vorgesetzten. Abgefahren, dass sich Arthurs und meine Eltern umarmen und dass Pa meint, sie müssten bald wiederkommen, weil sie den Wein ja gar nicht aufgemacht hätten.

Mrs. Seuss und Ma tauschen sogar Nummern aus. Wow, falls meine Mutter noch einen weiteren Gastauftritt in DZDZ bekommen sollte, könnte ich ihre neue BFF, Magierin Mara, mit reinschreiben.

Arthur und ich geben uns einen schnellen Kuss, während sich alle Tschüss sagen, und mit einem letzten »Danke für alles« machen er und seine Eltern sich auf den Weg.

»Ach, war das schön!« Ma lächelt. »Arthur ist toll, richtig liebenswert. Und so höflich. Ich mag ihn wirklich. Die ganze Familie.«

»Ich auch.«

»Was passiert, wenn er wieder zurückmuss?«, fragt Pa.

Ich zucke mit den Achseln. Die Frage tut weh. »Ich nutze einfach die Zeit, die er noch hier ist, um ihn so gut wie möglich kennenzulernen.«

Ich denke daran, wie Arthur beim Essen bis über beide Ohren gestrahlt hat und überlege, was ich wohl tun kann, um ihm dieses Strahlen noch ganz oft zu entlocken.

23. KAPITEL – ARTHUR
MONTAG, 23. JULI

»Kann ich nicht mal fünf verdammte Minuten den Raum verlassen«, fragt Namrata, »ohne dass du gleich auf deinem Stuhl rumturnst?«

»Das ist meine sensomotorische Pause.« Ich presse die Faust gegen die Brust. *»Oh Benny boooooooy… the pipes, the pipes are calling.«*

Juliet schaut vom Laptop hoch. »Ich bin einfach nur froh, dass er nicht länger *Ben's Body Is a Wonderland* singt.«

»Jedenfalls habe ich heiße News für euch«, übernimmt Namrata wieder das Wort. »Ratet, wer das College schmeißt und wieder zu seinen Eltern zieht.«

Ich schnappe nach Luft. »Du?«

Namrata schnaubt abfällig. »Nein, Blödmann, Davids Mitbewohner.«

»Die Dino-Porno-Typen?«

»Ihr Projekt wurde auf Kickstarter finanziert, deswegen nehmen sie sich jetzt ein Jahr für *Jurassion Passion* frei. 714 Menschen sind offenbar bereit, diesen künstlerisch wertvollen Webcomic zu subventionieren.« Sie zuckt die Schultern.

»Wie schön für Davids Mitbewohner!« Schwungvoll setze ich mich wieder und rolle den Stuhl zurück an den Tisch. »Das schreit nach einer Party.«

»Du willst eine Dinorotik-Party feiern?«, fragt Juliet.

»Ich bin gut drauf, okay?«

»Haben wir gemerkt«, sagt Namrata.

»Soll ich erzählen, warum?«

»Nicht nötig. Der Grund fängt mit B an und reimt sich auf ›wenn‹. Wie in: Wenn du nicht endlich die Shumaker-Akten in Angriff nimmst, dann –«

»Zehn Punkte für Ravenclaw!«, verkünde ich in ein unsichtbares Mikro. »Aber welcher Ben? Affleck? Stiller? Carson? Nope, es ist BENJAMIN HUGO ALEJO. Mein ...«, Trommelwirbel auf der Tischkante, »... Freund! Ach, und natürlich Ben Platt!«

»Tolle Rede«, sagt Namrata.

Juliet stützt das Kinn auf und schaut mich nachdenklich an. »Eigentlich eine ganz schön wilde Nummer, die du da abgezogen hast«, sagt sie. »Eine Suchanzeige aufgehängt, ihn tatsächlich gefunden und jetzt seid ihr zwei ein Paar.«

»Das sind wir! Sogar mit Etikett! Wir haben heftig rumetikettiert.«

»Meine Güte. Und seine Eltern hast du auch schon getroffen«, sagt Namrata. »Dabei läuft die Sache erst ... wie lange? Zwei Wochen?«

»Jap.« Ich strahle.

»Und wo zur Hölle soll das hinführen?«

Das Verrückte ist: *Ich weiß es nicht*. Ich habe keine Ahnung, wo das hinführt. Der Broadway lehrt mich das eine, Reddit hingegen etwas *ganz* anderes. Und keins von beidem will zu meinen Gefühlen passen.

Alles ist ein bisschen anders, als ich es erwartet hatte. Schmetterlinge im Bauch habe ich mir ja immer erhofft, aber ich habe nicht mit dieser *Sicherheit* gerechnet. Nicht damit, dass sich gleich die ganze Welt für mich zum Guten fügen würde. Das ist schräg, denn schließlich weiß selbst ich, dass zwei Wochen nichts sind. Warum fühlen sich also zwei Wochen mit Ben so weltbewegend an?

Es macht mir Angst, wie leicht ich mir eine Zukunft mit ihm vorstellen kann. Es macht mir Angst, wie mich jede Minute wieder irgendetwas an ihn denken lässt. Wie mich ganz New York an ihn denken lässt.

Aber für mich *ist* Ben New York.

Und das ist Furcht einflößend.

DIENSTAG, 24. JULI

Hi, ihr beiden, wir haben ja immer noch *die komplizierte Sache* zu besprechen! Habt ihr Zeit?

Ich warte ein paar Minuten.

Hallllooooooo, Jess, hallllooooooo, Ethan!

JESSICA NOUR FRANKLIN, ETHAN JON GERSON, WO SEEEEID IIIHR?

Bin ich hier ganz alleine im Gruppenchat? Stirnrunzel-Smiley, Stirnrunzel-Smiley, Stirnrunzel-Smiley.

Ihr seid im Target, stimmt's? Warum muss dieser Laden den beschissensten Empfang aller Zeiten haben?

SCHAFFT EURE ÄRSCHE RAUS AUS DER GRABBELWARE UND REIN IN MEINE NACHRICHTEN!

MITTWOCH, 25. JULI

Punkt Feierabend stürze ich nach draußen und komme schlitternd neben Portier Morrie zum Stehen. Ben hat heute eine Überraschung für mich geplant. Keine Ahnung, wohin er mich ausführt, aber seit Montag schürt er die größten Erwartungen.

»Hoppla, hoppla, Herr Doktor«, sagt Morrie und zwinkert mir zu. »Sind wir in Eile?«

»Ich treffe mich hier mit wem.«

Mit meinem Freund. Mit meinem Freeeund.

Morrie geht jemandem die Tür öffnen und ich werfe einen Blick auf mein Handy. Schon Viertel nach fünf und noch kein Zeichen von Ben. Angestrengt spähe ich die Straße entlang und scanne die Gesichter. Kein Ben. Ich schiebe meine leichte Enttäuschung beiseite und schreibe ihm.

Kurz darauf: `Tut mir leid, bin spät dran! Gib mir 5 Min.`

Um halb sechs taucht er auf.

Ich sehe ihn kopfschüttelnd an. »Dachte schon, du wärst tot.«

»Ja, sorry. Hab die Zeit vergessen.« Er zieht mich in eine innige Umarmung. »Hi.«

Das ist so widersprüchlich, dass es mich echt fertigmacht. Einerseits stört es mich, dass Ben schon wieder zu spät ist und nicht mal den Anstand hat, deswegen zerknirscht zu sein. Andererseits möchte ich, dass er mich bitte weiter so im Arm hält. Bis in alle Ewigkeit.

Wir gehen los Richtung U-Bahn. »Also, wo führst du mich hin?«

»Downtown.«

»Interessant.« Ich analysiere sein Outfit. Definitiv vornehmer als sonst. Zum ersten Mal, wie ich glaube, sehe ich ihn in Stoffhose statt Jeans.

Er schaut auf seine Handyuhr.

»Müssen wir uns beeilen?«, frage ich. »Wir könnten ein Lyft rufen.«

»Passt schon.«

»Ich bezahl's auch. Ist kein …«, fange ich an, doch sein Gesichtsausdruck bringt mich zum Schweigen. »Oder wir nehmen die U-Bahn. Ist wahrscheinlich eh schneller.«

Einen Dreck ist die U-Bahn schneller. Es ist nur eine Station von *Grand Central* nach *Times Square*, aber wir fahren gar nicht erst los. Nicht mal die Türen gehen zu. Irgendwann drehe ich mich zu Ben um. »Können U-Bahnen … vergessen loszufahren?«

Er klopft mit verkniffenem Mund gegen die Haltestange. »Keine Ahnung, was hier los ist.«

»Sollten wir jemandem Bescheid sagen?«

»Wem denn?«

»Der Metropolitan Transportation Authority.«

Das bringt ihn zum Lächeln. »Eher nicht.«

»Ich hab irgendwen kotzen hören«, sagt ein schlaksiger Typ mit Brille.

Ben schaut wieder auf sein Handy.

»Was hat das Kotzen mit unserer Abfahrt zu tun?«, frage ich Ben, doch er scheint mich gar nicht zu hören.

Der Schlaksige antwortet an seiner Stelle. »Na, jetzt müssen sie das ganze Abteil putzen und desinfizieren. Am besten machen wir es uns erst mal gemütlich. Wir fahren so schnell nirgendwohin.« Er wirkt fast froh darüber.

»Wir gehen zu Fuß«, sagt Ben. »Komm.«

Ich folge ihm aus der Bahnstation auf die Straße. »Ist nicht weit. In zehn Minuten sind wir da.«

Doch aus zehn Minuten werden fünfzehn, und das, obwohl er so schnell geht, dass ich fast neben ihm herjoggen muss. Er biegt erst auf den Broadway, dann in die Forty-Sixth Street, und ich will schon von Neuem fragen, wo er uns denn hinführt, doch dann sehe ich es. Goldgelb erleuchtet.

»Ben.« Einen Moment lang bin ich sprachlos. »Das hast du nicht getan.«

Er stößt grinsend den Atem aus. »Okay, also, Lin-Manuel Miranda hat Werbung für diese Freikarten-Lotterie gemacht, bei der –«

»Teenager an öffentlichen New Yorker Schulen eine Extrachance kriegen. Ich weiß.«

Heilige Scheiße. Es passiert. Es passiert wirklich. »Hast du gewonnen?«, krächze ich.

»Na ja, ich spiele zumindest mit.« Ben zuckt die Schultern. »Keine Ahnung. Ich dachte mir, wenn ich verliere, können wir ja einfach so zusammen rumhängen.«

»Tut mir leid, was?« Mir fällt die Kinnlade runter.

Er lächelt unsicher. »Stimmt was nicht?«

»Nein, ja, ich meine ... Willst du ernsthaft andeuten, dass *Hamilton* sehen und – in Anführungsstrichen – einfach so zusammen rumhängen gleichwertige Alternativen sind?«

»Soll ich jetzt beleidigt sein?« Ben lacht.

Ich nicht.

»Jedenfalls müssten sie mittlerweile die Gewinner gezogen haben. Lass uns mal fragen gehen.«

Ich nicke, will aber am liebsten losheulen. Scheiße, ich habe allen Ernstes zugelassen, daran zu glauben. Es war zwar nur ein kurzer Moment, doch der Verlust schmerzt jetzt schon. Niemand gewinnt je die *Hamilton*-Lotterie. Ich spiele jeden einzelnen Tag mit. Und, ja, dank Ben haben wir die Extrachance, trotzdem werde ich nie so viel Glück haben. So sehr liebt das Universum mich dann doch nicht.

Aber ich folge Ben dennoch ins Theater, wo eine makellos zurechtgemachte Blondine hinter dem Schalter sitzt.

»Guten Abend, entschuldigen Sie bitte«, sagt Ben mit einer Stimme, die eine Oktave höher klingt als sonst. Irgendwie total süß, wie er sich gegenüber Erwachsenen verhält. »Ja, also, ich hatte für heute eins von diesen Losen für Schüler an öffentlichen Schulen und jetzt wäre meine Frage, ob Sie die Gewinner schon bekannt gegeben haben oder ob ich da woandershin muss, oder …« Er lässt den Satz in der Luft hängen. »Mein Name ist Ben Alejo.«

»Benjamin Alejo?« Die Frau zieht erschrocken die Augenbrauen hoch. »Oh, Honey. Deine Karten haben wir gerade weggegeben.«

»Wa-as?«, stammelt er. »Ich habe gewonnen?«

Mir fällt das Herz aus der Brust.

»Zwei Karten für die erste Reihe, aber die hätten bis sechs abgeholt werden müssen. Ohne einen Anruf oder sonst ein Zeichen von dir konnten wir da leider nichts machen.«

Ben schüttelt wortlos den Kopf.

»Es tut mir so leid. Ich kann dich stattdessen für die morgige Ziehung eintragen, wenn du möchtest.«

»Ähm. Klar. Danke«, sagt er leise.

Doch als wir wieder draußen stehen, tobt er. »Das ist doch lächerlich.« Trotzig stapft er die Straße entlang und ich muss mich beeilen, um ihn einzuholen. »Wann geht das Musical los? Um acht? Das ist noch über eine Stunde hin. Sie hätten mich einfach anrufen können.«

»Machst du Witze?«

»Meine Nummer hab ich doch angegeben.«

Ich will schreien. Oder irgendwas dem Erdboden gleichmachen. Ein Orkan muss aus mir raus. »Hast du auch nur die leiseste Vorstellung, wie viele Menschen für diese Karten töten würden? Für Erste-Reihe-Karten?« Meine Stimme bricht.

»Na, warum müssen die denn eine völlig willkürliche Zeit ansetzen, bis wann man – «

»Das ist nicht willkürlich. So funktioniert es nun mal. Wir waren zu spät.«

»Ja, wenn die Bahn nicht – «

»Wenn du pünktlich gewesen wärst, hätten wir gar nicht erst in dieser Bahn gesessen.«

»Arthur, komm schon.«

»Ich …« Ich atme laut aus. »Ich meine, ist dir überhaupt klar, dass du gerade *Erste-Reihe-Hamilton-Karten* verloren hast?«

»Ja doch! Scheiße«, sagt er mit belegter Stimme. »Du hast ja keine Ahnung, wie sehr ich mir gewünscht habe, dass es klappt. Nicht mal ansatzweise. Von ganzem Herzen habe ich es mir gewünscht.«

»Tja. Ich mir auch.«

»Ich weiß, Arthur. *Hamilton*. Ich war nur – «

»Es geht nicht nur um *Hamilton*, okay?«

»Nicht?« Er schaut mich verständnislos an.

»Wie kannst du das nicht kapieren? Verdammt noch mal, Ben!« Der Druck hinter meiner Brust wird so stark, dass ich zu explodieren drohe. »Du bist zu jedem Date zu spät gekommen. Zu jedem einzelnen.«

»Ich weiß. Ich – «

»Und weißt du was? Wenn du dich darauf gefreut hättest, mich zu sehen, dann wäre das nicht passiert. Bestimmt nicht. Es scheint dir scheißegal zu sein, was mit uns ist.«

Er sieht mich an, als hätte ich ihn geschlagen. »Es ist mir total wichtig!«

»Aber nicht genug. Nicht wichtig genug.« Böse starre ich ihn mit wild klopfendem Herzen an. »Vielleicht sollte es mir scheißegal sein.«

24. KAPITEL – BEN

Ich glaube, ich habe noch nie irgendjemanden mehr enttäuscht als Arthur gerade.

Dabei sollten Partner die ultimativen Cheerleader sein, sollten einen zum Lachen bringen und aufbauen, wenn man am Boden ist, und nicht der Grund dafür sein, dass es dem anderen schlecht geht. Und doch ist genau das passiert und ich bin schuld an seiner enttäuschten, ganz un-arthurigen Miene. Seine kühnsten Broadway-Träume waren zum Greifen nah und ich habe sie platzen lassen.

Da bringt es auch nichts, dass ich eigentlich die besten Absichten hatte, wenn ich mir mal wieder selbst im Weg stehe.

»Arthur?«

Da steht er, mit bebenden Schultern, und lässt den Kopf hängen. So sah er zuletzt an dem Abend aus, an dem uns dieses Arschloch bedroht hat. Heute bin ich das Arschloch. Ich strecke die Hand nach ihm aus, aber er weicht zurück und sinkt traurig auf die Bordsteinkante.

Ich möchte mich entschuldigen, aber mir ist klar, das reicht nicht.

Er weint, und zwar nicht nur wegen der Karten. Weil ich das hier verbockt habe, glaubt er jetzt, ich würde ihn nicht so sehr mögen, wie er mich mag. Ich ziehe mein Handy raus und hocke mich neben ihn.

»Arthur? Kannst du mich kurz angucken? Bitte?«

Ich öffne YouTube. Es gibt einiges wiedergutzumachen.

Ich reiche ihm einen Ohrstöpsel, behalte den anderen und gebe *Hamilton, Karaoke* ein. Und als es losgeht, singe ich mit. Genau wie er neulich Abend gehe ich aus mir heraus, mache mich angreifbar. Versuche, die ganzen Passanten auszublenden und mit dem Text mitzuhalten, während ich eine unfreiwillige Parodie der Show hinlege, die gleich hinter uns starten wird. Ich spüre Arthurs Blick auf mir. Eine ganze Minute lang zeigt er keine Reaktion. Doch dann:

»My name is Alexander Hamilton«, singt er. Hauptrolle, klar.

Den Rest des Tracks singen wir zusammen, einer von uns deutlich besser und ungehemmter als der andere. Aber er ist eh das einzige Publikum, das für mich zählt.

Nachdem der Song zu Ende ist, möchte ich mich entschuldigen. Aber Arthur nimmt mir das Smartphone aus der Hand, sucht nach *Only Us* aus *Dear Evan Hansen* und rutscht näher an mich heran, während er singt *»So what if it's us, what if it's us, and only us«*. Das Lied ist superschön. Es geht darum, wie es sich anfühlt, von jemandem gemocht zu werden, der ganz genau weiß, wer du bist. Darum, wie die Welt – selbst das hektische Gewusel des Times Square – in den Hintergrund tritt, wenn du mit der richtigen Person zusammen bist. Als ich wieder dran bin, das nächste Lied auszusuchen, nehme ich *Suddenly Seymour* aus dem Film *Der kleine Horrorladen*. Den habe ich vor ein paar Jahren mal mit meinen Eltern gesehen. Arthur entscheidet sich als Nächstes für *Der Zauberer und ich* aus *Wicked*. Ich lege noch einen drauf und wähle *Kann es wirklich Liebe sein* aus *König der Löwen*. Er singt aus vollem Halse mit. Wenn ich doch bloß seine Gedanken lesen könnte! Als Nächstes stellt er *Ich bereu es nie* aus *A Chorus Line* an.

Durch all diese Lieder scheinen wir ein Gespräch zu führen, ohne selbst ein einziges Wort zu sagen.

»Eins noch«, sagt Arthur.

»Von mir aus können wir die ganze Nacht hierbleiben. Allerdings habe ich nur noch zwanzig Prozent Akku.«

Er öffnet ein Video von einem Highschool-Chor, der *My Shot* performt, und ich wünschte, ich würde auf eine Schule gehen, an der es so etwas gibt, um mal live dabei sein zu können.

Was mich nur wieder daran erinnert, dass wir theoretisch gerade in der ersten Reihe eines Musicaltheaters sitzen sollten.

»Arthur, es tut mir so leid. Ich werde mir nie verzeihen, dass ich dir die Chance versaut habe, das Original zu erleben.«

»Das klingt jetzt wahrscheinlich total bescheuert, aber ich glaube, ich mochte das hier sogar noch mehr.«

»Echt?«

»Ben, Millionen von Leuten können von sich behaupten, im *Richard Rodgers Theatre Hamilton* gesehen zu haben. Wir sind die Einzigen, die auf dem Bordstein davor alle Highlights der Musicalgeschichte an einem einzigen Abend gehört haben.«

»Und warum genau ist das besser? Ich meine –«

Arthur schneidet mir mit einem Kuss das Wort ab.

»Gut aus der Affäre gezogen«, sage ich.

Wir stehen auf.

»Ich meine es ernst: Es tut mir wirklich leid.«

Noch ein Kuss.

»Okay, aber ich hab echt Mist gebaut und –«

Noch einer.

»Es ist echt schwierig, sich bei dir zu entschuldigen, aber

durch deine Küsse dabei unterbrochen zu werden, macht es auf jeden Fall zu einem Luxusproblem.«

»Ben, ich bin glücklich. Das war wunderschön und romantisch und einfach perfekt. Du bist der König der Wiedergutmachung!«

Wir stürzen uns ins Times-Square-Getümmel. Durch die Massen an Fußgängern werden wir ständig getrennt, aber wir finden immer wieder zueinander, lassen uns von Gruppenselfies oder staunenden Passanten nicht aufhalten. Als ich seine Hand wieder in meiner spüre, bin ich entschlossen, sie nicht mehr loszulassen.

Nicht heute Nacht.

Nie wieder.

25. KAPITEL – ARTHUR
FREITAG, 27. JULI

Als die Bahn an der Haltestelle Thirty-Third Street losfährt, schreibt Jessie mir im Gruppenchat. `Jetzt Zeit?`

`Äähm, auf dem Weg zu Ben. Tut mir leid!!`

Stirnrunzelnd schaue ich auf mein Handy und versuche, das Ziepen meines schlechten Gewissens zu ignorieren. Es ist schon fast eine Woche her, dass ich unser FaceTime-Gespräch abgewürgt habe. Seitdem haben wir nicht mehr gesprochen und Jessie hat mir immer noch nicht ihre komplizierte Sache erzählt.

Es ist, als wären wir aus der Spur geraten, als würden wir in entgegengesetzte Richtungen schlingern. Und irgendwie scheint das meine Schuld zu sein. Selbst dann, wenn *Ethan und Jessie* keine Zeit haben. Selbst dann, wenn *sie* mir nicht zurückschreiben. Wahrscheinlich liegt es einfach daran, dass es seltsam ist, in der Runde der Erste mit einer festen Beziehung zu sein.

`Kein Problem`, schreibt Jessie. `Wollt ihr` Aubergine-, Pfirsich-, Zwei-Männer-mit-Baby-Emoji?

`Ob ich heute Abend ein Kind empfangen werde?`

`Pff, du weißt, was ich meine.`

Natürlich weiß ich das. Heute werde ich dreieinhalb Stunden mit Ben allein sein, weil Mrs. Ortiz (aka Göttliche Gehilfin, Top-Wingwoman und beste Komplizin aller Zeiten) mit Diego und Isabel Karten spielen will. Und, ja, mir ist bewusst, was in trauter Zweisamkeit zwischen einem Jungen und seinem sehr süßen Freund passieren kann.

Doch ich erlaube mir nicht, in diese Richtung weiterzudenken. Ich habe absolut keine Erwartungen.

»Nächster Halt *First Avenue*«, ertönt die Ansage.

`Fast da!!!!!!`, schreibe ich Ben.

Er schreibt zurück: `Stehe vorm Eingang! Hab dir ja gesagt, diesmal bin ich pünktlich.` Smiley. `Und: sechs Ausrufezeichen? Zeigt das einen neuen Meilenstein in unserer Beziehung an?`

`Es zeigt, dass ich zeichensetzungsmäßig einen auf dicke Hose mache!!!!!! OKAY, ICH BIN DA, komme jetzt raus.`

`Ich sehe dich!!!!!!`

Und ich sehe ihn auch. Mit seinen Kopfhörern, seinem Iceman-Shirt, lässig an einen Zaun gelehnt. Als sein Gesicht bei meinem Anblick aufleuchtet, wird mir ganz kribblig im Bauch. Ich will ihn küssen. Nur ein Begrüßungskuss. Nichts mit Zunge. Stattdessen umarme ich ihn und spüre, wie er genießerisch an meinen Haaren riecht, was auch ziemlich wundervoll süß ist.

»Ist seltsam, dass du hier bist.«

»War ich vor fünf Tagen doch auch schon«, erinnere ich ihn.

»Aber nicht *hier*.« Er deutet vage Richtung U-Bahn. »Und unsere Eltern waren dabei. Jetzt ist es anders.« Dabei wird er rot. Hätte ich bisher keine elternfreien Gedanken gedacht, würde ich spätestens jetzt damit anfangen.

»Gib mir deine Tasche«, sagt Ben.

»Die ist ziemlich schwer.«

»Ich bin ziemlich stark.« Weil er dabei lächelt, lächle ich auch und lasse ihn sie tragen. »Uff. Was ist da drin?«

»Hauptsächlich mein Laptop.«

Und sechs Packungen Kondome. Nicht dass ich sechsunddreißig Runden Sex planen würde. Aber sollte *es* passieren, brauche ich Optionen. Unter anderem Optionen, die im Dunkeln leuchten.

Wir machen uns auf den Weg. »So, hier siehst du das East Village. Bestimmt kennst du alles schon von Sonntag.«

»Na ja, die Sightseeing-Tour hat unser Lyft-Fahrer ausgelassen.«

»Oh-oh. Dann hast du leider Pech gehabt.«

»Ach ja?«

»Sturmfrei. Süßer Freund in süßen Arbeitsklamotten.« Er grinst verstohlen. »Das wird nicht die ausführlichste Stadtführung der Welt.«

»Nachvollziehbar.« Ich grinse zurück.

Aber irgendwie wird es dann doch sehr ausführlich. Denn zu allem, woran wir vorbeikommen, erzählt er eine Geschichte. Er erzählt was über seine Schule, die er »die Echte Schule« nennt, im Unterschied zur Sommerschule, der Belleza High in Midtown. Er erzählt was über den Schönheitssalon, wo Dylan und er sich mal jeder eine Strähne abgeschnitten haben, um sie an die Färbepackungen zu halten und so endlich ihren wahren Haarton herauszufinden (Dylan: Dunkle Schokolade, Ben: Honigbraun). Er erzählt was über den Bagel-Laden, der auch Eis im Becher verkauft, das man mit winzigen Holzlöffelchen rauskratzen muss. Er erzählt an einer Kreuzung, wie verängstigt er war, nachdem er erfahren hatte, dass der achtjährige Dylan sich dort beim Radfahren den Arm gebrochen und eine Panikattacke bekommen hatte. Ich sauge alles in mich auf. Noch nie habe ich Ben bisher so gesprächig erlebt. Diese Seite an ihm gefällt mir sehr. Dieses Viertel, in dem jede Straßenecke mit seinen Erinnerungen besetzt ist, durch seine Augen zu betrachten, gefällt mir sehr.

»Jetzt sind wir in Alphabet City«, sagt er.

»So komisch, dass es diesen Stadtteil wirklich gibt. Für mich klingt er immer noch wie was aus der *Sesamstraße*.«

Unsere Hände streifen sich immer wieder, während wir nebeneinander hergehen. »Fast wurde die Sendung echt nach meiner Straße benannt«, sagt Ben lächelnd. »*123 Avenue B* statt *Sesamstraße*.«

»Du wohnst auf der Avenue B?«

»Und du in Apartment A. Ich glaube, das Universum macht sich über uns lustig.«

»Oder es gibt uns ein High five«, sage ich und gebe Ben eins. Ein High five, das zum Händchenhalten wird.

Mein Herz hüpft mit jedem Schritt, den wir gemeinsam so machen, sodass es mir, als wir etwa einen halben Häuserblock weiter vor seinem Gebäude ankommen, kreuz und quer durch den Brustkorb springt.

Kein Portier, kein Aufzug. Aber eine breite, menschenleere Treppe, die in eine menschenleere Wohnung führt. Und gleich nachdem die Tür dieser Wohnung hinter uns zugefallen ist, nimmt Ben mein Gesicht zwischen seine Hände. Doch er küsst mich noch nicht. Sieht mich nur verträumt an.

»Ich will dir was zeigen«, sagt er und lässt meine Tasche von seiner Schulter rutschen.

»Was denn?«

»Was Tolles.«

»Kenne ich es schon?«

»Wer weiß?« Dabei lächelt er so hinreißend, dass mein Herz sich auch hier oben gar nicht mehr einkriegen will. »Es ist in meinem Zimmer.«

»Oh.«

»Also … sollen wir …«

»Klar. Okay. Jap.«

Ich folge ihm in sein Schlafzimmer, was sich überhaupt nicht, nicht mal im Ansatz, so anfühlt wie Sonntag, und zwar weil, wie ich nur vermuten kann, sexuelle Spannungen im Spiel sind. Meine Nervosität wird so groß, dass ich fast zu zittern beginne. Weder mein Verstand noch mein Körper können diese seltsame neue Möglichkeit begreifen. Diese Möglichkeit, um die meine Gedanken seit Jahren kreisen. Wie hätte ich je diesen einen Moment vorhersehen können? Diesen Ort, diesen Jungen? Ich hatte immer gedacht, es würde monumental werden, was nicht zutrifft, aber gerade das gefällt mir. Das hier ist keine Wiese unter den Sternen, sondern besser. Das hier ist Ben.

»Also.« Er setzt sich aufs Bett und ich setze mich neben ihn. Als Nächstes streckt er sich zur Seite und nimmt seinen Laptop vom Nachttisch. Ich beobachte, wie er ihn aufklappt und durch die Programme scrollt. Zugegeben für mich ein unerwarteter Teil des Vorgangs. Aber vielleicht will er einen Porno anmachen. Ich weiß, dass manche Leute das machen – beim Sex Pornos im Hintergrund laufen lassen. Wobei mir der Sinn nicht recht einleuchtet. Als würde man im Kino nebenbei YouTube gucken. Aber vielleicht hat Ben auch was anderes vor. In Richtung *Der Zorn der Zauberer*. Vielleicht liest er mir gleich eine jüngst vollendete Sexszene zur Inspiration vor. *Das* würde ich mir gefallen lassen.

»So, los geht's.« Ben rutscht auf dem Bett nach hinten und ich mache es ihm nach, sodass wir uns jetzt gegen die Wand lehnen können. Als Nächstes dreht er den Laptop ein Stück weiter zu mir.

Ich sehe ... ein Computerspiel.

»Ich habe dir einen Sim erstellt«, sagt Ben verlegen. »Guck, da bist du.«

Und da bin ich. Mit Wuschelhaaren, Hemd und Fliege. Tatsächlich ist es fast unheimlich, wie sehr der Avatar mir ähnelt. Ich kenne mich ein bisschen mit dem Spiel aus, hauptsächlich weil Jessie es so toll findet, aber die Detailtreue überrumpelt mich trotzdem. Es sind nicht nur die Klamotten oder die Farben. Sim-Arthur hat meine Gesichtszüge. Ich zwinkere. »Warum schwebt ein grüner Diamant über meinem Kopf?«

»Hast du das nie gespielt?«, fragt Ben. Ich schüttele den Kopf. »Echt nicht?«

»Echt nicht.«

»Dann wird das heute ein großer Abend für dich.«

Ich zwinge mich zu einem Lächeln, doch in meinem Kopf rotieren die Fragen. Das war's also? Wir spielen *Die Sims*? Das ist Bens großer Abend?

Er stellt mir seinen Avatar vor, einen Ben mit Harry-Potter-Umhang, und unter normalen Umständen fände ich das alles total hinreißend, nur kann ich an nichts anderes denken als an die sechsunddreißig Kondome, die ein Loch in meine Tasche brennen. Es ist schwer, sich auf den Verlust der Sim-Jungfräulichkeit zu freuen, wenn man bis gerade noch sicher war, gleich seine echte Jungfräulichkeit zu verlieren. Na ja, wie gut, dass ich keine Erwartungen hatte.

Trotzdem, mal ehrlich, dreieinhalb Stunden sturmfrei und so will er sie verbringen? Ist ihm nicht vielleicht noch etwas anderes in den Sinn gekommen, das wir in seinem Bett miteinander tun könnten?

»Wir haben ein schwer aufgepimptes Haus«, teilt er mir mit. »Und, ja, genau, Dylan wohnt bei uns.«

»Logisch.«

Ich muss zugeben, dass unser Sim-Haus tatsächlich verdammt krass ist. Ben hat keine Skrupel davor, Sim-Bens

Finanzen mit Cheats aufzubessern, weswegen wir einen riesigen Innenpool und einen Wintergarten für Partys haben. In der Eingangshalle steht eine Drachenskulptur, Dylans Zimmer ist mit einer Tanzfläche samt Lichtanlage ausgestattet und der gesamte hintere Gartenbereich ist ein Freizeitpark mit Achterbahn, Karussell und Liebestunnel.

»Für dich und Dylan?«, frage ich und zeige auf den Tunnel.

»Dylan darf da ab sofort nicht mehr rein«, meint Ben vielsagend.

Sim-Ben und Sim-Arthur gehen die Treppe hoch in unser Schlafzimmer. UNSER SCHLAFZIMMER.

»Wir teilen uns ein Zimmer?«

»Ist das in Ordnung? Das war ja Dylans und mein Haus, deswegen bist du … quasi in mein Zimmer gezogen.«

Ben sieht ein bisschen verlegen aus, wodurch ich den Mut aufbringe, näher an ihn heranzurutschen. »Sehr in Ordnung«, sage ich und lege meinen Kopf auf seine Schulter. »Ich bin sehr gerne dein Zimmergenosse.«

Er legt seinen Arm um meine Hüfte und küsst mich sanft auf die Stirn.

Und etwas verändert sich. Wir lassen das Spiel laufen, aber Ben legt den Laptop auf seinem Kissen ab. Als Nächstes – es ist schwer zu erklären, wie – zieht er mich auf sich und wir liegen nicht ganz, aber sitzen auch nicht mehr und er schiebt seine Hände unter mein Hemd und von der Wärme seiner Haut auf meiner wird mir ganz schwindelig. Ich vergrabe meine Finger in seinen Haaren und küsse ihn, ohne nachzudenken, während die Sims-Musik und das Sims-Geplapper immer mehr im Hintergrund verschwinden, weil ich eigentlich nur noch Bens Herzschlag höre.

Schwer atmend löst er sich von mir. »Willst du das mal

loswerden?« Er drückt auf einen meiner Hemdknöpfe und sieht im nächsten Moment fast erschrocken aus.

»Soll ich?«

Er nickt hastig.

»Okay.« Ich rutsche ein Stück, damit ich nicht mehr so auf ihm liege. Mein Herz pumpt dermaßen schnell, dass es fast schon vibriert, statt zu schlagen. »Zu deiner Information: Es ist gar nicht so einfach, mit zitternden Händen ein Hemd aufzuknöpfen«, sage ich, und obwohl es kein Witz ist, lachen wir beide. Und klingen beide außer Atem.

Ben grinst zu mir hoch und sein Blick landet als Erstes auf meinem Gesicht, dann auf meiner Brust, dann auf dem zerknüllten Hemd in meinem Schoß. »Süßes Unterhemd«, sagt er, zupft am Saum, sieht mir in die Augen und ich nicke. Und im nächsten Moment befinden wir uns in der Horizontalen und haben nur noch Boxershorts an.

»Ist das okay?«, fragt er sanft und ich nicke in seine Halsbeuge. Er streicht über meinen Rücken, über meine Schultern und dann küsst er mich. Ich kann immer noch nicht fassen, wie warm sich seine Haut auf meiner anfühlt. Als ich mit beiden Händen über seinen Bauch fahre, windet er sich.

»Ist das zu –«

»Nein, alles gut.« Er stößt den Atem aus. Wortlos grinsen wir uns an.

»Also«, sage ich schließlich. »Wollen wir versuchen …«

Seine Augen werden groß. »Willst du?«

»Vielleicht. Ja.«

»Okay. Ja.« Er zieht mich wieder an sich. Und für einen Moment bleiben wir einfach so liegen – Brust an Brust, Wange an Wange. Dann wandert seine Hand, ganz langsam, auf meine Boxershorts zu und schiebt sich vorne unter den Bund. »Noch okay?«

Heilige Scheiße. Ich lache atemlos. »Jap.«

Also passiert es. Es passiert wirklich. Es passiert und mein ganzer Körper weiß es. Seine Hand wandert noch ein paar Zentimeter weiter. Ich bezweifle stark, dass ich je wieder nicht hart sein werde. Sein Blick verharrt die ganze Zeit auf meinem Gesicht. Er sieht nervös aus. Und hält mich wie etwas Zerbrechliches.

Ein weiterer Zentimeter und mir springt das Herz in den Hals. Denn: Wie kann das real sein? Wie kann das auch nur ansatzweise real sein? Wie kann dieses Ich das gleiche sein, das heute Morgen in einem Stockbett aufgewacht ist?

»Immer noch okay?«, fragt Ben sanft.

Ich nicke, fühle mich aber den Tränen seltsam nahe. Ich ... ich weiß einfach nicht. Was passiert hier? Und wie passiert es? Nein, ernsthaft, wie genau? Welcher Körperteil muss wohin und in welcher Reihenfolge? Wann kommt das Kondom und wann das Gleitgel? Ich weiß *einen Scheiß* über Gleitgel. Und da ist Bens Gesicht mit Bens Sommersprossen und Bens lieben Augen und bestimmt kennt er alle Abläufe und ich sollte ihn warnen, wie grottenschlecht ich mich anstellen werde. Wenn er es nicht schon längst selbst gemerkt hat. Gott. Sicher hält er das hier längst für einen Fehler und mich für einen Fehler und Sex mit mir für einen Fehler und was ist Sex überhaupt? Sex ist so SELTSAM. Wie seltsam ist es, so etwas tun zu wollen? Oder liegt es an mir, dass –

»Geht es dir gut?«, fragt Ben.

»Ich kriege Panik.«

»Oh.« Er reißt die Augen auf. »Okay.«

»Es tut mir so leid.«

»Nein! Arthur.« Er küsst mich sanft und breitet die Arme aus. »Es ist alles gut, okay? Komm her.«

Ich drücke meinen Kopf an seine Schulter und er schlingt beide Arme um mich.

»Es tut mir ehrlich leid«, flüstere ich.

»Das muss es wirklich nicht.« Er küsst mich noch einmal. »Wenn du noch nicht bereit bist, dann ist das so. Alles gut.«

»Aber ich bin bereit! Dachte ich zumindest.« Ich vergrabe mein Gesicht noch tiefer. »Es ist nur ... Keine Ahnung.«

»Dann versuchen wir's eben an einem anderen Tag noch mal. Ist doch nichts dabei.«

»Wir haben aber nicht mehr so viele Tage.«

Er stützt sein Kinn auf meinen Kopf. »Ich weiß.«

Eine Weile atmen wir nur.

»Bist du enttäuscht?«, frage ich.

»Quatsch. Ich bin einfach froh, dass du hier bist.«

»Ja, ich auch.« Dicker Kloß im Hals. »Scheiße. Ben.«

»Mh-hm?«

»Ich mag dich wirklich sehr. Das macht mir irgendwie Angst.«

Er lehnt sich zurück und sieht mir in die Augen. »Wieso Angst?«

»Na, zum einen will ich wegen dir nicht aus New York weg.«

»Und ich will dich in New York behalten«, sagt er.

»Echt?«

Er lächelt. »Sehe ich aus, als würde ich nur so tun, als ob?«

»Weiß nicht.« Ich seufze. »Ich weiß nicht, wie es aussehen oder sich anfühlen muss. Ich weiß nur, dass ich dich wirklich sehr mag. Mir ist es ernst.«

»Mir ist es auch ernst.«

»Echt?«, frage ich noch einmal.

»Meine Güte, Arthur.« Er küsst mich. »*Te quiero. Estoy enamorado*. Du hast ja keine Ahnung.«

Und obwohl ich kein bisschen Spanisch spreche, muss ich ihm nur in die Augen sehen und verstehe jedes Wort.

26. KAPITEL – BEN
MONTAG, 30. JULI

Der Sommer hat sich echt gemacht.

Noch vor ein paar Wochen war er der absolute Horror – Trennung, Chemie und der tägliche Anblick des trotzigen Ex-Freunds. Und jetzt? Bin ich mit einem unfassbar süßen Typen zusammen und verbringe jeden Tag in der Schule mit Vorfreude auf unser nächstes Treffen. Zwar hab ich ein paar erste Male an Hudson verloren, aber mit Arthur zusammen zu sein, fühlt sich echt an wie ein Neustart. Jeder Kuss mit ihm macht mich zum Entdecker und mit jedem Atemzug werden wir lockerer. Wir hatten noch keinen Sex, was gut ist. Nicht deshalb, weil ich es nicht wollen würde – ich will es, unbedingt –, sondern weil wir nichts überstürzen, nur um es dem anderen recht zu machen. Ich tu ihm gut, und er tut mir gut, und das fühlt sich einfach richtig an. Das Universum wusste wohl, dass das mit uns Liebe wird, bevor wir es wussten.

Was die Zukunft angeht, wenn Arthur weg ist, sind wir leider immer noch ahnungslos. Am vierten August hat er Geburtstag. Ich habe kein Geld, um ihm etwas Teures zu kaufen. Aber meine Eltern stürzen sich auch nicht in den finanziellen Ruin, um sich gegenseitig eine Freude zu machen. Statt einer protzigen Kaffeemaschine, die sowieso nach einem Jahr kaputtgeht, hat Ma für Pa eine Tasse mit *Diego, ich liebe dich* bemalt. Er vergöttert dieses Ding. Falls unsere Wohnung mal in Flammen aufgeht, rettet er vermutlich uns und diese Tasse. Und statt Ma ein neues Gebetbuch zu schenken, hat sich Pa von mir dabei aufnehmen lassen, wie er ihre Lieblingsbibelzitate vorliest, damit sie sich jeden Morgen eines anhören kann.

Mein Geschenk für Arthur wird sein Auftritt in *Der Zorn der Zauberer*. Als kleiner und doch mächtiger Arturo, für den Geduld ein Fremdwort ist und der aus dem fernen Groß-Georgia nach Ever York reist, um einige seiner Fähigkeiten zu verbessern, mit deren Hilfe er sich Zugang zu Haus Yale verschaffen will. Doch dann trifft er auf Ben-Jamin und im Rest des Kapitels geht es im Prinzip darum, dass die beiden zu Königen werden und ziemlich viel rummachen.

Aber noch vor Arthurs großem Tag feiern wir morgen erst mal Harry Potters und J. K. Rowlings Geburtstag bei Dylan. Wir wollen *Der Stein der Weisen* gucken, dabei *Bertie Botts Bohnen in allen Geschmacksrichtungen* essen und J. K. Rowling ein Bild auf Twitter schicken, in der Hoffnung, dass sie es liken wird.

Gerade könnte es fast nicht besser laufen.

Okay, montagmorgens zum Unterricht zu müssen, ist und bleibt kacke. Aber in zehn Minuten habe ich es für heute zum Glück geschafft und später treffe ich mich mit Arthur. Er hilft mir beim Lernen und dann essen wir mit Dylan und meinen Eltern. Ein plötzlicher Blitz, gefolgt von Donnergrollen, lässt alle Köpfe in der Klasse zum Fenster herumfahren. Harriett macht ein dramatisches Bild für Instagram, das ihr wahrscheinlich mehr Likes in einer Stunde einbringt, als ich in einer Woche kriegen könnte. Hudson starrt als Einziger gedankenverloren auf sein Pult, während alle anderen über den ersten Regen in diesem glühend heißen Monat in Aufruhr geraten. Als hätte er meinen Blick gespürt, sieht Hudson plötzlich auf, und obwohl ich mich wegdrehe, sehe ich im Augenwinkel, wie er mich anschaut.

»Lasst uns für heute Schluss machen«, sagt Mr. Hayes. »Und vergesst nicht, morgen gibt es einen Test über subatomare Teilchen.«

Harriett dreht sich auf ihrem Stuhl zu Hudson, um mit ihm zu quatschen, weil wir bis zum Klingeln trotzdem noch nicht rausdürfen. Früher, im Englischunterricht, hat Harriett sich ganz genau so zu mir umgedreht. Zu Anfang haben wir uns immer über unsere Lieblingsmusik unterhalten. Als Hudson dazukam, gab meist er die Themen vor. Und jetzt winken wir uns nur noch unsicher hinter seinem Rücken zu.

Hudson steht auf und kommt in meine Richtung. Wahrscheinlich will er durch die hintere Tür raus, um schneller bei den Toiletten zu sein. Aber dann bleibt er vor mir stehen.

»Kann ich mich kurz setzen?«

»Ähm, klar.«

Plötzlich sehe ich mich Hudson gegenüber, zum ersten Mal seit dem Anfang der Sommerschule. »Wie geht's dir?«, fragt er und knibbelt an seinen Fingernägeln.

»Ganz gut.« Ich habe keine Ahnung, was das hier soll. »Alles klar bei dir?«

»Ist 'ne Weile her.«

»Jap.«

»Ich würd' gern mit dir reden.«

»Worüber?«

Hudson holt tief Luft. »Nicht über uns. Also, nicht so. Ich weiß, das ist vorbei, und ich … ich hab ein Foto gesehen, von dir beim Karaoke, mit Dylan und einem Typen …«

»Hast du mich gestalkt? Was ist mit #WeiterGehts?«

Mist. Ich habe gerade quasi zugegeben, dass ich genau das Gleiche gemacht habe.

Hudson grinst. »Okay, du hast mich also auch gestalkt. Vielleicht sollten wir uns einfach öfter mal unterhalten, statt alle Neuigkeiten über Instagram rauszufinden. Wir könnten versuchen, wieder Freunde zu sein. Harriett wäre dabei. Sie vermisst dich auch.«

Ich kriege Gänsehaut. Mir gefällt nicht, dass Hudson so eine Wirkung auf mich hat. Aber dieser Mensch hat mich geküsst, mit mir geschlafen, mir Geheimnisse anvertraut und mich glauben lassen, das zwischen uns wäre richtig ernst. Es wäre so viel einfacher, wenn ich der Typ Ex-Freund sein könnte, der sich einfach kurz freut, dass Hudson ihn vermisst, und den das alles ansonsten nicht weiter interessiert, weil er ja diesen tollen neuen Freund hat. Doch ich will wirklich gern wieder mit ihm befreundet sein. Und mit Harriett auch. Ich bereue es, dass Hudson und ich mit unserer Beziehung unsere Freundschaft kaputt gemacht haben. Vielleicht können wir sie wirklich irgendwie retten.

»Okay«, sage ich. »Ich bin später mit Dylan und Arthur zum Essen verabredet, aber wir können kurz chillen.«

»Cool. Alles ganz locker. Es soll nicht komisch werden. Also, ein bisschen komisch wird's vermutlich ...«

»Ein bisschen komisch ist okay. Aber wenn es zu seltsam wird, bin ich weg.«

»Meinst du, so seltsam wie damals, als wir Harriett ständig *Mom* genannt haben, wie ihre Follower?«

»Genau. Mal im Ernst, warum sehen diese ganzen Vierzehnjährigen eine Mutter in ihr?«

Wow, vielleicht wird doch noch alles gut. Ich kriege meine Freunde zurück, kann ihnen alles über Arthur erzählen, und wenn es für Arthur nicht zu krass ist, kann ich sie einander womöglich sogar vorstellen, bevor er wieder fährt. Wird vermutlich schwierig, ihn dazu zu kriegen, aber ich schätze ihn so ein, dass er irgendwann zustimmt. Wir könnten auch Dylan und Samantha dazu einladen.

Es klingelt und Mr. Hayes verlässt die Klasse. Da ich meinen Eltern versprochen habe, mir heute eine Rückmeldung zu meinen Fortschritten zu holen, folge ich ihm schnell. »Wir sehen uns draußen«, sage ich zu Hudson. Für jemanden auf Krücken hat der Typ echt ein gutes Tempo drauf. Man könnte meinen, dass er in Wahrheit nur deshalb nicht am nächsten *Spartan Race* teilnimmt, weil er die zarten Egos seiner Gegner nicht zertrümmern möchte.

»Mr. Hayes?«

»Ja?« Wir gehen jetzt langsam die Treppe runter.

»Kann ich Ihnen irgendwie helfen? Mit der Tasche oder den Krücken?«

»Das geht schon, danke. Was gibt's?«

»Glauben Sie, ich werde die Abschlussprüfung nächste Woche schaffen? Ich will wirklich nicht sitzen bleiben.«

»Ben, ich weiß, Schule in den Ferien ist kein Ponyhof, aber du solltest dich in den nächsten Tagen noch mal richtig auf den Hosenboden setzen. Bisher bestehst du zwar die Tests, aber ...«

»... ich bekleckere mich nicht gerade mit Ruhm.« In den Tests nicht und auch nicht bei den Hausaufgaben. Und für die habe ich ja sogar immer Bücher und das Internet zur Verfügung. Mir wird ganz schlecht, wenn ich daran denke, nur das leere Blatt vor mir zu haben.

»Du kannst es schaffen, Ben. Nächste Woche bleibe ich an ein paar Tagen länger, um offene Fragen zu beantworten. Ansonsten würde ich dir einfach raten, jeden Abend noch ein bisschen mehr zu üben. Vielleicht könnt ihr auch eine Lerngruppe gründen und euch gegenseitig abfragen.«

Wir kommen nach draußen. Gerade will ich nachhaken, wann genau er denn länger bleibt, da entdecke ich Arthur, der wegen des Regens unter einer Ladenmarkise steht. Er lächelt und winkt. Keine Ahnung, was er hier zu suchen hat, aber ich bekomme Herzrasen.

Ich muss ihn loswerden.

»Alles-klar-Mr.-Hayes-vielen-Dank-seien-Sie-vorsichtig-auf-den-Stufen-die-sind-nass-bis-morgen.«

Fast lege ich mich selbst auf die Fresse, weil ich so schnell zu Arthur kommen will. Er rennt auch auf mich zu.

»Hey!« Ich nehme seine Hand und ziehe ihn wieder unter die Markise. Dort umarme ich ihn und wirbele ihn herum, sodass er mit dem Rücken zur Schule steht. »Warum bist du nicht bei der Arbeit?«

»Ich bin ›krank‹«, sagt er und zeichnet Anführungsstriche in die Luft. »Heißt, ich schwänze den restlichen Nachmittag.«

»Warum?«

»Weil ich Zeit mit meinem Freund verbringen will, bevor seine Eltern nach Hause kommen. Ich dachte, wir könnten es noch mal versuchen. Du weißt schon ...«

Ich drehe mich zum Schuleingang um. Mr. Hayes kommt auf dem Weg zur Bahn an uns vorbei und gibt mir einen Faustcheck. »Nicht das Lernen vergessen.«

»Auf keinen Fall«, sage ich. Kann man schwitzen, wenn das Gesicht eh schon nass vom Regen ist?

Wenn ich aus der Nummer hier heil rauskomme, schenke ich Arthur direkt reinen Wein ein. Komm schon, Universum.

»Wer ist der Typ?«

Ich sehe Hudson nicht, aber vielleicht ist er aus dem Seiteneingang gekommen.

»Wer?«

»Na, der, mit dem du geredet hast. Der Typ auf Krücken.«

»Ach so, Mr. Hayes! Das ist mein Lehrer.«

»Ach so.« Arthur lächelt. »Sollen wir?«

»BEN!«

Ich könnte kotzen. Hudson springt die Stufen runter. Bitte, bitte, bitte, fall hin und bleib liegen, bis Arthur und ich außer Sichtweite sind. Aber Arthur dreht sich um, guckt und es ist zu spät. Verfickte Scheiße.

»Harriett kann heute doch nicht«, sagt Hudson und kommt auf mich zu. Er wendet sich an Arthur. »Warte mal – bist du nicht der Panini-Typ? Hey, Ben, dein Karaokesänger und ich haben uns vor ein paar Wochen beim Panera getroffen und – «

»Ben, was ist hier los?« Arthur ist knallrot. Vor Wut? Vor Scham? Vermutlich beides.

»Es ist nicht so, wie du denkst«, sage ich. Und obwohl das stimmt, klinge ich doch wie ein billiges Klischee-Arschloch.

»Was macht er hier?«, fragt Arthur.

Hudson tritt einen Schritt zurück. »Ich geb euch mal einen Moment.«

»Ben, *warum* ist dein Ex-Freund hier?«

»Er geht auch zur Sommerschule.«

Arthur sieht aus, als hätte ich ihm gerade einen Schlag ins Gesicht verpasst. Oder mitten ins Herz. Er dreht sich um und geht einfach raus in den Regen. Seine Tasche schleift er hinter sich her. Aber ich weiche ihm nicht von der Seite.

»Okay. Du hängst also nach der Schule einfach mit deinem Ex-Freund ab? Weiß er überhaupt, dass zwischen uns was läuft? Verarschst du uns beide?«

»Ohne Witz jetzt, wir wollten uns gerade treffen, um über dich und mich zu reden.«

»Seit wann redet ihr *überhaupt* miteinander?«

»Seit heute, das schwöre ich dir!«

Arthur tritt gegen eine Hauswand. »Quatsch! Du bist

bloß heute zum ersten Mal erwischt worden, das ist alles.« Er hockt sich hin und hält sich den Bauch. »Ich glaub, ich muss mich übergeben.« Ich lege ihm die Hand auf den Rücken, aber er fegt sie weg.

»Fass mich nicht an!«

»Arthur, bitte, hör zu. Das sieht übel aus, ich weiß. Aber ich verspreche dir, dass ich dich –«

»In welcher verkehrten Welt lebst du eigentlich, dass du deinem Ex-Freund mehr erzählst als deinem aktuellen Freund?« Arthur steht auf und nimmt seine Tasche hoch. Mit jetzt etwas größerem Abstand gehe ich weiter neben ihm her. »Wie kann es sein, dass er über mich Bescheid weiß, aber ich nicht über ihn?«

»Ich wollte dir nicht wehtun«, sage ich. »Ich habe versucht, es dir zu erzählen, aber es wurde irgendwie immer schwerer und wäre dann immer schlimmer rübergekommen, und –«

»Du hättest es trotzdem einfach sagen sollen.«

»Hätte ich, stimmt. Aber Hudson und ich haben erst heute überhaupt wieder miteinander geredet, ehrlich. Ich kann nichts dafür, dass wir zusammen in der Sommerschule stecken. Sorry, dass wir beide nicht so schlau sind wie du.«

»Oh, lass mich da raus! Ich bin nicht sauer, weil du in der Sommerschule bist, und das weißt du ganz genau. Das ist mir schnurzegal. Wäre nur nett gewesen zu wissen, dass Hudson mit dir da rumhängt.«

»Klar, weil du auch superentspannt reagiert hättest. Du traust mir ja offenbar keinen Meter über den Weg. Warum auch, schließlich kennen wir uns noch nicht mal einen Monat.« Ich hole tief Luft. »Wir hatten von Anfang an so große Erwartungen aneinander und ich war nicht sicher, ob wir die jemals erfüllen könnten, und dann haben wir es doch getan und – «

»Sei einfach still. Ich will nicht hören, dass das für dich von Anfang an nicht echt war.«

»Aber das war's! Nur frage ich mich manchmal, wofür wir das machen. In einer Woche musst du weg ...«

Arthur kneift die Augen zu. Er zittert. Als er sie wieder öffnet, lese ich darin Wut und Schmerz. »Also tust du jetzt so, als würde ich hier viel zu viel reininterpretieren? In all diese ersten Dates, das Elternkennenlernen, das Freundetreffen ... all das?«

»Nein, das war – «

»Hast du Hudson eigentlich die Kiste geschickt?«

»Was?«

»Die Kiste. Das Paket, das du an dem Tag auf der Post verschicken wolltest.«

Der Regen prasselt auf uns nieder.

Schweigen.

Ich kann ihn nicht anlügen, und die Wahrheit zu sagen ist noch schlimmer.

Arthur schüttelt den Kopf. »Und genau *deswegen* vertraue ich dir nicht. Ich hoffe, du und Hudson habt ein schönes Leben.« Er schaut mir in die Augen: »Das mit uns ist vorbei.«

Ich strecke die Hand aus. »Arthur!«

»Nein. Ich bin fertig mit dir. Kann's kaum erwarten, nach Hause zu kommen.«

Damit meint er wahrscheinlich nicht Onkel Miltons Apartment.

Er läuft davon, und auch wenn ich ein Riesenidiot bin, weiß ich zumindest, dass es keinen Zweck hat, ihm jetzt zu folgen.

27. KAPITEL – ARTHUR

Natürlich regnet es. War ja scheißklar. Ich bin nass bis auf die Boxershorts, Wasser tropft mir von den Wimpern und alles tut weh. Alles ist kaputt.

Ben und Hudson. Die ganze Zeit über. Gut gemacht, Universum. Hättest nicht besser beweisen können, dass du nie auf unserer Seite warst. Hättest nicht besser beweisen können, dass du gar nicht existierst. Es gibt keinen Plan, kein Schicksal. Nur uns. Nur mich, Arthur, der sich zu viel Mühe gibt. Und nur Ben, der sich nicht genug Mühe gibt. Aber, hey, warum sollte er sich auch Mühe geben für einen fast Fremden. Denn so sieht er mich offenbar. Als irgendeinen dummen Touristen, mit dem er sich einen Sommer lang vergnügen kann.

Mein Handy in der Hosentasche vibriert und ich weiche kurz unter ein Vordach aus. Nur um zu gucken. Wenn er es ist, gehe ich nicht dran.

Ist aber nicht er. Was für eine Überraschung. Sondern Jessie mit einem spontanen FaceTime-Anruf. Ich lehne den Anruf ab, fühle mich aber direkt schlecht deswegen und schreibe ihr. `Tut mir leid, stehe im Regen.`

Sie antwortet sofort. `Kannst du irgendwo hingehen zum Telefonieren? Es ist ziemlich wichtig.`

Mir rutscht das Herz in die Hose. *Ziemlich wichtig*. Der Ausdruck gefällt mir überhaupt nicht. Er klingt zu ernst, zu dringend. Womöglich geht es um die komplizierte Sache. Womöglich sind es komplizierte schlechte Neuigkeiten, so richtig schlechte, von denen sie mir seit Tagen erzählen will. Womöglich bin ich ein richtig schlechter Freund.

`Gib mir eine Sekunde.`

Ich überlege nicht groß, sondern spreche einen Typen im Tanktop an, der gerade die Wohnhaustür nebenan aufschließt: »Hi! Sorry, hältst du kurz auf? Mein Schlüssel ist ...«

Keine Ahnung, wie ich den Satz beenden soll, aber Tanktoptyp kauft es mir offenbar ab, denn er lässt den Fuß so lange in der Tür, dass ich hinter ihm hineinschlüpfen kann.

Ein eher spartanisches Foyer. Keine Couch, nicht mal eine Bank. Bloß eine Reihe Briefkästen, eine Plastikpalme und ein Holzstuhl, auf den ich mich fallen lasse. Ich bin pitschnass. Und mir ist mulmig zumute. Meinen FaceTime-Anruf nimmt Jessie direkt an.

Sie sitzt neben Ethan auf Ethans Kellersofa. Ich schlucke. »Hi. Alles okay bei euch?«

»Ähm, ist bei *dir* alles okay, Arthur?«

»Wieso?« Ich linse in die kleine Selfiebox in der Ecke und: Wow. Ich seh aus wie Scheiße. Wie heiße, dampfende Scheiße. »Mir geht's gut. Bin bloß nass geworden.«

»Ah, okay.«

Sie schweigt einen Augenblick und Ethan guckt betreten zur Seite.

»Also?«, frage ich schließlich. »Was ist los?«

»Okay, ich sag es jetzt einfach ...« Mit jeder Sekunde, die sie zögert, rast mein Herz schneller. So wie sie jetzt dasitzt, habe ich sie noch nie erlebt.

»Jess?«, frage ich vorsichtig.

Schließlich holt sie tief Luft. »Ich habe einen Freund«, haspelt sie.

Mein Herz kommt schlitternd zum Stehen. »Was?«

»Das will ich dir schon seit Ewigkeiten sagen.« Sie lächelt nervös.

Ich zwinge mich zurückzulächeln. »Einen Freund. Wow.«

Also, das ist gut. Eine gute Sache. Besonders, weil ich bis vor zehn Sekunden noch dachte, sie wäre todkrank oder so. Und, ja, ich freue mich für sie. Obwohl es ziemlich hopplahopp kommt.

»Okay, und ... wie heißt er?«

»Tja.« Sie blickt zur Seite. »Ethan.«

»Echt?«

»Nein, ich meine, Ethan und ich sind ein Paar.«

Ich erstarre. »Ein paar was?«

»Sehr witzig«, sagt Jessie. Ohne zu lachen.

»Wartet. Dann ...« Ich schnappe nach Luft. »Ihr zwei seid ... ein *Paar*-Paar?«

Ethan nickt. »Ja.«

»Miteinander?«

»Ja.«

»Seit wann?«

»Na ja.« Jessie lächelt schwach. »Seit dem Abschlussball.«

»WAS?«

»Ja.« Sie spielt nervös mit einer Haarsträhne. »Erinnerst du dich, als sie den Chris-Brown-Song gespielt haben und wir aus Protest von der Tanzfläche runter sind und Angie Whaley heulend im Flur getroffen haben, weil Michael Rosenfield sie abserviert hatte, und wie Ethan dann gesagt hat, Michael wäre ein Wichser – «

»Er *ist* ein Wichser«, sagt Ethan.

»Stimmt ja, aber dadurch hat sie nur noch mehr geheult und ... Arthur, du hast sie in die Arme genommen und ich hab Ethan mehr oder weniger weggezerrt, damit er es nicht noch schlimmer macht.« Jessie beißt sich auf die Lippe. »Erinnerst du dich?«

»Und während ich mich um Angie gekümmert habe, seid ihr zusammengekommen?«

»Schon irgendwie«, sagt Ethan.

Ich schüttle den Kopf. »Nicht dein Ernst.«

»Doch, irgendwie schon«, sagt Ethan.

»Ihr wollt mir erzählen, dass ihr seit zwei Monaten ein Paar seid? Und es in der ganzen Zeit nicht geschafft habt, das mal zu erwähnen?«

»Wir haben es ja versucht! So oft schon. Aber es war immer schlechtes Timing oder du hast gerade über Ben geredet oder – «

»Ach, *na klar*. Ich bin schuld. Das hätte ich mir – «

»Nein! So meinte ich das nicht, Art. Es ist dein gutes Recht, von Ben zu schwärmen. Er ist dein erster fester Freund und – «

»Er ist nicht mein fester Freund«, fahre ich laut dazwischen.

»WAS?«, rufen Ethan und Jessie gleichzeitig. Brr, unheimlich.

»Das klingt ... übel«, sagt Ethan. »Erzählst du uns, was passiert ist?«

»Komisch, dass ihr das noch gar nicht wisst, wo ich doch *ständig* über ihn rede.«

»Arthur. Komm schon. So was haben wir nie gesagt!«

Wow. Ethan und Jessie sind jetzt also ein *Wir*. Das ist ja wundervoll. Was für eine wundervolle neue Ära unserer Freundschaft. Ich schlucke den Kloß in meinem Hals runter. »Ist ja auch egal. Geht und fummelt rum oder habt Sex oder was auch immer.«

»Können wir bitte darüber reden?«, fragt Jessie. »Es muss doch jetzt nicht schräg sein.«

»Nicht schräg?« Ich lache bitter auf. »Ihr kommt klammheimlich zusammen, verschweigt mir das monatelang, und das soll jetzt nicht schräg sein?«

Jessie seufzt. »Wir wollten es dir erzählen! Direkt auf dem Ball. Und wir waren auch kurz davor, aber ... du weißt schon. Dann dachten wir: Was machen wir hier eigentlich? Wird das überhaupt was? Darüber wollten wir uns erst noch klar werden und – am gleichen Abend hast du dich vor uns geoutet! Da wollten wir dir natürlich nicht die Show stehlen.«

»Oh, tut mir leid, dass ich euch mit meinem Coming-out den großen Augenblick ruiniert habe. Das muss sicher lästig gewesen sein.«

»Alter, wir wollten *deinen* großen Augenblick nicht ruinieren.«

Ich starre Ethan an, bis er den Blick senkt. »Und seit wann interessierst du dich für meinen großen Augenblick?«

»Was soll das heißen?«

»Hmm, vielleicht, dass du dich mir gegenüber komisch verhältst, seit – lass mich nachdenken –, *buchstäblich* seit der Sekunde, in der ich dir sagte, dass ich schwul bin!«

Ethan fällt die Kinnlade runter. »Du denkst, ich hätte ein Problem damit?«

»Oder ist es etwa ein Zufall, dass du mir seit dem Abschlussball nur noch im Gruppenchat schreibst? Merkst du was?« Ich spüre, wie meine Augen zu kribbeln anfangen. »Ohne Jessie als Anstandsdame können wir offenbar nicht mal mehr Nachrichten schreiben. Aber klar, du hast überhaupt kein Problem damit, dass ich schwul bin.«

Ethan sieht mich an, als hätte ich ihn geschlagen. »Hab ich echt nicht.«

»Sicher doch, erzähl das deiner – «

»Arthur, wir wussten schon lange, dass du schwul bist.«

Ich schnappe nach Luft. »*Was?*«

»Ich meine, wir wussten es natürlich nicht sicher, aber wir haben es uns gedacht. Du bist halt nicht sehr subtil mit … allem.«

»Moment. Ihr wusstet, dass ich schwul bin, habt aber so getan, als ob – «

»Art, so war es doch nicht«, unterbricht Jessie mich. »Du solltest dein Coming-out nur halt dann haben, wenn du auch bereit dazu bist.«

»Und dann wolltet ihr ganz überrascht tun? War das der Plan, hm?«

»Nein! Überhaupt nicht, wir – «

»Wie schön, dass ihr euch eine richtige Strategie zurechtgelegt habt. Einfach super.« Ich nicke. »Hat bestimmt Spaß gemacht, Pläne hinter meinem Rücken zu schmieden. In den Verschnaufpausen vom Rummachen. Wow. Sind da noch mehr Geheimnisse, die ihr mir um die Ohren hauen wollt?«

»Arthur! Meine Güte. Ich wusste, du würdest das hier kompliziert machen.«

»Ach, *ich* mache es kompliziert? Ihr zwei seid heimlich ein Paar! Schon den ganzen Sommer lang!«

»Ich weiß. Und wir wollten – «

»Hör zu. Ich benehme mich nicht komisch, weil du schwul bist«, platzt Ethan dazwischen. Er presst die Hand an die Stirn. »Ich benehme mich komisch wegen Jess. Okay? Die Sache ist auch für mich neu. Ich weiß nicht, wie das geht. Ich meine, ich wollte über alles reden, so wie du über Ben – «

»Wow.« Ich lache bitter auf. »Heute ist anscheinend

euer Glückstag. Ratet mal, über wen ich nie wieder reden will!«

»Nein, Arthur.« Ethan blickt gequält drein. »Das meinte ich nicht, okay? Es geht nicht um ... Hör zu, mir ist klar, unser Timing ist scheiße, aber jetzt weißt du Bescheid und das ist doch ... was. Und es tut mir leid. Aber du musst wissen, Kumpel, dass ich kein Problem mit dir habe. Nie im Leben. Jess und ich wollten dir nur auf die richtige Art und Weise von uns erzählen, und zwar gemeinsam, und dann hat sich das so hingezogen und immer mehr so angefühlt, als würde ich dich anlügen. Und das hasse ich.«

»Du *hast* mich angelogen. Über Monate.«

Ethan runzelt die Stirn. »Aber hast du nicht irgendwie das Gleiche gemacht? Du hast uns immerhin erst verschwiegen, dass du schwul bist ...«

»Untersteh dich!«, spucke ich. »Untersteh dich, eure Scheißaktion mit meinem Coming-out zu vergleichen. Das ist etwas völlig anderes und das weißt du genau.«

»Wissen wir beide!« Jessie hat Tränen in den Augen. »Arthur, es tut mir leid, okay? Du hast recht. Du hast vollkommen recht.«

Einen Moment lang starren wir drei, Ethan, Jessie und ich, uns wortlos an.

»Ach verdammter Mist noch eins, keine Ahnung«, sagt Jessie schließlich. »Ich hatte gehofft, du würdest dich für uns freuen.«

»Das tue ich!«

»Und jetzt weiß ich, dass es keinen beschisseneren Zeitpunkt hierfür hätte geben können, weil ja wohl etwas zwischen dir und – «

»Ich will nicht über Ben reden.«

»In Ordnung, Art! Ist in Ordnung.«

»Ich lege jetzt auf«, bringe ich nur noch mit Mühe hervor.

Danach drücke ich die Umhängetasche an mich und heule, bis mir das Gesicht wehtut.

28. KAPITEL – BEN
DIENSTAG, 31. JULI

Der Einzige, der an Harry Potters Geburtstag schlechte Laune haben sollte, ist Voldemort. Aber hier sitze ich nun und starre angepisst die Wand an statt den Bildschirm, auf dem *Der Stein der Weisen* läuft. Während ich den heutigen Test verkackt habe, war Samantha bei Dylan, »um ihm bei den Vorbereitungen zu helfen«. Heißt, ich hatte Hogwarts-Banner an den Wänden erwartet, vielleicht Schüsseln mit Süßigkeiten in den Farben der Häuser, zumindest Girlanden. Aber bis auf das frische Butterbier im Kühlschrank, *Bertie Botts Bohnen* in einer Müslischale und unsere Harry-Potter-T-Shirts sieht Dylans Wohnung aus wie immer.

Man braucht keine sechs Stunden, um Butterbier zu machen.

Wahrscheinlich hatten sie Sex, haben ein Nickerchen eingelegt und hatten noch mal Sex.

»Achtung, kontroverse Meinung«, kündigt Dylan an. Er nimmt einen Schluck Butterbier und schmiert sich damit noch mehr Schaum in den Bart. Ziemlich sicher absichtlich, damit Samantha ihn ableckt, aber sie hat wohl genug Selbstachtung, um es nicht zu tun. »Michael Gambon ist der bessere Dumbledore.«

»Oh, da irrst du dich aber«, widerspricht Samantha. »Richard Harris war die perfekte Besetzung. Hundertprozentig Dumbledore. Auftreten, Aussehen, alles.«

Dylan hebt skeptisch eine Augenbraue. »Das Gericht entscheidet, Meinungen zur Harry Potter-Besetzung nur dann zuzulassen, wenn jemand länger als ein Jahr Fan ist.«

»Ich habe diese Welt vielleicht erst spät entdeckt, aber ich wette, ich überpottere dich allemal«, erwidert Samantha. Sie zieht die Schüssel mit Bertie Botts Bohnen zu sich heran. »Ich fordere euch zum Trimagischen *Trivial*-Turnier. Wer eine Frage richtig beantwortet, darf seine eigene Bohne aussuchen. Wer falsch antwortet ... für den *wird* ausgesucht.«

Ich spiele natürlich mit, obwohl ich irgendwie nicht mit vollem Herzen dabei bin. Wenn ich Chemieklausurfragen so rocken würde wie dieses Harry Potter-Quiz trotz Liebeskummer, dann wäre die Situation mit Arthur jetzt nicht so verdammt kompliziert. Denn dann hätte ich gar nicht erst mit Hudson zur Scheißsommerschule gemusst. Wo zur Hölle ist ein Zeitumkehrer, wenn man mal einen braucht? Ich würde in die Vergangenheit reisen und nie mit Hudson zusammenkommen. Mich vielleicht nicht mal mit ihm anfreunden, immerhin hat ja damit alles angefangen. Allerdings wäre ich dann auch nie mit der Trennungskiste in ein Postamt gegangen und hätte Arthur nicht getroffen. Wobei, wie toll das gelaufen ist, hat man ja gesehen ...

Dylan würgt an einer Bohne, die wohl nach Erbrochenem schmeckt. Ich versuche, mich auf den Film zu konzentrieren. Doch dann kommt Rons Ratte Krätze ins Bild und ich muss daran denken, wie Arthur für mich *Ben* gesungen hat. Zu dem Zeitpunkt war es zwischen uns zwar auch nicht einfach, aber besser als jetzt. Da reichte eine Entschuldigung noch aus. Und inzwischen? Hat Arthur mir die Instagram-Freundschaft gekündigt und Namrata und Juliet vermutlich drauf angesetzt, eine einstweilige Verfügung gegen mich zu erwirken.

»Ich bin so ein Idiot«, sage ich und nehme einen Schluck Butterbier. Eigentlich hatten wir geplant, es mit Rum aufzupeppen, in der Hoffnung, Dylans sehr irische Eltern hätten nichts dagegen. Aber nope, sie wollen auf keinen Fall, dass Samantha betrunken nach Hause gehen muss. »Ich hab alles kaputt gemacht. Die Beziehung zu Arthur. Seine New-York-Begeisterung. Er wird wahrscheinlich nie wieder hierhin zurückkommen wollen … dabei möchte ich, dass er zurückkommt.«

Samantha legt eine Bohne zurück in die Schale und setzt sich vor mich hin. »Und dafür hast du auch alles getan, was du konntest, Ben. Vielleicht braucht er jetzt einfach ein bisschen Zeit.«

»Ich war noch nicht bei ihm zu Hause. Oder bei seiner Arbeit.«

»Das solltest du auch lieber lassen.«

»Warum? Arthur ist auch einfach so vor der Schule aufgetaucht.«

»Stimmt, aber da wart ihr noch zusammen.«

Ich kann nicht fassen, wie schnell das alles mit uns ging. Von Fremden zu festen Freunden zu Ex-Freunden. Zack. Wenn Arthur nicht versucht hätte, mich zu überraschen, wären wir jetzt immer noch ein Paar. Aber so ist er nun mal, geht immer einen Schritt weiter als andere, hängt ein Plakat auf, um einen Jungen zu finden, den er kaum kennt, in einer Stadt, die nicht mal seine ist und in der er nicht bleiben wird.

»Eigentlich war ja von Anfang an klar, dass das mit uns nicht für die Ewigkeit ist«, sage ich.

»Er bleibt nur noch eine Woche hier, oder?«, fragt Dylan.

»Ja, und … überhaupt ist eh nichts für die Ewigkeit. Hudson und ich nicht. Arthur und ich nicht. Du und Harriett nicht. Ihr beide auch nicht. Nichts.«

»Ähm …« Dylan zeigt auf sich und Samantha. »Kein Grund, uns da mit reinzuziehen, Big Ben.«

»Dee, ich mein ja nur … Dieses ganze Gerede, von wegen, das Universum hat uns zusammengebracht, bla … und dann ist auf einmal alles vorbei. Wenn wir alle ein kleines bisschen realistischer wären, würden wir vielleicht nicht ständig Leute verlieren.«

Samantha steht auf. »Ich, ähm, hol mal Butterbiernachschub.« Sie geht raus auf den Flur.

»Alter, was zur Hölle!«

»Was?«

»Du erzählst mir, dass die Beziehung mit meiner Freundin nicht halten wird … *vor* meiner Freundin?«

»Okay, sorry, aber mal im Ernst, wie lange wird das mit euch bitte dauern?«

»Hoffentlich sehr lange.«

»Aber wahrscheinlich eher nicht. Du hebst diese Beziehung schon wieder auf ein Riesenpodest, wie letztes Mal, und am Ende enttäuschst du Samantha damit nur, genau wie Harriett.«

Dylan hält den Harry Potter-Film an. Wow, der Typ drückt während eines Videospiels nie den Pausenknopf, aber jetzt, bei einem Film, den wir schon drei Dutzend Mal gesehen haben? »Das mit Samantha ist was anderes. Sie ist …«

»Was? Was Besonderes? Klar, so wie die anderen auch, Gabriella und Heather und Natalia und Zoe und Harriett. Das ist dein Muster, Mann. Im einen Moment machst du Scherze darüber, dass ihr füreinander bestimmt seid, und *zack*, im nächsten ziehst du weiter. Für dich ist es nie richtig ernst. Du kannst einfach nicht verstehen, was ich gerade durchmache.«

Samantha kommt zurück und nimmt ihr Handy vom Schreibtisch.

»Ich geh besser mal.«

»Nope, *ich* geh besser«, sage ich und stehe auf.

»Gut«, sagt Dylan. »Vielleicht kannst du vor jemandem das Opfer spielen, der es nicht besser weiß. *Du* bist derjenige, der Arthur das Herz gebrochen hat, Ben. Und *du* hast mit Hudson Schluss gemacht, nicht umgekehrt. Das tut dir auch weh, schon klar, aber spiel nicht den Dummen und tu nicht so, als wärst du besser als ich.«

»Tja, so bin ich eben, der dumme Sommerschul-Ben.«

»Was?«

»Vergiss es. Ich hau ab.« Ich schaue Dylan ins Gesicht. »Du brauchst deinen besten Freund sowieso nicht, solange deine *Zukünftige* bei dir ist, also meld dich einfach in ein paar Wochen, wenn es aus ist.«

»Keine Ahnung, wo mein bester Freund abgeblieben ist, aber ich bin froh, dass sich das Arschloch verpisst, das aussieht wie er.« Er nimmt Samantha an die Hand und kehrt mir den Rücken zu. Ich stürme nach draußen. Wow. Jetzt habe ich erfolgreich fast alle wichtigen Leute aus meinem Leben verstoßen. Mit Karacho. Samantha, Dylan, Arthur.

Aber vielleicht muss ich trotzdem nicht alleine sein.

Schon klar, ich sollte mich nicht mit ihm treffen. Gesunder Menschenverstand. Aber ich kann auch nicht nach Hause gehen. Also gehe ich zu *seinem* Haus und schreibe ihm, dass ich draußen stehe und wirklich hoffe, dass er da ist.

`Komme sofort runter`, schreibt er direkt zurück.

Und Hudson ist wirklich sehr schnell in der Lobby. Heute Morgen hat er versucht, mit mir zu reden, aber ich habe ihn stehen lassen, weil ich ihn für den Grund hielt, aus dem ich überhaupt in dieser Scheißsituation bin. Aber nope, ich bin selbst der Grund. Dylan hat recht. Ich bin auch ein Herzensbrecher und das erkenne ich jetzt. Wahrscheinlich vertragen Dylan und ich uns in null Komma nix, dann kommt von ihm *Ich hab's dir ja gesagt* und von mir *Ja, hast du* und dann von ihm ein *Mehr Körperkontakt für uns, jetzt, wo wir wieder single sind* und alles ist gegessen.

Aber gerade im Moment schaue ich mich hastig um, ob Arthur nicht zufällig irgendwo hier in der Nähe ist, und als ich ihn nirgends sehe, umarme ich Hudson und breche in Tränen aus.

29. KAPITEL – ARTHUR
MITTWOCH, 1. AUGUST

Geht's noch erbärmlicher? Mit Käseflipsstaub beschmiert hänge ich in Schlafanzughose und einem nicht mehr ganz frischen T-Shirt auf dem Sofa, wo ich mir zu Kesha-Songs tanzende Pokémons auf YouTube reinziehe. Es könnte nicht beschissener sein. Ich habe quasi den Gipfel der Beschissenheit erreicht. Beschissenberg. Beschissen Everest. Sehet und staunet, wie ich die Beschissenheit immer noch höher schraube.

Immerhin kann Glurak verdammt gut tanzen.

Wow, sogar meine Gedanken sind beschissen. Und eine richtige Unterhaltung hatte ich schon seit vorgestern nicht mehr. Dad hat ein Bewerbungsgespräch in Atlanta und Mom arbeitet in letzter Zeit immer bis in den Abend. Ich dagegen bin »krankgemeldet«. Hoffentlich für immer. Mittlerweile fühlt es sich nicht mal mehr nach einer Lüge an.

Gegen acht kommt Mom rein und setzt sich auf die Sofalehne. »Wie fühlst du dich, Liebling?«

Ich spiele ein Husten vor, das sich auf halbem Weg in ein Würgen verwandelt.

»Oh, also ... nicht gut?«

»Nicht gut«, bestätige ich.

Sie legt ihre Hand an meine Stirn. »Hmm, zumindest kein Fieber. Aber wir behalten das im Auge.« Sie streicht mein Haar glatt. »Bist du sicher, dass du am Wochenende klarkommst? Ich lasse dich wirklich nur ungern an deinem Geburtstag allein.«

»Ist okay.«

Tja: Samstag habe ich Geburtstag. Und Mom fährt morgen weg. Für einen Haufen Meetings und irgendwelche Zeugenaussagen. Erst Montag kommt sie zurück. Genau wie Dad. Deswegen werde ich meinen siebzehnten Geburtstag mutterseelenallein in Onkel Miltons Wohnung verbringen. Was umso schlimmer ist, weil es der legendärste Geburtstag aller Zeiten hätte werden können. Ein verdammtes Flitterwochenende mit Ben. Ohne Eltern. Mit einer ganzen Wohnung zur freien Verfügung. Allein mit sechsunddreißig Kondomen für mich und meinen wunderschönen Liebsten. Mittlerweile bekannt als mein arschiger Ex.

»Ich gebe Namrata und Juliet deine Nummer, okay? Dann können sie zwischendurch mal nach dir sehen.«

Ich zucke die Schultern.

Wir schweigen. Mom räuspert sich. »Also, willst du nicht über – «

»Nein.«

Ich meine, was soll ich schon sagen? Zu blöd, dass ich während deiner Abwesenheit nicht meine Jungfräulichkeit verliere, Mom, weil Ben mir das Scheißherz gebrochen hat und ich jetzt Single und einsam bin. Hier, nimm meine sechs Packungen Kondome. Ich werde sie bestimmt nie mehr brauchen.

»Okay, aber wenn du es dir anders überlegst …«, sagt sie und schürzt die Lippen. Und los geht's. »Hör zu, Arthur, dein Dad und ich machen uns große Sorgen um dich und – «

»Muss das jetzt sein?«

»Was?«

»Dieses Einigkeitsgetue. *Dein Dad und ich*. Komm schon.«

»Liebling, ich – «

»Weißt du, was ich echt toll finde? Dass jeder – jeder Einzelne von euch – mir einfach kackendreist ins Gesicht lügt. Ständig. Denn oh, der sensible Arthur kommt mit unseren großen Geheimnissen nicht klar. Ihr wollt euch scheiden lassen? Schön! Was soll's!? Aber *sagt* es mir.«

Mom klappt die Kinnlade runter. »Scheiden lassen?«

»Jetzt tu doch nicht so.«

»Arthur, was redest du da? Zwischen deinem Dad und mir ist alles in Ordnung.«

»Als ob.«

Sie schaut mich mit einem seltsamen Blick von der Seite an. »Wie lange machst du dir deswegen schon Sorgen?«

»Seit Ewigkeiten? Ihr habt euch den ganzen Sommer nur angegiftet!«

»Liebling, nicht doch. Es war bloß nicht so einfach mit deinem Dad auf Jobsuche und – «

»Ich bin voll und ganz im Bilde, glaub mir. Ihr streitet laut genug.«

Es ist, als hätte jemand die ganze Luft aus dem Zimmer gesaugt. Ich starre auf meine Hände. Und könnte schwören, mein Herz klopfen zu hören.

»Na gut. Rufen wir deinen Dad an.«

»Jetzt sofort?«, stöhne ich und verstecke das Gesicht hinter den Händen.

Als sie das Handy ans Ohr presst, nach nebenan geht und halblaut etwas murmelt, versuche ich gar nicht erst, sie zu belauschen. Ich habe es satt, mich darum zu scheren. Ich habe es satt, mir Mühe zu geben. Das ist die Lösung: aufhören, mich einen Scheiß zu kümmern, und aufhören, mir Mühe zu geben. Genau wie Mom und Dad das miteinander machen.

Genau wie Ben es mit mir gemacht hat.

Ben, von dem ich *eine* Nachricht gekriegt habe. *Eine einzige*. Das war's. So sehr war er bereit, um mich zu kämpfen. Aber warum sollte er auch? Warum sollte er für einen Jungen kämpfen, der bald nach Georgia zurückzieht, wo er doch Hudson den ganzen Sommer lang keinen halben Meter neben sich sitzen hat? Und stimmt, dafür kann Ben nichts. Aber er hat gelogen. Jeden Tag. Mit jedem Wort. Nicht mal das Scheißpaket hat er abgeschickt.

Mom kommt zurück ins Wohnzimmer und gibt mir ihr Handy. »Hier ist Dad. Auf Lautsprecher.«

»Hi«, sage ich tonlos.

»Hi, na? Wer erzählt hier, dass wir uns scheiden lassen?« Er klingt nervtötend amüsiert.

»Na ja, wenn ihr nicht mal fünf Minuten durchhaltet, ohne euch anzukeifen, muss man kein Raketenwissenschaftler sein, um ...«

»Oje.« Mom setzt sich wieder aufs Sofa und schlingt die Arme um mich. »Lass ruhig alles raus.«

Dad lacht. »Wir lassen uns nicht scheiden, Kumpel.«

»Ihr könnt es mir sagen! Seid einfach ehrlich.«

»Wir sind ehrlich!« Mom schüttelt den Kopf. »Wir haben schon immer gestritten, Arthur. So sind wir nun mal. Wir sind nicht perfekt. Beziehungen sind chaotisch. Bei dir und Ben lief schließlich auch nicht alles – «

»Hier geht es nicht um Ben!«

»Art, ich sage doch nur, dass Stress vorprogrammiert ist. Manchmal baut man Mist, sagt etwas Falsches, geht sich auf die Nerven.«

»Aber ihr seid verheiratet. Da solltet ihr doch mittlerweile wissen, wie man's richtig macht.«

Mom lacht ihr atemloses Lachen, und als ich zu ihr aufsehe, grinst sie über beide Ohren Dads Namen auf dem Display an. Hm, das ist allerdings verwirrend. Als würde man Jean Valjean und Javert beim Händchenhalten erwischen. Vielleicht *sind* meine Eltern ein Samstagabend-auf-dem-Sofa-Pärchen. Und gleichzeitig ein Über-Kleinscheiß-streiten-Pärchen. Vielleicht sind sie beides.

»Dann herrscht bei euch also bloß normales Chaos?«, frage ich schließlich. »Kein Scheidungs-Chaos?«

»Stinknormales Chaos«, sagt Dad. »Die Standardausführung.«

Mom drückt mich. »Vielleicht solltest du deinem eigenen stinknormalen Chaos auch noch eine Chance geben?«

»Pff. Das ist was völlig anderes.«

»Ach, Arthur, wenn du meinst.«

Vielleicht hasst das Universum nicht unser komplettes Team Seuss. Aber mich hasst es definitiv.

30. KAPITEL – BEN

Zeit mit Hudson und Harriett zu verbringen, ist erstaunlich leicht. Ein bisschen, wie wenn man im Frühling die Winterstiefel zurück in den Schrank stellt und in die Sneaker vom letzten Jahr schlüpft. Vielleicht ist man ein kleines Stück gewachsen, aber sie passen noch. Wir haben uns gegenseitig auf den neuesten Stand gebracht, was die Zeit nach Hudsons und meiner Trennung angeht. Wobei wir dieses Thema sorgfältig ausgeklammert haben. Selbst gestern Abend, als ich in Hudsons Lobby stand, hat er mir bloß zugehört, während ich über Arthur und Dylan gejammert habe. Wie der Freund, der er einst war.

»Leute, ich liebe Mr. Hayes Instagram-Account«, sagt Harriett, in einer Hand ihr Smartphone und in der anderen einen Smoothie des Frozen-Joghurt-Ladens, aus dem wir gerade kommen.

»Ich wusste nicht mal, dass er einen hat.«

»Mit einem Gesicht wie dem von Mr. Hayes hat man automatisch Instagram.«

Wir setzen uns auf eine Bank, Harriett in die Mitte, und beugen uns über ihr Handy, während sie Mr. Hayes' Profil durchscrollt. Ich hätte ein oberkörperfreies Selfie nach dem anderen erwartet, aber obwohl es davon ein paar gibt, geht es bei den meisten Posts eher darum, wie man zu Hause ausmistet und einen minimalistischen Lebensstil führt, um ausgewogenes Frühstück oder diesen Mega-Cheeseburger, den er irgendwo in Deutschland ergattert hat.

»Seht ihr, was ich meine? Er macht echt das Beste aus seinem Leben«, sagt Harriett. »Guckt euch nur mal seinen Feed an. Er war schon in so vielen Ländern! Macht euch darauf gefasst, dass mein Insta-Profil bald nur noch aus Werbung für Bio-Frühstücksporridge, zuckerfreie Kaugummis und Ziegenmilchshampoo besteht. Ich plane nämlich, ordentlich Kohle zu verdienen, um mich selbst auf die große, weite Welt loszulassen.«

»Und dann sind wieder Selfies dran?«, fragt Hudson. »Denn dein Selfie-Bombardement würde mir echt fehlen. Wenn ich zwei Minuten lang kein neues Bild von deinem Gesicht auf Insta sehe, vergesse ich vermutlich, wie du aussiehst.«

»Dein Selfie-Shaming wird dir schon noch vergehen, sobald du Fotos von mir siehst, wie ich auf Booten in malerischen Buchten treibe. Oder Berge erklimme. Oder den Schoß einer heißen Reisebekanntschaft.«

»Willst du echt ganz alleine losziehen?«, frage ich. Wenn ich das Geld hätte, mir die Welt anzuschauen, dann würde ich auf jeden Fall Dylan mitnehmen. Wir haben schon so viel zusammen erlebt, ich möchte, dass das auch in Zukunft so bleibt. Wenn sich die Wogen geglättet haben. Falls sie das tun.

»Meldest du dich freiwillig als Begleitung?«

»Als ob.« Ich kichere. Harrietts Eltern verdienen ziemlich gut und können ihrer Tochter keinen Wunsch abschlagen. Und *mein* Instagram-Account bringt kein Geld ein.

»Später, meine ich«, ergänzt Harriett. »Nachdem du dein Buch veröffentlicht hast und in dem ganzen Netflix- und Fanartikelgeld schwimmst.«

»Kein Erwartungsdruck, was?« *Der Zorn der Zauberer* kommt mir gerade wie eine ziemliche Zeitverschwendung vor. Arthur war mein größter Fan und ich bezweifle, dass die Geschichte sonst irgendjemanden so begeistern kann wie ihn. Und er war mein Freund. Wenn ich das Ding irgendwo veröffentlichen würde, auf Wattpad oder so, dann würde ich mich dem Feedback völlig Fremder aussetzen, denen es total egal ist, dass da mein Herzblut drinsteckt.

»Ist nur ein Vorschlag«, sagt Harriett. »Wir haben dich echt vermisst, Ben.« Hudson wirft ihr einen Blick zu. »Was denn? Wir können den großen schwulen Elefanten im Raum nicht länger ignorieren. So, und jetzt Schwamm über die Sache.« Sie nimmt uns beide an die Hand. »Wir haben uns doch alle lieb, oder?«

Da bin ich mir nicht so sicher, aber ich antworte trotzdem sofort: »Ja.«

»Ja«, sagt auch Hudson. Ich hoffe, er meint es ernst.

»Also alle wieder Freunde«, sagt Harriett. Ob sie Dylan wohl vermisst? »So. Und was unternimmst du jetzt wegen diesem Arthur? Meldest du dich? Lässt du es gut sein? Was ist der Plan, vielleicht können wir dich unterstützen?!«

»Ich wünschte, Arthur würde mir die Chance geben, ihm alles zu erklären ... Schon klar, klingt irgendwie sinnlos, weil er eh bald weg ist, aber ich will nicht, dass es so endet. Und Dylan ...« Ich blicke fragend zu Harriett. Sie legt den Kopf schief und bedeutet mir weiterzureden. »Ich bin zu weit gegangen. Aber es war was Wahres dran. Irgendwie wäre alles einfacher, wenn wir unsere Partner und trotzdem alle unsere anderen Freunde haben könnten, ohne das Gefühl, dass alle sich ständig entscheiden müssen.«

Hier halte ich inne, denn an dem Punkt waren wir schon mal, nachdem Dylan mit Harriett Schluss gemacht hatte. Mit ihr befreundet zu bleiben, war danach komisch für Dylan, und für Arthur war es komisch, dass ich weiterhin mit Hudson befreundet sein wollte. Aber vielleicht läuft es so auch einfach nicht. Vielleicht geht es vielmehr darum, Leute in unser Leben zu lassen, die uns eine Weile begleiten, das anzunehmen, was sie uns geben können, und es in der nächsten Freundschaft oder Beziehung weiterzugeben. Und wenn wir Glück haben, tauchen einige von ihnen noch mal auf, nachdem wir schon nicht mehr mit ihnen gerechnet haben. Wie Hudson und Harriett.

Und vielleicht ist das der Neustart, den ich gebraucht habe.

31. KAPITEL – ARTHUR

FREITAG, 3. AUGUST

Morgen nur du und ich, Obama.

Bevor ich meinen Geburtstag nur mit Onkel Miltons zweiundzwanzig Pferden und dem Lieferdienst als Gesellschaft verbringen muss, kann ich mir doch lieber noch einen ausgedruckten Papier-Barack am Stiel basteln. So habe ich, selbst als Single und ohne Freunde oder Eltern weit und breit, wenigstens meinen Präsidenten zum Feiern da. Man könnte jetzt meinen, ich mache Witze, aber wer hat wohl nur wegen des Farbdruckers seine »Krankheit« überwunden und ist bei der Arbeit aufgekreuzt?

»Du ziehst mich runter, Arthur«, sagt Namrata.

»Ich … habe doch gar nichts gesagt.«

»Ganz genau. Damit machst du mich fertig.«

Ich zucke die Schultern und wende mich wieder den Bray-Eliopulos-Akten zu, die so betäubend öde sind wie eh und je. Vielleicht tue ich es aus Masochismus. Oder vielleicht habe ich den Schlüssel zu wahrer Konzentration gefunden. Man muss sich nur von einem süßen Jungen das Herz rausreißen und anschließend die zwei besten Freunde drauf rumtrampeln lassen. Wenn es danach immer noch schlägt, macht man den Rest einfach selbst. Man flucht die Tapete von den Wänden, schreit sich die Stimme heiser und zerstört alles, was man liebt, bis endlich – siehe da – die Monotonie der Arbeit eine Erleichterung darstellt. Denn wenn man bis zum Anschlag in Bray Eliopulos steckt, kann man immerhin nicht an den Ex-Freund denken. An den Seelenunverwandten. An den Typen, der mitten im zweiten Akt die Biege gemacht hat.

»Wie läuft das morgen genau?«, fragt Juliet Namrata.

Ich blicke auf. »Was ist morgen?«

»Davids Mitbewohner schmeißen eine Abschiedsparty«, antwortet Namrata.

»Die Dinorotik-Typen? *Jurassion Passion?*«

»Ja, und ich kann es kaum abwarten, dass sie endlich verschwinden. Darauf lasse ich so was von die Korken knallen.« Sie lehnt sich im Stuhl zurück. »Wir fahren doch zusammen hin, oder, Jules?«

»Wohin?«, frage ich.

»Upper West Side. David geht auf die Columbia.«

»Ach, das ist ganz bei mir in der Nähe.« Keine von beiden sagt etwas. »Also Party, hm?«

Juliet nickt. »Aber im ganz kleinen Rahmen, stimmt's, Namrata?«

»Ja, nur in ihrer winzigen WG.«

»Klingt nach Spaß«, sage ich langsam und presse dann aber die Lippen aufeinander, weil ich nicht weiter um eine Partyeinladung an meinem eigenen Geburtstag betteln werde. Scheiße. So uncool bin nicht mal ich.

Moment, ich *bin* so uncool.

»Vielleicht könnte ich vorbeischauen?«, frage ich ganz beiläufig.

Juliet und Namrata tauschen einen Blick aus.

»Oder ... auch nicht.«

»Arthur, sieh mal, das ist nicht persönlich gemeint«, sagt Juliet. »Aber da wird es Alkohol geben.«

»Damit habe ich kein Problem.«

»Na, ich aber.«

»Du hast ein Problem mit Alkohol?«

»Ich habe ein Problem damit, den minderjährigen Sohn meiner Chefin zu einer Saufparty mitzunehmen.«

»Ha.« Ich grinse. »Das versteh ich doch. Ich würde auch gar nichts trinken. Im Gegenteil, ich könnte sogar was aus Onkel Miltons Hausbar mitbringen! Zutaten für Gelee-Eier-Cocktail zum Beispiel oder – «

»Sprich gar nicht erst weiter. Namrata und ich würden dafür im hohen Bogen rausfliegen«, sagt Juliet.

»Jap. Keine Chance«, stimmt Namrata zu.

»Nicht mal an meinem Geburtstag?«

Voilà. Die Verzweiflungstat.

Namratas Züge werden sanfter. »Du hast Geburtstag?«

»Morgen, ja.«

»Oh, Arthur.« Juliet beißt sich auf die Lippe. »Wir können dich trotzdem nicht mitnehmen. Das verstehst du doch, oder?«

»Ja, ich … vergesst es.«

»Warum willst du überhaupt zu den Dinosauriertypen? Mach doch was Schönes mit Ben.«

Na toll. Jetzt fange ich gleich mitten im Büro an zu heulen. Angestrengt starre ich auf meine Hände und blinzle. Einfach großartig.

»Okay, nicht die Reaktion, die ich erwartet hatte«, sagt Juliet vorsichtig. »Willst du darüber reden?«

»Nein.«

Juliet und Namrata tauschen erneut einen Blick aus.

Na und? Sollen sie sich ruhig schlecht fühlen. Ist mir scheißegal. Alles ist mir scheißegal. Dad ist in Atlanta, Mom auf dem Weg nach Canandaigua, Ethan und Jessie fummeln wahrscheinlich gerade hinterm Starbucks und meine einzigen Freunde in dieser großen, blöden Stadt wollen mich nicht einmal zu einer Nerd-Party mitnehmen.

Mein siebzehnter Geburtstag. Auf einigen Planeten mag das ein freudiges Ereignis sein. In meiner Welt aber gibt es nur Ben, der Hudson im Unterricht Liebesbriefchen zusteckt. Und Bens Instagram-Profil mit den sechsundfünfzig Hudson-Gesichtern. Und Hudsons Name auf einem Paket, das nie verschickt wurde.

Und das gähnende, Bens-Faust-große Loch in meiner Brust.

32. KAPITEL – BEN
SAMSTAG, 4. AUGUST

Hudson und ich sitzen zum Lernen in einem ruhigen Coffeeshop, weil am Dienstag die Prüfung ist und ich noch einige Lücken füllen muss. Ein paarmal dachte ich, Dylan würde zur Tür reinspazieren, aber es war immer jemand anders. Ist wahrscheinlich besser so. Nicht ganz so gut ist dagegen, dass Harriett vor einer Stunde zu irgendeiner Geburtstagsparty abgerauscht ist und Hudson und mich hier alleine gelassen hat.

Wir sitzen auf zwei Hockern nebeneinander und fragen uns gegenseitig ab. Aber die einzigen Fragen, die mich interessieren, haben alle mit Arthur zu tun: Wie feiert er seinen Geburtstag? Wer gibt ihm das Gefühl, heute ein König zu sein? Namrata und Juliet? Wird es ihm den Tag versauen, wenn ich ihm Alles Gute wünsche? Hasst er mich?

Gestern Abend beim *Sims*-Spielen ist sogar mein Sim bei Arthurs Sim abgeblitzt, als er ihm Blumen schenken wollte. Im Ernst, geht es noch beschissener? Mein Leben ist einfach kacke, in echt und virtuell. Weil man nicht weiter verletzt werden kann, wenn keiner mit einem redet, habe ich Sim-Ben dann in einen Raum ohne Türen oder Fenster eingeschlossen. Irgendwann wird ihm zwar der Sauerstoff ausgehen, aber wenigstens bricht ihm dadrin keiner mehr das Herz.

»Erde an Ben.« Hudson winkt mir zu.

»Sorry.«

»Arthur?«

»Jap. Kann mich schlecht konzentrieren. Er hat heute Geburtstag.«

»Hast du was für ihn?«, fragt Hudson. »Du bist doch ein Geschenkprofi.« Zu seinem Geburtstag habe ich ihn in einer Wonder-Woman-Rüstung gemalt, weil sie seine liebste Superheldin ist. Ich frage mich, ob er das Bild noch hat.

»Ich hab Arthur in *Der Zorn der Zauberer* reingeschrieben«, antworte ich. Nachdem ich gestern mit den Hausaufgaben fertig war, habe ich das Kapitel beendet und wollte es Arthur eigentlich um Mitternacht per E-Mail schicken. Aber dann hab ich es doch nicht übers Herz gebracht, ihm eine weitere Nachricht zu schreiben, die er genauso ignorieren würde wie die davor. »Er durfte das ganze Buch lesen.«

»Wow. Das ist ein großer Schritt. Du magst ihn wohl echt.« Hudson hat auch ein paarmal nach der Geschichte gefragt, nur nie so voller Begeisterung wie Arthur. Dass ich etwas so Wichtiges damals nicht mit ihm teilen konnte, hätte mir vielleicht schon zu denken geben sollen. »Ich schätze mal, Hudsonien wurde geköpft?«

»Sitzt in einem Verlies.«

»Nice. Weißt du was … du solltest Arthur einfach schreiben. Vorher geht's dir nicht besser.«

»Ich weiß … Aber ich bin quasi prädestiniert dafür, das Falsche zu tun. Nachdem Arthur und ich uns kennengelernt hatten, bin ich einfach abgehauen. Dann habe ich zu lange gebraucht, um mich zu öffnen oder sein Vertrauen zu gewinnen. Ich war ständig zu spät, ich habe diese dumme Kiste nie weggeschickt, und jetzt will er nix mehr mit mir zu tun haben, weil ich verschwiegen hab, dass wir uns weiterhin im Unterricht sehen.«

»Welche Kiste?«, fragt Hudson.

Tja, jetzt ist es auch egal.

»Am ersten Sommerschultag hab ich dir eine Kiste mitgebracht, mit den ganzen Sachen, die du mir mal geschenkt hast. Aber du warst nicht da, also wollte ich sie dir per Post schicken, und auf der Post habe ich Arthur getroffen. Ich habe sie dann nicht abgeschickt, weil ...«

»Weil was?«

»Vielleicht, weil ich noch Hoffnung hatte?«

Das hätte ich echt für mich behalten sollen, aber es musste mal raus. Die ganze Zeit schon spukt mir das im Kopf herum, bisher konnte ich es nur nicht laut aussprechen. Nicht vor Hudson, vor allem nicht vor mir selbst.

»Wo ist diese Kiste jetzt?«

»Im Kleiderschrank meiner Mutter.«

»Was hast du damit vor?«

Mein Handy klingelt. Dylan. Ich gehe nicht ran. Vorhin hab ich seinen Insta-Post gesehen und muss mir jetzt echt nicht auch noch sagen lassen, dass es – entgegen meiner Prophezeiung – immer noch ganz wunderbar zwischen ihm und Samantha läuft.

Keinen Plan, wie ich Hudson erklären soll, dass ich seine Sachen inzwischen unbedingt loswerden möchte. Auch wenn sie mir mal die Welt bedeutet haben. Aber ich kann die blöde Kiste nicht ewig behandeln, als wäre sie ein Ausstellungsstück im Museum der gebrochenen Herzen.

»Weiß ich noch nicht.«

»Das freut mich irgendwie, Ben.«

»Warum?«

Mein Handy klingelt schon wieder. Die Nummer kenne ich nicht, also ignoriere ich auch diesen Anruf.

»Aus dem gleichen Grund, aus dem du sie nicht weggeschickt hast«, sagt er.

»Hoffnung?«

Hudson beugt sich zu mir rüber und es sieht aus, als wollte er mich küssen.

Diesmal vibriert mein Handy. Eine Nachricht, von dieser unbekannten Nummer: `Ben, hier ist Samantha. Dylan ist im Krankenhaus, ruf mich zurück.`

»Oh Gott, scheiße.« Ich rufe sie sofort an. Während es tutet, sage ich Hudson, was los ist und denke an all die Sachen, die passiert sein könnten. Kaffeeverbrennung, Autounfall oder eine große Schlägerei, weil Dylan vor fremden Leuten zu sehr Dylan war? Oder irgendetwas noch viel Schlimmeres, das ich mir gar nicht ausmalen möchte.

»Ben!«, ruft Samantha erleichtert.

»Was ist los? Geht es ihm gut?«

»Es ist sein Herz.« Sie klingt, als ränge sie nach Atem. »Wir mussten in die Notaufnahme.«

»Wo seid ihr? Welches Krankenhaus?«

»Das New York Presbyterian. Seine Eltern sind unterwegs. Kommst du auch?«

»Klar.« Dadurch, dass sie das überhaupt fragt, fühle ich mich wie der schlechteste Freund aller Zeiten. »Ich komme, so schnell ich kann«, sage ich und bin schon auf dem Weg nach draußen. Wir legen auf und Hudson holt mich ein. »Dylans Herz, ich muss zu ihm«, erkläre ich knapp.

Ich bin kurz davor zu weinen. Verdammte Scheiße, ich hoffe so sehr, dass das Universum keinen unerträglich schweren Abschied für mich bereithält.

»Wo?«

»Presbyterian.«

»Wir können in spätestens zwanzig Minuten da sein. Vielleicht zehn, wenn wir eine Express-Bahn erwischen.«

»Nein, ich muss da …« Vielleicht nicht alleine hin, aber

Hudson ist hierfür nicht der Richtige. »Ist schon gut, du musst nicht mit.«

»Er war auch mein Freund«, entgegnet Hudson.

»Aber für mich ist er wie ein Bruder.« Das zieht. Hudson nickt.

»Ich halte dich auf dem Laufenden«, verspreche ich noch, dann sprinte ich los.

Dylan wird nichts passieren. Er kommt wieder auf die Beine. Wir reden hier von Dylan, verdammt. Der lässt sich nicht unterkriegen. Trotzdem ist die Vorstellung von ihm in einem Krankenhausbett scheiße. Er soll wissen, dass ich bei ihm bin, falls ... Nein.

Dylan geht es bald wieder gut.

Es geht ihm gut.

Eine Haltestelle vor dem Krankenhaus hält die Bahn auf freier Strecke. Fick dich, Universum. Mich zusammenzureißen fällt mir zunehmend schwerer. Dylan hatte doch gerade erst seinen Vorsorgetermin, bei dem der Arzt meinte, wie gering das Risiko für irgendeinen Zwischenfall sei. Heißt, es kann gar nicht so schlimm sein...

Ich muss mit jemandem reden. Mein Handy hat Empfang, weil wir nahe genug an der Haltestelle sind, also schreibe ich Arthur:

Dylan liegt im Krankenhaus. Es ist sein Herz, Genaueres weiß ich nicht. Hatte seit Langem nicht so große Angst. Geht schließlich um Dylan! Vor ein paar Tagen war ich echt scheiße zu ihm, ein Riesenarschloch. Und diese Herz-Geschichte habe ich nie richtig ernst genommen. Scheiße, hätt ich mal tun sollen. Jetzt flippe ich echt aus. Und ich kann nicht zu ihm! Stecke in der beschissenen U-Bahn unter der

Erde fest! Schon klar, du willst nichts von mir wissen, aber du bist der Einzige, mit dem ich im Moment reden will. Es tut mir alles so leid, Arthur. Herzlichen Glückwunsch! Ich hoffe, meine Nachricht ruiniert dir nicht den Geburtstag.

Ich drücke auf »Senden«.

Und warte. Warte darauf, ob er antwortet. Warte darauf, dass die verfickte Bahn sich bewegt.

Vielleicht sollte ich laufen. Einfach aussteigen und über die Gleise gehen. Ich könnte meine Taschenlampen-App benutzen, um was zu sehen und die Ratten zu verscheuchen.

Da vibriert mein Handy.

Arthur.

Oh scheiße! Ok, wer ist bei ihm? Er ist nicht alleine, oder?

Das wäre echt die schlimmste Vorstellung. Dylan, ganz alleine mit allem, ohne jemanden, dem er wichtig ist.

Samantha ist bei ihm und seine Eltern müssten auch gleich da sein, sie wohnen nicht weit weg vom Presbyterian Hospital.

Kann ich irgendwas tun?, fragt Arthur.

Bei mir bleiben?

Ich gehe nirgendwohin.

Es vergehen ein paar Minuten, in denen keiner von uns etwas schreibt. Aber egal wo Arthur gerade ist, ich weiß, dass er sein Handy griffbereit hat und an mich denkt. Fast, als wäre er an meiner Seite.

Was war denn mit Dylan? Warum habt ihr euch gestritten?

Hab ihm erzählt, dass keine Beziehung hält.

Glaubst du das wirklich?

Nein, da hat der Liebeskummer aus mir gesprochen. Ich sammle mich kurz. Beziehungen halten nicht, wenn einer der Beteiligten ein Idiot ist. Ich habe echt Mist gebaut, Arthur. Wenn ich zeitreisen könnte, würde ich es auf jeden Fall anders machen. Ich würde dir direkt erzählen, dass Hudson auch in der Sommerschule ist. Aber ich schwöre dir, alles, was ich am Montag gesagt habe, stimmt. Wir wollten nur reden.

Arthur schreibt nicht zurück. Doch ich weiß, dass er noch da ist. Und ich muss wissen, was er denkt.

Ich will ganz ehrlich zu dir sein. Ich habe mich diese Woche mit Hudson und Harriett getroffen. Immerhin waren wir mal richtig gut befreundet und sie waren die Einzigen, an die ich mich wenden konnte, nachdem ich es mir mit dir und Dylan und Samantha verkackt hatte. Die ganze Zeit hab ich dabei nur von dir geredet. Heute waren Hudson und ich alleine, zum Lernen. Ich habe mich noch ein bisschen mehr in Selbstmitleid gesuhlt und dann hat Hudson versucht, mich zu küssen. Aber ich habe mich weggedreht. Ich will nämlich nichts von ihm. Nur von dir.

Die Bahn setzt sich endlich in Bewegung und ich schreibe noch eine Nachricht.

Es tut mir nicht leid, dass ich einen Ex-Freund habe. Aber ich habe zugelassen, dass durch ihn dein Vertrauen in mich erschüttert wird, und *das* tut mir leid. Unendlich leid. Und ich würde es gerne wiedergutmachen. Ich hoffe, du glaubst mir.

Wir halten, und kurz bevor sich die Türen öffnen, vibriert mein Handy wieder. Ich habe Angst vor den Möglichkeiten – Arthur, der mir sagt, ich soll mich verpissen, Samantha mit den denkbar schlimmsten Nachrichten. Aber es ist etwas Gutes in all dem Chaos.

`Ich glaube dir, Ben.`

Ich stürme ins Wartezimmer. Samantha sitzt dort und hat den Kopf in den Nacken gelegt.

»Samantha!«

»Ben!« Sie springt auf, und obwohl ich es nicht verdiene, umarmt sie mich.

Ich sehe mich um. »Was gibt's Neues? Wo sind seine Eltern?«

»Holen Kaffee.«

»Was zur ... Dylan könnte – «

»Es geht ihm gut! Alles okay. Falscher Alarm, er hatte nur eine Panikattacke. Eine wirklich *heftige* Panikattacke. Sie haben uns vor ein paar Minuten Bescheid gesagt. Ich wollte dir gleich schreiben, ich ...« Samantha holt tief Luft. »Ich brauchte nur einen kurzen Moment. Es war so schlimm ... wie panisch er war, wie sein Puls in die Höhe geschossen ist ... das werde ich nie vergessen.«

Sie bricht in Tränen aus und ich nehme sie in den Arm. Ich weiß genau, wie es ihr geht. Als Dylan vor drei Jahren zur Beobachtung eine Nacht im Krankenhaus verbringen musste, war das echt ein Schock und ich war fix und fertig, weil ich nicht bei ihm bleiben konnte, also habe ich am nächsten Tag die Schule geschwänzt, um ihn zu besuchen.

»Es tut mir so leid, dass du das mit ansehen musstest, aber ich bin auch unglaublich froh, dass du dabei warst.« Ich mache einen Schritt zurück. »Danke, dass du mir Bescheid gegeben hast«, sage ich kleinlaut, meine es aber ehrlich.

»Kein Ding. War für mich gar keine Frage. Ich weiß, dass

Dylan einen gewissen Ruf hat und dass du mich beschützen wolltest.«

»Er verdient dich gar nicht«, sage ich mit einem Lächeln.

»Stimmt, aber jetzt hat er mich trotzdem an der Backe. Zumindest noch die nächsten paar Wochen.« Sie grinst.

»Tut mir leid, was ich da gesagt habe. Ich finde, ihr passt super zusammen. Ich war wohl einfach … ein bisschen eifersüchtig.«

Wir setzen uns und sie schüttelt den Kopf. »Dafür gibt es keinen Grund. Er ist besessen von dir. Er redet so viel über dich wie ich zu Hause mit meinen Eltern über ihn. Was er übrigens nicht weiß, also: Pssst! Ich bin vorsichtig, obwohl es mir manchmal schwerfällt, cool zu bleiben.«

Das kenne ich von Arthur. Nur hatten er und ich im Gegensatz zu Dylan und Samantha keine Zeit, die Sache langsam angehen zu lassen. Ich frage mich, wie unsere Beziehung ausgesehen hätte, wenn er in New York leben würde.

»Ich bin mir sicher, dass das mit euch lange hält«, sage ich. »Falls das noch irgendwas bedeutet.«

»Ja, das tut es. Eine Menge sogar.«

Dylans Eltern kommen mit dem Kaffee zurück und wir unterhalten uns kurz, bevor sie als Erste zu ihm ins Zimmer dürfen. Samantha und ich bleiben sitzen und ich erzähle ihr von dem Fast-Kuss mit Hudson. Fühlt sich komisch an, zuerst mit ihr darüber zu reden statt mit Dylan, aber ich reiße mich zusammen. Warum sollte die Freundin meines besten Freundes nicht auch meine beste Freundin werden? Wir werden eh viel Zeit miteinander verbringen.

Als seine Eltern zurück ins Wartezimmer kommen, um einige Papiere auszufüllen, stehen Samantha und ich gleichzeitig auf.

»Geh du zuerst«, sage ich.

»Lass uns zusammen reingehen.«

Und das tun wir. Wir betreten die Notaufnahme und gehen an einem Bett mit zugezogenen Vorhängen vorbei, bevor wir zu Dylan kommen. Wow, welch Anblick.

»Meine Lieblingsmenschen!« Dylans Stimme klingt heiser und irgendwie sexy verrucht. Er wirkt blass, aber ansonsten ziemlich zufrieden mit sich. »Der Tod wollte mich holen, aber ich habe dem Wichser den Mittelfinger gezeigt. Und ich habe Spoiler aus dem Jenseits für euch.«

Samantha schüttelt den Kopf, geht auf ihn zu und umarmt ihn. »Du hattest nur eine Panikattacke.«

Dylan wendet sich an mich. »Glaub ihr kein Wort, sie will bloß meinen Ruf ruinieren.«

»Ich versuche gar nicht erst, dich zum Schweigen zu bringen«, sagt Samantha.

»Ich habe soeben den Sensenmann in die Knie gezwungen, da lasse ich mir doch jetzt nicht den Mund verbieten!« Ich beobachte ihn, während er sie in die Arme nimmt. Er schließt die Augen und verliert eine Menge seiner Dylanhaftigkeit. Kein übergroßes Selbstbewusstsein mehr, sondern die pure Erleichterung, am Leben zu sein und seine Freundin umarmen zu können.

Richtig süß.

Kann's kaum erwarten, ihn damit aufzuziehen.

Wie gut, dass ich dazu noch Gelegenheit habe.

Ich umarme meinen besten Freund. »Danke, dass du nicht gestorben bist.«

Und das meine ich ernst. Okay, dann war es eben ein falscher Alarm, aber ich weiß, dass es sich für Dylan echt angefühlt hat. Er kriegt Panik, wenn sein Herz zu schnell schlägt. Ich kann verstehen, dass er sich schnurstracks hat einliefern lassen. Und ich bin froh, dass er's getan hat. Lieber eine Million falsche Alarme als die Alternative.

»Ich musste zurückkommen. Unsere letzten Worte zueinander waren gequirlter Mist, Big Ben. Wir wären zu einem schlechten Klischee geworden. Bei meinem Kultstatus kann ich mir das nicht leisten.«

»Kultstatus, soso.«

»Wobei mir gerade einfällt, dass ich beinahe mit einer Lüge gestorben wäre«, ergänzt Dylan und nimmt Samanthas Hand. »Hör mich an. Kool Koffee ist einfach nicht das Wahre für mich. Ich weiß ja, wie toll du es findest, dass sie sich sozial engagieren, aber ich muss dir ehrlich gestehen, dass ich meinen Kaffee woanders kaufe. Dream & Bean und ich sind einfach füreinander bestimmt.«

Samantha kneift die Augen zusammen. »Na und? Das ist mir egal.«

»Ehrlich?«

»Ganz ehrlich.«

»Guck, Dee, es war nie ein Problem!«, sage ich.

»Hast du dir deswegen wirklich Sorgen gemacht?«, fragt Samantha.

»Ja, ziemlich große sogar.«

Sie schüttelt den Kopf und küsst ihn auf die Stirn. »Du Spinner.« Dann drückt sie seine Hand.

Mein Handy vibriert. Ich muss lächeln, es ist Arthur.

Dylan fällt das natürlich sofort auf. »Was war das? Dieses kleine Lächeln? Erzähl mir sofort, was da los ist.«

»Werd nicht gleich hysterisch«, entgegne ich. »Das tut dir bestimmt noch nicht gut.«

»Erweise deinem unsterblichen Freund gefälligst Respekt und lass ihn wissen, was los ist. Ich bin nicht durch die Hölle gegangen, damit man mir Neuigkeiten vorenthält.«

»Arthur fragt, wie es dir geht.«

»Habt ihr euch vertragen?«

»Na ja, also, wir sind nicht wieder zusammen oder so. Wir schreiben nur.«

»Scheiß auf Schreiben. Triff dich mit ihm. Ich würde ja sagen, schwör bei meinem Leben, dass du das jetzt nicht wieder versaust. Aber wir haben ja heute gesehen, dass ich unbesiegbar bin. Ich werde für immer auf dieser Erde wandeln.«

Samantha tritt einen Schritt vom Bett zurück. »Gleich schlägt hier der Blitz ein, um dich eines Besseren zu belehren.«

»Ich verspeise Blitze zum Frühstück.«

»Okay«, sage ich. »Du bist am Leben und es geht dir offenbar gut. Gut genug, dass ich mich vielleicht wirklich mit Arthur treffen könnte? Ich weiß, du bist gerade erst von den Toten auferstanden, aber er hat heute Geburtstag.«

»Das ist natürlich auf keinen Fall wichtiger als meine Wiederauferstehung, aber ich will mal nicht so sein.«

Ich klatsche in die Hände. »Super. Samantha, wenn du magst, kannst du ihm die Hudson-Sache erzählen. Und pass auf, dass er nicht wieder stirbt, nur um irgendwas zu beweisen.«

Samantha setzt sich zu Dylan auf die Bettkante und nimmt wieder seine Hand. »Mein Zukünftiger wird den morgigen Tag ganz sicher erleben. Los, schnapp dir den Burschen.«

»Wie hast du mich gerade genannt?«, fragt Dylan und grinst über das ganze Gesicht, wie ein Kind an Weihnachten.

»Das ist mein Stichwort. Ich geh besser, bevor du dich aus deinem Nachthemdchen schälst«, sage ich.

Nach Küsschen und Umarmungen für Dylan und Samantha flitze ich raus. Im Flur schreibe ich Arthur zurück.

`Alles ok, Dylan ist wieder ganz der Alte.` Tief Luft holen. `Ich würde dich wirklich gerne sehen. Können wir uns irgendwo treffen?`

Es vibriert direkt.

`Ja. In zehn Sekunden im Wartezimmer. Komm nicht zu spät.`

Was?!

Ich sehe hoch.

Und da steht er.

Teil 3

... MIT UNS?

33. KAPITEL – ARTHUR

Seit unserer ersten Begegnung war Ben für mich der King of Coolness, aber wenn man fast seinen besten Freund für immer verliert, ist vermutlich niemand mehr cool. Auch nicht Ben, denn er ... Wie beschreibe ich es am besten? Wenn Hundebesitzer ihre Haustür auch nur einen Spaltbreit öffnen, dann kommt ihnen das Tier sofort am ganzen Körper bebend und mit Karacho entgegen. So sieht Ben jetzt aus, nachdem er mich entdeckt hat. Noch bevor ich »Hallo« sagen kann, umschlingt er mich mit beiden Armen und drückt mich ganz fest an sich.

»Du bist hier.« Seine Stimme bricht.

»Na logisch.«

Er löst sich ein Stück von mir, hält mich aber weiter fest und schaut mir in die Augen. So bleiben wir einen Moment lang stehen.

»Dann geht es ihm also gut?« Mein Herz klopft wie wild.

»Wem?«

»Dylan!«

»Oh Gott.« Ben zieht die Nase kraus. »Ich Idiot. Ja, ihm geht's blendend. Es war nur eine üble Panikattacke. Das hat er manchmal.«

»Ja, weiß ich doch.« Ich atme aus. »Gott sei Dank.«

»Hm-hm. Seine Eltern erledigen gerade den Papierkram und Samantha ist bei ihm. Er wird schon bald entlassen.«

Ich nicke. »Du solltest wieder zu ihm.«

»Er hat mich rausgeworfen.«

»Echt?«

»Na ja.« Ben lächelt zaghaft. »Auf meine Bitte hin. Heute ist nämlich ein wichtiger Geburtstag.«

»Der von Barack Obama?«

»Genau den meinte ich.« Er lässt mich los. »Gehen wir ein Stück?«

»Okay.«

Und da sind wir wieder, Seite an Seite. Schön irgendwie.

»Wie Barack seinen Geburtstag wohl feiert?«, fragt Ben.

»Oh, er schmeißt natürlich eine Party. Michelle organisiert alles, und seine Töchter sind selbstverständlich mit am Start, ebenso wie sein Parteikumpel Biden, und auch Justin kommt extra aus Kanada. Und außerdem schneit vielleicht Lin-Manuel Miranda vorbei. Ja, und Ben Platt, Tom Holland wahrscheinlich und Daveed Diggs mit Jonathan Groff, ist klar. Vielleicht noch Mark Cuban?«

»Dann feiert Obama also im Grunde deine ideale Geburtstagsparty?«

»Sogar die universal-ideale Geburtstagsparty, würde ich sagen.«

Ben lacht. »Ich hab dich echt vermisst.«

»Ich dich auch.« Erst jetzt sehe ich mich um. »Wohin gehen wir eigentlich?«

»Ach, keine Ahnung. Ich weiß ja gar nicht, ob du überhaupt mit mir abhängen willst. Könnte es vollkommen nachvollziehen, wenn du lieber – «

»Sollen wir zu mir? Ich hab sturmfrei.«

»Oh!«

Ich werde rot. »Ich meine nicht … Ich meine nur, wir könnten uns unterhalten, wenn du magst.«

»Das fände ich schön. Ich schulde dir sowieso ein Gespräch.«

Ich zögere. »Hm-hm.«

»Also. Verdammt. Tut mir leid. Wir müssen nicht an deinem Geburtstag darüber reden.«

»Doch, sollten wir. Ist ja wichtig.«

Wir überqueren eine Kreuzung, auf der alle hupen und brüllen und fluchen, aber Ben schafft es irgendwie, den ganzen Lärm mit seinem Schweigen zu übertönen.

»Also«, sagt er endlich. »Ich möchte versuchen, die Sache mit Hudson zu erklären. Ist das in Ordnung?«

Ich nehme seine Hand. »Ja.«

»Um Hudson geht es eigentlich gar nicht«, sagt er und schiebt seine Finger zwischen meine. »Sondern um mich. Ich bin echt schlecht darin.«

»Worin?«

»In Beziehungen? Darin, mich in einer Beziehung sicher und angekommen zu fühlen? Ich bin so ...« Er starrt geradeaus und runzelt die Stirn. »Wenn jemand mich mag, dann kommt es mir irgendwie so vor, als hätte ich ihn überlistet. Als könnte ich darauf nicht vertrauen. Weil ich es eh verkacken werde. Wie bei Hudson.«

»Aber Hudson war derjenige, der es verkackt hat. *Er* hat *dich* betrogen.«

»Vielleicht war ich nicht gut genug und habe es nicht anders verdient.«

»Das ist lächerlich.« Ich hebe unsere verschränkten Hände hoch. »Tut mir leid, aber warum sollte irgendwer denken, dass du nicht gut genug bist?«

Er lacht tonlos. »Warum nicht?«

»Weil du *du* bist, Ben! Oh Mann. Du bist witzig und klug und –«

»Das stimmt nicht! Ich bin nicht klug, okay? Ich meine, keine Ahnung, ob du das nachvollziehen kannst, aber vieles in der Schule ist echt schwer für mich. Mein Hirn will den Stoff einfach nicht behalten.«

»Hör zu.« Ich nicke mitfühlend. »Ich verstehe das. Ich – «

»Ja, schon gut, schon gut, aber du bist ein Überflieger in der Schule. Ich will nicht sagen, dass du es mit deinem ADHS total leicht hättest, aber – du bewirbst dich in Yale. Ich meine, komm schon. Du bist *so* klug, Arthur. Das ist Furcht einflößend.«

Da muss ich grinsen. »Ich bin Furcht einflößend?«

»In dieser Hinsicht.« Er verdreht lächelnd die Augen. »*Nur* in dieser speziellen Hinsicht. Aber ernsthaft: Hudson und ich waren gerade mal zwei Wochen auseinander, als du mir über den Weg gelaufen bist, und ich dachte, *nein, verdammt, zu früh*, aber das Universum so, *ich bestehe darauf*, und dann hab ich wohl irgendwie versucht, dagegen anzukommen, weil du ja eh wegziehst, und warum sollten wir dann ... aber, keine Ahnung, Arthur, du bist einfach so ...«

Ich stupse ihn an. »So ... was? Red weiter.«

»Schön. Charmant. Unwiderstehlich.« Plötzlich bleibt er stehen und zerrt mich zu einem Duane Reade. »Würdest du kurz hier warten? Ich muss mal eben was holen.«

»Soll ich – «

»Nope. Bin gleich zurück.«

Ohne ein weiteres Wort verschwindet Ben im Laden. Ich lehne mich zum Warten ans Schaufenster und hole mein Handy raus. Ein verpasster Anruf von meiner Oma, einer von meiner Mom, aber immer noch keine Geburtstagsnachricht von Ethan und Jessie. Nicht weiter verwunderlich angesichts ihres bestimmt hochgradig zeitintensiven Fummelprogramms. Ganz zu schweigen davon, dass sie mich wahrscheinlich zurzeit auf den Tod nicht ausstehen können. Zu Recht, befürchte ich. Einfach aufzulegen war eine Vollarschaktion, trotzdem hat ein Teil von mir wohl immer noch auf einen Geburtstagsneustart gehofft. Darauf, einfach zurückspulen und neu anfangen zu können.

»Okay, wo waren wir?«, fragt Ben, als er mit einer Tüte geheimen Inhalts aus dem Laden kommt. Er kann nicht aufhören zu grinsen.

»Du wolltest gerade näher darauf eingehen, wie unwiderstehlich ich bin.«

Er nimmt meine Hand. »Oh ja, das bist du.«

Schweigend gehen wir weiter bis zur nächsten Kreuzung.

»Übrigens«, sagt er dann und sieht mir in die Augen, »danke, dass du wegen Dylan für mich da warst.«

»Na, hör mal. Welches Arschloch hätte dich dabei im Stich gelassen?«

»Eins, das berechtigterweise zu sauer auf mich gewesen wäre, weil ich ihm nicht von Hudson erzählt hatte.«

»Was das betrifft, bin ich wirklich ein Arschloch. Ich hätte dir glauben sollen, dass nichts war.«

»Du bist kein Arschloch.«

»Schon manchmal – «

»Nein, bist du nicht. Du bist sogar fast *zu* gut. Ist dir das überhaupt bewusst? Eigentlich reden wir nicht mal mehr miteinander und trotzdem lässt du alles stehen und liegen, um im Krankenhaus bei mir zu sein.«

»Na, ich mag dich eben sehr«, platze ich heraus. »Und ich mag uns. Obwohl wir als Pärchen ein völliges Chaos sind.«

Er umarmt mich von der Seite. »Ich mag uns auch. Und ich bin megafroh, dich zu haben ... selbst so als Kumpel.«

Ich bleibe wie angewurzelt stehen. Quietschende Schallplattennadel. »Als Kumpel?«

»Ja, ich dachte … Ich wollte nicht einfach davon ausgehen – «

»Entschuldige bitte, aber wir sind *keine* platonischen Bros, Ben Alejo.«

»Okay.«

»Und wenn wir gleich bei mir sind, werden wir keine platonischen Bro-Sachen machen.«

»Gut zu wissen.« Er beißt sich auf die Lippe. »Dann … sind wir wieder zusammen?«

»Willst du?«

»Ja.«

»Gut.« Ich nicke strahlend. »Das ist ein Spitzengeburtstag.«

»Für dich oder für Obama?«

»Für uns beide!«

»Alles klar, eins noch«, sagt Ben. »Von jetzt an werde ich offen und ehrlich zu dir sein. Ich werde nichts mehr verheimlichen und nichts mehr schönreden.«

»Gefällt mir. Knallharte Offenheit. Werde ich auch so machen.«

»Du bist doch eh nicht gerade der Verschwiegenste.«

»Was weißt du schon?«, maule ich und boxe ihm gegen die Schulter, aber er lacht nur und legt mir den Arm um die Hüfte.

»Folgendes«, redet er weiter: »Ich werde nicht so tun, als würde die Sache mit Hudson mich nicht verunsichern, denn das tut sie. Aber du sollst wissen, dass meine Gefühle für dich … mich nicht verunsichern.«

»Sondern?«

»Ich – «

»Sag es wieder auf Spanisch, ja?«

Er lacht. »Okay.«

»Aber –«

Doch da küsst er mich schon. Mitten auf der Columbus Avenue. Und ich vergesse, was ich sagen wollte. Ich vergesse, wie man spricht.

Die nächste Stunde zieht nur so an mir vorbei. Auf die bestmögliche Art und Weise. Als Erstes besteht Ben darauf, dass wir einen schnellen Abstecher zur Levain Bakery machen, wo er allen Kleckerkram links liegen lässt und den größten, ofenwärmsten Double-Chocolate-Chip-Cookie bestellt, der je gebacken wurde. Er überreicht ihn mir in einer feierlichen Geste und mit den Worten: »Hier, die magst du doch am liebsten.«

»Woher weißt du das?«

»Ich weiß es einfach.« Er bezahlt – und scheint so zufrieden darüber, dass ich gar nicht erst protestiere. Danach hält er auf dem ganzen Weg bis zur Wohnung meine Hand, und sobald die Fahrstuhltüren hinter uns zugehen, küssen wir uns. Wir küssen uns, als sie wieder aufgehen. Wir küssen uns, während ich in der Hosentasche nach dem Schlüssel wühle, küssen uns auf der Schwelle und küssen uns im Flur. Wir lassen unsere Taschen auf den Esstisch fallen und küssen uns unter den Blicken von Onkel Miltons Pferden. Man könnte meinen, dass so viel Küssen irgendwann langweilig wird, dass die Aufmerksamkeit nachlässt, doch tatsächlich war ich in meinem ganzen kompletten Leben noch nie so bei der Sache.

Ich liebe es. Alles daran. Seinen schweren Atem, seine glühenden Wangen und die Gewissheit, dass beides von mir verursacht wurde. Ich liebe es, wie jede Lücke zwischen uns verschwindet, als könnten wir einander gar nicht nah genug sein. Ich liebe es, wie sich sein Haar zwischen meinen Fingern anfühlt. Wie weich die Haut an seinem Hals ist. Und am meisten liebe ich es, wenn unsere Lippen sich berühren, sich öffnen, mein Herz ohne Punkt und Komma schlägt und der Atem zu etwas wird, das wir uns teilen. Mein Leben lang hielt ich Reden für das Beste, was ich mit meinem Mund tun kann, aber vielleicht wird Reden überbewertet. »Was, glaubst du«, fange ich an und küsse ihn, ganz zart diesmal, »passiert wohl gerade auf der Obama-Party?«

Er küsst mich zurück. »Das hier.«

Eigenartig, dass man gegen die Lippen eines anderen lachen kann. »Barack und Michelle?«

»Barack und Trudeau.« Er küsst mich noch einmal.

»Während Joe zuguckt.«

»Und Stielaugen kriegt.«

Mein Handy vibriert in der Arschtasche. Die sich, wie der Zufall so spielt, derzeit unter Bens Hand befindet.

»Du wirst angerufen«, sagt er.

»Ignorieren wir.«

»Nichts da. Als ich das letzte Mal einen Anruf ignoriert habe, war Dylan – «

»Schsch. Okay.« Ich hole das Handy raus und gucke aufs Display. »Mein Dad.«

Ben küsst mich noch mal schnell. »Geh ran.«

»Hi, Dad.« Ich klinge außer Atem und schuldbewusst. Also exakt wie ein Teenager, der in der sturmfreien Wohnung mit seinem Freund rumgemacht hat.

»Wie läuft der Geburtstag?«, fragt Dad.

»Toll.«

Ben hält meinen Blick fest.

»Ich vermisse dich, Kumpel. Zu deinen Ehren esse ich heute Torte.«

»Cool.«

»Ich habe sogar deinen Namen draufschreiben lassen und mich dann gefragt, warum ich das ab jetzt nicht immer so mache. Warum auf einen Geburtstag warten? Einmal die Woche werde ich einfach so in die Konditorei marschieren, irgendeinen Namen diktieren und: voilà.«

»Super Idee, Dad.«

»Und? Was hast du so getrieben?«

»Nicht viel.« Ich schüttle langsam den Kopf. »Hör mal, Dad, eigentlich passt es gerade –«

»Warte kurz, ich lass dich gleich in Ruhe! Nur noch was wegen deinem Geschenk von uns: Es wurde gerade geliefert und wartet im Foyer auf dich.«

Ben lächelt mich an.

»Okay. Ich hol's gleich.«

»Besser sofort, Kumpel. Es ist verderblich. Lass mich wissen, wie es dir gefällt, ja?«

Wir verabschieden uns, ich lege auf und Ben schlingt die Arme um mich.

Mein Handy vibriert erneut. `Gib Bescheid, wenn du es erhalten hast!` Zwinker-Smiley.

»Hervorragend. Jetzt schreibt er auch noch.« Ich verdrehe die Augen. »Offenbar soll ich genau in diesem Moment ein Paket im Foyer abholen.«

»Okay.«

»Kommst du mit?«

»Klar.«

»Ich wette zehn zu eins, dass es was von *Harry & David* ist«, sage ich zu Ben im Fahrstuhl.

»Wer sind Harry und David?«

»Na, diese Delikatessenfirma. Kennst du doch. Die mit den Birnen? Stichwort ›Obst des Monats‹? Von denen

Moose Munch ist?« Ben sieht mich verständnislos an. »Die ... egal, holen wir einfach das Paket, dann kann ich ein Foto an meine Eltern schicken und für den Rest des Abends das Handy ausschalten.«

»Extrem guter Plan.«

Als ich aus dem Fahrstuhl steige, höre ich als Erstes eine sehr vertraute Stimme: »Arthur!«

Mir fällt die Kinnlade runter. »Jess?«

»Und Ethan«, sagt Ethan.

»Das verstehe ich nicht.« Ich drehe mich zu Ben um, doch der guckt genauso verständnislos. Dann drehe ich mich wieder zu Jessie – in Sommerkleid, mit Reisetasche – und Ethan – in kurzer Hose und *Milton High*-Shirt, mit Rucksack –, die neben der Reihe Briefkästen irgendwie unrealistisch groß wirken. »Was macht ihr hier?«

Jessie lächelt zurückhaltend. »Deine Mom hat uns mit ihren Vielfliegermeilen hergeschafft. Morgen reisen wir wieder ab.«

»Moment mal.« Ich schlage die Hand vor den Mund. »Seid ihr meine Überraschung?«

»Hi, ich bin Ben«, sagt Ben unvermittelt.

Jessie zögert. »Schön, dich kennenzulernen.«

»Mein fester Freund Ben«, sage ich schnell. »Wir sind wieder zusammen.«

»Ach.«

»Und die beiden sind auch ein Paar«, sage ich zu Ben. »Ethan und Jess. Sind ein Paar. Ha. Wer hätte das gedacht? Aber ich freue mich für sie.«

»Arthur, du musst nicht –«

»Doch! Ich freue mich extrem für euch. Total. Wisst ihr, was ein Wort sein sollte? Extral.«

Bens Mundwinkel zucken.

»Jedenfalls, wow! Ihr seid hier! Nur für meinen Geburtstag!«

»Extra!«, sagt Ethan.

»Und ihr hasst mich nicht.«

»Warum sollten wir dich hassen?«, fragt Jessie.

»Weil ich einfach aufgelegt habe? Und ein Arsch war?« Grinsend schaue ich von Jessie zu Ethan. »Trotzdem seid ihr hier. Ihr seid in New York.«

Jessie grinst zurück. »Deine Eltern wollten nicht, dass du an deinem Geburtstag allein bist. Wobei ...« Sie wirft einen Blick auf Ben, der prompt rot anläuft.

Und in dem Moment fällt der Groschen. Ben. Bei mir in der Wohnung. Ohne Eltern. An meinem Geburtstag. Mit sechs randvollen Kondomschachteln ... und Ethan und Jessie. Verdammte Scheiße, elterliches Einschreiten 2.0, würde ich mal sagen.

Andererseits weiß ich beim besten Willen nicht, wie sie mir die Tour auf eine schönere Art und Weise hätten vermasseln können. Freudestrahlend blicke ich von Ethan zu Jessie, zu Ben. Alle beisammen. Alle meine drei Lieblingsmenschen in einem einzigen engen Fahrstuhl. Und keiner von ihnen hasst mich. Nichts ist mehr kaputt. Vielleicht ist das Universum ja doch auf meiner Seite.

»Das nenn ich mal eine Geburtstagsüberraschung«, sagt Ben.

»Ja, oder? Ganz schön dickes Ding«, erwidert Jessie.

»Das hat er auch gesagt«, lacht Ben, stupst mich in die Seite und wird schon wieder rot. »Nicht so. Das meine ich nicht. Er hat es im Postamt gesagt. Über mein Paket. Ein Paket aus Karton. Das ich abschicken wollte.«

Jessie muss kichern. »Schon klar.«

Die Fahrstuhltüren gehen auf.

Ben ergreift wieder das Wort: »Wie lange seid ihr denn schon zusammen?«

Ethan und Jessie werfen sich einen Seitenblick zu. »Ähm. So zwei Monate? Mehr oder weniger?«

Komischerweise vermeiden sie es, sich zu berühren. Sie stehen demonstrativ nicht mal nah beieinander. Wodurch ich mir seltsam vorkomme. Als würden sie meinetwegen wie auf Eiern laufen. Meinetwegen nicht wagen, ihre Zuneigung auszudrücken. Andererseits könnten sie auch einfach ein überzeugtes Anti-kuschel-Pärchen sein.

»Willkommen in meinem Zuhause«, verkünde ich fröhlich, schließe die Tür zu 3A auf und lasse die drei eintreten.

Mein Handy vibriert: Ben. Der mir verstohlen schreibt. `Sie sind ein Paar????`

`Jap.` Auf dem Kopf stehender Smiley.

`Kommst du damit klar?`

»Echt schön hier.« Jessie sieht sich im Wohnzimmer um.

`Extra!.` Fünf weitere Auf-dem-Kopf-steh-Smileys.

Lachtränen-Smiley. `Sag Bescheid, falls ihr Zeit zum Reden braucht. Dann mach ich mich auf den Heimweg. Kein Problem.`

»Nein!«, rufe ich.

Während Ben sich ein Grinsen verkneift, sehen Jessie und Ethan mich verdutzt an.

Mit hochroten Wangen schreibe ich: `Geh nicht, ich brauche dich hier!!!!!! Glaubst du, deine Eltern würden dich übernachten lassen?` Fingers-crossed-Emoji. Betende-Hände-Emoji.

`Logo. Ich sag ihnen einfach, dass ich an Dylans Krankenbett Wache halte.`

`Wow, richte Dee bitte aus, dass er der beste Wingman aller Zeiten ist!`

Unsere Blicke treffen sich. Ben grinst. Ich auch.

»Whoa, ist das da Katharina die Große?«, fragt Ethan und schaut blinzelnd an den Wänden hoch.

34. KAPITEL – BEN

Nach unserer Versöhnung hab ich mich echt auf ein bisschen Zweisamkeit mit Arthur gefreut, aber ein Doppeldate mit seinen beiden besten Freunden ist auf jeden Fall viel besser als gar kein Date. Wir sitzen im Wohnzimmer und teilen uns Arthurs Levain-Cookie. Obwohl ich Hunger habe, kriegt er mein Stück. Ich kann nur vermuten, wie er sich gerade fühlt. In einem Moment sind sie noch die drei Amigos und jetzt sind zwei der Amigos ein Paar und der Dritte im Bunde wird mehr Zeit alleine verbringen müssen. Hudson und ich hatten ja noch einander, als Dylan und Harriett zusammenkamen. Wenn Arthur nach Hause kommt, sind drei vielleicht einer zu viel.

»Also, zwischen euch ist wieder alles in Ordnung?«, fragt Jessie.

Arthur nickt.

»Mein bester Freund wurde ins Krankenhaus eingeliefert und Arthur war für mich da«, sage ich. »Er war der Einzige, mit dem ich in dieser Situation reden wollte.«

Arthur und Jessie lächeln.

»Süß. Geht es deinem Freund gut?«

»Er ist gestorben.« Ich zucke mit den Achseln. »Passiert.«

Jessie erstarrt und Ethan schlägt sich die Hand vor den Mund. Arthur bricht in Gelächter aus und ich kläre auf: »Dylan ist quicklebendig. Fast schon zu lebendig. Und das will unter diesen Umständen echt was heißen.«

»Ich mag den Jungen«, sagt Ethan und zeigt auf mich.

»Jetzt fühle ich mich noch schlechter, dass wir euch den romantischen Abend versauen.«

»Was? Nein!«, widerspricht Arthur ihm. »Das tut ihr nicht. Na ja, vielleicht ein bisschen. Aber ich bin megafroh, dass ihr hier seid!«

»Du kannst dich ja freuen, dass wir hier sind, und uns gleichzeitig fürs Tour-Vermasseln erwürgen wollen.«

»Okay, das trifft es vielleicht.«

Jessie beugt sich vor. »Wir können uns auch alleine beschäftigen. Immerhin sind wir in der Stadt der Städte, hier kann man bestimmt krass viel unternehmen!«

»Kommt nicht in die Tüte«, werfe ich ein.

»Ja ...« Arthur wirft mir einen Seitenblick zu. »Kommt nicht in die Tüte ...«

Ich frage die beiden aus und verschaffe Arthur ein bisschen Zeit, um all das hier zu verarbeiten. Sie erzählen mir Geschichten, von den Sommern, die sie alle zusammen verbracht haben, von Marshmallow-Rösten und Zelten in Jessies Garten, davon, wie Arthur mit dramatischer Stimme Draco-und-Hermine-Fanfiction vorgelesen hat oder wie sie Ethan bei Pokémon-Battles im Einkaufszentrum angefeuert haben. War wohl alles einfacher, als sie noch Kinder und beste Freunde waren.

Mein Handy klingelt. Dylan.

»Sorry, da muss ich mal kurz rangehen.« Ich verschwinde zum Telefonieren in Arthurs Zimmer. »Stirbst du schon wieder?«, frage ich, nur halb im Scherz.

»Nein, ich lebe und feiere meine Wiedergeburt. Bin raus aus diesem Höllenschlund. Ich bin nicht von den Toten zurückgekehrt, um in eine Bettpfanne zu pinkeln.«

»Niemand hat von dir verlangt, in eine Bettpfanne zu pinkeln. Im Krankenhaus gab es Toiletten.«

»Du halluzinierst. Wo seid ihr zwei Hübschen?«

»Bei ihm. Seine besten Freunde, Jessie und Ethan, aus der Heimat haben Arthur eben zum Geburtstag überrascht. Sie sind den ganzen Weg von Georgia hergeflogen. Und offenbar sind sie auch ein Paar.«

»Hey, dürfen Samantha und ich dazukommen? Wir könnten eine Orgie draus machen!«

»Wie wär's mit: einfach eine Geburtstagsparty?«

»Für den Anfang.«

Ich habe eine Idee. »Ich sag Arthur, dass du und Samantha vielleicht vorbeischaut, aber ihr müsst mir vorher einen Gefallen tun. Besorgt einen Kuchen, mit der Aufschrift ...«

Eine Stunde später sind Dylan und Samantha bei uns. Dylan hat sich als »der junge Mann, der dem Tod den Mittelfinger zeigte« sofort ins Rampenlicht katapultiert. Ethan und Arthur lauschen gebannt seinen Ausführungen darüber, »wie man den Klauen des Todes entkommt«. Ethan will wissen, wieso Dylans Eltern ihm schon wieder erlauben zu feiern, Arthur isst nebenbei Pizza und nickt bloß hin und wieder. Samantha hat sich von dem Dylan-Schock erholt und plaudert mit Jessie über die Apps, die sie entwickeln möchte.

Ich entführe Dylan kurz in die Küche, um sicherzugehen, dass mit dem Kuchen alles stimmt.

»Danke dir, Mann.« Ich klappe den Karton zu und stelle ihn wieder in den Kühlschrank. »Also. Wie geht's dir wirklich? Mal ganz un-dylanhaft.«

»Ziemlich gut. Diese Panikattacken sind beschissen. Ich bin froh, dass wir im Krankenhaus waren. Vorsicht ist besser als Nachsicht.«

»Gab es denn irgendeinen Grund zur Panik? Oder hattest du bloß erhöhten Puls und hast hyperventiliert, wie beim letzten Mal?«

»Es gab einen Grund«, sagt Dylan. »Wir waren im Central Park und haben ein knutschendes Pärchen mit Fahrrädern beobachtet. Ich hab gewitzelt, wie wohl ihr Dirty Talk so aussieht: Blas mir den Schlauch auf, Baby. Soll ich dir mal die Kette ölen? Vor der nächsten großen Spritztour die Helme nicht vergessen ... und so weiter. Samantha hat so laut gelacht, dass ich eigentlich weitermachen wollte, aber stattdessen habe ich *Ich liebe dich* gesagt.«

»Dylan, Alter. Wir hatten doch ausgemacht, dass du mal einen Gang runterschaltest.«

»Das hätten die Radfahrer besser auch mal getan«, fällt Dylan dazu ein. Ich werfe ihm einen finsteren Blick zu. »Schon gut. Tja, ist mir so rausgerutscht. Dann habe ich versucht, es zurückzunehmen, und mich nur noch mehr zum Affen gemacht. Ich hatte Megaschiss, sie diesmal endgültig zu verlieren, mir schoss das Blut in den Kopf und mein Herz hat sich gefühlt mehrmals überschlagen. Dadurch hat Samantha Panik gekriegt, was es noch schlimmer gemacht hat, und dann war ich mir fast sicher, ich müsste sterben.«

Oh Mann, diese dummen Panikattacken.

»Tja, also, jetzt ist zwischen euch offenbar alles gut, *Zukünftiger*.«

»Das hat mich auch überrascht«, sagt Dylan. »Und dann hat sie im Krankenhaus plötzlich auch die L-Bombe platzen lassen, nachdem du weg warst. Habe erst mal den Han Solo abgezogen und ›Ich weiß‹ gesagt, aber dann war ich ehrlich. War echt schwierig.«.«

»Glaube ich.« Ich umarme ihn. »Aber ich freue mich voll für euch. Und ich kann's kaum erwarten, Trauzeuge zu werden, bei eurer abgedrehten Coffee-Shop-Hochzeit.«

»Ich hoffe, die abgedrehte Coffee-Shop-Hochzeit findet auch wirklich statt. Schon klar, ich bin viel zu voreilig. Und ich bin vielleicht übermenschlich und unsterblich, aber hellsehen kann ich nicht, also kann ich bloß dafür sorgen, dass es weiter in die richtige Richtung geht.«

»Apropos, sie könnte die Richtige sein«, sage ich.

»Arthur könnte auch der Richtige sein.«

»Wer weiß.«

Dylan klopft mir auf die Schulter. »Für den Fall, dass die beiden nicht die Richtigen sind, sollten wir vielleicht Hudson und Harriett einladen. Dann wird diese Orgie so richtig spannend.«

Es klingelt.

Was zur Hölle?

»Is nich wahr«, sage ich.

Dylan schnipst mit den Fingern. »Ich habe jetzt Superkräfte. Hab sie einfach herbeigezaubert.«

An der Tür treffe ich auf Arthur, und obwohl es wirklich unwahrscheinlich gewesen wäre, bin ich echt erleichtert, dass davor zwei junge Frauen stehen und *nicht* Hudson und Harriett.

»Ihr habt es doch geschafft!«, ruft Arthur und umarmt beide. Eine von ihnen verdreht währenddessen scherzhaft die Augen, ein bisschen große-Schwester-mäßig. »Ben, das ist Juliet, das ist Namrata.«

»Du bist also der legendäre Ben«, sagt Juliet.

»Das tägliche Drama hinter den unbearbeiteten Shumaker-Akten«, ergänzt Namrata und gibt mir die Hand.

»Ich habe Sparkling Cider mitgebracht«, verkündet Juliet und hält die Flasche hoch.

»Yay, jetzt schießen wir uns richtig ab!«, ruft Arthur.

»Der ist alkoholfrei. Wir betrinken uns doch nicht mit

dir. Haben wir uns gestern nicht klar ausgedrückt?« Namrata schüttelt den Kopf. »Wir sind auch nur für ein paar Minuten vorbeigekommen. Aber wir konnten dich an deinem Geburtstag dann doch nicht alleine lassen.« Sie späht ins Wohnzimmer. »Was du offenbar nicht bist. Deine Mutter weiß aber Bescheid, oder?«

»Sie weiß ... dass Leute hier sind.«

»Wir werden so was von gefeuert ... Wir waren nie hier.«

Arthur holt sein Handy raus, um ein Selfie mit ihnen zu machen. »Lächeln!«

Namrata und Juliet lächeln nicht.

Arthur und ich holen acht Gläser aus der Küche. Ist nicht viel Cider für uns alle, aber genug, um anzustoßen. Dylan schnappt sich danach die leere Flasche und will Flaschendrehen spielen, aber niemand geht darauf ein.

Juliet tippt Arthur auf die Schulter, um ihn zu umarmen. »Arthur, wir müssen weiter, wir kommen zu spät zu unserer Party.«

»Aber wir sind echt froh, dass du deinen Geburtstag doch genießt«, fügt Namrata hinzu.

»Wartet, ihr könnt noch nicht gehen, es gibt noch Kuchen«, wende ich ein.

»Echt?«, fragt Arthur.

»Bleibt ihr noch, um *Happy Birthday* zu singen?«, bitte ich sie.

Namrata und Juliet nicken.

Dylan und Samantha helfen mir in der Küche und ich trage den Kuchen ins Wohnzimmer. Alle fangen an zu singen. Auf dem Schokokuchen steht mit Vanille-Zuckerguss: *Do not throw away your wish.* Arthur sieht sich gerührt um und wir stellen uns zu einem Gruppenfoto zusammen, während die Kerzen noch brennen. Ich bin ganz schön froh, dass ich einen Teil dazu beitrage, seinen Geburtstag zu retten. Gut, ich habe ihn ja überhaupt erst ruiniert, aber jetzt helfe ich, den Karren aus dem Dreck zu ziehen, und hoffentlich behält Arthur das in Erinnerung, egal was zwischen uns noch passiert.

Er pustet die Kerzen aus.

»Was hast du dir gewünscht?«, frage ich.

»Darf ich nicht sagen. Aber ich habe den Wunsch nicht vergeudet, wie befohlen.«

»*Hamilton*-Tickets, bevor du nach Hause musst?«

»*Hamilton*-Tickets, bevor ich nach Hause muss!«

»Ich kann immer noch nicht glauben, dass sie wirklich hier waren«, sagt Arthur, als er zurück ins Wohnzimmer kommt, nachdem er Namrata und Juliet verabschiedet hat. Er setzt sich wieder zu mir auf den Boden, zu unseren Tellern voller Kuchenkrümel. »Sie mögen mich also doch.« Jetzt zeigt er auf uns. »Dass ihr alle hier seid, kann ich auch kaum glauben. Ihr seid die beste Geburtstagsüberraschung überhaupt.«

»Das waren auf jeden Fall so einige unerwartete Wendungen heute«, sage ich. Niemand verdient eine Party mit all seinen Lieblingsmenschen mehr als Arthur. Für seine Freunde geht er immer noch einen Schritt weiter und es war an der Zeit, dass das auch mal jemand für ihn tut. Ich gebe mir endlich so richtig Mühe, so wie ich es schon längst hätte tun sollen, Dylan und Samantha kommen für ihn direkt aus dem Krankenhaus, Ethan und Jessie den ganzen Weg aus Georgia, und sogar Namrata und Juliet schauen vorbei, um ihm zu zeigen, dass er eben nicht nur der Sohn der Chefin ist.

»Jetzt, da wir hier ein Dreifach-Date veranstalten«, sagt Dylan, »habe ich eine Idee.«

»Nein, hast du nicht«, widerspreche ich vehement.
»Warum? Habe ich wohl.«
»Wenn es irgendwas mit Sex zu tun hat, sei bloß still.«
Dylan grinst. »Wie wär's mit einem Sechser – «
»Dylan!«
» – Hochzeitsplan. Zu sechst 'ne Hochzeit planen, weil wir drei Pärchen sind. Alter, Big Ben, du hast vielleicht eine schmutzige Fantasie.« Er guckt Samantha an und verdreht die Augen, aber die verzieht selbst schon vor Fremdscham das Gesicht. »Hey jo, ›Zukünftige‹, du bist diejenige, die mich ›Zukünftiger‹ genannt hat. Sag nicht, du wüsstest nicht, worauf du dich da eingelassen hast. Ich werde dich auf ewig lieben und deinen Kaffee auf ewig hassen.«
Samantha grinst und schüttelt den Kopf. »Über dieses ›auf ewig‹ sprechen wir noch. Jetzt feiern wir erst mal Arthurs Geburtstag.«
»Guter Plan«, sage ich.
»Ich mein ja nur«, meldet sich Dylan wieder zu Wort. »Das ist 'ne große Sache. Drei Pärchen, in einem Zimmer. Fühlt sich episch an, wie *Der Herr der Eheringe*.«
»Seine Eltern haben sich ganz jung kennengelernt und sind immer noch verheiratet«, erkläre ich den anderen und wende mich dann wieder an Dylan. »Aber nicht jeder denkt so gern an die Zukunft wie du.« Ich nehme Arthurs Hand. »Ein paar von uns wollen einfach das Hier und Jetzt genießen.« Unsere zweite Chance.
»Ihr habt noch ein ganzes gemeinsames Leben vor euch!«, wendet Dylan ein. »Hallo, ihr seid Arthur und Ben! Ihr habt das Unmögliche möglich gemacht. Ihr verkörpert Hollywood-Liebe. Um eure Zukunft mache ich mir gar keine Sorgen, scheiß auf die Entfernung.« Als Nächstes deutet er auf Ethan und Jessie. »Ihr scheint zwar auch echt gut zu-

sammenzupassen, aber zieht bloß nicht die Ben-und-Hudson-Nummer durch und zerstört damit die Freundschaft.«

»Ich bin mir ziemlich sicher, dass du und Harriett unsere Clique zuerst zerstört habt.«

Dylan winkt ab. »Wer wird denn so spitzfindig sein?«

»Darüber haben wir natürlich auch schon viel gesprochen«, sagt Jessie. »Aber was hätten wir tun sollen? Dem Ganzen erst gar keine Chance geben? Unsere Gefühle waren ja nicht einfach nur eine Laune.«

»Definitiv nicht«, bestätigt Ethan.

»Wir haben uns dafür entschieden, es zu wagen. Vielleicht werden wir es mal bereuen, aber das bezweifle ich eigentlich. Wir kennen uns schon ewig. Diese Art Freundschaft wirft man nicht einfach weg.«

Ich hoffe, das beruhigt Arthur ein bisschen und er macht sich zu Hause nicht ständig Sorgen darüber, ob er irgendwann ohne seine Freunde dasteht.

»Bereut ihr es denn, was mit euren Freunden angefangen zu haben?«, fragt Ethan Dylan und mich.

»Auf jeden Fall«, antwortet Dylan wie aus der Pistole geschossen.

»Echt?«, frage ich ihn.

»Ich hab was Gutes kaputt gemacht, für eine Sache, die nirgendwohin geführt hat. Vielleicht wäre es anders gelaufen, wenn Harriett und ich uns vorher schon so lange gekannt hätten wie ihr.« Er zeigt auf Ethan und Jessie.

»Und ich kannte Hudson sogar noch weniger, aber …« Ich habe ein bisschen Schiss, wo dieses Gespräch hinführt.

»Bereust du Hudson?«, fragt Arthur.

»Ich vermisse ihn und Harriett«, antworte ich. »Ist nicht so, als wollte ich die beiden jetzt dabeihaben. Aber ich würde mir wünschen, dass der Gedanke nicht so furchtbar abwegig wäre. Sie waren unsere besten Freunde. Und jetzt ist alles so merkwürdig. Ich kann mich nicht mehr allein mit Harriett treffen, ohne dass es auf einmal für Hudson oder vor allem Dylan komisch ist. Hudson und Dylan können keine Späße mehr machen. Und ich kann nicht mehr mit Hudson alleine sein, ohne dass es sich seltsam anfühlt. Wir können einfach nicht mehr entspannt zusammen rumhängen.«

»Okay, aber bereust du es, dass ihr zusammen wart?«, hakt Arthur nach. »Du darfst ehrlich sein. Ich verkrafte das.«

»Nein, ich bereue es nicht«, gebe ich zu. Vor einer Woche hat sich das noch anders angefühlt. Oder ich hätte die Wahrheit vor mir selbst und allen anderen geheim gehalten. Aber Arthur verdient eine ehrliche Antwort. »Das ist wie bei Ethan und Jessie. Oder bei Dylan und Harriett. Wir mussten es einfach ausprobieren. Was das mit uns ist. Was, wenn es zwischen Hudson und mir total toll geworden wäre? Das wurde es nicht, klar, aber wie hätten wir es sonst herausfinden sollen? Außerdem hat Hudson mich mit zu dem gemacht, der ich heute bin. Zu dem Kerl, den du magst. Und wir beide haben uns nur getroffen, weil ich mit ihm zusammen war und mit ihm Schluss gemacht habe.«

»Also auf Hudson«, sagt Dylan und erhebt sein Glas. Niemand sonst bewegt sich. »Ähm, zu viel des Guten?«

Ich zeige auf Dylan. »Jap, definitiv. *Du* bist manchmal zu viel des Guten, Alter.« Dann wende ich mich wieder an Arthur. »Ich musste einfach herausfinden, was das mit Hudson und mir war, genauso wie wir herausfinden wollen, was das mit uns ist.«

»Und das wirst du auch nicht bereuen?«, fragt Arthur.

»Da wird es nichts zu bereuen geben«, sage ich.

»Vielleicht …«

»Niemals.« Ich lege ihm den Arm um die Schultern.

Ich weiß zwar noch nicht, wie unsere nächsten Kapitel aussehen werden. Und auf welches Ende wir uns gefasst machen müssen. Aber es ist unmöglich, dass ich das mit uns jemals bereuen könnte.

Es wird spät, also knobeln wir die Schlafmöglichkeiten aus. Arthurs Dad hat sich das so vorgestellt: Jessie in Arthurs Bett, Arthur im Bett seines Onkels und Ethan auf dem Sofa. Den Plan werfen wir natürlich über den Haufen. Ethan und Jessie haben schon Schlafanzüge an und chillen auf der Ausziehcouch. Dylan zieht Samantha schamlos mit in Onkel Miltons Schlafzimmer, sodass Arthur und ich sein Zimmer für uns haben. Endlich allein.

Zumindest, falls Dylan, der nervigerweise noch mal reingekommen ist, jemals geht.

»Das Zimmer ist echt niedlich«, sagt er zu Arthur. »In welchem Bett schläfst du?«

»Ich liege immer unten«, antwortet Arthur, während er ein Kopfkissen bezieht.

»Ohooo«, macht Dylan.

Arthur erstarrt. »Ah, warte, so war das nicht gemeint. *Das* war nicht gemeint. Also, denke ich. Ich habe nicht *darüber* geredet. Es ging bloß darum, in Hochbetten zu schlafen. *Nur* darum.«

»Voll gut.« Dylan grinst. »Dialoge, die das Leben schreibt. In diesem Sinne: Ich werde jetzt mal an meinen zukünftigen Kindern arbeiten.«

»Dylan. Kein Sex in Onkel Miltons Bett«, warne ich ihn.

»Wir machen ein Rollenspiel draus. Ich bin der Vampir, sie Frau van Helsing und –«

Auf einmal steht Samantha in der Tür. »Dylan. Wir werden jetzt *schlafen*. Na los.« Sie macht kehrt und verschwindet wieder im Nebenzimmer.

»Genau, ›schlafen‹«, sagt Dylan und zeichnet Anführungszeichen in die Luft. Dann folgt er Samantha und zieht die Tür hinter sich zu.

Arthur und ich schalten das Licht aus und legen uns einander zugewandt auf die Bettdecke.

»Und? Guter Geburtstag?«, frage ich.

»Nach einem trübseligen Start – «

»Tut mir leid.«

» – wurde er deutlich besser.«

»Gern geschehen.«

»Zwischendurch wurde es noch mal ein bisschen trübselig.«

»Ich muss mich für Dylan entschuldigen.«

»Und jetzt sind wir hier.«

»Ja, ganz ohne Trübsal. Und endlich alleine; ich muss dir nämlich unbedingt was zeigen.«

Arthur lächelt. »Wirklich?«

Ich hole mein Handy raus und logge mich in meinen Mail-Account ein, wo ich alle Kapitel von *Der Zorn der Zauberer* speichere. Nachdem vor Jahren *Die Magier-Mannschaft* unrettbar verloren gegangen war, weil der alte Familienlaptop endgültig den Geist aufgegeben hatte, habe ich meine Lektion gelernt. Ich öffne das richtige Kapitel. »Ich habe dich in *Der Zorn der Zauberer* geschrieben.«

Arthur setzt sich so abrupt auf, dass er mit dem Kopf an das obere Stockbett stößt.

Lachend streichele ich ihm über die Haare. »Alles okay?«

»Ja, klar. Ich meine, ich komme in meiner liebsten Geschichte nach *Hamilton* vor. Bin ich darin größer?«

»Nein. Aber du bist ein König. König Arturo. Du musst es nicht jetzt lesen.«

»Wann hast du das geschrieben?«

»Ich hab Montag angefangen und bin gestern fertig geworden.«

»Wolltest du es mir schicken? Trotz allem?«

»Ich war zwar noch dabei, Mut zu sammeln, aber ich glaube schon. Selbst Hudson hat gesagt, dass ich das machen sollte.«

Arthur nickt.

»Mist, ich hätte ihn nicht schon wieder erwähnen sollen. Sorry.«

»Ich glaube, Dylan und du solltet versuchen, euch mit Hudson und Harriett zu versöhnen.«

»Was? Wäre das nicht komisch für dich?«

»Es ist auch komisch, wenn ich das Gefühl habe, dich davon abzuhalten. Ich weiß, dass du deine Freunde vermisst. Was, wenn da noch nicht alles verloren ist? Das solltest du herausfinden.«

»Ich denk drüber nach.« Harriett, Hudson, Dylan und ich zusammen in einem Raum ist ein schöner Gedanke.

»Aber es bleibt strikt bei Freundschaft«, warnt Arthur. »Versuch auf keinen Fall herauszufinden, was passiert, wenn du wieder mit Hudson zusammenkommst! Damit würdest du jemandem das Herz brechen, der sich nach seinem Praktikum zwar ziemlich gut mit dem Gesetz auskennt, dem das aber dann ziemlich egal wäre.«

»Okay, die Todesdrohung ist angekommen.« Ich bin echt froh, dass Arthur das Ganze so locker nimmt. »Eigentlich wollte ich Harriett bitten, die Kiste für Hudson abzuholen, damit ich sie endlich aus dem Haus habe. Aber dann kann ich sie ihm jetzt ja doch selbst geben.«

»Musst du gar nicht.«

»Will ich aber.«

»Nein, im Ernst. Du brauchst dich weder von den Sachen noch von sechsundfünfzig Bildern auf Instagram zu trennen. Ich weiß jetzt, dass du mich liebst. Und ich würde jeden verprügeln, der versuchen würde, alle Spuren von *mir* aus deinem Leben zu löschen.«

»Du bist wirklich großzügig heute«, sage ich. »Aber ich muss das trotzdem tun. Für mich selbst.«

Ich brauche keine Erinnerungen an den Hudson, der irgendwann im Laufe unserer Beziehung verschwand. Nicht, wenn ich versuche, mich an Hudson als Freund zu erinnern, oder ihn sogar als solchen zurückbekomme.

Doch jetzt geht es um Arthur und darum, noch die letzten Minuten seines Geburtstags zu genießen. Wir kuscheln uns aneinander und er liest sein Kapitel. Er lacht über alle König-Arturo-Witze, an denen ich extra lange gefeilt habe, und küsst mich immer dann, wenn sich König Arturo und Ben-Jamin küssen. Ich kann kaum glauben, dass wir uns heute fast nicht gesehen hätten. Vielleicht sogar nie wieder.

»Ich liebe dich, Arthur«, sage ich.

Arthur sieht mich an. »*Te amo* auch, Ben.«

35. KAPITEL – ARTHUR
5. AUGUST

Als ich die Augen aufmache, habe ich Dylans Gesicht vor der Nase. »GENTLEMEN, DIES IST EIN NOTFALL. BITTE LÖSEN SIE IHRE SCHWÄNZE VONEINANDER.«

»Was – ? So ... funktionieren Schwänze nicht.«

Dylan zwinkert mir zu. »Vielen Dank, ich weiß sehr gut, wie die funktionieren.«

Ben zieht mich näher an sich und nuschelt was in meine Schulter.

»Und denkt an die Minderjährigen hier. Bedeckt eure Blöße.«

»Wir ... sind nicht mal annähernd entblößt.« Ben setzt sich genervt auf und zieht sein T-Shirt zurecht. »Tatsächlich haben wir sogar mehr an als du.«

Dylan wackelt mit den Augenbrauen. »Willst du mich herausfordern?«

»Dazu, mehr Klamotten anzuziehen? Auf jeden Fall.«

»Was gibt es denn jetzt für einen Notfall?«

»Wir gehen Doughnuts kaufen«, sagt Dylan. »Und brauchen eine Empfehlung.«

Ben blinzelt heftig. »Du hast uns wegen einer Doughnut-Empfehlung geweckt?«

»Klar.«

»Aha. Ist *Dunkin' Donuts* bankrott oder – «

»Schlägst du das allen Ernstes vor? Hast du mir gerade *Dunkin' Donuts* ins Gesicht gesagt?«

»Was ist daran verkehrt?«

Dylan schaudert. »Die sind der Starbucks unter den Doughnuts.«

»Starbucks hat auch Doughnuts«, sagt Ben. »Starbucks ist der Starbucks unter den Doughnuts.«

»Ist gut, ihr zwei.«

»Doughnuts sind Doughnuts.«

»Benjamin Blümchen, das habe ich dir doch besser beigebracht.«

Samantha steckt den Kopf ins Zimmer. »Morgen, Jungs. Los, wir holen was von *Beard Papa's*. Ben, kommst du mit?«

»Hose an, Benny Geröllheimer«, sagt Dylan. »Du wurdest soeben für einen Grundkurs in Doughnutkunde eingeschrieben.«

Als ich ins Wohnzimmer komme, hat Jessie ihre Beine auf Ethans Schoß gelegt, und mir fällt auf, dass wir drei diesen Sommer zum ersten Mal unter uns sind.

Ich kuschele mich in den Sessel ihnen gegenüber und ziehe die Knie an. »Das ist seltsam.«

Jessie lacht nervös. »Was ist seltsam?«

»Keine Ahnung. Dass ihr hier seid. In New York. Als Paar!«

»Während du einen Freund hast«, sagt Jessie. »Einen echt süßen Freund.«

»Ha. Ja.«

»Also habt ihr das geklärt? Alles wieder gut zwischen euch?«

»Alles wieder gut. Voll und ganz. Für die nächsten zwei Tage zumindest.« Ich versuche zu lächeln, doch es klappt nicht so richtig.

Jessie schaut mich erwartungsvoll an. »Wollt ihr beiden ...?«

»Nein. Ich weiß es nicht. Wir haben noch nicht darüber gesprochen.«

»Das solltet ihr«, sagt Jessie.

Mir wird eng in der Brust. »Ja.«

Mittlerweile liegen Ethans Hände auf Jessies ... Schenkeln? Knien? Ich versuche, nicht hinzustarren, aber wow. Es ist wie damals, als Dad sich den Bart abrasiert hatte und mein zwölfjähriges Hirn das nicht verarbeiten konnte, weil er zwar Dad, aber auch nicht Dad war. Und hiermit kann ich genauso wenig umgehen. »Arthur, es tut mir ganz, ganz ehrlich leid, dass wir dir nichts erzählt haben von ... uns. Und natürlich muss das seltsam für dich gewesen sein. Ist ja klar.«

Schnell schüttle ich den Kopf. »Nicht ihr wart seltsam. Ich war das. Es ist nur so, dass ... Keine Ahnung. Ich habe mich gefühlt wie Amneris in *Aida*. Als hätte ich es kommen sehen müssen.«

»Alter.« Ethan stößt den Atem aus. »Es tut mir so leid. Genau das haben wir gemacht. Wir haben dich ge-Amneris-t.«

»Bitte sprecht meine Sprache«, sagt Jessie.

»Trotzdem war ich ein Arsch. Mir tut es auch leid. Ihr seid glücklich miteinander. Und ich freue mich für euch!«

»Aber – «

»Und meine Reaktion war echt scheiße. Es war scheiße von mir, dass ihr euch meinetwegen seltsam fühlen musstet.«

»Na ja«, sagt Ethan. »Und von mir war es scheiße, dich denken zu lassen, ich hätte ein Problem damit, dass du schwul bist.«

»Das habe ich mir ja selbst eingeredet.«

»Ich hätte das aber merken und sofort klarstellen müssen.« Ethan schüttelt den Kopf. »Ich hätte dir weiterhin ganz normal schreiben sollen. Es tut mir echt so was von leid, Art.«

»Ist schon wieder gut.«

»Weiß ich. Ich wünschte trotzdem, ich hätte mich in den letzten Wochen anders verhalten.«

Einen Moment lang spricht keiner ein Wort.

»Vielleicht sollten wir einen Neustart versuchen«, sage ich schließlich.

»Einen Neustart?«

»Jessie, Ethan, ich muss euch etwas sagen.« Dramatische Pause. »Ich bin schwul.«

Beide sehen mich abwartend an.

»Wissen wir?«, sagt Jessie.

»Nein, das ist doch ein Neustart! Was sagt ihr?«

»Ähm.« Jessie sieht Ethan und mich abwechselnd an. »Was sollen wir denn sagen?«

»Was ihr wollt. So was wie *Super* oder *Beide Daumen hoch* oder *Voll abgefahren* oder –«

»Voll abgefahren«, sagt Jessie.

»Beide Daumen hoch«, sagt Ethan.

»Okay, gut. Jetzt seid ihr dran.«

Jessie runzelt die Stirn. »Du meinst ...«

»Hey, Leute, was geht ab? Was habt ihr mir so Wichtiges zu erzählen?«, rufe ich fröhlich.

»Na ja«, sagt Jessie.

Ethan grinst auf sein Handydisplay.

»Ethan und ich sind ein Paar.«

»Was? Das ist ja wundervoll.« Ich lege die Hand aufs Herz. »Ich freue mich so für euch! DAS IST JA EXTRAL ROMANTISCH!!!«

Jessie lacht. »Dreh es vielleicht zwei Grad runter.«

»Okay, aber ich freue mich wirklich für euch. Das wisst ihr, oder?«

»Schon, aber es bleibt trotzdem ein bisschen seltsam. Etwas hat sich verändert.« Jessie zuckt die Schultern. »Ich versteh das.«

»Ihr zwei seid meine besten Freunde. Das hat sich nicht verändert.«

»Stimmt.« Jessie lächelt gerührt und hebt die Beine von Ethans Schoß. »Lass dich drücken.«

Und im nächsten Augenblick hat sie sich neben mich in den Sessel gequetscht. »Entschuldige mal! Intimdistanz?«, protestiere ich grinsend.

»Keine Chance«, ruft sie, schlingt ihre Arme um meine Schultern und schmiegt sich an mich.

Mein Handy vibriert und Jessie liest die eingegangene Nachricht schamlos mit.

`Ich liebe dich, Kumpel.`

Von Ethan. Nicht per Gruppenchat, sondern nur an mich.

Und als ich zu ihm aufsehe, ist er schon halb beim Sessel. »Ich will dazu«, verkündet er und pflanzt sich kurzerhand auf Jessies und meinen Schoß.

Erschöpft plumpse ich neben Ben aufs Sofa. »Sie sind weg. All die schrecklich vielen wunderbaren Leute sind weg.«

»Endlich.« Er zieht mich an sich. Das ist lustig mit Ben. Selbst vor unseren Freunden traut er sich fast nicht, mich auch nur zu berühren, aber kaum sind sie weg, darf kein Zentimeter Luft mehr zwischen uns bleiben. »Obwohl mir Jessie und Ethan echt sympathisch sind.«

»JessieundEthan. Ein Wort. Ich bin immer noch … wow.«

»Muss schwer sein, sich daran zu gewöhnen.«

»Ist es auch. Trotzdem bin ich, glaube ich, ehrlich glücklich deswegen.« Ich lächle zu Ben hoch. »Vielleicht bin ich auch einfach nur glücklich an sich.«

Er kuschelt sein Gesicht an meine Schulter. »Ich verstehe, was du meinst.«

»So gefällt mir das. Wir sind wie zwei Dads.«

Er lacht. »Zwei Dads?«

»Wie ein altes New Yorker Pärchen, das einfach nur rumsitzt und nichts tut.«

»Ich tue gerne nichts mit dir.«

»Und ich mit dir.«

Und das ist die verdammte Wahrheit. Ich dachte immer, bei Liebe ginge es um die Wow-Momente. Um die großen Augenblicke, die uns in Filmen und Musicals immer gezeigt werden, jenseits der Dialoge, jenseits der Füllszenen. Aber wenn die stillen Momente Füllszenen sind, dann werden genau die womöglich unterschätzt.

»Das sollten wir jeden Tag machen«, sage ich.

»An jedem der zwei?«, fragt Ben mit diesem traurigen halben Lächeln.

Mein Herz wird ganz schwer. »Oh.«

»Entschuldige, Stimmungskiller.«

»Nein, schon gut.« Ich küsse ihn aufs Haar. »Du bist nur ehrlich zu mir, wie du gesagt hast.«

Er nickt.

»Die Sache macht mich fertig.«

»Mich auch«, murmelt er.

»Hey, komm her.« Ich lege mich hin und ziehe ihn mit mir. Brust an Brust, verschlungene Arme, verschränkte Beine. Als er sein Gesicht in meiner Halsbeuge vergräbt und tief einatmet, verdreifacht mein Herzschlag das Tempo. Seine Traurigkeit ist so spürbar, dass es mich erschreckt.

Ich löse mich etwas von ihm und betrachte einen Moment lang eingehend sein Gesicht. Sehe zu, wie sich seine dichten Wimpern über den rosigen Wangen heben und senken und wie ihm die Sommersprossen über die Nase tanzen. Uns umgibt eine nahezu greifbare Stille. Ich drücke meine Lippen auf seine Stirn.

Dann hole ich tief Luft.

»Also«, sage ich schließlich. »Was passiert in zwei Tagen?«

Ben zögert. »Ich weiß es nicht.«

»Ich ziehe wieder nach Georgia.«

Er fängt meinen Blick ein. »Ich hatte noch nie eine Fernbeziehung.«

»Ich hatte noch gar keine Beziehung«, gebe ich zurück. »Ich weiß nicht, wie das gehen soll.«

»Was jetzt genau?«

»Dieses Voneinander-entfernt-Sein.« Ich umfasse Bens Gesicht. »In Filmen gibt's dann immer einen Zusammenschnitt. Du weißt schon, man sieht, wie sie sich nacheinander sehnen. Das eine oder andere Mal miteinander telefonieren. Und irgendwann hat einer von beiden eine neue Frisur oder einen Bart, damit man merkt, wie die Zeit vergeht. Aber ich weiß nicht, wie realistisch das ist. Ich glaube, wir würden wohl viel facetimen und Nachrichten schreiben und uns übel vermissen. Hin und wieder am Handy masturbieren. Das macht man doch so?«

Ben schaut verdattert aus der Wäsche. »Ähm. Keine Ahnung.«

»Und wenn's schiefgeht? Wenn ich mich irgendwann nur noch einsam und traurig betrinke, während du zu Raves gehst und fremdknutschst? Stell dir vor, dann rufe ich an und du steckst gerade in einem Darkroom bei einer Meute heißer Promisöhne mit toten Augen, die dir Kokain in den –«

»Oh Mann, Arthur. Du weißt schon, dass ich neunzig Prozent meiner Freizeit damit verbringe, über Zauberer zu schreiben und *Die Sims* zu spielen, ja?«

»Schon …«

»Wenn du einmal losgelegt hast, kennst du einfach kein Halten mehr, stimmt's?«

»Stimmt.«

Er küsst mich auf die Wange. »Warte hier, okay? Ich muss kurz was vorbereiten.«

»Ooh, was denn? Ist es geheim? Soll ich die Augen zumachen?«

»Musst du nicht. Bleib einfach auf dem Sofa. Hör dir drei *Dear Evan Hansen*-Songs an, dann bin ich so weit.«

Strahlend setze ich mich auf. »Alles klar!«

Doch schon nach Zoes Part in *Only Us* ploppt ein FaceTime-Anruf von Mom auf.

Ich nehme ihn an. »Hi, Mom.«

»Hi, Liebling!« Sie sitzt in einem absolut typischen Hotelzimmer. Gestärkte Bettwäsche, gestepptes Kopfteil, gerahmtes Strandbild. »Wie hat dir deine Überraschung gefallen?«

»Einfach fantastisch. Danke, Mom!«

»Sehr gern. Und wie sind Ethan und Jessie so als Paar? Ich kann mir das gar nicht recht vorstellen.«

»Katastrophal«, fange ich an, doch da geht meine Schlafzimmertür auf.

Und ich kann nicht mehr sprechen.

Denn – wow. *Wow*. Da steht mein Freund, nackt bis auf die Boxershorts, und sieht mich so auffordernd an, als ob –«

»Ist was, Liebling?«, fragt Mom.

Bens Hand fliegt zum Mund, eilig huscht er zurück in mein Zimmer und schlägt die Tür hinter sich zu.

»Ich muss auflegen, Mom. Tut mir leid.« Noch bevor sie etwas erwidern kann, beende ich den Anruf und laufe ins Schlafzimmer.

Eine Reihe Teelichter führt von der Tür zum Bett, das mit Herzaufklebern bestreut ist. Ben sitzt mittendrin. »Ich hab die Kerzen nicht angezündet, sorry. Wollte das Haus nicht abfackeln. Und es gab keine Rosenblätter bei Duane Reade, deswegen die Aufkleber.«

»Ben.«

»Ich weiß, es sieht lächerlich aus und – «

»Es ist perfekt.«

»Es gefällt dir?« Seine Mundwinkel wandern nach oben.

»Ich liebe alles in diesem Zimmer«, sage ich ihm. »Absolut alles.«

36. KAPITEL – BEN

Heute Morgen bin ich neben Arthur aufgewacht. Kaum zu glauben, dass es fast eine Welt gegeben hätte, in der das nie passiert wäre. Das gleiche Gefühl hatte ich auch gestern Nacht, kurz bevor wir irgendwann eingeschlafen sind, mein Gesicht an seinem T-Shirt, seiner Schulter. Jetzt ist es Nachmittag und wir liegen uns gegenüber, diesmal ohne T-Shirts, unsere ineinander verschränkten Hände zwischen uns.

»Wir müssen das nicht tun«, sage ich. »Wir wissen nicht, was nächsten Monat mit uns ist, und ... das ist eine große Sache. Sie lässt sich nicht rückgängig machen. Es ist in Ordnung, wenn du auf jemand anderen warten willst, und –«

»Du bist der Einzige, mit dem ich das tun will, Ben. Wenn du es auch willst?«

»Wahnsinnig gerne.«

»Ich auch. Nur ... Ich weiß nicht, wie ...«

»Ich weiß.«

»Ich *weiß*, dass du es weißt. Aber ... hab Geduld mit mir.«

»Natürlich.« Wenn Arthur wieder Panik bekommt, wie letztes Mal, bin ich darauf vorbereitet. Das wäre nicht toll, aber okay. Auf keinen Fall will ich irgendetwas tun, womit er sich nicht wohlfühlt. Ich küsse seine Hand. »Ich liebe dich.«

»Ich dich auch.«

Wir machen weiter, ganz behutsam. Ich will, dass das hier für Arthur zu der unvergesslichen Erfahrung wird, von der er schon wer weiß wie lange träumt. Für mich ist es ein völlig anderes erstes Mal. Arthur ist ein völlig anderer Mensch, wir sind in einem völlig anderen Bett. In diesem Apartment ist keiner von uns zu Hause, aber wir geben uns gegenseitig ein Gefühl von Zuhause, sodass alles um uns herum verschwindet. Ich konzentriere mich ganz auf ihn. Es soll so lange wie möglich dauern. Er soll auf ein Erfolgserlebnis zurückblicken können.

Das setzt mich allerdings ziemlich unter Druck. Ich darf das hier nicht versauen.

Ich reiße mich zusammen. Schluss mit dem Unsinn. Zwischen Arthur und mir lief bisher nichts perfekt. Für uns letztendlich vielleicht schon, aber definitiv nicht objektiv betrachtet. Und ich weiß, dass er mit seinen ganz eigenen Befürchtungen zu kämpfen hat, auch weil wir ein paar Startschwierigkeiten hatten. Aber wir sind gemeinsam auf dieser Reise, geduldig, und versichern uns immer wieder mit einem Lächeln, dass wir auf einer Wellenlänge sind.

Ich küsse ihn, sage ihm, wie schön er ist, dass ich ihn liebe, und so überqueren wir die Ziellinie.

Wir lachen, kommen wieder zu Atem und pflücken Herzchensticker von unseren Körpern.

Diesmal brauchen wir keinen Neustart.

MONTAG, 6. AUGUST

Die letzten Nachrichten im Gruppenchat von Dylan, Harriett, Hudson und mir sind vom 7. April, meinem Geburtstag. Ich hatte gefragt, ob jemand Lust hätte, mit mir Mittag essen zu gehen, bevor Hudson und ich später zum Konzert gehen würden. Harriett schrieb Hudson und mir einzeln, weil allein der Anblick ihrer Sprechblase im Chat neben Dylans Sprechblase unerträglich für sie war, und dann haben wir uns zu dritt zum Frühstück getroffen. Dylan hatte keinen Bock auf Drama, also war ich erst danach bei ihm. Er hat mir Blumenkohl-Tacos gemacht und wir haben Videospiele gespielt. Nur wir beide. Danach bin ich wiederum mit Hudson losgezogen und konnte mich noch nicht mal richtig über den enttäuschenden Tag beschweren, weil er selbst schon so deprimiert wegen der Scheidung seiner Eltern war. Ich wünschte echt, ich hätte es geschafft, alle zusammenzutrommeln, so wie Arthur an seinem Geburtstag. Aber das ist Geschichte. Schwamm drüber.

Als ich gestern Abend wieder zu Hause war, habe ich die Gruppe wiederbelebt und geschrieben, dass ich mich gerne nach dem Unterricht zu viert zusammensetzen würde, um über alles zu reden. Einfach so, ganz unverblümt. Dann hab ich noch ein GIF vom gestiefelten Kater mit Bettelblick hinterhergeschickt. Dylans Antwort kam prompt: Ein GIF von *SpongeBob*, der die Daumen hochreckt. Er wird da sein. Eine Stunde später schickte Harriett ein GIF mit »Wie Ihr wünscht« von Westley aus *Die Braut des Prinzen*. Und ein paar Minuten danach antwortete Hudson mit einem vor Freude umherspringenden Stewie Griffin.

Heute Morgen im Unterricht ist die Stimmung dann auch schon ganz anders. Keine Spannung mehr in der Luft, zumindest keine negative. Eher diese freudige Anspannung, weil Hudson und Harriett tatsächlich wieder meine Freunde werden könnten. Und das nicht nur, weil sie die Einzigen waren, an die ich mich wenden konnte, nachdem ich es mir mit Arthur, Dylan und Samantha verkackt hatte.

Das bevorstehende Treffen stimmt mich total optimistisch und lässt mich superpositiv in die Zukunft sehen, bis

Mr. Hayes mir den Test zurückgibt: Drei minus. Ich war so sicher, dass ich eine Zwei kriegen würde, oder sogar eine Eins. Zumindest bei diesem Thema. Morgen findet die Prüfung statt, von der alles abhängt. Am gleichen Tag, an dem Arthur abreist. Ich … ich kann diesen Kram einfach nicht. Eigentlich bin ich kurz davor, alles hinzuschmeißen und zu flennen, heule mich stattdessen aber lieber nur in einer Nachricht bei Arthur aus. Mit dem Ergebnis, dass wir heute doch nicht durch die Stadt stromern werden, wo Arthur noch ein letztes Mal den Megatouri spielen wollte. Denn er hat mir direkt angeboten, mir beim Lernen zu helfen. Würde mich allerdings wundern, wenn wir zum Lernen kämen. Es gibt zu viele gute Gründe, die Finger nicht voneinander zu lassen. Und dann steht uns auch noch ein wichtiges Gespräch bevor …

Aber ein wichtiges Gespräch nach dem anderen.

Nach der Schule machen Harriett, Hudson und ich uns auf den Weg zu Dream & Bean. Ich lenke das Gespräch auf Noten. Die beiden haben besser abgeschnitten. War klar. Schon komisch, dass wir jetzt zwar wieder Freunde werden könnten, aber sie vielleicht ohne mich ins letzte Schuljahr kommen. Ohne mich ihren Abschluss machen. Ohne mich aufs College gehen. Ich würde im Leben immer ein Jahr hinter ihnen zurückbleiben.

Ich muss diesen Test morgen einfach bestehen.

Als wir Dream & Bean betreten, sitzt Dylan schon mit vier Getränken in einer Ecke. Zu seinen Füßen steht eine Kiste.

»Die sind nicht alle für dich, oder?«, frage ich und setze mich neben ihn.

Harriett und Hudson setzen sich uns gegenüber.

»Das sind Friedensangebote«, erklärt Dylan und reicht

mir eine rosa Limonade, Hudson einen Iced Mocha und Harriett einen Cappuccino mit Karamelltopping. »Die Barista hat eine Katze gemalt, die du auf Insta hättest posten können, aber sie ist leider verlaufen.«

»Der Gedanke zählt.« Sie nimmt einen Schluck. »Und? Wie geht's dir?«

»Okay. Der Sommer war ziemlich entspannt. Und ich habe jemanden kennengelernt, sie – «

»Das ist toll«, unterbricht ihn Harriett, »aber ich rede von deiner Gesundheit, nicht von deinen Ferien. Warst du nicht im Krankenhaus? Du scheinst wieder fit zu sein. Was war los? Panikattacke?«

»Jap. Aber ist wieder in Ordnung.«

»Gut«, sagt Hudson. »Ich wollte gestern schon schreiben, wusste aber nicht, ob es angebracht ist.«

»Warum?«, will Dylan wissen.

»Frag ihn.« Hudson zeigt auf mich.

»Nur weil ich nicht wollte, dass du mit ins Krankenhaus kommst? Das wäre einfach zu viel gewesen.«

»Aber mir ist er auch wichtig«, sagt Hudson. »Dylan ist nicht nur dein Freund.«

Dylan stützt das Kinn auf. »Wie süß! Prügelt ihr euch gleich um mich?«

Ich werfe ihm einen finsteren Blick zu. »Hudson, ich weiß, dass er dir eigentlich wichtig ist. Aber nachdem wir getrennt waren, hast du nicht mal mehr versucht, mit ihm befreundet zu sein.«

»Und schon davor hast du dich nicht gerade exzessiv gemeldet«, fügt Dylan hinzu.

Hudson wird rot.

»Jungs, jetzt verbündet ihr euch aber gegen ihn«, schaltet sich Harriett ein.

Ich zeige ein Time-out mit den Händen. »Niemand verbündet sich hier. Aber ihr zwei haltet nun mal zusammen und wir beide auch. Und genau das trennt uns auch.« Ich hole tief Luft. »Wahrscheinlich muss es erst mal ein bisschen peinlich werden, bevor es besser werden kann. Schon klar, es ist superkomisch, aber ich bin froh, dass wir das hier machen.«

»Was genau machen wir denn?«, fragt Hudson. »Und wofür? Eine Gruppenumarmung? Um uns wieder auf Instagram zu folgen?«

»Für den Anfang, ja«, sage ich. »Ich wünsche mir, dass wir den Reset-Knopf drücken. Einen Neustart ausprobieren. Hudson, Harriett, ihr bedeutet uns was. Und ihr seid ja auch nicht nur zum Spaß hier. Ihr wollt das doch auch versuchen, oder?«

Harriett starrt in ihren Cappuccino. »Du warst noch nie wegen einer Panikattacke im Krankenhaus, Dylan. Ich hab mir richtig Sorgen gemacht. Aber ich hatte das Gefühl, ich hätte kein Recht dazu. Weil mein verletztes Ego seit unserer Trennung keine wie auch immer geartete Beziehung zu dir erlaubt hat. Auch keine Freundschaft. Nachdem du mich einfach so hast sitzen lassen.«

»Es tut mir leid«, sagt Dylan. »Ich wollte einfach nicht weiter deine Zeit verschwenden.«

»Das versteh ich. Und im Nachhinein bin ich sogar dankbar dafür. Hat mich trotzdem runtergezogen. Aber egal, wie wütend ich auf dich war – als ich dachte, dass dir was Schlimmes passiert ist, wäre ich gerne an deiner Seite gewesen, so wie früher.« Sie schaut erst ihm in die Augen, dann mir. »Ich glaube, ich wäre nicht so offen für dieses Gespräch gewesen, wenn ich am Samstag deswegen keine schlaflose Nacht verbracht hätte.«

»Wow, schlaflose Nächte? Meinetwegen?«, fragt Dylan. »Du liebst deinen Schlaf!«

»Jap, mein kostbarer Schönheitsschlaf, dahin, deinetwegen.«

»Das bedeutet mir viel.« Dylan legt die Hand aufs Herz. »Also bin ich nicht länger der Außenseiter! Euch hat ja das ganze Abhängen in der Sommerschule und Bens und mein kleiner Streit wieder zusammengeschweißt. Ich hätte besser auch mal in Chemie durchrasseln sollen. War fast ein bisschen eifersüchtig auf euch Leuchten.«

»Dee, es reicht mit der ganzen Sommerschul-Disserei, okay?«

»Hey.« Er beugt sich konspirativ zu mir rüber und senkt die Stimme. »Wir sind im selben Team, Mann.«

»Keine Teams mehr. Das einzige Team ist das, in dem wir wieder alle vier zusammen sein wollen«, zische ich und wische etwas zu grob über den Tisch. »Sorry, ist einfach nicht mein Tag. Schlechte Note im Test. Ziemlich sicher werde ich morgen durch die Abschlussprüfung rasseln. Ich könnte statt blöder Sprüche grad einfach ein bisschen Unterstützung gebrauchen.«

»Tut mir leid, Big Ben. Du weißt doch, dass ich nur Spaß mache.«

»Alles zu seiner Zeit. Sobald ich das hinter mir habe, ertrage ich deine Witzeleien wieder besser. Falls ich bestehe. Was, wie gesagt, nicht besonders wahrscheinlich ist. Vermutlich muss ich das Schuljahr echt auf einer anderen Schule wiederholen. Ohne euch alle.« Fast füge ich hinzu, dass Arthur auch nicht da sein wird, aber das ist ein ganz anderes Riesenproblem. »Dann werde *ich* zum Außenseiter, an den sich keiner mehr erinnert.«

Dylan nimmt meine Hand. »Big Ben, falls du sitzen

bleibst und die Schule wechseln musst, komme ich an deine neue Schule. Du weißt, dass ich das tun würde.«

Ich drücke seine Hand. Egal, wie sich das mit Hudson und Harriett entwickelt, dass Dylan für immer Teil meines Lebens sein wird, ist sicher. Solche positiven Gedanken brauche ich, besonders jetzt, wo Arthur weggeht. »Und du weißt hoffentlich, dass ich dich da gar nicht haben will, falls du dann eh nur Witze übers Sitzenbleiben reißt.«

»Ist notiert.« Er wendet sich an Hudson. »So. Meine Gefechte mit Harriett und Ben habe ich ausgetragen. Hast du noch irgendwelche Beschwerden vorzubringen oder können wir endlich unsere Gruppenumarmung starten?«

»Alles gut«, sagt Hudson. »Ich würde nur gerne noch kurz mit Ben reden.«

»Und ich mit dir«, sage ich.

»Worauf wartet ihr?« Dylan blickt uns erwartungsvoll an.

»Wir sollten die zwei dafür besser alleine lassen«, bemerkt Harriett.

»Warum? Wir haben uns doch auch vor ihnen ausgesprochen?«

Harriett steht auf. »Na los, du kannst mir noch einen Cappuccino ausgeben und mir von deiner neuen Freundin erzählen.«

Dylan folgt ihr. Der Gelegenheit, über Samantha zu reden, kann er nicht widerstehen. Ein ungewohntes Bild, die beiden zusammen am Tresen stehen zu sehen, als hätte es die letzten vier Monate nie gegeben.

Ich rutsche ein Stück, um Hudson direkt gegenüberzusitzen.

»Das war ja schon mal ein guter Anfang, oder?«

»Ja, für die Gruppe schon ...«, sagt Hudson. »Hey, es tut

mir leid, dass ich versucht habe, dich zu küssen. Das hätte ich nicht tun sollen. War ein Missverständnis.«

»Weil wir über Hoffnung gesprochen haben?«

»Nicht nur das. Ich glaube nicht, dass ich es wirklich noch mal versuchen wollte. Ich war bloß verwirrt. Meine Eltern waren nicht die Einzigen, die mich was über Liebe gelehrt haben. Du als mein erster fester Freund hast mir da auch so viel beigebracht und ich wollte dieses besondere Gefühl noch einmal spüren. Aber, ganz ehrlich, ich glaube, wir waren bessere Freunde als Partner. Heißt, wir sollten es bei Freundschaft belassen. Du bist manchmal so hart zu dir selbst, deshalb hätte ich das fast für mich behalten – du solltest dich nicht schon wieder meinetwegen wertlos fühlen. Du bist mir trotzdem wichtig. Wir hätten unsere Freundschaft gar nicht erst aufs Spiel setzen dürfen.«

»Ich bin inzwischen froh, dass wir es getan haben. Gestern Abend haben Dee und ich noch darüber geredet. Ich bereue nicht, dass wir zusammen waren, und ich würde nichts davon wegwerfen wollen. Buchstäblich.« Ich hole die Kiste unter dem Tisch hervor. »Alles hier drin erinnert mich an die Zeit, als du noch nicht dachtest, dass Liebe völliger Quatsch ist. Tu damit, was immer du willst. Aber falls du es wegschmeißen willst, hilft es dir vielleicht, vorher alles noch mal anzugucken. Du bist einer der liebenswertesten Menschen, die es gibt. Und mein Liebeskummer hätte nie so wehgetan, wenn es nicht so toll gewesen wäre, sich überhaupt erst in dich zu verlieben.«

Hudson zieht die Kiste zu sich heran. »Danke, Ben, das bedeutet mir echt viel.« Er tätschelt die Kiste, dann holt er tief Luft. »Also, was unternimmst du jetzt wegen Arthur?«

»Ich weiß es nicht. Ich meine, es ergibt vielleicht gar keinen Sinn, weil er morgen wegmuss, aber ... ich glaube, das mit uns ist besonders. Und ich sollte jetzt wahrscheinlich los, um die Zeit mit ihm zu nutzen.«

»Auf jeden Fall.«

Ich schaue Hudson in die Augen. Er freut sich nicht nur für mich, sondern er leidet auch jetzt schon mit, weil er weiß, was auf mich zukommen kann.

Wir winken Dylan und Harriett zurück an den Tisch und teilen ihnen mit, dass alles geklärt ist. Keine dummen Sprüche. Sie fragen nicht, was wir besprochen haben, so wie wir nicht fragen, ob es bei ihrem Gespräch wirklich nur um Samantha ging. Nur weil wir alle gute Freunde sind, heißt das nicht, dass wir kein Recht mehr auf Privatsphäre haben.

Ich breite die Arme aus und wir drängen uns über den Tisch hinweg aneinander. Ehrlich gesagt fühlt sich die Gruppenumarmung ein bisschen gezwungen an, aber vielleicht ist das gar nicht schlimm. Wir kämpfen um unsere Freundschaft, und das ist gut. Vielleicht wird es eines Tages wieder ganz einfach. Wir fangen erst mal langsam an, folgen uns bei Instagram und beleben den Gruppenchat wieder. Statt spontan vor der Tür der anderen aufzutauchen, planen wir gemeinsame Treffen einfach vorher. Und vielleicht wird dann allmählich alles wieder wie früher. Oder zumindest fast. Dieser Sommer, mit mehr Neustarts, als ich zählen kann, macht mir Hoffnung, dass wir es schaffen können.

37. KAPITEL – ARTHUR

Ich will nicht nach Hause.

Und das, obwohl ich bei stickiger Luft auf einem zu kleinen Bett in einem zu kleinen Zimmer inmitten von Karteikarten liege und allen Ernstes ein Chemiebuch lese. Chemie – das ätzendste aller Schulfächer, und das meine ich nicht ionisch.

Könnte ich uns nur mehr Zeit verschaffen.

Ben rollt sich neben mich auf den Bauch und presst die Hände aufs Gesicht. »Nicht zu glauben, dass wir deinen letzten Abend damit verbringen, für meine verfickte Prüfung zu lernen.«

»Aber es gefällt mir, mit dir für deine verfickte Prüfung zu lernen.«

»Ich würde lieber den Prüfungsteil überspringen und gleich zum –«

Ich lege ihm die Hand auf den Mund. »Sag jetzt nicht *Ficken*. Wage es nicht.«

Sein Lachen klingt gedämpft. »Warum nicht?«

»Weil ...«, ich nehme meine Hand weg, »es das allerunromantischste Wort für Sex ist.«

»Willst du's weniger direkt? Soll ich dein Blümchen pflücken, dir meine Briefmarkensammlung zeigen?«

»Oh ja! Dann können wir uns mit den Marken bekleben und Briefkastensex haben.«

Ben muss lachen. »Was?«

»Nicht so wichtig.«

Er küsst mich und ich versinke erneut in der Betrachtung seines wundschönen Gesichts. Zu gerne würde ich den Rest meines Lebens jede einzelne von Bens Sommersprossen küssen. Und ich bin mir ziemlich sicher, er merkt das.

Mit beiden Händen umfasse ich sein Gesicht. »Hi.«

»Hi.«

»Frage: Welche Ionen sind in Natriumchlorid negativ geladen?«

»Die Chlorid-Ionen.«

»Richtig!«

Er lächelt verlegen.

»Nächste Frage. Inwiefern verändert die Zugabe von Salz den Siede- und Gefrierpunkt von Wasser?«

»Der Gefrierpunkt wird gesenkt und der Siedepunkt erhöht.«

»Woher weißt du das alles?«

»Ich muss doch meinen zukünftigen Yale-Nerd beeindrucken.«

Lachend küsse ich ihn auf die Wange.

»Ähm, apropos.« Mein Herz schlägt schneller. »Namrata und Juliet haben mir heute was Spannendes erzählt.«

»Ach so?«

»Über die New York University. Hat einen tollen Ruf. Und ein exzellentes Schauspielprogramm.«

»Du willst Schauspiel studieren?«

»Nein, aber ich will Filmstars kennenlernen, bevor sie Filmstars werden. Oh, und Namratas Freund kann mir bei Gelegenheit auch von der Columbia erzählen.«

»Das ... okay.«

»Ich meine nur.« Zögerliches Lächeln. »Vielleicht muss das gar nicht unser letzter gemeinsamer Abend in New York sein.«

Ben lächelt nicht zurück. Er sagt kein Wort.

»Wow, du müsstest dein Gesicht sehen. Ich mache dir Angst. Es tut mir leid. Ich werde einfach –«

»Arthur, nein. Du machst mir keine Angst, aber hör zu.« Er kratzt sich an der Stirn. »Du darfst deine Zukunft nicht um mich herum planen.«

Und dieser einfache Satz lässt all meine Worte und Gedanken verpuffen. Mein Herz schlägt mittlerweile so schnell, dass es fast wehtut.

Ben runzelt die Stirn. »Arthur?«

»Was?« Ich räuspere mich. »Ähm, richtig. Sorry. Nächste Frage.«

»Geht es dir gut?«

Ich ignoriere ihn. »Ist Silberchlorid wasserlöslich?«

»Hmm. Nein.«

»Und Silbernitrat?«

»Ja.«

»Nicht schlecht, Alejo«, sage ich, worauf Ben sein Gesicht im Kissen versteckt – jedoch nicht schnell genug, um das kleine stolze Lächeln vor mir zu verbergen. Oh Mann, dieser Junge ...

Einfach alles in mir spielt verrückt, wenn ich ihn betrachte, jedes Mal. »Ich habe eine Frage an dich«, sage ich leise.

»Du hast einen ganzen Stapel Fragen an mich.«

»Bei dieser einen geht es nicht um Chemie.«

»Oh.« Er rollt sich auf den Rücken und sieht zu mir hoch. »Okay.«

Also lass ich es raus. »Ich weiß, dass du kein Freund von Zukunftsplänen bist, aber wir sind fast in der Abschlussklasse.«

»Na, ich bin wohl eher fast eine Klasse drunter. Zum zweiten Mal.«

»Du wirst bestehen.« Ich hebe seine Hand an meine Brust und verschränke unsere Finger.

»Und wenn nicht?«

»Doch, wirst du. Du wirst in dieser Prüfung die scheißbesten Noten bekommen.«

Er lacht auf. »Ich bin nicht in der Sommerschule gelandet, weil ich Bestnoten schreibe.«

»Ben. Komm schon. Wir kriegen das hin.« Ich rücke näher. »Ich bringe dir einfach haufenweise megagute Eselsbrücken bei.«

»Die funktionieren doch eh nie.«

»Herausforderung angenommen. Erste neun Elemente des Periodensystems. Los.«

»Ähm. Wasserstoff …«

»Wasserstoff, Helium, Lithium, Beryllium, Bor, Kohlenstoff, Stickstoff, Sauerstoff, Fluor«, zähle ich auf. »Will Hudson loslegen, befestigt Ben Klebeband, sonst Schwanz formlos. Die habe ich extra für dich erfunden.«

Ben lacht. »Wow.«

»Und sag mir nicht, ob sie inhaltlich falsch ist. Das will ich gar nicht wissen.«

»Arthur, du bist so verdammt süß.« Er haucht mir einen Kuss auf die Lippen. »Geh nicht.«

»Ich will ja gar nicht gehen.« Ich löse unsere Hände voneinander, nehme eine leere Karteikarte und einen Stift, denn: Scheiße noch eins. Ich muss ihn fragen.

Ich schreibe. Hole tief Luft. Und halte die Karte hoch.

»Was ist mit U En Es?«, liest Ben.

»Uns. Was ist mit UNS? Die Großbuchstaben sind zur Betonung.« Er grinst. Ich grinse zurück und boxe ihm gegen den Arm. »Blödmann. Du weißt ganz genau, was ich fragen will.«

»Also ... hm.« Sein Blick huscht durchs Zimmer. »Darf ich ehrlich zu dir sein?«

»Das wolltest du doch sowieso.«

»Okay.« Er schweigt. Und sieht mir lange fest in die Augen. Doch dann wendet er den Blick ab und schaut gequält auf seine Hände. »Ich glaube, wir müssen loslassen.«

»Loslassen?«

Stille. Die Art von Stille, bei der sich einem der Magen umdreht.

Ich presse mir beide Hände auf den Bauch. »Du meinst ... wir machen Schluss?«

»Ich weiß nicht.« Er seufzt. »Ich habe Angst, schätze ich.«

Er nimmt meine Hand und zieht mich zu sich, bis wir beide auf der Seite liegen. Und einen Moment lang einfach so liegen bleiben. Zwei Gesichter auf einem Kissen, einen Atemzug voneinander entfernt.

»Angst wovor?«, frage ich schließlich.

»Vor allem.« Er drückt meine Hand. »Dass ich dich davon abhalte, glücklich zu sein. Dass ich dich verlieren werde. Sogar als Freund. Davor habe ich eine Scheißangst.«

»Aber das wird nicht passieren.«

»Woher willst du das wissen?« Er versucht ein Lächeln, das jedoch verunglückt. Und als er weiterspricht, klingt seine Stimme ganz sanft. »Ich habe Angst, dir das Herz zu brechen.«

Ich erwidere nichts, um nicht zu weinen.

»Natürlich will ich das nicht.« Seine Stimme bricht. »Aber es könnte passieren. Beziehungen sind so schwer. Vielleicht liegt es auch nur an mir. Keine Ahnung. Ich habe doch nicht mal die Beziehung mit Hudson hinbekommen und der war keine tausend Kilometer weit weg.«

Jetzt kommen mir doch noch die Tränen. »Tausend Kilometer sind scheiße.«

»Ja.« Er wischt sich über die Augen und lächelt traurig. »Ich werde dich so verdammt vermissen.«

»Ich vermisse dich jetzt schon.«

Eine nächste Träne rollt ihm über die Wange. »Tja, einen Tag haben wir noch.«

»Das große Finale. Oder eher Zwischenspiel. Weil wir in Kontakt bleiben, richtig?«

»Machst du Witze?«, fragt er. »Angst hin oder her, ich will dich für immer in meinem Leben haben!«

Ich sauge alles an ihm in mich auf: die zerzausten Haare, die braunen Augen, die schimmernden, tränennassen Wangen. »Ich liebe dich«, sage ich. »Was für ein Glück, dass das Universum das mit uns möglich gemacht hat.«

»Arthur, das Universum hat die Sache nur losgetreten«, entgegnet Ben. »Wir haben *uns* selbst möglich gemacht.«

DIENSTAG, 7. AUGUST

An meinem letzten Morgen in New York weckt mich ein FaceTime-Anruf von Ben.

»Hi, ich kidnappe dich.«

»Hm? Was?« Ich gähne. »Wo bist du?« Offenbar irgendwo draußen, aber er hält das Gesicht so nah vor die Kamera, dass ich nichts hinter ihm erkennen kann.

»Das wirst du schon noch herausfinden. Erste Anweisung: Geh zur U-Bahn-Station und schreib mir, sobald du da bist. Dann bekommst du deine nächste Anweisung. Verstanden?«

Eilig krabble ich aus dem Bett. An Kontaktlinsen oder mein Outfit verschwende ich keinen Gedanken. Brille, T-Shirt, kurze Hose und auf ins Rennen. Im Wohnzimmer laufe ich an Mom vorbei, die umhertigert und mit der Umzugsfirma telefoniert. Ben konnte nicht glauben, dass wir sie für unsere paar Sachen engagiert haben. Aber jetzt schau mal, Ben Alejo, wer heute keine Kartons schleppen muss und um Viertel vor sieben schon bei der U-Bahn sein kann.

`Bin da!!`

`Gut. Nimm die Zwei bis zur Fourty-Second Street, steig da in die Sieben und fahr bis Grand Central.`

`Navigierst du mich etwa gerade zum Büro?` Augenroll-Smiley.

Ben schickt mir ein Aladdin-GIF. `Vertraust du mir?`

Herzchenaugen-Smiley.

Die Zwei ist natürlich bis oben hin vollgestopft mit Pendlern und in der Sieben ist's sogar noch schlimmer. Hier stehe ich also. Und bin unterwegs, um mich von dem Jungen zu verabschieden, in den ich mich unsterblich verliebt habe. Morgen werde ich in einer Stadt aufwachen, in der ich nicht meinen ersten Kuss erlebt habe, in einem Bett, in dem ich nicht mein erstes Mal hatte.

Ich werde als Single aufwachen.

Doch für alle um mich herum ist das hier nichts als ein stinknormaler Werktagbeginn. Anzug und Bluse, Kopfhörer und Handy. Mir wird ganz schwindlig davon.

Als ich an der Grand Central aussteige, schreibe ich Ben. `Okay, was als Nächstes?`

Er schickt mir einen Kartenausschnitt, auf dem er ungelenk meinen Weg eingezeichnet hat. Ich muss gar nicht erst die Straßennamen lesen. `WARUM LOTST DU MICH ZUR ARBEIT, BEN ALEJO???`, frage ich.

Er schickt mir einen Grübel-Smiley.

Das hier hat hoffentlich nichts mit den Shumaker-Akten zu tun. Genervt-Smiley. Genervt-Smiley. Genervt-Smiley.

Trotzdem kann ich nicht aufhören zu grinsen. Auch nach einem ganzen Sommer bin ich der schlechteste New Yorker aller Zeiten. Wie auf Wolken schwebe ich über die Kreuzungen, lächle wildfremde Leute an und bin ganz und gar eingenommen von meiner kribbeligen Vorfreude. Vielleicht erwartet Ben mich ja nackt auf dem Konferenztisch. Oder vielleicht ist über der Kanzlei eine Literaturagentur und ich werde Zeuge, wie Ben einen Buchvertrag unterschreibt. Mit Verfilmungsrecht. Und der Film wird in Atlanta gedreht, weil Filme immer in Atlanta gedreht werden, und natürlich brauchen sie Ben vor Ort und deswegen –

»Doktor!«, ruft Morrie. In der einen Hand hält er einen Kaffeebecher, die andere streckt er mir entgegen – aber nicht für unseren üblichen Faustcheck. »Das hier soll ich dir geben«, sagt er.

Auf dem Briefumschlag steht mein Name, doch bevor ich ihn aufreißen kann, schnappt Morrie ihn mir wieder weg. »Du musst erst alle vier finden. Guck.« Er dreht den Brief um. In Bens Sauklaue steht da:

Nr. 1 von 4. Finde alle Briefe und lies sie dann in der richtigen Reihenfolge.
UND NICHT SCHUMMELN, ARTHUR!

»Okay …« Ich schaue erneut auf den Umschlag und dann zu Morrie. »Wo sind die anderen drei?«

»Die musst du finden«, antwortet er achselzuckend und trinkt den letzten Schluck aus seinem Kaffeebecher.

Auf dessen Boden »Dream & Bean« steht.

Mir fällt die Kinnlade runter. »Ist das ein Hinweis?«

»Keine Ahnung. Ist es einer?«

Zwei Blocks bis zum Dream & Bean. Meine Füße scheinen auf dem Weg dorthin nicht ein Mal den Boden zu berühren. Dabei weiß ich gar nicht recht, was mich erwarten soll. Ein zweiter Brief vermutlich. Oder ein flatternder Schwarm davon, wie bei Harry Potter.

Doch als ich den Laden betrete, finde ich keinerlei fliegenden Schriftverkehr vor. Überhaupt keine Magie, um genau zu sein. Bloß einen Haufen fremder New Yorker, die für ihren Schuss Koffein anstehen.

Einen Haufen fremder New Yorker und … Namrata und Juliet.

»Was macht ihr denn hier?«

»Aufpassen, dass du deinen Job richtig erledigst, wie üblich.« Namrata weist mit dem Kinn aufs Schwarze Brett. »Hol ihn dir, Kleiner.«

»Mein nächster Hinweis!«

Ich entdecke den Umschlag sofort. Er hängt an derselben Stelle wie einst meine Suchanzeige. *Nr. 2 von 4. Volltreffer, Arturo!!!!*

Ich drücke Nr. 1 und Nr. 2 fest an meine Brust. Dann schreibe ich Ben: `Schnitzeljagd, hm??`

Er schickt augenblicklich den Achselzucker zurück.

`Wohin als Nächstes?`

`Hmm, wenn du doch nur jemanden fragen könntest …` Grübel-Smiley.

`Ooooooh`, schreibe ich, und als ich vom Display hochgucke, treffen mich die amüsierten Blicke meiner Arbeitskolleginnen. Mein Herz schlägt einen Purzelbaum.

»Hier ist dein Hinweis«, sagt Juliet und hält mir ihr

Handy hin. »Wobei ich keine Ahnung habe, wie dir das helfen soll.«

Ein Foto. Von einer Ratte.

»Aber klar!« Ich renne schon zur Tür, lege dann aber eine Vollbremsung hin und komme zurück. »Wartet mal.«

»Worauf?«, fragt Juliet.

»Na, um ... – Oh mein Gott. Ich reise ab. Das heißt ... Abschied nehmen.«

»Heißt es nicht«, winkt Namrata ab. »Deine Shumaker-Ablage ist eine Katastrophe. Ich werde dich noch mindestens einen Monat lang mit Fragen löchern müssen.«

Ich umarme sie. »Gut.«

»Wir werden dich vermissen«, sagt Juliet.

»Na ja, ein bisschen vielleicht«, sagt Namrata.

»Sehr«, korrigiert Juliet.

Da umarme ich sie beide ganz fest. Einen Augenblick später bin ich aber schon aus der Tür. Halte das erste Taxi an, das in mein Blickfeld kommt. Mir egal, dass es nur ein paar Blocks sind. Ich habe keine Sekunde zu verlieren. Im Wagen starre ich aus dem Fenster und platze fast vor Anspannung. Als der Fahrer endlich vor dem Karaokeladen zum Stehen kommt, werfe ich ihm mein Geld zu und stürze auf den Bürgersteig.

Zu Dylan, der mit Handy samt Kopfhörer und einer riesigen Thermoskanne auf dem Bürgersteig steht. Erschrocken zuckt er zusammen. »Scheiße, Seussical, du bist früh dran. Aber okay, aufsetzen.« Er streift mir den Kopfhörer über und verzieht den Mund zu einem herzhaften Gähnen. »Verdammter Benosaurus. Mit seiner unchristlichen Zeit. Okay, warte, zeig mal her.« Er tippt auf sein Handydisplay. »Und ... hörst du was?«

»Reggae?«, frage ich erst skeptisch, doch dann wird es

mir klar. Nicht irgendein Raggae, sondern Ziggy Marley. »Ist das …«

»Ein Lied über ein Erdferkel?«, fragt Dylan zurück. »Ganz genau.«

Arthur Read, mein bebrilltes Alter Ego aus dem Kinderfernsehen. König des gelben V-Ausschnitt-Pullis. Besitzer der Faust, die Tausende von Internet-Memes ins Leben rief.

Dylan schaut gespielt nachdenklich drein. »Frage ich mich als Einziger, wie die Paarung einer Ratte mit einem Erdferkel aussähe?«

»Hmm. Nein, jetzt frage ich mich das auch. Danke.«

»Arthur!« Als ich aufsehe, joggt Samantha um die Ecke. Sie zieht mich in eine dicke Umarmung. »Du bist früh dran! Deine nächsten Hinweise sind noch nicht da, müssten aber in, na, zwei Sekunden ankommen.«

»Hinweise, Plural?«

»Definitiv Plural.«

»Brauchst du meinen Kopfhörer noch, Seussical?« Bevor ich antworten kann, pflückt Dylan ihn mir schon von den Ohren. »Hoppla, noch nicht gucken …«

Doch da sehe ich sie. In perfektem Gleichschritt kommen sie über die Straße auf uns zu. Nur tragen sie heute keine Jumpsuits. Sondern Lederhosen.

»Heilige Scheiße«, murmele ich.

»Das sind Wilhelm und Alistair«, stellt Samantha vor. »Sie sind hier, um dich zu deiner letzten Station zu eskortieren.«

Ich kann nicht aufhören, die beiden anzustarren. Die Zwirbelbärte, die Männerdutts. Die von Nahem sogar noch größere Ähnlichkeit zwischen beiden. Jeder von ihnen hält einen in Bens Handschrift bekritzelten Umschlag in der Hand.

»Wie … hat er euch gefunden?«, frage ich.

Als Wilhelm lächelt, hüpft sein Zwirbelbart nach oben. »Über Craigslist.«

»Wahnsinn.«

Und noch mal: Heilige Scheiße. Ben hat eine Verpasste Gelegenheit online gestellt. Für mich. Na ja, für die Zwillinge. Aber wegen mir. Nur für mich.

»Wir schauen täglich auf Craigslist vorbei«, sagt Alistair. »Seit wir hergezogen sind, waren dort sechsunddreißig Anzeigen für uns.«

»Ist das … was Gutes?«, fragt Dylan.

»Etwas sehr Gutes«, sagt Wilhelm. Dann wedelt er mit seinem Umschlag. »Mach doch mal auf.«

»In der richtigen Reihenfolge«, erinnert mich Samantha. Ich hole die Briefe aus ihren Umschlägen.

Arthur, ich weiß, dass eigentlich du für die großen Gesten ohne Rücksicht auf Coolness zuständig bist.
Aber die Wahrheit ist, dass niemand eine große Geste mehr verdient als du.
In Sachen Kreativität komme ich leider nicht gegen dich an, aber ich gehe den einen Schritt weiter.
Ein metaphorischer Schritt für mich, tausend echte für dich. Ich liebe dich.

In meinen Augen brennen die Tränen. Mir ist ganz seltsam zumute und alles tut weh vor Glück. Doch schon im nächsten Augenblick nehmen Wilhelm und Alistair mich in die Mitte und geleiten mich zurück Richtung Uptown. Das Ganze kommt mir fast vor wie eine Nahtodvision, so unrealistisch ist das alles. Nur mein wilder Puls ist ein Anzeichen dafür, dass ich meinen Körper nicht irgendwie verlassen habe. Während die Zwillinge mich mit Small Talk über Musik und Filme und Ben überschütten, bringe ich kaum ein gerades Wort heraus. Es ist schwer, ein voll funktionsfähiger Arthur zu sein, wenn man sein Herz in vier Briefumschlägen vor sich herträgt.

Ich versuche zu atmen. Normal zu sein. Konversation zu betreiben. »Dann wohnt ihr zwei also in, äh, Brooklyn?«

»Nö. Upper West Side. Na ja, *früher* haben wir da gewohnt, sind mittlerweile aber wieder zu unseren Eltern nach Long Island gezogen.«

»Wir veröffentlichen einen Webcomic«, sagt Wilhelm.

»Über Dinosaurier«, ergänzt Alistair.

Ich bleibe wie angewurzelt stehen.

Wilhelm weist die Straße hinauf. »Guck, wir sind fast da.«

Den Rest des Weges muss mir niemand zeigen.

Ich breche die Formation, die ich mit den Zwirbelbart-Dinosaurier-Zwillingen gebildet habe, und renne los. Im Slalom an Spaziergängern vorbei, mitten zwischen Pärchen hindurch, und drücke dabei die ganze Zeit die Briefe fest an meine Brust. Ich sehe bestimmt verrückt aus, wahnsinnig und zu allem entschlossen. Dass ich überhaupt so schnell rennen kann, wusste ich nicht. Eine Brillenschlange aus Milton, nicht mal einen Meter siebzig und dennoch gerade der schnellste Teufelskerl von New York.

Den Eingang sehe ich schon von Weitem. Die schneeweiße Fassade strahlt in der Sonne.

United States Post Office.

Und endlich, drinnen neben der Tür, ein Paket aufs Knie gestützt, lehnt er da. Mein Ben.

38. KAPITEL – BEN

Wir sind wieder da, wo alles begann.

Arthur kommt ins Postgebäude, und wow. Sein Gesicht haut mich um. Wie immer. Egal, ob er Chemiefragen von Karteikarten abliest, einen Hotdog isst, sich schämt, weil seine Eltern peinliche Geschichten über ihn erzählen, oder ob er völlig verstrahlt unter seiner Brille hervorschaut, so wie jetzt. Mein Herz rast vor Freude, das ist anders als bei unserem ersten Treffen. Wenn das mit uns eine von diesen typischen romantischen Geschichten wäre, hätte es Liebe auf den ersten Blick sein müssen, aber ich war noch nicht bereit. Und das ist okay. Wir haben es trotzdem zueinander geschafft. In der tragischsten Version unserer Geschichte hätten wir uns vielleicht getroffen, aber nie wiedergefunden.

Ich stelle die Kiste ab, damit er mich in die Arme nehmen kann.

»Und? Was sagst du?« Die Schnitzeljagd war in meinen Augen der spektakulärste Weg, diesen Sommer zu beenden.

»Der beste Abspann aller Zeiten«, sagt Arthur. »Ich will nicht, dass es vorbei ist.«

»Ich auch nicht. So was von überhaupt nicht.«

»Ich will eine Zeitmaschine. Und damit zurückreisen, um alles von Anfang an richtig zu machen. Es wäre alles anders gelaufen, wenn ich einfach nach deinem Namen gefragt hätte. Ich hätte dich einfach auf Instagram gesucht, und voilà.«

»Das Universum wusste, dass das zu einfach gewesen

wäre, und hat uns ausgetrickst.« Ich küsse ihn auf die Stirn. »Gerade weil wir uns so ins Zeug legen mussten, bedeutet es noch viel mehr, oder?«

Keine Ahnung, ob das mit uns eine Liebesgeschichte ist oder eine Geschichte über die Liebe. Aber ich für meinen Teil bin mir sicher, was auch immer es ist, fühlt sich umso toller an, weil wir uns so viel Mühe geben mussten.

»Ich will diese Zeitmaschine trotzdem«, sagt Arthur. »Damit wir in die Zukunft gucken können. Ich möchte sehen, was in der Zukunft mit uns ist.«

»Wär schon cool.«

Arthur guckt runter auf die Kiste. »Das ist hoffentlich nicht, was ich denke. Endet das hier mit einer Trennungskiste für *mich*?«

»Nein.« Ich hebe die Kiste hoch. »Das ist eine Beste-Freunde-Kiste.«

»Echt?« Sein Lächeln wird über FaceTime immer noch wunderschön sein. Aber das ist nicht das Gleiche.

»Echt. Aber erzähl's nicht Dylan. Er glaubt nicht an mehrere beste Freunde und könnte jemanden anheuern, um dich *verschwinden* zu lassen.«

»Notiert. Was ist drin?«

»Ein paar Kleinigkeiten, damit du dich an den Sommer erinnerst.«

Arthur schüttelt bestimmt den Kopf. »Dafür brauche ich keine Kiste.«

»Na gut. Dann behalte ich die Postkarte vom Central Park, auf deren Rückseite diese ziemlich sexy Szene zwischen Ben-Jamin und König Arturo beschrieben ist, und –«

»Ich will diese Kiste!«

» – und den Keks aus der Levain Bakery, der diesmal ganz für dich allein ist ...«

»Ich sagte, ich will diese Kiste!«

Ich werde ihn und seine überschwängliche Art so sehr vermissen.

»Außerdem habe ich einen Touri-Magneten mit meinem Namen reingepackt. Den mit deinem Namen behalte ich.« Er schweigt, ich hole tief Luft. »Und ich habe das Foto von deinem Geburtstag eingerahmt, das mit der Torte. Ich hab mir das gleiche schon ins Zimmer gehängt.«

Arthurs Augen füllen sich mit Tränen. »Danke. Für alles. Für heute Morgen, für diesen Sommer. Ich weiß, ich bin viel zu kompliziert, aber für dich war das irgendwie kein Problem.«

Ich lache leise. »Wir sind schlimm. Ich meine, wir sind auch toll, aber wir sind trotzdem schlimm. Du denkst immer, du wärst zu viel, und ich habe das Gefühl, ich wäre nicht genug.«

»Und wenn ich es noch hundert Mal sagen muss: Du bist viel mehr als nur genug.«

»Ich fange langsam an, dir zu glauben.«

Wir gehen zum Schalter und ich drücke einen Kuss auf Arthurs Adresse. Der Postbeamte guckt mich an, als wäre ich bescheuert. Klar, er weiß ja nicht, was Arthur und ich in den letzten Wochen durchgemacht haben, um jetzt wieder hier zu stehen.

Sobald sich die Kiste auf den Weg macht, tun wir es auch.

Nur halte ich diesmal beim Verlassen der Post Arthurs Hand. Am Eingang bleiben wir stehen.

»Zeit für ein letztes Foto«, sagt Arthur und holt sein Handy raus.

Ich schließe die Augen und küsse ihn auf die Wange, während er das Bild macht. Er strahlt darauf, als hätte er die *Hamilton*-Verlosung gewonnen.

Aber jetzt, da ich ihn anschaue, ist das Strahlen erloschen und sein Blick ganz ernst. »Ich kann nicht glauben, dass ich wirklich wegmuss.«

»Ich auch nicht.«

Es könnte keinen schlimmeren Morgen für einen Abschied von Arthur geben. Wir machen uns auf den Weg zur Schule, wo ich gleich eine Prüfung bestehen muss, die über meine Zukunft entscheidet. Als wäre der heutige Tag nicht schon schicksalsträchtig genug. Ich bin traurig und nervös, aber ich habe Hoffnung. Garantiert werde ich gleich der einzige Schüler sein, der sich beim Test das Lachen verkneifen muss, weil ich Arthurs geniale Eselsbrücken anwende.

»Ich bin noch nicht so weit«, sage ich vor dem Schultor.

Ihm kullern Tränen über die Wangen. »Ich auch nicht.«

»Arthur, wenn ich glauben würde, dass wir das Unmögliche möglich machen könnten, dann würde ich es versuchen, das weißt du, oder?«

»Ich weiß. Wir haben uns bisher nicht unterkriegen lassen, aber das hier ...«

»Ist eine Nummer größer. Ich kann dich nicht für immer verlieren. Du sollst niemand sein, den ich mal für einen Sommer kannte. Ich will dich jeden Sommer kennen.«

»Das wirst du«, verspricht Arthur.

Ich lege meine Stirn an seine. Er wischt mir Tränen von der Wange.

»Ich sollte so langsam da reingehen«, sage ich, klammere mich aber noch immer an ihn, als hinge mein Leben davon ab.

»Und ich sollte meinen Flug nicht verpassen«, sagt Arthur mit erstickter Stimme.

»Okay, König Arturo.«

»Okay, Ben-Jamin.«

Er kommt näher. Unser letzter Kuss. Ich lasse nicht los, nicht seine Lippen, nicht seine Hände und nicht diesen Moment. Denn er muss uns durch die vielen nächsten Tage retten, an denen wir uns nicht berühren oder küssen oder nebeneinander aufwachen können. Als ich versuche, mich loszureißen, kann ich es nicht. Es ist noch nicht genug und es wird nie genug sein. Langsam zähle ich im Kopf von zehn abwärts. Und bei null lösen wir uns voneinander.

»Ich werde jetzt gehen«, sagt Arthur. »Und sobald ich den ersten Schritt gemacht habe, darf ich mich nicht mehr umdrehen. Aber du solltest nicht hier stehen bleiben und mir nachsehen, falls ich doch einen Blick riskiere. Renn einfach rein, okay?« Er tritt einen Schritt zurück.

Ich nicke.

»Ich liebe dich, Ben.«

»*Te amo* auch, Arthur.«

Wir lassen uns los und das war's. Irgendwie schafft Arthur es, sich wegzudrehen, und mit jedem Schritt, den er macht, breitet sich größere Leere in mir aus. Er geht bis zum Ende des Blocks und hält inne. Lange genug, um mich fast erwarten zu lassen, dass er sich auf dem Absatz umdreht und zurücksprintet, für einen allerletzten Kuss. Aber er läuft weiter. So ist es besser. Ich springe die Treppe zum Schulgebäude hoch. Mein Handy vibriert. Arthur hat mir das Foto geschickt, auf dem ich ihn vor der Post küsse. Dieses eine Bild weckt sofort alle Erinnerungen und ich fühle mich nicht mehr leer. Ich fühle mich, als würde ich Hoffnung atmen.

Das Universum würde doch nicht so viel unternehmen, damit wir nur einen Sommer zusammen haben, oder?

Epilog

WAS IST MIT DIR UND WAS IST MIT MIR?

ARTHUR
FÜNFZEHN MONATE SPÄTER
Middletown, Connecticut

Ethan geht nicht ran.

Ich komme mir lächerlich vor, wie ich hier zwei Flure von Mikeys Wohnheimzimmer entfernt an der Wand kauere. Eigentlich sollte ich auf einer Party sein und mein College-Leben leben. Aber College-Arthur und College-Partys passen nicht gut zusammen. Im dritten Monat vom ersten Semester kann ich das mittlerweile ganz offiziell feststellen. Obwohl ich es weiter versuche. Für die Lebenserfahrung. Denn ich bezweifle stark, dass etwa Lin-Manuel Miranda seine gesammelt hat, indem er abends allein in seinem Zimmer YouTube-Videos geguckt hat. Doch Partys machen mich nervös und dann rede ich zu viel und dann denken alle, ich wäre betrunken, was ich nicht bin, denn, seien wir ehrlich: Niemand ist bereit für den betrunkenen Arthur, nicht mal ich.

Jedenfalls habe ich Mikey versprochen, heute zu seiner Party zu kommen, und ich halte mein Versprechen. Zumindest habe ich es gehalten, bis ich Ethans Instagram-Post entdeckt habe. Party-Arthur muss warten, jetzt ist Bester-Kumpel-Arthur gefragt.

Ich versuche es mit einer Nachricht: `Alles okay, Alter?`

Nichts. Fünf Minuten später: Immer noch nichts, null Reaktion, und das beunruhigt mich. Als Jessie mir gestern die Neuigkeit eröffnet hat, klang es so, als hätten sie das zusammen entschieden. Seitdem habe ich noch zweimal mit ihr telefoniert und ihr scheint es ganz okay zu gehen – sie ist traurig, aber nicht am Boden zerstört. Ethan dagegen nimmt gar nicht erst ab. Und ignoriert alle meine Nachrichten.

Ich lehne den Kopf gegen die Betonziegelwand und schließe die Augen. Ich meine, sicher geht es Ethan gut. Vielleicht antwortet er nicht, weil er schon eine neue umwerfende Frau kennengelernt hat, eine Sängerin und Pianistin, die aussieht wie Anna Kendrick. Vielleicht *ist* es Anna Kendrick. Nur leider wird Ethan sich vor ihr den Kommentar nicht verkneifen können, dass er das Musical *The Last Five Years* besser fand als den Film – wer nicht? –, aber das darf man Anna Kendrick ja nicht ins Gesicht sagen. Deswegen wird sie ihn abschießen, sodass er danach gleich doppelt abgeschossen sein wird und wir also wieder am Anfang stehen, nur schlimmer.

Ich rufe besser noch mal an.

Prompt werde ich zur Mailbox umgeleitet. Eine Weile starre ich reglos auf mein Handy und nehme den Radiohead-Song, der über den Flur tönt, nur unbewusst wahr. Ich hasse es, mich so hilflos zu fühlen. Und ich meine nicht die romantische Art von hilflos. Nicht die Eliza-Schuyler-Art. Eher so, wie wenn man beim Ende von *Titanic* ins Bild greifen und das Schiff wieder gerade stellen will. Wenn man etwas Unreparierbares reparieren will.

Eine Nachricht von Mikey: `Hey, wo bist du hin?`

Ich sollte ihm zurückschreiben. Tatsächlich sollte ich die Zähne zusammenbeißen und zurück auf die Party gehen. Die nicht mal besonders bedrohlich ist, sondern vielmehr ganz okay. Sie besteht hauptsächlich aus A-cappella-Chormitgliedern, die sich auf Mikeys Bett betrinken. So sieht's nämlich aus im College – zumindest an der Wesleyan. Als hätten die Nerds die Macht ergriffen und die beliebten Kids um ihr Gras und ihren Alkohol erleichtert. Was nicht heißt, dass es hier nur ums Rauchen und Trinken geht. Viele unterhalten sich einfach oder spielen was oder sind künstlerisch aktiv, wobei sie manchmal nackt sind, und das gefällt mir sehr. Jetzt nicht unbedingt die Nacktheit an sich. Vielmehr die Geht-mir-doch-am-Arsch-vorbei-Mentalität. Zudem laufen an der Wesleyan die süßesten Jungs der Welt rum. Wesentlich süßere als an gewissen anderen Colleges in Connecticut. Dass Yale mich nur auf die Warteliste gesetzt hat, macht mir schon gar nichts mehr aus. *So* süß sind die Jungs hier. Paradebeispiel: Mikey mit dem gefärbten Blondschopf, der Drahtgestellbrille und der überdurchschnittlichen Kussexpertise. Ich würde sagen, er ist der drittbeste Küsser von sechs. Platz zwei belegt dieser eine Kommilitone von Jessie an der Brown. Platz eins belegt Ben.

Ben. Mit ihm sollte ich facetimen. Er kennt sich mit Trennungen aus und, noch wichtiger, er kennt Ethan. Und, am allerwichtigsten: Ich trage heute Abend mein Ensemble aus Hemd, Cardigan und Brille, in dem ich mich so wohlfühle und über das Ben mir vor ein paar Tagen betrunken geschrieben hat, dass ich darin heiß aussähe. So viel dazu.

Ben nimmt sofort ab. »Ich habe gerade an dich gedacht!«

»Ach ja?«

Er nickt.

»Aber über die genauen Umstände wirst du mich aus purer Grausamkeit im Unklaren lassen, hab ich recht?«

»Jap.« Er lächelt breit, und wow. Wir müssen unbedingt öfter facetimen, denn auch sein Lächeln ist mir das liebste überhaupt. Seit dem letzten Selfie-Post muss er beim Friseur gewesen sein. Wobei er das Deckhaar diesmal weniger kurz hat schneiden lassen. Kleiner Kniff, große Wirkung.

Er sieht perfekt aus. Was ich in rein platonischer Hinsicht feststelle. Rein platonisch werde ich hier sitzen und platonische Ben-Gedanken denken. Obwohl er auf seinem Bett sitzt. Auf keinen Fall denke ich an all das, was wir auf diesem Bett gemacht haben. Ich sehe es ganz einfach als ein solides, funktionales Möbelstück an. Ben lehnt sich auf sein Kissen zurück und gähnt. »Also, was ist los?«

Warum drum herumreden? »Jessie hat mit Ethan Schluss gemacht.«

Ben setzt sich wieder auf. »Whoa.«

»Ja, oder? Echt schräg.«

»Kannst du laut sagen. Mannomann. Wie geht's den beiden damit?«

Ich stelle mich auf ein längeres Gespräch ein, indem ich die Beine ausstrecke. »Jessie geht's gut, glaube ich. Aber Ethan ... Wann hast du das letzte Mal sein Instagram-Profil angeguckt?«

»Schon eine Weile her.«

»Es ist übel, Ben. Er hat ein Video von sich gepostet, in dem er weinend *I'll Cover You* von Rent singt und ... ich weiß nicht. Kann man sich vom peinlich berührten Zusammenzucken einen Muskel zerren?«

Ben verzieht das Gesicht. »Oh-oh.«

»Was immer du dir ausmalst: Es ist schlimmer. Sieh es dir an.«

»Armer Ethan.«

»Ich weiß.« Seufzend stütze ich das Kinn auf. »Sag mir, dass sie mit der Zeit besser werden.«

»Trennungen, meinst du?«

»Ja. Ich für meinen Teil kenne bisher nur unsere und die war der Hammer.«

Ben lacht. »Beste Trennung aller Zeiten.«

»Genau. Wir haben das Ding gerockt.« Ich seufze noch einmal. »Vielleicht kommen Ethan und Jess ja bald auch wieder klar.«

»Vielleicht. Doch. Bestimmt sogar.«

»Sollte ich nach Virginia fahren, ihn an der Uni besuchen? Ich will aber auch nicht Partei ergreifen. Mit Jessie bin ich genauso befreundet.«

»Verzwickte Kiste.« Ben zieht die Nase kraus, was so süß aussieht, dass mein Herz einen Hüpfer macht. An diesen Sommersprossen werde ich mich niemals sattsehen können. Nie im Leben. »Jedenfalls wird es nach und nach einfacher. Du wirst sehen. Denk an Hudson und mich.«

Ich kneife die Augen zusammen. »Das versuche ich zu vermeiden.«

»Wie süß, dass du immer noch eifersüchtig auf ihn bist.«

»Für immer und ewig.«

Er schüttelt lächelnd den Kopf. »Denk trotzdem mal an Hudson und mich. Es ist nicht das Gleiche wie früher, aber wir kommen klar. Wir können texten. Wir reden nicht viel, trotzdem –«

Eine Tür fliegt auf und dann werde ich fast von Mädchen in Schals, Handschuhen und Bommelmützen überrannt. Sie sind völlig ausgelassen, aufgekratzt, wahrscheinlich beschwipst, und eine von ihnen bedenkt mich im Vorbeilaufen mit einem Faustcheck.

»Wo hockst du da eigentlich?«, fragt Ben.

»Im Butterfield-Wohnheim. Im Butt.«

»Ihr nennt es *Butt*? Wie *Arsch* auf Englisch?«

»Jap. Die Leute lassen's gerade wortwörtlich krachen im Arsch. Deswegen hocke ich im Flur. Ich bin von einer Arschparty geflohen.«

»Wow.« Ben lacht. »Vor wessen Arsch genau?«

Ich spüre, wie ich rot werde. »Es ist bloß dieser Typ.«

»Ach, richtig. Der aus dem A-cappella-Chor?«

»Mikey.«

»Cool.« Ben zögert. »Dann ... seid ihr ... quasi – «

»Nein«, sage ich schnell. »Jedenfalls glaube ich das nicht. Ich meine, er ist süß. Aber er heißt wie mein Dad.«

»Dafür kann er nichts.«

»Okay, aber hör dir das an: Er denkt, *Hamilton* wäre ganz nett. *Nett!* Und er mag keine Videospiele! Schräg, oder?«

»Arthur, du magst auch keine Videospiele.«

»Ich weiß, aber er wirkt so, als müsste er sie mögen, und tut es nicht. Das missfällt mir.« Ich zucke die Schultern. »Egal, wie sieht's bei dir aus? Bist du ...«

»So single, wie man nur sein kann«, sagt Ben fröhlich. »Aber Dylan und Samantha sind dieses Wochenende in der Stadt und kommen später vorbei.«

»Oh mein Gott, ich vermisse die beiden! Weißt du noch – der Abend in Onkel Miltons Wohnung?«

»Klar.«

»Komisch, es scheint, als wären von den drei Pärchen des Abends jetzt ausgerechnet Dylan und Samantha allein übrig geblieben.«

»Ja, echt schräg.«

Während wir uns wortlos ansehen, könnte ich schwören, dass auf einmal etwas in der Luft liegt. Seit wir uns letzten Sommer verabschiedet haben, sind wir nicht mal mehr im selben Bundesstaat gewesen, aber mein Herz, mein Hirn und mein ganzer Körper vergessen das immer.

Die Wahrheit ist, ich weiß einfach nicht, was ich noch tun soll. Eine gefühlte Ewigkeit habe ich damit verbracht zu googeln: *Wie entliebt man sich? Wie schaffe ich es, ihn nur noch platonisch zu mögen?*

Als Ben schließlich wieder das Wort ergreift, klingt seine Stimme ganz sanft. »Sie sind nicht allein.«

Ich runzle die Stirn. »Wer?«

»Dylan und Samantha. Du und ich, wir sind auch noch da. Wir sind noch wir. Du bist noch immer in meinem Leben.«

»Sehr guter Punkt.«

Denn er ist wahr. Und, ja, verdammt, ich liebe sein Lächeln. Seine Stimme. Sein Gesicht. Ich liebe es, ihn am Handy zu haben. Selbst in einem eigentlich eher blöden Moment wie diesem. Ich liebe es, sein Freund zu sein. Sein *bester* Freund.

Mein bester Freund Ben.

Vielleicht wollte das Universum genau das. Vielleicht ist das mit uns so, wie es ist, genau richtig.

BEN

EINEN MONAT SPÄTER

New York, New York

Es ist so weit. Das ist es jetzt. Das Ende.

Ich kann kaum glauben, dass ich es geschafft habe.

Das letzte Kapitel von *Der Zorn der Zauberer* ist auf Wattpad.

Ich sitze im Schneidersitz auf meinem Bett, lehne an der gleichen Stelle an der Wand, wo ich im letzten Dezember die erste Fassung abgeschlossen habe. Damals habe ich Lana Del Rey gehört und heute Abend entspanne ich zu dem Chromatics-Cover von *I'm on Fire*. Früher hatte ich dieses Gefühl, dass ich nur für mich schreibe. Dass niemand auf das nächste Kapitel wartet. Außer Arthur, der dann plötzlich in mein Leben trat. Das hat sich verändert. Seit Januar stelle ich die überarbeiteten Kapitel nach und nach online. Arthur fiebert immer noch bei jedem Kapitel, das ich veröffentliche, mit. Aber er ist nicht mehr der Einzige. Am Anfang hatte ich nur ein paar Hundert Leser und Leserinnen, im Februar waren es bereits ein paar Tausend. Und ich bin mir relativ sicher, dass ich mit diesem letzten Kapitel die Fünfzigtausender-Marke knacken werde. Der absolute Wahnsinn. Eine Menge davon geht auf Samanthas Konto. Dylan hat sie letztes Jahr zu Weihnachten damit beauftragt, ein Buchcover zu designen. Die Wattpad-Community ist begeistert davon und ein paar Leute haben uns das sogar auf Instagram mitgeteilt.

Das Kapitel ist erst seit ein paar Minuten online, aber

schon jetzt will ich die Seite neu laden, um nach Leseeindrücken oder Rezensionen zu gucken. Nur um zu sehen, dass die positiven Stimmen zu den letzten neununddreißig Kapiteln kein Zufall waren. Ich muss mich davon abhalten, Tumblr zu öffnen und meine Tags zu kontrollieren, als hätten Leute schon Zeit gefunden, hammermäßige Fan-Art von der Szene zu erstellen, in der Ben-Jamin im Alleingang die Lebensaussauger vernichtet und so König Arturo, Duke Dill und der Herrscherin Harrietta das Leben rettet. Oder von der Szene, in der Ben-Jamin zusammen mit der Gekrönten Hexenmeisterin Sam O'Mal Hudsoniens böse Geister austreibt, damit der neuen Lebensmut findet.

Doch statt diesen Impulsen nachzugeben, schnappe ich mir mein Handy und facetime die Person an, die mich dazu ermutigt hat, die Geschichte zu veröffentlichen. Und hier schließt sich der Kreis, denn auch als ich die erste Version fertig hatte, habe ich Arthur angerufen.

Er geht sofort ran. Hundert-Watt-Lächeln und Brille. »Ich habe eine Benachrichtigung von Wattpad erhalten, dass BenInBlack ein neues Kapitel hochgeladen hat. Ich wollte dich gerade anrufen!«

»Das sagst du jedes Mal.« Ich schüttele den Kopf.

»Du aber auch!«

»Stimmt.« Wir scheinen uns immer genau dann anzurufen, wenn wir beide dringend reden müssen. Letzte Woche zum Beispiel, als ich vor dem Greifautomaten bei Dave & Buster's stand, wo wir unser erstes Date hatten, erwischte ich ihn genau in dem Moment, als er Panik schob und drauf und dran war, die A-cappella-Gruppe wegen der Trennung von Mikey sausen zu lassen. Guten Rat von jemandem, der die Sommerschule mit seinem Ex-Freund überlebt hat, konnte er da ziemlich gut gebrauchen. Er musste mir versprechen, extralaut zu singen.

Gerade ist Arthur in seinem Zimmer zu Hause in Georgia, weil Ferien sind. Manchmal vergesse ich, dass ich noch nie da war, weil ich das Haus aus all unseren FaceTime-Sessions so gut kenne. Vor allem dieses Zimmer. »Ich bin so stolz auf dich«, sagt Arthur. »Du hast es echt geschafft!«

Seine Worte verleihen dem Ganzen mehr Gewicht, machen es viel wirklicher, als das letzte Kapitel nur online zu sehen oder den Status der Geschichte in »abgeschlossen« zu ändern.

»Ohne dich hätte ich das nie hingekriegt.«

»Du hast das Buch geschrieben!«, widerspricht Arthur.

»Ich weiß aber nicht genau, ob ich es echt zu Ende gebracht hätte, wenn du mich nicht angefeuert hättest.«

Arthur liegt auf seinem Bett, fast wie damals, als er vor allen anderen die ersten Kapitel gelesen hat. »Ich, König Arturo, bin dein erster Fan, Ben-Jamin.«

In mehr als einer Hinsicht. Durch ihn glaube ich an mich selbst.

Ich habe ihm schon tausendmal dafür gedankt, dass er mir an seinem letzten Abend in New York beim Lernen geholfen hat. Seine Eselsbrücken haben mich durch die Abschlussprüfung der Sommerschule gebracht, sodass ich das letzte Schuljahr zusammen mit Dylan, Hudson und Harriett erleben konnte. Nachdem ich also haarscharf am Sitzenbleiben vorbeigeschrammt bin, habe ich mich echt auf den Hosenboden gesetzt. Ich hatte mir selbst fest vorgenommen, nicht nur lange vor Unterrichtsbeginn in der Schule zu sein – oder zumindest pünktlich –, sondern auch nicht mehr zu fehlen, sodass ich nie wieder so sehr mit dem Stoff in Rückstand geraten würde. Natürlich kam ich ein paarmal zu spät und habe auch zweimal gefehlt, schließlich bin ich immer noch ich, aber im Großen und Ganzen habe ich mich echt gebessert. Und das hat man auch an meinen Noten gesehen. Dylan, Harriett, Hudson und ich haben unseren Abschluss geschafft – ohne uns gegenseitig an die Gurgel zu gehen. Das Bild von der Absolventenfeier, auf dem wir ganz klassisch Roben und Hüte tragen, hängt an meiner Wand, neben dem Bild von Arthur und mir an seinem Geburtstag letztes Jahr.

Aufs College zu gehen, ist eine größere Herausforderung, aber ich schlage mich so durch. Wäre es so, wie ich mir das Studentenleben immer vorgestellt habe, würde ich mir mit Dylan ein Wohnheimzimmer teilen und bei Herrenbesuch eine Hufflepuff-Krawatte außen an die Türklinke hängen. Natürlich würde Dylan trotzdem reinplatzen. Ich kenne doch meinen besten Freund. Aber im wahren Leben wohne ich noch bei meinen Eltern, während Dylan und Samantha in Illinois aufs College gehen. Zum Glück sind Hudson und Harriett noch in der Stadt, auch wenn unsere Freundschaft wahrscheinlich nie mehr das wird, was sie mal war. Wahrscheinlich hatten wir unsere beste Zeit, bevor wir was miteinander angefangen haben. Trotzdem ist es heute natürlich viel besser als damals in der Funkstille-Phase. Wir treffen uns ab und zu.

»Ich weiß gar nicht, was ich jetzt mit meiner freien Zeit anstellen soll«, sage ich und trommele mit den Fingern auf der Bettkante.

»Was? Ich hoffe sehr, du wirst eine Fortsetzung schreiben«, sagt Arthur. »Die Geschichte muss doch weitergehen.«

»Aber soll man nicht aufhören, wenn es am schönsten ist?«

»Woher weißt du, dass die Geschichte jetzt am schönsten ist, wenn du ihr keine Chance mehr gibst?«

Ich lächele unwillkürlich. »Immer noch einen Schritt weiter, was?«

Ziemlich sicher reden wir gerade nicht mehr nur über das Buch. Wobei Arthur viel zurückhaltender ist als früher. Im Gegensatz zum letzten Jahr, als er sehr offensichtlich angedeutet hat, dass er ja an Silvester nach New York kommen könnte, damit wir uns zusammen um Mitternacht den Balldrop ansehen. Und dass es für ihn kein Problem wäre, wenn wir uns dann zufällig küssen würden. Daraus ist nichts geworden. Und doch ist Arthur der Letzte, den ich geküsst habe. Zwischendurch dachte ich mal, ich würde mich in einen Typen aus meinem Schreibseminar verknallen, aber das war ziemlich schnell wieder vorbei. Wahrscheinlich brauche ich einfach noch mehr Zeit für mich. Um zu sehen, dass ich alleine klarkomme und nicht auf jemand anderen angewiesen bin. Das heißt nicht, dass ich nicht ab und an Arthurs Namen auf dem Magneten nachzeichne, den ich kurz vor seinem Abschied gekauft habe. Oder das Foto vor »unserem« Postamt anstarre, auf dem ich ihm einen Kuss gebe. Oder ständig an die Zukunft denke und mich frage: Was wäre, wenn?

»Man soll ja niemals nie sagen«, bemerkt Arthur. »*Oder?*« So viel Hoffnung in diesem einen Wort.

»Stimmt«, sage ich. »Wer weiß schon, was das Universum noch mit uns vorhat.«

Ich zumindest habe keine Ahnung, was aus uns wird.

Was mit uns ist …

Was, wenn es für uns noch einen weiteren Neustart gibt? Wenn wir irgendwann in derselben Stadt landen und da weitermachen, wo wir aufgehört haben? Was, wenn dann alles so wird, wie wir es uns mal erträumt haben, und bäm! – Happy End für uns? Aber was, wenn es das für uns gewesen ist? Wenn wir uns nie wieder küssen? Wenn wir füreinander da sind, in Augenblicken, die zählen, aber die sich nicht um uns beide drehen, als Paar? Was, wenn das Universum einfach wollte, dass wir uns treffen, um für immer beste Freunde zu bleiben? Was, wenn wir alles, was wir von einem klassischen Happy End erwarten, auf den Kopf stellen?

Oder ...

Was, wenn uns das Beste noch bevorsteht?

DANKSAGUNGEN

Dieses Buch ist in jeder Hinsicht ein Gemeinschaftsprojekt und wir sind überglücklich, dass das Universum uns mit folgenden Menschen zusammengebracht hat:

- Mit unseren Lektor*innen Donna Bray and Andrew Eliopulos, die uns durch zahllose Neustarts begleiteten, bis wir die Liebesgeschichte unserer Träume fanden.
- Mit unserem wunderbaren Team bei HarperCollins, einschließlich, jedoch nicht begrenzt auf, Caroline Sun, Megan Beatie, Alessandra Balzer, Rosemary Brosnan, Kate Morgan Jackson, Suzanne Murphy, Michael D'Angelo, Jane Lee, Tyler Breitfeller, Bethany Reis, Veronica Ambrose, Patty Rosati, Cindy Hamilton, Ebony LaDelle, Audrey Diestelkamp, Bess Braswell, Tiara Kittrell und Bria Ragin. Ihr alle seid Zauberinnen und Zauberer, die diese Magie erwirkt haben.
- Mit Erin Fitzsimmons, Alison Donalty und Jeff Östberg, die uns mit dem traumhaftesten Cover beschenkten, das uns je unter die Augen kam und das wir vom ersten Tag an ins Herz geschlossen haben.
- Mit Wendi Gu, Stephanie Koven und allen anderen von unserem hart arbeitenden Team bei Janklow & Nesbit.
- Mit Mary Pender, Jason Richman und unserer gesamten Power-Truppe bei UTA.
- Mit Verlagen auf der ganzen Welt, dank denen Arthurs und Bens Geschichte international bekannt wird.
- Mit unseren Freund*innen, durch die wir bei Verstand

geblieben sind, darunter ganz besonders Aisha Saeed, Angie Thomas, Arvin Ahmadi, Corey Whaley, Dahlia Adler, Jasmine Warga, Kevin Savoie, Nic Stone, Nicola Yoon und Sabaa Tahir, die Helfer-Veteran*innen Dhonielle Clayton & Sona Charaipotra sowie Amie Kaufman & Jay Kristoff, die uns angefeuert haben und uns mit Rat und Tat zur Seite standen, Matthew Eppard, der das Schiff durch alle Wasser steuerte, und David Arnold, durch den die Beschreibung der Bromance zwischen Ben und Dylan so leicht von der Hand ging.

- Mit unseren Erstleser*innen, die dieses Buch zu einem besseren gemacht haben: Jacob Batchelor, Shauna Sinyard, Sandhya Menon, Celeste Pewter und Dakota Shain Byrd.
- Mit unseren treuen Fans, die uns auf diese Reise gefolgt sind, ohne zu wissen, worauf sie sich einlassen würden, mit Bibliothekar*innen und Buchhändler*innen, weil sie Bücher wie dieses mit den Leser*innen zusammenbringen, die sie brauchen.
- Mit unseren Familienmitgliedern, die wir leider nicht alle aufzählen können, allen voran: James Arthur Goldstein, der es durch zwei Bücher ohne Väter geschafft hat, Persi Rosa, die immer bei den Sommerschulhausaufgaben geholfen hat, Großonkel Milton, der großartig ist, mit der Thomas-Berman-Familie, die Arthur in ihrem Apartment hat übernachten lassen, und mit Anna Overholts und ihren Chemiekenntnissen.
- Und mit unserem Agenten Brooks Sherman, ohne den das alles nicht möglich gewesen wäre.

Becky Albertalli, geboren 1982, hat als Psychologin viele Jahre mit Kindern und Jugendlichen gearbeitet, bevor sie das Schreiben zu ihrem Beruf machte. Ihr Debütroman NUR DREI WORTE wurde 2017 mit dem »Deutschen Jugendliteraturpreis« ausgezeichnet und unter dem Titel LOVE, SIMON verfilmt. Albertalli lebt mit ihrem Mann und zwei Söhnen in der Nähe von Atlanta.

Adam Silvera wurde 1990 in der Bronx, New York geboren. Bevor er mit dem Schreiben begann, arbeitete er als Buchhändler und Rezensent für Kinderbücher. All seine Romane wurden in den USA zu Bestsellern. In Deutschland sind AM ENDE STERBEN WIR SOWIESO (2018) und WAS MIR VON DIR BLEIBT (2019) im Arctis Verlag erschienen. Silvera lebt in Los Angeles und hat eine große internationale Fangemeinde, die er auf den sozialen Kanälen an seinem Leben teilhaben lässt.

Christel Kröning ist diplomierte Literaturübersetzerin (Heinrich-Heine-Universität Düsseldorf). Sie übersetzt aus dem Englischen und Französischen und hat u.a. Romane von Linda Goodnight und Juno Dawson ins Deutsche übertragen.

Hanna Christine Fliedner hat in Düsseldorf Literaturübersetzen studiert und überträgt Romane, Kurzprosa und erzählende Sachbücher aus dem Englischen, Spanischen und Portugiesischen ins Deutsche.

Als seine erste Liebe und Ex-Freund Theo bei einem Unfall stirbt, bricht für Griffin eine Welt zusammen. Alles was ihm von Theo bleibt, sind seine Erinnerungen. Oder vielleicht doch etwas mehr?

»Leidenschaftlich, ehrlich und menschlich: Nur Adam Silvera konnte diese Geschichte schreiben.«

Becky Albertalli, Autorin von LOVE, SIMON

Adam Silvera
Was mir von dir bleibt
Gebunden, 384 Seiten
€ 18,00 [D] / € 18,50 [A]
ISBN 978-3-03880-022-4